文学作品的统计分析

Statistical Analysis of Literary Works

江铭虎　主　编

马观祉　陈佳玮　成泽胜　副主编

中国文史出版社

图书在版编目（CIP）数据

文学作品的统计分析 / 江铭虎主编. -- 北京：中国文史出版社，2022.12

ISBN 978 - 7 - 5205 - 3950 - 0

Ⅰ. ①文… Ⅱ. ①江… Ⅲ. ①中国文学 - 当代文学 - 言语统计 - 统计分析 - 研究 Ⅳ. ①I206.7

中国版本图书馆 CIP 数据核字（2022）第 213629 号

责任编辑：殷　旭

出版发行：中国文史出版社

社　　址：北京市海淀区西八里庄路 69 号院　　邮编：100142

电　　话：010 - 81136606　81136602　81136603　81136605（发行部）

传　　真：010 - 81136655

印　　装：北京柏力行彩印有限公司

经　　销：全国新华书店

开　　本：650 × 960　1/16

印　　张：26.25

字　　数：345 千字

版　　次：2023 年 5 月北京第 1 版

印　　次：2023 年 5 月第 1 次印刷

定　　价：78.00 元

计算（数字）技术与人文学科交叉的数字人文（Digital Humanities），在非常有限的人工干预下对大规模文本语料进行自动分析，其关键的支持技术是文本分析、主题分类和机器学习，跨学科的协作为人文学科研究带来了数字技术和新方法，推动了数字文化的发展。通过应用自然语言处理、不同类型的算法和分析方法将文本转化为数据分析，文本分析涉及信息检索、基于词频分布的词汇分析、模式识别、语言信息标注、信息提取、数据挖掘技术和预测分析等，并对收集到的信息进行解释。统计计算方法挑战过去的传统方法，将计算技术系统地整合到人文研究中，运用多模态知识挖掘新信息、开拓新方法。使用统计计算方法来分析大型文本数据集，如对大量历史报纸内容的统计分析，自动发现不同时期的用词规律，通过不同时期的主题词反映其当时的社会大背景，挖掘出有关文档本身的新事实和其发展趋势、规律以及新的语法现象。

计量语言学是计算语言学的一个分支，考察的语言规律是出现在不同语言尺度（音素、音节、单词或句子）中的统计规律，涉及语言学习、语言变化、语言结构和应用，可用数学公式化表示，在经验数据上进行充分和成功的检验，提取单词之间的语义或语法关系，以找出文本的含义或文体模式。语言元素的这些特性以及它们之间的关系遵循普遍规律，这些规律可以用于自然科学中常见、相同的方式在数学上进行严格表述，并且可以从某些理论假设中推导出来。通过对任何语言对象的统计，确定了其事件或比例的概率，它们本身在数量上完全由相应的规律决定，总结出语言的使用规律，形成一套相互关联的语言规律意义上的一般语言理论。例如，通过文本文档的统计分析可以发现单词的频率与其在频率列表中的排名成反比；声音（音素）和字母的等级和频率之间具有相似分布。又如，在英文中，一个词使用得越频繁，这个词就越"短"。一个句子越长（以分句的数量来衡量），分句就越短（以词的数量来衡量）；一个词越长（以音节或形态来衡量），音节或词的发音就越短。

文体学（Stylometry）是通过将文本语言的统计分析应用于作者作品的风格评估，可用于匿名作者或有争议作者文档的著作权归属。由于文体学既有描述性用例，用于表征文本集合的内容；又有标识性用例，用于作者或文本类别的识别。文学作品风格的分析可以基于统计方法，还可以根据语言规律对不同作者文本的特征参数进行相应的考察。计量语言学的某些定律（如词长的分布）需要不同的模型，取决于文本所属的文本类别、定律的不同参数值（分布或函数），对文学作品进行定量研究。通过参考作者写作的语言规律，尽可能挖掘出客观的语言特征证据。由给定作者撰写的文本集合或足够长的文本允许分析产生统计上显著结果的某些共同属性，通过使用文本中单词和特征项频率来表征文本（或其作者），通过文献数据和特征的聚类分析和判别分析来揭示语言的写作风格。例如，将待分析的多部文学作品放在同一个平台上，统计作家使用功能词、某些标点符号的频率，或者通过展示作者风格相对应的特点，则结果模式可能会展示多部作品是同一作者还是不同作者。本书根据当前数字人文技术的最新进展，将计量语言学应用于文学作品的统计分析，本书分3篇，第一篇网络小说的计量统计和分析，第二篇茅盾文学奖作品的计量统计和分析，第三篇日本近代文学小说计算风格分析与比较。

第一篇：网络小说的计量统计和分析，选取猫腻和天下归元10部小说建立语料库，猫腻和天下归元是网络小说的杰出代表，也是文学性和艺术性的优秀作家。提取10部小说语料的段落、句子、标点、词汇、词性、身体名词等层面的特征量，运用描述统计、假设检验、文本聚类等方法，同时结合定性分析，研究两位作家在文学风格上的差异，探索男频和女频小说相异的用词习惯和审美倾向，总结网络小说语言表达的共同特点。研究表明，网络小说语言大多是浅白轻松的，段长、句长、词长都较短，词汇的复杂程度不高。与传统的严肃文学相比，网络小说语言的通俗性更强、口语化程度更高，用词大多为常用词。网络小说的语言还是自由时尚的，文言词和白话词、书面语和口语、外语和网络流行词都会在小说中交融出现。由于受众性别的差异，男频和女频小说在创作风格上也呈现出明显的差异。在主题关注上，男频小说世界观设定复杂，偏好军事、政治、经济、历史，情感描写十分粗糙。女频小说世界观设定较为简单，重点描述人物之间的感情发展和日常生活。在形象表现上，男频小说聚焦于男主角的成长脉络，外貌描写较少。女频小说从女性视角出发，大量描写男性角色的外貌气质。两类小说对于异性身体形象的描写都寄托了满足"快感"的目的。在用词风格上，男频小说更为豪放刚健，重视理性和逻辑。女频小说则较为细腻婉约，情感更为丰富强烈。

第二篇：茅盾文学奖作品的计量统计和分析，以茅盾文学奖43部获奖作品，2335万字的文档文本作为语料研究对象，通过设定参数，应用Gibbs抽样算法，对全部作品整体和特定样本作品做了多方面、多角度的方案设计，对作品文本进行一遍又一遍的迭代采样，获取参数的估计值，实现文本主题特征的降维和文本内容的语义信息提取，在文学作品的整体主题辨识、主题特征相似度、主题特色评价分析、三部曲作品的主题词汇演化分析，以及文学作品高频主题词分析，研究结果表明应用LDA（Latent Dirichlet Allocation，潜在狄力克雷分配）模型开展文学作品题材辨识的应用研究，在历史、战争题材作品取得了准确的识别结果。通过对文档－主题概率强度值分布按行抽取，构成一组文档的主题强度向量，对这组向量进行相似度计算，分析相关作品主题特征的相似度，合理解释了作品相似度的计算结果。选取当代、战争、历史题材小说各四部，采用六种层次聚类方法进行聚类，都准确地按题材形成了归类，体现了LDA主题模型形成的文档主题分布数据对文本聚类具有准确、良好的效果。将文学三部曲作品的各章拆分为独立文档，通过LDA的文档–主题概率分析，研究确定了三部曲作品章节按部归属的准确性和敏感性。

第三篇：日本近代文学小说计算风格分析与比较。以日本文学最有影响力的作家夏目漱石、宫泽贤治和森鸥外为代表作家。通过量化的手段，运用语言学的知识对三位作家的作品抽取适宜的语言学特征，采用语料库统计、文本聚类、主成分分析等统计学方法。使用神经网络模型Word2vec分析了词与词间的关系，采用卷积神经网络进行文本分类，结合数据和语言本体的知识对计算结果进行对比分析。从逗号比率可以发现，夏目漱石与森鸥外的文章在叙述描写上具有相似风格。通过文本聚类的分析发现三位作家的长篇作品特色在于名词、助动词和感动词，三位作家的短篇作品特色在于名词、动词和助动词。神经网络的文本分类表明，夏目漱石无论长篇作品还是短篇作品均有同样的词语运用。在长篇作品中，夏目漱石与宫泽贤治的作品比较相似，但在短篇作品中宫泽贤治的风格并不接近夏目漱石，且宫泽贤治以"短篇巨匠"著称，其短篇作品的风格比较明显。另外，森鸥外与夏目漱石是反自然主义派的两大巨匠，但他们的作品风格并不相同。

本书的第一篇由马观祉执笔初稿，第二篇由陈佳玮执笔初稿，第三篇由成泽胜执笔初稿，全书由江铭虎统稿。本书的出版得到了国家自然科学重点基金项目（62036001）、清华大学研究生教育教学改革项目（王树棠教育发展基金，202201J030）以及贵阳孔学堂国学单列重大项目共同资助，在此深表谢意。本书可供从事计算语言学、计量语言学、数字人文等领域的科研人员和高校师生参考。

江铭虎

2023 年 5 月于北京清华园

Contents | 目录

1

第二篇　茅盾文学奖作品的计量统计和分析

第三篇　日本近代文学小说计算风格分析与比较

| 第一篇 |

网络小说的计量统计和分析

　　网络文学是 21 世纪汉语文坛最值得关注的一道风景。网络文学发展二十余年，由于受众的性别差异，男频和女频成为了顶层分类。猫腻和天下归元都是幻想类网络小说的杰出代表，也都是在商业化创作的同时坚持作品文学性和艺术性的优秀作家。不同的是，猫腻的作品更受男性读者欢迎，而天下归元的作品的受众则主要是女性。

本篇选取猫腻和天下归元 10 部小说建立语料库，提取段落、句子、标点、词汇、词性、身体名词等层面的特征量，运用描述统计、假设检验、文本聚类等方法，同时结合定性分析，研究两位作家在文学风格上的差异，探索男频和女频小说相异的用词习惯和审美倾向，总结网络小说语言表达的共同特点。

研究发现，网络小说语言大多是浅白轻松的，段长、句长、词长都较短，词汇的复杂程度不高。与传统的严肃文学相比，网络小说语言的通俗性更强、口语化程度更高，用词大多为常用词。网络小说的语言还是自由时尚的，文言词和白话词、书面语和口语、外语和网络流行词都会在小说中交融出现。

由于受众性别的差异，男频和女频小说在创作风格上也呈现出明显的差异。在主题关注上，男频小说世界观设定复杂，偏好军事、政治、经济、历史，情感描写十分粗糙。女频小说世界观设定较为简单，重点描述人物之间的感情发展和日常生活。在形象表现上，男频小说聚焦于男主角的成长脉络，外貌描写较少。女频小说从女性视角出发，大量描写男性角色的外貌气质。两类小说对于异性身体形象的描写都寄托了满足"快感"的目的。在用词风格上，男频小说更为豪放刚健，重视理性和逻辑。女频小说则较为细腻婉约，情感更为丰富强烈。

在比较中，猫腻和天下归元显示了个人的语言风格特色。猫腻的文字沉稳大气，平静严肃，在感情表达上冷静克制，用词书面语色彩和文言色彩更浓，避免使用过于口语化或流行化的词汇，追求准确先于感情。天下归元的文字则较为自由形象、生动有趣，感情表达丰富强烈，语言的口语化程度高。同时，她对于语言的节奏和韵律感有更高的要求。

第 1 章

引 言

本篇计划以计算统计和定性分析相结合的方法研究男性向和女性向网络文学经典作家小说的文本风格特征，希望以男频作家猫腻和女频作家天下归元的作品为研究对象，对当下流行的网络小说在语言表达上的特点进行研究，比较二人写作风格的异同，探索男性向和女性向网络小说的语言表达特色，从语言学的角度，形成对当下时代、社会和大众文化的关照。

1.1 研究对象

本篇对当下流行的经典网络小说进行深入研究，由于之前的研究往往集中在网络文学的早期作品上，考虑到现在网络文学总量浩如烟海，更新换代频率异常高，且类型、作者之间风格差异较大，为了兼顾时代性、代表性和经典性，我们挑选了当下网络文学领域的男频代表作家猫腻和女频代表作家天下归元，采用他们的网络文学作品作为研究对象，对二人的写作风格进行全面细致的对比和分析。

同时，为了能够更全面地把握二人所代表男频、女频作品的类型风格，我们将所挑选两种类型的代表作品组成男频作品组和女频作品组，在对猫腻和天下归元的文学风格进行比较时作为参照。

1.2 计算风格学研究现状

1.2.1 计算风格学的诞生

语言风格是指"人们在交际活动中所形成的个人言语特征"[1]。最早亚里士多德就在《修辞学》中阐述了有关语言风格的论述，但是"语言风格"真正成为现代语言学研究中的术语是从法国语言学家巴利于1905年出版《风格论》，正式提出"风格学"开始[2]，巴利根据索绪尔结构主义语言学的思路，对语言和言语、共时和历时等概念都进行了描绘和区分，并认为语言在不同境况、不同作用下都会产生不同的风格。

在我国的汉语研究中，语言风格的研究很早已经出现。西汉时期扬雄的《法言·吾子》的"诗人之赋丽以则，辞人之赋丽以淫"就是讨论的语言风格。虽然从古至今，汉语并未对语言风格给予统一的定义，但总的来说语言个性和区别特征是作家在按照自己的意志运用语音、词汇、语法和修辞等材料组织语言时呈现的结果。因此在相对稳定和集中的条件下，语言风格有相对统一的表现。

随着时代的发展，如何更加科学地进行语言研究一直是现代语言学寻求前进努力的方向和目标。现代自然科学技术使用实验手段，结合定量方法可以得出可验证的结论，具有精准的预测能力和实际应用，也为语言学发展提供了思路。但目前在人文社科领域，采用定量和统计的研究方法仍然是社会学、人文学和经济学等学科的主流，语言学领域中虽然也有采用定量方法分析，但大多数仍然停留在浅层、简单的描述统计上。

自从20世纪30年代，西方文学引入统计分析的方法对文本进行研究[3]，纵览近年对于文学作品语言风格等的分析研究，采用数据统计的定量分析方法已经成为一种趋势，其优势在于对比传统的内省式定性研究，可以对文学作品的语言分析形成更准确、深刻和具有说服力的判断。进入信息化时代后，计算机技术不断发展成熟，语料库建设应用逐渐普及，为运用语料库的理论和方法对语言风格进行量化研究提供了充分的可能和足够的条件。但定量分析也需考虑文学语言自身特点并加以定性解释，只有把定量分析的确定性和定性分析的丰富性相结合，才能得出更加真实客观的结论。

20世纪50年代，应用定量分析方法进行文体学研究在西方不断发展和完善，逐渐成为主要研究方法之一，随着计算机技术的发展，对文本的处理效率大幅提高，计算风格学（Quantitative Stylistics）应运而生。1964 年，Mosteller 等人[4]通过贝叶斯统计方法根据常用词词频判断《联邦党人文集》争议文章的归属问题。计算风格学以定量的方式对文本风格和作者写作习惯进行研究，其理论基础是：文本语言特征是表现作者写作风格中的言语特征，是作者风格自然的深刻反映，这些特征可以通过数量特征的统计分析来进行描述，从而可以更加直观、理性地分析作者个人的语言风格和言语表达习惯。之后，大量研究采用对写作风格量化的方法进行语言研究，计算风格学被广泛应用于文本的作者归属判定、文本风格分析以及文本抄袭检测等多个领域。典型的特征包括：词法特征，如单词长度、句子长度等；字符特征，如字母、数字等；句法特征，如词性语块、句子和短语结构等；语义特征，如同义词、语义功能等。[5]传统使用一维方法（包括：词汇密度、平均词长和平均句长等），更多使用多维方法（多个特征同时测量）。这在作者判定、流派类型识别、作者性别识别以及年代测定上都有很大的应用价值。

20 世纪 90 年代，语料库语言学兴起并迅速发展，为计算风格学提供了新的活力。基于语料库的研究方法成为文学作品语言风格研究的重要范式。桂诗春[6]认为"使用语料库方法来研究语言使用是一种天然的结合，因为语言使用千差万别，并非凭研究者的个人的语言本能所能判断。"计算风格学综合了语料库语言学和传统文本分析的优势，前者重视样本库和参照库的语言特征，后者以经验和历史为参照，二者相辅相成，为计算风格学的发展带来巨大潜力。

1.2.2　计算机辅助分析在文学研究中的应用

20 世纪中叶，计算机辅助量化研究作为一种新方法被引入文学研究中，即便发展到目前的"数字人文"等概念，它们对于文学研究的基本出发点仍然是"量化"[7]。也就是基于一系列的数据，结合研究者的认识，对文学作品、观念和现象等进行研究。

上文提到的 Mosteller 等人采用统计学的方法完成对《联邦党人文集》的作者辨析后人文计算获得大众的认可。20 世纪 60 年代也出现了更多以计算方法进行人文研究的群体、创办的期刊或组织的会议，比如《计算机与人文科学》（1966 年）、"文学与语言计算协会"（ALLC）以及"计算与人文研究协会"（ACH）等。[8]

20 世纪以来，随着计算机技术进步、互联网发展和数据库完善，改变了文学研究中数据方法的使用。谷歌（Google）2010 年发布了 Ngram Viewer 工具，研究者能够用它来统计自 1800 年以来的书籍中任意词出现的频率。2011 年，以艾略兹·利波曼·埃顿（Erez Lieberman Aiden）和简·拜普提斯特·迈克尔（Jean Baptiste Michel）为首的研究团队[9]在谷歌图书的大量数字化资料的基础上分析关键词在语料库中的使用频率变化，提出了"文化组学"的概念，认为"单词"像基因一样包含着可继承的信息，其随时代变化出现的频率变化体现着人类文化的发展趋势和演变规律。这意味着一种真正的学科交融。

2007 年，弗朗哥·莫莱蒂（Franco Moretti）[10]利用多国数据，用图表的形式描绘了从 18 世纪到 19 世纪英、法、意、西、日等国的小说在数量和题材上的变化，用量化方法分析数据的变化从而分析世界小说发展的基本规律。2013 年，马修·乔克斯（Matthew Jockers）[11]的专著《大分析：数据法与文学史》，分析了用大数据进行文学分析的基本理论，并探讨了计算方法和统计工具在文学研究中可以发挥的各项可能。近年来，跨学科的趋势有别于传统文学研究方法越发流行。数理统计学、地理学、拓扑学和生物学等多方面的现代科学方法和基本理论与文学文本共同组成了新的大文化环境。有的学者同时也在担心，面临如今包容开放也充满争议的局面，人文研究引入多种学科后会失去最重要的思维体验和文字表达[12]。

在西方文学研究依靠量化方法进行风格辨析、文学史等研究的同时，国内研究者也积极参与进来。中国的文学研究未经历人工计算，直接进入计算机辅助人文计算的时代，20 世纪 80 年代出现了以量化方法研究《红楼梦》的文章，也出现了一批文学数据库。之后，量化方法在中国古籍的数字化与检索系统的开发上大放异彩，帮助人文领域在数字化进程、版本辨析和文献整理上进步许多[13]。比如北京大学的《中国基本古籍光盘库》、针对 5.7 万首唐诗和 25.4 万首宋诗文本进行数字化处理的《全唐诗分析系统》和《全宋诗分析系统》[7]。

比起在数据库建立之路上的高歌猛进，国内文科领域在针对具体文学的实证研究上，计算机辅助方法的功能实现比较集中。20 世纪 80 年代的《红楼梦》研究开启了以计算方法研究汉语文学的先河。美国威斯康星大学（University of Wisconsin）的陈炳藻、华东师范大学的陈大康[14]和复旦大学的李贤平[15]先后用计算机对《红楼梦》进行著作权判断。这是一种典型的计算风格学研究范式，也为后来利用数据进行文学研究的多种尝试奠定了基础。

1.2.3　计算风格学应用的广泛领域

虽然以计算机辅助文学进行定量研究开始于 20 世纪中叶，但追溯最早对文本风格进行定量分析的研究可以到 18 世纪，当时的英国数学家和逻辑学家 Augustus de Morgan 就认为用词汇量化研究可以辨析文本的作者。到了 19 世纪中期，科学家 Mendenhall[16]通过人工统计的方法对文本中语言特征项的频次进行统计从而开始文本风格研究，比如以词频辨析狄更斯和威廉·萨克雷的风格。20 世纪 30 年代，Yule[17]首次将统计学的方法应用于文学作品风格的研究，提出对文本句子长度的研究可用于识别文本作者身份。

计算机时代来临后，数据采集越发方便，计算风格学的研究也拥有了更多的可能。类型风格的研究更加成熟，斯坦福文学实验室开发的 Docuscope 工具[18]可以自动准确地区分工业小说、哥特式小说和教育小说等类型。可见计算机工具能够充分挖掘文本特征，展示文本的复杂性。计算风格学也比较多地出现在文本作者身份识别和比较文本风格的研究中。

在国内研究中，自《红楼梦》开始，计算风格学在文学领域广泛应用于语言风格、作者识别、文体差异和时代风格变化的研究中。

针对同一创作题材的不同作者风格辨析，刘颖、肖天久[19]对金庸、古龙具有代表性的小说，采用定量统计和定性分析相结合的方法，选取平均段落长度、词长变化程度、虚词使用、高频词使用和词类使用等基本频率特征，通过层次聚类、k-means 聚类等统计方法，得出二者小说风格上的显著差异。金迪[20]从计量风格学角度出发，建立格非和余华小说的语料库，选取文本可读性、文本从中性、词汇丰富性、文本节奏度和文本破碎度等特征进行基于频率统计的风格分析，同时也选取虚词进行假设检验的统计分析，得出余华小说的平均词长和平均句长都比格非的小说短，因此得出文本复杂度较低的结论。格非小说的词汇丰富度要高于余华小说，在文本节奏方面二者也存在差异。

针对同一作者创作风格的历时演变，余韵[21]采用计量风格学方法，建立巴金小说不同时期的语料库，从词汇和句子层面采集词汇长度、词汇丰富度、共现词和独有词等语言特征，意图寻找巴金小说的创作分期现象在语言学层面上的体现，以及探索作者在文学创作上语言的一致性。李凯旋[22]运用计算语言学的方法对"80后"作家颜歌的小说进行研究，选取颜歌的10部小说作为研究对象，建立语料库。从词汇层面和句子层面分析颜歌小说的语言风格。词汇层面上，她主要从词汇的书面语和口语风格来分析。最后通过之前的统计和分析，总结了颜歌作品创作初期、转折期和成熟期三个阶段的语言风格特征。

针对风格对比提出方法上的创新，苗艳艳[23]在比较毕飞宇和苏童小说的风格时提出使用多维度分析法（Mult – dimensional analysis，MD）[24]。这一方法最初是在20世纪80年代由Douglas Biber提出的，本来被应用于文体分析研究口语和书面题材的区别，后来逐渐扩展到文本风格特征分析上。多维度分析法利用语料库技术和多元统计方法（因子分析），分析语料中与特征的共现和互斥模式，确定文体变异的维度，对不同文本从多个维度进行比较。与单独的研究语言特征相比，多维度分析法更能揭示出该文本的特征。苗艳艳选取当代作家的作品构成参照语料库后，从"以意义表达为主，词汇丰富""语气强烈，叙事性强""叙事平稳度"三个维度对毕飞宇和苏童的作品进行风格辨析和比较，发现二者在这三方面都有显著区别。

在作者识别领域，钟敏、汪洋[25]认为传统的写作特征使用词袋、功能词和结构特征而能忽略词语之间关联性，丢失了文本的语义信息。他们通过分析汉语语法特点，了解句子构成特点，使用关联挖掘算法挖掘文中具有关联的词性序列作为特征。词性关联特征和汉语语法中的虚词词性、情感偏向、文本结构特征作为四个类别特征，构成作者特征的向量空间，使用机器学习中的随机森林、逻辑回归和 K 近邻等分类算法进行分类，从而构成作者识别模型。

在研究译本文本方面，马莉姿[26]为了探索芥川龙之介小说汉译本不同译者的翻译策略，自建平行语料库，对芥川龙之介的三本小说（《罗生门》《地狱变》《竹林中》）的四个译本的翻译风格进行了对比分析。金真星（2020）[27]通过比较《春香传》的两种译本（2006 年柳应九版、2010 年薛舟、徐丽红翻译版），运用 NLPIR、R 语言和 MTmineR 等软件对语料进行分析，得出两次译者在翻译风格上的差异。

可见，采用计算风格学的方法对语言风格学的研究在比较文本风格中被大量运用。同一体裁的不同作者，同一作者的不同作品，同一作品的不同译本，都有学者进行过研究。

1.2.4　计算风格学选取的重要特征

从已有的研究来看，可量化并且能够体现文本风格特征的语言特征非常丰富，其中得到较多认同的有字、词、句、段、语法和语义等。

字符层面，包括高频字的使用、字母、标点和特殊符号等。Grieve[28]统计了英文 26 个字母出现在单词中不同位置的频率和 8 个标点符号的出现频率，并总结了风格特征。

词汇层面，除了平均词长和词长分布之外，还包括词汇丰富度［类符－形符比（Type－Token Ratio，TTR）和单现词］、虚词、实词、高频词和词汇搭配等多种特征量的统计。

词汇丰富度（Vocabulary Richness）能够直观概括地展现文本的复杂性，体现语言的多样性和成熟度，是在对比不同作者文本风格时经常采用的特征量，一般采用类符－形符比作为考察标准。类符（Type）即词的种类，是文本中出现的不同词的数量；形符（Token）即总词数，每个词出现的次数累计相加。一般来说，TTR 的计算公式为

$$TTR = Types/Tokens \times 100\% \qquad (1.1)$$

但是当所选择的文本之间规模差异显著时，TTR 很容易受到文本长度的影响，类符数并不会随着形符数的增长而等比增加。因此，之后有学者提出了很多修正原类符 – 形符比的公式，如 Herdan[29] 提出的为类符和形符取对数：

$$TTR = \log（Types）/\log（Tokens）\times 100\% \qquad (1.2)$$

除 TTR 以外，也有其他数学模型用来测量词汇丰富度，比如 Grabchak 等人[30]在处理篇幅较短的文本时，采用信息熵的模型。

虚词因为主要承担语法功能而与实际内容和主题不相关，因此可以更客观地反映不同作者的写作风格。比如 Kerner 等人[31]选取虚词和非虚词，即功能词和非功能词两组高频词为特征对犹太语样本的作者进行判定，得出前者的结果更加准确，证明虚词在体现文本风格上作用明显。

高频词在体现作品的主题、内容风格以及作者的个人喜好上作用明显。比如涂梦纯等人[32]在研究余华和莫言小说高频词后，总结出莫言和余华二人文本风格的特色。

在句子和段落层面，也有针对句长和段长进行各种特征量统计并比较的。比如 Zheng 等人[33]统计段落中的句子数、词数和字符数等考察作者语言习惯。

随着技术和研究的不断进步，更多的文本数据或模型被纳入计算文本特征计算之中，计算风格学应用的场景也将越来越广。

当然，虽然计算风格学发展迅速，我们也看到这些研究中存在的一些问题。例如，一、多数的定量分析是建立在对作品初步的定性分析上的，得出的结论也往往只是为了验证我们对于某一风格的判断；二、这方面的研究还有一定的局限性，数据能体现的信息量毕竟平面且有限，针对不同的研究内容，数据表现一致容易掩盖背后内容的丰富性，因此仍需要对背后的内容进行深入挖掘；三、从计算机技术的发展来看，本身计算风格学的理论和模型主要借鉴国外已有的研究，其对于汉语研究的适应性还有待进一步发展。

1.3　网络小说研究现状

1.3.1　网络文学兴起的背景

网络文学是与网络有关的文学，它既可以是网络化的印刷类文学，也可以指直接在网络上创作和发表的原创文学，多指小说。在现有的语境下，我们提及网络文学往往是指后者，网络所具有的和传统媒介迥异的创作、发表及阅读环境决定了它与传统的文学创作有极大的不同。

21 世纪以来，随着互联网技术的不断进步，信息化已成为不可逆转的历史进程。中国的网民规模不断扩大，中国网络文学也取得了举世瞩目的迅猛发展。据中国互联网络信息中心（CNNIC）2021 年 2 月发布的第 47 次中国互联网络发展状况统计报告[34]，截至 2020 年 12 月，我国网民规模达 9.89 亿，互联网普及率达 70.4%，如图 1.1 所示。截至 2020 年 12 月，我国手机网民规模达 9.86 亿，网民使用手机上网的比例达 99.7%。

图 1.1　近年网民规模和互联网普及率

2020 年突如其来的新冠肺炎疫情加速推动了从个体、企业到政府全方位的社会数字化转型浪潮，中国近十亿网民构成了全球最大的数字社会。互联网已经渗透到我们社会生活的出行、购物、支付和娱乐等方方面面。

网民数量增长和网络普及率提升的同时催生着网络文学用户规模的不

断扩大，我国网络文学正经历着前所未有的繁盛时期。截至 2020 年 12 月，我国网络文学用户规模达 4.6 亿，占网民整体的 46.5%，如图 1.2 所示。手机网络文学用户规模达 4.59 亿，占手机网民的 46.5%。而在 2013 年，网络文学用户数还仅为 2.74 亿。

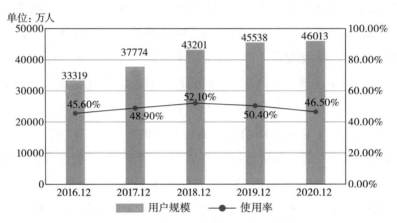

图 1.2　近年网络文学用户规模及使用率

不可否认的是，当下社会大众的主流文学阅读模式已经从书本转到了网络。网络文学自从 20 世纪 90 年代诞生以来已发展近 30 年。随着互联网媒介形态的不断变化，网络文学也在不断演变和发展，大体历经了以下三个阶段[35]。

第一阶段：萌芽时期，中文网络文学诞生了一批"现象级"作品，如痞子蔡的《第一次的亲密接触》、今何在的《悟空传》、慕容雪村的《成都，今夜请将我遗忘》。这些在当时具有代表意义的作品主要创作在网络 BBS 上，大多数免费发表于网络，获得轰动效应后出版盈利。但是比起现在成熟的网络文学生态，这一时期的作品更像是把传统文学写在了互联网上，采用了传统文学的样式，但是也兼具了网络文学的一些明显特点。

第二阶段：PC 互联网时期，随着媒介技术、网络环境的变化，互联网用户交互性显著提高。以起点中文网为代表的一些网络小说平台快速发展，诞生了大量类型化的小说。2003 年，起点中文网开始提出 VIP 章节收费制度，首创了网络文学的基本商业模式，随后又推出月度评选制度等，构筑起评价网络文学作者的标准。这一时期，网络文学正式开始了商业化运作，和传统意义上的文学渐行渐远，开始了类型化的文学创作模式。

第三阶段：移动互联网时期，手机和移动互联网逐渐普及，网络文学用户体量大幅增长。手机阅读的便捷特性使得网络文学的影响力大大增加。网络文学的生产者投其所好，把网络文学的开发做到极致，典型表现之一就是网络文学的类型化严重，同一类型的作家有相对固定的写作模式，大量类型小说也诞生并成型于这一时期。与此同时，大量以无线移动端为目标的原创网络文学网站兴起，网络文学地位进一步提高。强势资本介入后，以网络文学为起点的诸多商业链连接了影视改编、游戏制作或其他衍生品，网络文学"泛娱乐"的潜力逐渐显现。

近些年来，国内网络文学行业持续发展，变化主要体现在行业发展和市场竞争两个方面。行业发展方面，用户付费意愿与作者创作环境持续改善。用户付费意愿显著提升、平台和作者合作方式更加灵活、版权保护机制持续完善。市场竞争方面，腾讯、字节跳动等大型互联网企业的介入进一步推动网络文学行业竞争加剧。

网络文学在 21 世纪初的迅速崛起是数字媒介影响文学转型的重要标志[36]。中国网络文学的爆发不是压抑多年的通俗文学的反弹，而是一次伴随着媒介革命的文学革命[37]。原创文学网站、门户网站的文学频道、电子文学期刊、微博主页、公众号等众多写作渠道，各类掌上阅读 App 层出不穷，诞生的网络文学作品难以数计。新媒介使文学的审美构成、表意机制和时空观念产生了根本性变化，也形成了迥异于传统文学的阅读体验[38]。尽管网络文学目前仍然存在着"娱乐性""网络性"和"经典性"之间的争议，但是毫无疑问，它是 21 世纪汉语文坛最值得关注的一道风景。

有关网络文学的理论研究、文本研究越来越多，对应的论文、期刊和会议也不断增加，这些都表明网络文学正越来越受到学术界重视。研究网络文学的特点，对于认识新媒介下现代汉语的发展变化、了解当代社会的文化需求具有十分特别的意义。

1.3.2　网络小说的研究概况

尽管伴随很多质疑的声音，难以否认的是以网络小说为代表的网络文学正不断改变着当代文学的格局。网络小说以其迥异于传统小说的内容、题材、审美和传播途径成为新兴的文学形式，引起学界越来越多的关注。

孙乔可[39]对中国知网收录的 2000—2019 年的网络文学研究文献进行统计分析，发现中国网络文学研究主要聚焦在六大主题，即：中国网络文学本体问题研究、中国网络文学发展与转型研究、中国网络文学出版生态研究、中国网络文学海外传播研究、中国网络文学产业与消费研究以及中国网络文学评价与批评研究。相比于原先的无人问津，近年来"井喷"式的期刊文章显示了学界已将越来越多的热情倾注在研究网络文学这一当代文坛最靓丽的风景线上。

但值得注意的是，即使是在网络文学本体研究中，比起针对具体网络文学作品或群体的实证分析，学界仍是更多地将目光投向网络文学理论，以传统的人文研究方式进行研究。如借鉴已有的经典文艺理论，如游戏论[40]、接受美学理论[41]、民族主义视角[42]和狂欢化理论[43]等，解读网络文学的诞生和流行，探索网络文学和传统文学之间的差异和联系。

作为网络文学研究领域的早期研究者，欧阳友权最早开始全面研究网络文学的出现、发展和基本特征等，他从数字媒介带给文学的巨大变化为出发点，认为数字媒介的出现改变了以往的精英书写，网络传播重构的公共空间向民众开启，重新确立了民间本位的写作立场，实现平民化叙事。数字媒介同样"用技术方式为文学活动赢得了更大的艺术自由度"，文学甚至突破了"语言艺术"的阈限，实现了符号载体的"脱胎换骨"。文学功能开始大范围由社会性尺度向个人化标准转变[44]。

1.3.3　网络小说的类型化趋势

自网络小说诞生以来，作品的通俗类型化倾向越来越明朗。现在的文学网站普遍采用职场、军事、言情、架空、盗墓、穿越和玄幻等标签为网络文学分类。小说的类型化是小说发展成熟的一个标志[45]。

在网络文学文本风格研究上，很多学者都关注到了类型化倾向。唐小娟[46]在《网络写作新文类研究》下编的四章中谈到网络文学中非常有影响力的四种类型化小说，并分别阐述了它们的风格特点。玄幻小说是融合了科幻特色、武侠精神、奇幻风格、神怪文化和游戏模式等，表现主角奇特经历的幻想类小说，往往具有东方特色，取材道家文化，具有复杂的人物关系和完整的世界观。悬疑、盗墓类小说则主要受到神秘主义影响、依靠紧凑神秘的情节和细腻的心理分析来渲染紧张刺激的气氛。穿越小说则大多体现了女性意识，常用第一人称，让读者有强烈的代入感。同人小说是借用已有作品的角色、背景等元素，创作新的故事情节，绝大多数此类小说都将重点放在人物之间的情感状态上。

郑晓峰[47]认为网络小说的类型化，是技术媒体促进文学生产力进步的结果，类型化小说不仅仅体现在小说的文体、题材和内容等方面，同时也表现小说外在的结构特征、语言表达和叙述方式等方面。媒介系统结构可以通过语言结构来反映。

陈定家[48]在《网络时代的文学转向》里提到网络文学中的类型文穿越小说，并以桐华的《步步惊心》的语言风格为例，表示正是因为作者从古典诗词中借鉴了不少东西，遣词造句丰富、优美，它才大获成功。他们之所以能够赢得那么多读者，很大程度上要归功于将经典通俗化、现代化。

网络文学领域的研究中，邵燕君教授引领的北京大学网络文学研究团队十分著名，他们对于网络文学的生产机制、文本解读、价值评估、受众心理和文化语境等多个方面进行了全方位的研究，提出了很多十分有创建性的观点。邵燕君[37]在《网络文学经典解读》中阐述了网络类型化小说的经典性，指出网络类型小说可以具有文学性、独创性和思想严肃性，也可以诞生足够经典的文学作品，并经过反复斟酌挑出了 12 部小说作为 12 部重要网络文学类型的代表来解读。它们充分体现了类型文的文本风格，是该类型文的集大成者，代表着本时代的巅峰水平。

1.3.4　网络小说的性别分化

值得一提的是，在网络小说发展至诸多类型的历程中，男性向和女性向作品的分化也渐趋明显。网络文学自从诞生以来就走在类型化的道路上，移动互联网时代来临后，类型化速度不断加快，且越发成熟，尤其以女性向和男性向作品的分野最为明显。表1.1是统计的6家热门PC端中文文学网站内的网络文学分类情况。

表1.1　PC端中文文学网站的类型与内容

序号	网站名称	分类			性别取向
1	晋江文学城		言情、纯爱	衍生/轻小说、原创	女频
2	起点中文网	玄幻、奇幻、武侠、仙侠、都市、现实、军事、历史、游戏、体育、科幻、悬疑	女生网	轻小说	男频＋女频 男生为主
3	飞卢中文网	同人小说、玄幻奇幻、武侠仙侠、都市言情、军事历史、科幻网游、推理灵异、青春校园	女生小说	轻小说	男频＋女频
4	纵横中文网	奇幻玄幻、武侠仙侠、历史军事、都市娱乐、竞技同人、科幻游戏、悬疑灵异	花语女生	二次元	男频＋女频 男生为主
5	17k小说网	17k男生	古装言情、都市言情、幻想言情、浪漫青春		男频＋女频 女生为主
6	潇湘书院	男频	古代言情、现代言情、玄幻仙侠、浪漫青春、悬疑	漫画频道	男频＋女频 女生为主

可以看到，当下网络文学的分类几乎都是在男频或女频的大分类下，完成更多网络小说类型标签的细化，后续细化的分类可能有重合，但是性别经常是顶级分类。

　　造成这一现象的原因，直观来看是市场影响和对于商业性的追求。王金芝[49]认为根据市场和大众的需求，网络文学类型化达到了极致的表现就是文本呈现出了性别区分的显著特征，即男频（男生频道简称，主要阅读群体为男性）和女频（女生频道简称，主要受众为女性）两大分类，其他诸多细类大多分布在这两个大类之下。

　　客观来说，男性和女性的审美兴趣和阅读习惯确实存在差异。从内容上看，宋玉霞[50]指出女性读者对于作品的审美需求与男性读者有着明显的差异，女性对自我充满了美好的期许，一方面强调自身独立，另一方面也执着于在小说中塑造男性偶像，将男性物化，当作美和欲的感知对象。女性向作品在文本风格、精神特质和性别意识上都与男性向作品有显著差异。

　　从形式上看，女性读者往往更注重小说语言形式上的精致美好。刘芊玥[51]在研究网络小说下的亚类耽美小说时阐述，耽美小说作为女性向作品往往具有强烈的"抒情性"，明显具有诗性表达的特征，"语言的抑扬变化传达出如梦幻般的联想节奏"，他们用曼妙的文笔，凝聚成精致的文学景观。

　　男频网络小说则风格迥异，张鑫佩[52]在研究网络玄幻小说时，总结这一类型小说的共同之处，即长线串珠式的叙事结构、充满快感的故事情节、简化的小说语言和扁平化的人物塑造，很少情感描写。而玄幻小说却往往是男性向类型小说的集中地。

　　造成网络小说男频和女频分野同样离不开女性地位的提高和女性意识的觉醒，更多女性读者拥有表达自我的能力和需求。齐丽霞[53]认为女性处于叙事的主导地位，自然会从女性的立场来书写女性所关注的世界、人生和爱情。在男性聚焦为主的文本中，女性更多被定义为母亲、妻子、女儿，而在女性聚焦的文本中，女性是独立的个体。黄佩佩[54]则提到一些早期的网络女性小说在创作的过程中也受到大众文化的影响，很多塑造的女性形象角色是在男性角色注视下而诞生的。比如《何以笙箫默》中的女性角色均是对强大的男性表现出倾慕，而自我独立意识并不坚定。

　　相关的研究已经非常丰富，我们也可以看到，相比较而言，学术界对于网络文学中女性向作品的研究和关注度要高于男性向作品。

1.3.5　定量分析在网络文学作品研究中的应用

尽管近年来有关网络文学的研究日益丰富，但是直接采用计算机和定量统计分析作品的研究并不多见。

刘锡峰等人[55]针对网络文学作品数量与日俱增，但读者却越来越难以找到适合口味的作品，以《雪中悍刀行》为例，使用 LDA 主题模型对网络文学文本进行主题挖掘，通过 Word2vec 词向量模型对文本进行相似度对比，同时构建作品内部人物关系图谱，梳理作品脉络，更直观地展示作品的主要内容和思想。这一研究可以为系统性的作品筛选和提升网络文学阅读体验提供思路。

郭晓丹[56]基于网络原创小说抽样语料库，运用现代词汇学、语用学和传统修辞学的理论，采用语料库语言学、定量定性相结合，研究网络原创小说中的词语，特别讨论了其中出现的新词和仿词格。对于研究网络小说语言的规范化和发展规律很有参考价值。

李艳丽等人[57]则采集较差网络小说、优秀网络小说和经典小说素材，从计量风格学角度对小说文本进行比较研究，选取篇幅、词性、节奏和词汇量等方面的特征，构造决策树、神经网络和贝叶斯等分类模型，从而发现三个作品集之间的关键性差异，不同的特征具有不同的区分度。

总之，国内基于定量统计分析对网络小说的研究总体数量很少，且没有针对不同类型的网络小说从语言风格上进行区分的先例。

回顾国内网络文学研究现状，目前这一领域的研究还存在很多方面的不足。

首先，宏观研究、理论研究较多，针对具体作品和作者文本的研究较少。对于作者的遣词造句和写作风格不是特别关注[58]，大多数研究仍然主要着力于对网络文学现象进行分析，将之作为一种全民化的文学现象和技术引领的文化潮流，研究者往往忽视作品，而仅仅关注这类现象。

其次，研究对象较为集中，缺乏与时俱进，更加贴合时代和创作者的研究。网络文学至今已经发展了二十多年，作品层出不穷，风格和写作手法也在发生巨大的变化，但是大多数研究仍将目光集中在蔡智恒（痞子蔡)、安妮宝贝、慕容雪村、少君、六六等几个早期作家和作品身上,对于最新的网络文学动态关注度不够。

第三,缺乏数字化手段对文字内容进行有效的信息挖掘和研究。网络文学海量的文字和信息给传统的人文研究带来一些困难,但正适合进行计算机辅助的量化统计和分析。比如,可以利用文本标记和语言分析软件对网络类型小说的文本语言进行采集和分析,考察作品类型风格和作者的语言习惯。或者运用社会网络分析网络文学在人物关系和功能上的异同等。

1.4 猫腻和天下归元小说研究概况

网络文学发展二十余年来,诞生了无数的知名作家、大神。今何在凭借《悟空传》一书封神;唐家三少勤奋高产,开创了玄幻小说的经典世界架构,收获男频区读者长久的支持和喜爱;顾漫的青春校园故事勾勒出少女心中对爱情最美好的期待;桐华在历史长河中书写着情爱和现实的对抗缠绵。不同作者、不同类型的小说往往风格差异巨大,个人特色明显。综合考虑主要作品的影响力、文学性和受欢迎程度后,本篇选取网络文学中相对具有代表性的两位作家,男频区的猫腻和女频区的天下归元,以他们的小说文本作为研究对象,对比二人的语言文字风格。

猫腻,本名晓峰,1977 年出生于湖北省宜昌市,曾就读于四川大学,从事网络文学创作,是阅文集团的白金作家。其代表作有《朱雀记》(2005)、《庆余年》(2007—2009)、《间客》(2009—2011)、《将夜》(2011—2014)、《择天记》(2014—2017)和《大道朝天》(2017—2020)等,其中,《朱雀记》于 2007 年获得新浪第四届原创大赛·奇幻武侠奖一等奖(2007);《间客》于 2013 年获得首届"西湖·类型文学双年奖"银奖(2013),后入选"中国网络文学 20 年 20 部作品"(2018),位列榜首;《将夜》获得首届网络文学双年奖金奖(2015)。

天下归元,本名卢菁,潇湘书院金牌作家,中国作家协会网络文学委员会委员,江苏省网络作家协会副主席。其代表作有《燕倾天下》(2008—2013)、《帝凰》(2009—2013)、《扶摇皇后》(2010—2013)、《凰权》（2011—2013）、《千金笑》（2012—2013）、《凤倾天阙》（2013—2014）、《女帝本色》（2014—2015）和《山河盛宴》（2019—2020）等，多部作品纸质版上市后成为青春文学畅销书。

猫腻和天下归元都是架空幻想类网络小说的代表作家，猫腻的小说世界多为东方玄幻，融合科幻、军事等元素，幻想程度更高；天下归元则是以中国古代传统社会为背景虚构一个架空世界，同时杂糅玄幻、科幻、悬疑等元素。从整体的阅读体验来说，猫腻的小说世界与我们所熟知的现实世界距离更远，而在天下归元的小说中则能看到更多古代社会的影子。由于男频和女频有影响力的小说类型本就差异颇大，猫腻和天下归元的作品题材相对较为接近，都是幻想类架空题材，广义上的玄幻小说，在分析对比二人风格特点时也更可能捕捉到题材影响之外的个人特色。同时，比起大多数男频热门作品动辄300万字以上的超长篇幅，女频小说往往只有50万至200万字，一般来说男频作品篇幅远大于女频作品，猫腻和天下归元二人的文本规模则相对较为接近。

猫腻和天下归元都是网络文学领域中能够在商业化写作的同时兼顾小说的文学性和严肃性的作家。网络文学在发展和类型化的过程中同质化现象严重，海量的小说产出，但是由于创作者水平的限制、娱乐消遣的阅读需求和受众平均文化程度较低的限制[52]，大多数网络小说的品质往往较低，采用"打怪升级"的简单模式，因而一直受到主流文学界的质疑。但是在网络小说逐渐成熟的今天，越来越多的学者关注网络文学经典性的问题。邵燕君[59]认为网络小说在具有文学性、独创性和思想严肃性的基础上同样可以讨论其经典性。经典的网络文学作品传递"本时代最核心的精神焦虑和价值取向"，文学形式上有代表巅峰水准的表现力，同时具有显著的个性风格。

猫腻正是邵燕君所认为的符合这一标准，把网络小说的商业性和文学创作的严肃性完美结合，将初期两个相互对立的网络文学脉络——"小白文"和"文青文"打通，融合雅俗的"经典性作家"的代表。他是在"起点模式"中靠个人努力脱颖而出的大神，因而其小说必然具备起点

"爽文"的基因和风格；但同时他没有放弃自己个人的价值输出和表达风格，仍在小说中传递着个人的理想主义和人文精神，追求语言的优美灵动，因此又被称为"最具情怀的文青作家"[60]。张鑫佩[52]也认为猫腻在商业性和艺术性之间寻找到了平衡，在快速创作的同时也不失精英文学的风骨和文笔，传承传统文学的审美品格。

天下归元同样是获得主流文学界认可的经典网络文学作家之一，2017年11月，首届"茅盾文学新人奖·网络文学新人奖"举办，共有10名网络文学作家获奖，其中的女频作家仅有两位，天下归元（卢菁）是其中之一，其作品在一定程度呈现了自身的独特风格。她是"新穿越"小说领域的翘楚，从主题上说，她小说中的女性自由洒脱、勇敢自强，重视事业发展，追求独立平等、惺惺相惜的爱情；从内容上说，她的小说感情冲突激烈，情节波澜壮阔，整体大气厚重，带有丰富的玄幻色彩；从形式上说，她的语言优美华丽，格调清新，喜欢使用各类修辞和细节描写，呈现出丰富的表达效果，这与大多数唯谈爱情的女频言情小说并不一样。天下归元的小说也因对家国、两性关系的思考，饱满跌宕的故事，写到爱情的时候更加荡气回肠，从而在无数女频小说中显得特别而耀眼。

猫腻和天下归元作品的存在证明了网络小说的商业性其实并不排斥文学性，程式化的类型网文创作也可以写出个人独特的风格。网络小说在追求快感和娱乐大众的同时，也可以进行严肃的思考，表达作者的价值取向和精神追求。

从影响力上说，猫腻和天下归元的个人所受赞誉和作品受到的开发重视也十分相似。第三方数据挖掘与分析机构 iiMedia Research（艾媒咨询）近几年发布的《中国网络文学作家影响力榜单解读报告》中，猫腻和天下归元都在最有影响力的男频或女频作家榜上名列前茅，且在 2021 年 1 月，分获男频和女频网络文学作家影响力榜单的第一名。①

---

① 艾媒咨询属广州艾媒数聚信息咨询股份有限公司,专注新经济领域的数据挖掘和行业数据报告分析。

二人也在 2018 年、2019 年一同获评第三届和第四届"橙瓜网络文学奖"的"百强大神"称号。

猫腻和天下归元的小说影视化程度都颇高。猫腻的《择天记》《将夜》《庆余年》改编的同名电视剧分别于 2017 年 4 月、2018 年 10 月和 2019 年 11 月播出，天下归元的《扶摇皇后》《凰权》改编的电视剧《扶摇》《天盛长歌》也分别于 2018 年 6 月和 2018 年 8 月播出。以上作品影视化都非小成本制作，这也从侧面说明了资本市场对于猫腻和天下归元作品影响力的认可。

目前，针对网络文学具体作者和文本的分析研究十分有限，对于猫腻和天下归元二人的网络文学风格分析还较为少见，定量分析几乎没有。大多仍是定性分析或从网络文学的发展角度进行宏观的描述，或探索网络文学的突破和困境[61]，或讨论其传播特点[62]，或从文学角度分析小说的写作艺术[63]。本篇选取他们二人的小说进行计算统计和定性分析相结合的风格学对比研究，以期能看到当下受欢迎的网络文学的基本特点，猫腻和天下归元个人的独特风格，以及探索不同受众的网络文学彼此间的差异体现和两性阅读审美之间的区别。

1.5 研究目的和意义

1.5.1 研究目的

主要通过对男频和女频代表作家猫腻和天下归元经典网络小说建立的语料库进行加工统计，提取语言特征，从词汇、句子和段落等多个角度进行分析探索。基于计算语言学视角分析两位作家在文学风格上的差异，研究网络小说的语言特点，探索男性向和女性向作品的差异和审美取向。

1.5.2 研究意义

1. **实证研究**。目前的网络文学研究大多局限于理论研究，盲目照搬西方理论进行解释，或者不研究作品泛泛而谈。这当然无可厚非，其一，网络文学本身体量过大而整体质量较低，传统的人文研究在浩如烟海的作品中挑选优秀作品非常困难。其二，网络文学作为一种新兴事物，起源较晚，相对研究也较少，有说服力和有深度的著作更少，研究积淀不够深厚，从而导致以往的研究者难以在这方面做更细致的工作。但是当下已经经历了二十多年的网络文学研究历史，也有原创的网络文学理论。网络文学的研究已经可以从理论和技术层面做出更大的进步，因此本篇计划从具体文学作品入手，结合已有的理论，客观分析它们的风格特点。

2. **文学研究**。要研究当今文学的面貌和走势，就不能回避数字媒介给予文学转型的巨大影响。媒体改变文学传播的方式，进而改变文学观念甚至文学本身[46]。但是现有的网络文学作品分析和研究大多是理论研究或者定性研究，缺乏定量研究。研究者想更全面科学地把握网络文学的特质，在面对浩如烟海的作品或动辄长达几百万字的文本时难免力不从心。通过建立语料库，选取语言特征，采用统计分析的方法对文本特征进行刻画可以更好地解决这一问题。同时，从语言学角度对网络小说风格进行分析，可以填补目前网络类型小说风格研究的空白。

3. **计算风格学应用**。目前计算风格学主要应用在《红楼梦》及巴金、曹禺、莫言、余华、金庸、古龙等传统文学家的作品上，对于新兴的但数量庞大的网络文学研究较少。而网络文学文本数量庞大，类型化小说风格区别明显，采用计算风格学的方法研究非常适合，可以弥补这方面的空白。

4. **前沿分析**。网络文学发展二十多年来，创作者在创作心态、作品表达和写法上都呈现了巨大的区别。本篇在研究文本选取方面侧重于当下正流行的网络类型小说，以当前的网络文学语言为重心，分析当下网络类型小说的语言特点，把握网络文学的脉搏。

5. **社会关照**。网络文学作为当世最为热门的文学类型，其走红有其深刻的社会和时代因素。它本身负载着本时代最丰富饱满的显示信息，传达了本时代最核心的精神焦虑的价值指向。研究网络文学的发展和特点，特别是其中突出的男女性视角的文本风格的特点，对于理解我们当下的时代和社会，了解新媒体和信息技术给语言、文学和阅读带来的影响十分有意义。

1.6　研究方法

本研究通过语言结构特征的确定和选择，语言现象的数据统计、数据处理和数据分析来探索不同网络类型小说之间的风格差异。主要借助 Python、AntConc、Microsoft Office 和 SPSS 等工具来实现。

同时注重定量统计和定性分析相结合，选取可以区别作者语言风格的语言特征进行重点分析。对于具体的数据差异注重探究背后的形成机制，形成有深度、有广度的研究结论。

本篇采取的统计和分析方法主要有以下几种。

1.6.1　描述统计

描述统计是通过图表或数学方法，对数据资料进行整理、分析，并对数据的分布状态、数字特征和随机变量之间关系进行估计和描述的方法。

本篇采用 R 语言、SegmentAnt 和 AntConc 等完成对研究对象语料的预处理，包括分词、词性标注和语言风格基本特征的统计。采集数据后，采用 SPSS 和 R 语言进行统计分析和制图。最后结合理论研究成果，分析网络文学的语言风格特点。为了更好地对数据进行描述分析，我们引入了峰度（peakedness）和偏度（skewness）[64]。

峰度和偏度通常用来描述数据的分布情况，直观来讲，峰度即表示这组数据正态分布尖或平，偏度是指分布列偏离中心的程度，本篇借用此统计量辅助描述两位作家在段长、句长和词长的分布特征。

峰度的计算：峰度可以反映概率分布曲线的尖度，对于样本量大小为 n 的一组数据，样本的峰度为：

$$g_2 = \frac{m_4}{m_2^2} - 3 = \frac{\dfrac{1}{n} \sum_{i=1}^{n} (x_i - \bar{x})^4}{\left(\dfrac{1}{n} \sum_{i=1}^{n} (x_i - \bar{x})^2\right)^2} - 3 \qquad (1.3)$$

其中：m_4 为四阶样本中心矩；m_2 为二阶中心矩；x_i 为样本的第 i 个值；$\bar{x}$ 为样本平均值。如果样本峰度的计算结果为正值，则数据分布形态较尖，比正态分布的曲线要陡峭；反之，则峰的形态更平滑，较正态分布平缓。

偏度的计算：偏度可以反映数据分布非对称的偏向方向和程度，其计算公式为：

$$S_k = \frac{\mu_3}{\mu_2^{3/2}} = \frac{\mu_3}{\sigma^3} \tag{1.4}$$

其中：S_k 表示偏度；μ_3 表示三阶中心矩；σ 表示标准差。一般情况下，如果数据分布向右偏，则 $S_k > 0$，且 S_k 值越大，偏离的程度越高；反之，数据分布向左偏，则 $S_k < 0$，且 S_k 值越小，左偏程度越高；当数据对称分布时，$S_k = 0$。

1.6.2　假设检验

在语言学定量统计和分析的过程中，我们经常需要比对两个样本之间是否存在显著差异。通过统计学上假设检验，可以推断数据之间呈现出的差异是真正的差异而非随机和偶然的结果[65]。以下是我们在语言学研究常用的几种假设检验方法。

1. Shapiro – Wilk 检验[65]69-70：又称 W 检验，是用于对总体分布是否为正态分布进行的检验，多用于样本量较小的场合（$3 \leqslant n \leqslant 50$），但是现在样本量已经扩大，可以应用于大部分的正态分布。其统计量为：

$$W = \frac{\left[\sum\limits_{i=1}^{(n/2)} a_i(w)(x_{n+1-i} - x_i) \right]^2}{\sum\limits_{i=1}^{n} (x_i - \bar{x})^2} \tag{1.5}$$

其中：n 表示样本总数；x_i 表示从小到大排列的第 i 个样本的值；$\bar{x}$ 表示样本的平均值；$a_i(w)$ 查询系数表可知。原始假设样本量服从正态分布，若 W 值小于判断界限值 W_α（可通过查表求得），则舍弃正态性假设；若 $W > W_\alpha$，则接受正态性假设。

2. 独立样本 t 检验[65]76-78：t 检验也称 Student's test，主要用于样本量较小（如 $n < 30$），总体标准差未知的正态分布[66]。独立样本 t 检验主要用于检验两个样本均值所代表的正态总体是否有显著的差异。其假定两个样本的平均数差异不显著。假设两个样本 X 和 Y 的方差相等时，采用独立样本 t 检验，其统计量为：

$$t = \frac{\overline{X} - \overline{Y}}{\sqrt{\frac{(n_1 - 1)s_1^2 + (n_2 - 1)s_2^2}{n_1 + n_2 - 2}\left(\frac{1}{n_1} + \frac{1}{n_2}\right)}} \qquad (1.6)$$

其中：s_1 和 s_2 为两样本的方差；n_1 和 n_2 为两个样本的容量。在 SPSS 中进行独立样本 t 检验，输出结果 p 值也可以用来拒绝或接受假设检验。一般当 p 值小于显著性水平 0.05 时，可以拒绝原假设，即两个样本差距显著。

3. Wilcoxon 秩和检验[65]88-92：当总体未知或不服从正态分布时，可以考虑用 Wilcoxon 秩和检验，用于检验两个总体的均值差异。对于 X 和 Y 两个样本的所有数据从小到大排列，得到一组新的数据，它们的序号即赋予它们的秩。计算秩和检验的公式如下：

$$W_X = \sum_{i=1}^{n} R_i \qquad (1.7)$$

其中：W_X 表示 X 样本的秩和，X 表示样本总体，R_i 表示 X 中的第 i 个秩。将两个样本的数值混合并按照从小到大排列，对每一个值按秩序赋予 1、2、3…等序号，再分别取得样本 m、n 的秩和 R。

查表求得拒绝域，即 $W \leq W_{a/2}$（m，n）或者 $\geq W_{1-a/2}$（m，n）时表示两个样本的均值存在明显差异，a 为显著性水平。

1.6.3 数据处理

1. 标准化和归一化。我们在进行文本聚类时一般需要使用标准化或归一化处理之后的数据以进行相似度计算，从而除去数据量纲或绝对大小的影响，让数据之间的关系转变为相对值关系，保证数据收敛。

首先对数据进行了 $Z-score$ 标准化处理，新得到的数据 $x_{ij}(z)$ 相对于原样本矩阵 X 中的数据 x_{ij} 的关系为：

$$x_{ij}(z) = \frac{x_{ij} - \bar{x}_j}{s_j} \qquad (1.8)$$

其中：$\bar{x}_j$ 为该数据的平均值；s 为样本的标准差。经过处理的数据中每列平均值为 0，方差为 1。

在 $Z-score$ 标准化处理之后，对数据矩阵进行向量归一化处理。新的数据 x_{ij}^* 和原来数据 $x_{ij}(z)$ 的关系为：

$$x_{ij}^* = \frac{x_{ij}(z)}{\sqrt{\sum x_{ij}^2(z)}} \tag{1.9}$$

标准化是从所选取的每一个特征出发进行数据变化，向量归一则是从文本所有特征之间的相对关系出发，对所有特征进行归一化处理。使每个特征值都成为（0，1）区间的值。

在进行文本聚类前，我们需要明确以哪些特征量进行文本相似度分析。除了常规单个字或词的频率，还可以采用 N 元语法（$n-gram$）进行特征提取。

2. N 元语法。N 元语法[65]51是指从符号串的最前面开始取 N 个符号为单位进行统计，每统计一词向右平移 1 个符号，直至符号串的最后。比如，"中国共产党今年成立100周年。"这句话，基于字符进行 N 元统计：

当 $N=1$ 时，为：中 国 共 产 党 今 年 成 立 1 0 0 周 年 。

当 $N=2$ 时，为：中国 国共 共产 产党 党今 今年 年成 成立 立1 10 00 0周 周年 年。

当 $N=3$ 时，为：中国共 国共产 共产党 产党今 党今年 今年成 年成立 成立1 立10 100 00周 0周年 周年。

当 $N=4$ 时，为：中国共产 国共产党 共产党今 产党今年 党今年成 今年成立 年成立1 成立10 立100 100周 00周年 0周年。

……

N 元语法应用的对象可以是字符，也可以是词汇、句长、段长等。比如在针对词汇时，当 $N=2$ 或 3 时频率较高的组合可能就是常见的词组。一般来说，从数据的意义性和有效性上看，我们不考虑 $N>4$ 的情形。

1.6.4　文本聚类

文本聚类可以根据文本内容的相似程度将文本划分成多个类或簇，使同类文本之间的内容具有较高的相似度。而文本的相似度可以选择用不同的语言特征来计算，比如词汇频率、词性的使用、标点符号的分布、虚词使用和 N 元语法等。

本篇使用的方法主要是层次聚类，在聚类时不仅需要度量个体和个体的距离，还需要度量类和类的距离。一般来说，个体和个体之间的相似度较高，而类与类之间的相似度较低。另外，由于在进行类合并时需要大量的计算，凝聚类、层次聚类并不适合大规模的文本集合。进行聚类时的基本流程如图 1.3 所示：

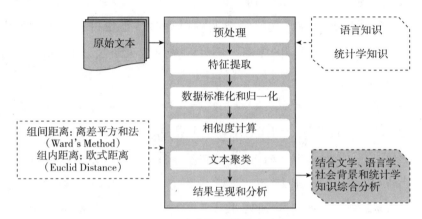

图 1.3　文本聚类的基本流程

采用离差平方和法（Ward's Method）[65]139计算类与类之间的相似程度，如果使用类中文本特征的离差平方和的总和得到两类 G_k 和 G_L，新的类 $G_{k+L} = G_k \cup G_L$，直径为 D_{k+L}，则类之间的距离的平方为：

$$D_{kL}^2 = D_{k+L} - D_k - D_L \tag{1.10}$$

采用欧式距离（Euclid Distance）计算文本之间的相似度，假设样本 X 的容量是 n，每个样本选取 m 个特征量，总共 $n \times m$ 个数据量，构成了 m 维的空间，第 i 个样本在第 j 维空间的值是 x_{ij}，样本 i 和样本 j 就转化为 m 维空间中的向量 i（x_{i1}，$\cdots$，x_{im}）$^\mathrm{T}$和 j（x_{j1}，$\cdots$，x_{jm}）$^\mathrm{T}$，T 为转置，它们之间的距离值为欧氏距离：

$$d_{ij} = \sqrt{\sum_{k=1}^{m} (x_{ik} - x_{jk})^2} \tag{1.11}$$

得出的 d_{ij} 即为我们所求的欧氏距离[65]131。

1.7　文本选择与预处理

1.7.1　猫腻和天下归元代表作品

本篇研究男频代表作家猫腻和女频代表作家天下归元二人的语言风格特征。各选择每人影响力较大的五部长篇小说作为研究对象。分别包括猫腻作品《庆余年》《间客》《将夜》《择天记》《大道朝天》；天下归元作品《扶摇皇后》《凰权》《凤倾天阑》《女帝本色》《山河盛宴》。

在正式统计文本数据之前，我们对文本进行预处理，删除章节名、前后记及章节后作者留言等。查找新词并进行手动标注后，使用 NLPIR（IC-TCLAS 2014）软件对文本进行分词和词性标注。表 1.2 是这 10 部作品字数、词数和标点数的基本情况。

表 1.2　选定猫腻和天下归元文本的基本情况

作者	编号	创作时间	书名	字数	词数	标点
猫腻	M1	2007—2009	庆余年	3067543	2524896	392092
	M2	2009—2011	间客	3036048	2329272	319399
	M3	2011—2014	将夜	3414173	2722230	372766
	M4	2014—2017	择天记	2803596	2106471	205307
	M5	2017—2020	大道朝天	2634651	2136624	343064
	合计			14956011	11819493	1632628
天下归元	T1	2010—2013	扶摇皇后	1189416	1012829	175162
	T2	2011—2013	凰权	1155455	992019	173537
	T3	2013—2014	凤倾天阑	1859712	1601092	299054
	T4	2014—2015	女帝本色	2478406	2149824	384952
	T5	2019—2020	山河盛宴	2398407	2051562	344782
	合计			9081396	7807326	1377487

表 1.2 给出了两位作家每一部作品的编号（猫腻作品分别编号为M1～M5，天下归元作品分别编号为 T1～T5）、创作时间、作品名称、作品包含的总字数、作品的总词数和标点符号数。字数不包括标点，词数包括标点，因为分词时会有表示标点的以"w"开头的标记。

所选取的文本充分考虑了两位作家的代表性作品。猫腻在起点中文网上总共有 6 部完结长篇小说，剔除成书时间较早的《朱雀记》，选取风格更为成熟、知名度更高的 5 部小说。天下归元在潇湘书院共有 8 部完结长篇小说，舍弃成书较早的《燕倾天下》和《帝凰》，以及同样创作于 2012—2013 年但人气程度相对较低的《千金笑》，选取更有代表性的 5 部作品。所选取的作品要尽量涵盖作家创作的完整周期，体现阶段性和整体性，同时确实能够反映两位作家的语言风格并受到大众的喜爱，具有代表性，以确保能够顺利分析二人的语言特点及研究其受欢迎的原因。

猫腻和天下归元作品的篇幅相比有一定差异。猫腻作品篇幅稳定在 300 万字上下，而天下归元作品篇幅前两部较小，后三部和猫腻较为接近。在后续研究中，涉及篇幅对统计量影响较大时可采取相应方法减小其影响。

1.7.2 男频和女频类型参照作品

猫腻和天下归元作为男频和女频网络小说类型的代表作者，其写作风格反映了这一类型的普遍特色，为了更严谨地完成从个体到抽象的类型风格论述，我们引入了男频和女频作品类型的参照系，在后续的分析中用以补充和证明由猫腻和天下归元文本中分析出的男频和女频类型小说的风格特征。

本篇参考艾媒咨询 2018—2020 年发布的《中国网络文学作家影响力榜单解读报告》及各大网络文学网站排行，选择榜单中隶属玄幻幻想类型、同时排名靠前的不同作者的男频和女频作品各 5 部建立参照语料库。参照语料库具体信息如下：

表 1.3 选定男频和女频参照文本的基本情况

类型	编号	创作时间	作者	书名	字数	词数	标点
男频	B1	2019—2021	我吃西红柿	沧元图	1647696	1374160	278332
	B2	2019—2021	宅猪	临渊行	4958978	1843771	852565
	B3	2017—2020	忘语	凡人修仙之仙界篇	3853146	3136966	492144
	B4	2016—2021	辰东	圣墟	4943396	4190003	780761
	B5	2016—2018	耳根	一念永恒	3304695	2725221	494876
	合计				18707911	13270121	2898678

续表

类型	编号	创作时间	作者	书名	字数	词数	标点
女频	G1	2017—2019	夜北	吾欲成凰	4069548	1483789	539842
	G2	2017—2018	墨香铜臭	天官赐福	886979	794797	160037
	G3	2016—2017	云笈	天命为凰	1437493	1296981	283725
	G4	2015—2016	Priest	有匪	588792	498152	85382
	G5	2020	十四郎	蓁蓁美人心	371265	324125	55817
	合计				7354077	4397844	1124803

我吃西红柿、宅猪、忘语、辰东、耳根都是男频玄幻网络小说领域的资深写手，都分别在起点中文网连载过 6～10 部畅销作品，目前也都为阅文集团的白金作家，他们的作品风格和特色能够突出展现出男频网络小说的独特风格。夜北、云笈、十四郎同样是起点中文网女频玄幻领域的畅销作家，作品在同类型小说中受到大量点赞、收藏和关注。墨香铜臭和 Priest 则为女频读者十分青睐的晋江文学城中的现象级作家，她们的作品受到女性读者的广泛欢迎，影视化改编程度高。

我们同样对参照语料库中的小说进行基于字符频率的 N 元语法聚类，为了避免数据稀疏，采用 10 万字中出现频率大于 1 的数据，结果如图 1.4 所示，仍可发现在 $N = 1$ 时，男频和女频可以准确地分为两类，这表示 10 部小说虽然作者不同，但类型之间在用字上仍然存在明显的群体相似性，这也为我们之后基于语言事实的论证提供了依据。

这两类男频和女频作品集合能够充分体现各自小说类型的关注主题、内容特色和艺术风格，在接下来的分析中可以辅助我们对在猫腻和天下归元作品对比中发现的差异进行一般性的比对和概括。除此以外，在后文的分析中，我们还将少量使用到各大网络文学网站中小说的其他例证，用以补充说明发现的现象和结论。

1.8　本篇的章节安排

本篇的第 1 章"引言"，主要介绍了两方面的内容：一是计算风格学的研究现状、网络小说研究现状以及猫腻和天下归元网络小说的基本情

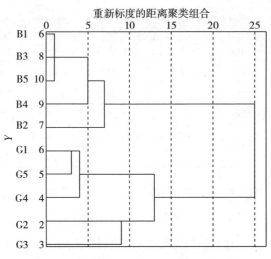

图1.4　参照语料1元层次聚类（1440维）

况。对于计算风格学阐述了它的诞生、目前的应用领域和已经验证对语言风格有意义的相关文本特征。对于网络小说，介绍了它出现的背景、目前的发展态势和其中男频、女频小说类型的分化。阐述了猫腻和天下归元两位作家作品在网络文学中的代表性和独特性，解释了选取二人作品作为研究对象的原因。

　　二是本篇的研究对象、研究目的意义、研究方法和文本预处理的结果。本篇以猫腻和天下归元的共10部小说建立语料库，采用定量分析和定性描述相结合的方法，分析其风格特色，在实证分析、文学补充、语言学应用和社会观察等多方面有实际意义。本章重点阐述了用到的定量统计方法，如描述统计中的峰度和偏度，假设检验中的 Shapiro – Wilk 检验、独立样本 t 检验、Wilcoxon 秩和检验，数据处理中的标准化处理方法 Z – score 和向量归一化、N 元语法，文本聚类中的层次聚类等原理，此部分数据处理可以依靠统计软件和程序实现。统计的10部小说的基本过程和数据也在本章展现。说明在本章及后续章节中，具体分析之前，会基于 N 元语法，对字符、词汇、标点和词性等先进行文本聚类的试探。

　　第2章"基于长度和标点的量化分析"，主要从段长、句长、词长以及标点的角度对猫腻和天下归元的作品进行特征解析。主要考察的特征包括段落、整句、分句和词汇长度四者的平均值、最大值和标准差等。对于各部分长度在每部小说中具体的频次分布图，利用峰度和偏度进行描述。对于标点，从二人使用频率有差异的标点入手，重点分析了他们在破折号、感叹号、逗号、分号、冒号、引号和省略号上的使用差异。

第 3 章"词类分析：猫腻的沉稳和天下归元的灵动"，基于猫腻和天下归元所使用词汇频率的差异，分别提炼出两位作家的特色词，同时基于使用频率有差异的词性，分虚词、实词等一一对两位作家的特色词展开用词风格的辨析和讨论。这里，我们结合文本，对每一类词汇的使用特色进行细致解读，讨论它们背后的语体色彩和感情色彩。在本章末，针对一些机器识别不准确但仍十分有特色的网络词汇进行集中分析和归类。

第 4 章"身体词汇分析：人物形象表现的差异"，主要从身体名词的角度，对两位作家的用词特色做了细致和深入的对比。先从整体单音节身体名词的使用上进行总体概括，再分类讨论每一个身体名词的使用情况。将定量统计和举例分析相结合，从使用频率、构词种类、搭配形容词等维度，努力展现两位作家笔下的人物形象呈现和用词特色。

第 5 章"结语"，主要将本篇所有的发现进行汇总和整理，总结分析从猫腻和天下归元小说的语言风格特点，同时抽象男频和女频小说的风格差异以及网络小说固有的语言特色。

第 2 章

基于长度和标点的量化分析

小说文本中的段落、句子、词汇的长度、标点符号和句法的使用等都能够体现创作者的习惯和风格，是构成作品自身特色的重要因素。

本章通过统计猫腻和天下归元小说的段长、句长、分句长和词长的相关数据以及标点符号的使用特征，对二人文本风格之间的异同进行分析。

2.1 段长

网络文学一般是以章节发布的，每一章由不同的段落构成，段落是小说体现个体风格、展示叙事脉络、能够表情达意的重要部分。

网络普及之后，移动阅读带来的阅读习惯的改变也影响着当今时代网络小说作家们的创作方式。我们很少看见公众号或小说阅读 App 上布满整屏的文字，一方面不利于信息的有效输出，另一方面也会使读者感到疲惫。为了吸引更多的读者，获得更多的付费，各类网络文学作家和网站大都在追求创造更便捷舒适的阅读体验，因而现当下的网络小说分段几乎越来越短，几乎一句话自成一段的情况越来越多。

本章主要研究的是以换行为标志的自然段，通常来说，段落越长表示含义越丰富，理解越困难，阅读越不方便；段落越短则表示语义更简明，理解更容易，阅读更轻松。表 2.1 是猫腻、天下归元 10 部小说的段落基本情况，统计量包括段落数、平均段长和最大值。

表 2.1　10 部小说的段落基本情况

猫腻				天下归元			
编号	段落数	平均段长	最大值	编号	段落数	平均段长	最大值
M1	56609	54.18826	280	T1	27346	21.0111	388
M2	52541	53.6319	388	T2	26912	20.4111	546
M3	82104	60.3115	248	T3	49432	32.8519	382
M4	84304	49.5256	377	T4	67266	43.7811	534
M5	99079	46.5412	320	T5	64687	42.3679	456
合计	374637	52.8397	388	合计	235643	32.0846	546

如表 2.1 可见猫腻和天下归元小说文本的段落基本情况。猫腻整体的平均段长为 52.84，大于天下归元的平均段长 32.08。10 部作品的段落最小值都是 1，不列出。

对猫腻和天下归元两人的平均段长数据分别进行 Shapiro – Wilk 检验（后简称 W 检验），p 值均大于 0.05，接受原假设，即两人平均段长符合正态分布。采用独立样本 t 检验对二人平均段长平均值差异进行检验，得出 52.8397（猫腻）> 32.0846（天下归元），$p = 0.006 < 0.05$，因而拒绝原假设，猫腻平均段长明显大于天下归元。

为了直观地比较，我们把段长相关数据作图显示。以下四幅图（图 2.1 ~ 图 2.4）中横坐标均为猫腻、天下归元的小说次序，与表中顺序一致；纵坐标除了图 2.1 中代表猫腻和天下归元作品中相应数据的比值，其余均为文本长度，单位相同，为"字"。本章后续涉及句长、分句长部分，均如此处所言，不再作说明。

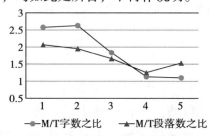

图2.1　猫腻、天下归元作品字数、段落数比

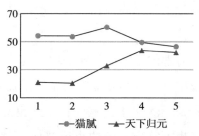

图2.2　猫腻、天下归元作品平均段长

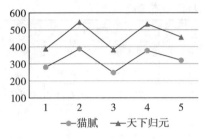 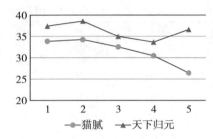

图2.3　猫腻、天下归元最大段长　　图2.4　猫腻、天下归元段长离散程度

从表2.1中可知，猫腻和天下归元二人作品绝对字数相差较大，有500万字之多的差距。具体到每部作品中，早期的《庆余年》（M1）字数是《扶摇皇后》（T1）的近三倍，而近期的《大道朝天》（M5）又和《山河盛宴》（T5）字数接近。因而我们可以看到二人作品字数之比呈现一个总体下降的趋势。比值越来越接近于1，意味着两人的小说文本篇幅越来越相近。同样，二人平均段落长度如果没有较大差异，段落之比应该呈现和字数之比相近的趋势。而实际上，图2.1中，猫腻和天下归元段落数之比在前期与字数之比分离，中期相交，最后向反方向延伸，但距离仍不大。这意味着，二人的平均段落长度会越来越接近。

图2.2呈现了猫腻和天下归元作品平均段长的基本情况，可以看到五部作品猫腻的平均段长都大于天下归元，两条折线越来越趋近。猫腻的平均段长整体呈轻微下降趋势，整体较为平稳；天下归元的平均段长呈明显上升趋势，波动更大。这意味着两人的分段习惯很不一致，猫腻更喜欢用较长的段落来铺陈叙事，这和他在网络文学界一直以"文青"闻名正相符合。天下归元的小说分段更短，意味着她的作品宏观上来说更加简明且容易阅读。

有趣的是，尽管在平均段落长度上猫腻的作品更长，但在最长段落的比较中，天下归元却要明显长于猫腻。图2.3中，天下归元的全部五部作品最长段落都比猫腻要长，这也显示了虽然天下归元的小说平均段长较短，也不意味着她的小说整体阅读的体验是轻松的，尤其是在移动端阅读，近600字的段落可能导致一页难以分段。

图 2.4 是两人段落长度的离散程度，即段落长度的标准差，标准差越大意味着段落长度差异越大。两人的段落长度离散程度的曲线完全分离，天下归元的段长离散程度明显高于猫腻，说明其段落的分布更为参差错落，长短交织，段长差别更大。

例 2.1： 孟扶摇眼珠乱转——我没听见啊我没听见。

"睡吧。"长孙无极拍拍她道："如果你睡不着，我不介意陪你一起……"

"我好困！"孟扶摇一溜烟地奔回房，奔得比兔子还快，留下长孙无极和元宝俩面面相对，半晌，元宝大人亦一声悠悠长叹。

啊……黑珍珠，你咋就没肥死啊……

听太妍的口气，似乎凤净梵被她给作对的救了，然而不几日，震动京华的消息传来，璇玑国佛莲公主和凤四皇子在天煞边境遇刺，皇子逃生，公主中流矢而亡，璇玑国主为此十分伤恸，他育有子女虽多，却一直没有立皇储，据说私心所属便是这位柔雅大方，盛名极著的佛莲，如今出了这事，他那个悍妇皇后当即就在宫中撒泼，整衣备车要奔天煞找战南成算账，好歹被璇玑国主给拦了，居然夫妻俩还在宫门前大打一架，国主脸上多了几条线条利落的血印子，以血肉的牺牲，按捺下了他家那个母老虎，又急急修书一封谴责战南成，要求其交出凶手，战南成到哪里去找凶手？责成符山所辖的乌县查凶，又迟迟没有回报，战南成皱着眉在宫中长吁短叹，正遇上孟扶摇去给他请安——这段时间她和战南成相处愉快，给他提了不少军伍整饬的建议，战南成出行常带着她，起初还隔得远，后来便少了防备，由她时常请见，她听见了便笑道："这有何为难？三条腿的蛤蟆不好找，两条腿的凶手多了是。"当即带着自己的一批护卫，连夜奔出数百里，将符山附近几家山匪剿了个干净。（摘自《扶摇皇后》）

这是天下归元《扶摇皇后》天煞雄主第 16 章的内容，出现了全书中最长的段落共388个字。作者从男女主轻松互动的活泼场景转到对王朝兴衰故事线的叙述，在较长的一段里完整概括了璇玑国皇室内部操戈、混乱不堪；天煞国战南成在孟扶摇帮助下整饬军队，顺利剿匪。越是惊心动魄的故事越用精简的语言浓缩，用平缓的长段叙述把大场面的故事娓娓道来，正可以避免纠缠其中的细节，同时不失描述大事件时的恢宏之气。段长分布错落，一方面可以避免读者在阅读连续长段或短段时产生的倦怠感，另一方面也更适合选择合适的写法适应行文发展的需要。

但是只用以上数据展示段落长度情况仍比较单薄，我们需要考察每一部作品中的段落长度分布，更全面地对段长特征进行对比研究。

图2.5和图2.6分别是猫腻和天下归元小说在段长1～100的分布情况。图2.7描述了猫腻和天下归元小说在1～200之间的段长频率分布。横坐标为段长分布区间，单位是"字"，纵坐标为段落数的频率。

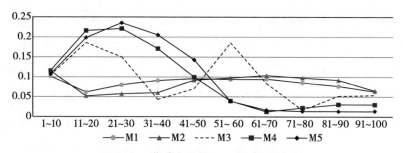

图2.5 猫腻小说的1～100段长分布

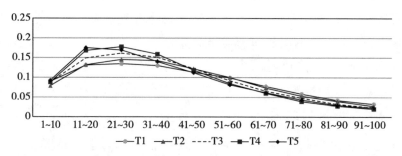

图2.6 天下归元小说的1～100段长分布

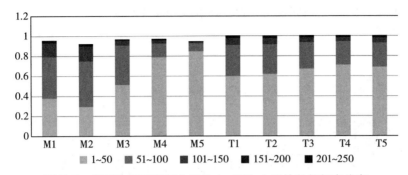

图 2.7　猫腻和天下归元小说在 1～200 之间的段长频率分布

可以明显看出，二人的段长大多数集中 1～100 之间，但是在 1～100 的段落长度分布情况中则呈现较大差异。猫腻的 5 部作品段长分布彼此之间差异较大。如图 2.5 所示，前期的《庆余年》（M1）和《间客》（M2）两部作品段落长度在 1～100 段长区间分布较为平均，段长分布在 20～40 的尚占少部分；但是后期的两部作品《择天记》（M4）和《大道朝天》（M5），段长分布在 20～40 之间的比重明显增高，可见猫腻写作风格习惯确实发生了变化。而在中期的作品《将夜》（M3）则少见地出现了两个段长较为集中的区域，分别是段长为 "1～30" 和 "50～70" 的区间，也进一步证明了他的分段习惯在这一阶段可能正在发生改变，从而会有一些冲突。

而反观天下归元，图 2.6 展示了她稳定的段落分布情况。段落长度较为集中在 10～40，比重明显大于在段长为 60 以上的区间，且 5 部作品的折线相似，可见她在较长时间段里都维持了相似的分段风格和习惯。

但是，通过段落长度分布区间的折线图，仍只能用观察的方式对二人的段长分布差异进行描述，且很难将二者放在相同体系下进行定量对比和分析。因此，我们引入前文所介绍的峰度和偏度概念，重新处理数据，继续对比二人段长分布的差异。

如图 2.8 所示，是天下归元的《扶摇皇后》段长频数分布。二人的 10 部作品每一部都可以将段落分布作出一个频数分布图，而频数高低可以构成一个 "山峰"，不同作品之间的 "山峰" 形态各不相同，我们通过计算该"山峰"的峰度和偏度对作品的段落分布进行描述。

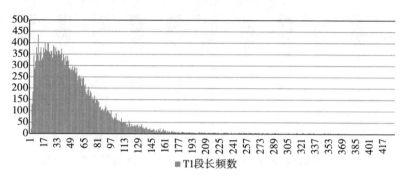

图2.8 《扶摇皇后》段长频数分布

我们利用SPSS.26将猫腻和天下归元的10部小说的峰度和偏度都计算出来，然后采用假设检验来计算两位作家之间是否存在差异，具体结果如表2.2所示。

表2.2 猫腻、天下归元小说段长的峰度、偏度及检验结果

编号	猫腻峰度	天下归元峰度	编号	猫腻偏度	天下归元偏度
1	−0.917	1.773	1	0.805	1.802
2	0.322	4.789	2	1.337	2.473
3	10.213	7.442	3	2.943	2.929
4	9.420	5.713	4	3.178	2.631
5	4.475	5.683	5	2.448	2.584
假设检验	p	0.882	假设检验	p	0.511

因为两位作家作品的峰度和偏度数据符合正态分布，故采用独立样本 t 检验对二人段落频次的峰度和偏度平均值进行检验，$p > 0.05$，因此两位作家在段长分布的峰度和偏度上无明显差异，这也证明了虽然猫腻和天下归元平均段长有差别，但是这能反映的信息有限，二人段长分布既存在差异也有共性。

其中最大的共同之处是二人总体来说段长集中在100字以下的较短段长区间中。甚至在相当多的非对话和转场的情况下，仍旧一句即为一段。这或许源于移动端阅读给网络文学作者创作带来的束缚。在特殊介质下，

较长的段落意味着要消耗更多的认知资源，读者需要花费更多的时间和精力在这一活动中，而这显然不符合大多数人阅读网络小说的初衷，从而对想在网络文学里获取简单轻松愉悦体验的读者造成劝退。

> **例2.2**：柳十岁在给井九倒茶喝。
>
> 从壶里倒出来的茶早就凉了，没有溢出什么热雾。
>
> 但茶水落在杯子里的声音还是那样清晰，如泉水一般。
>
> 井九接过茶杯饮尽，递了回去。
>
> 柳十岁把茶壶与茶杯收好，又从包裹里取出一把圆扇，开始替井九扇风。
>
> 圆扇带起的风声，在安静的剑堂前很是清楚。（摘自《大道朝天》）

上例是节选自猫腻《大道朝天》第七章中柳十岁给井九倒茶的片段。可以看到尽管描述的是同一件事，但是倒茶、喝茶的语义和动作上下相互衔接，整体是一个完整的意义段，但是这里却是一句一段，从而给人物的每一个动作、茶汤的每一次变化定格。读者在流畅阅读的同时能够将一格格画面清晰印在脑海里，仿佛看电影一般阅读这个片段。其中仅仅描写景物变化的短段落则像是"空镜"，既描绘了现实的环境也烘托了人物形象，对于小说基调风格的奠定十分重要。

> **例2.3**：他飘上车，扫一眼车内，一扫始终保持整齐洁净的车厢陈设，随即笔直地往分外宽大的座位上一躺，闭上眼睛。
>
> 他躺了一瞬。
>
> 霍然坐起。
>
> 转目四顾。

未见端倪。

再次睡下，这回眼睛却闭不上了。

不对劲……有什么不对劲……

哪里不对劲……

帘子平平垂下，毫无褶皱，桌子四角笔直，不见丝毫印痕，坐垫平整如镜，连流苏都根根整齐……（摘自《山河盛宴》）

上例节选自天下归元《山河盛宴》第五章。我们可以看到，天下归元分段虽然热衷于一句即一段，但是其中长句、短句兼备，从而也导致段落长度参差不齐。这一片段描述了男主角燕绥的一系列行动，使用连续短句分作连续自然段，"躺了一瞬"——"霍然坐起"——"转目四顾"，也是一个动作另起一段，言语利落，画面感十足。而接下去的连续短段落则体现了主人公快速变化的心理活动，这样书写更适合读者代入主角彼时的心理状态。静态的环境和物品则采用较长的句子描写。

与男频、女频参照文本的平均段长、最大段长、段长离散程度对比，我们可以更清楚地看见猫腻和天下归元的段长特点。表 2.3 是参照文本的段长相关数据。

表 2.3　10 部参照小说的段落基本情况

男频			女频			
编号	平均段长	最大段长	段长标准差	编号	平均段长	最大段长	段长标准差
B1	35.33	301	29.62	G1	49.57	431	37.44
B2	31.94	355	21.41	G2	54.03	504	40.86
B3	40.36	422	21.82	G3	33.71	286	22.51
B4	35.86	217	22.54	G4	54.46	378	39.25
B5	57.44	256	29.26	G5	44.10	217	25.70
平均	40.19	310.20	24.93	平均	47.17	363.20	33.15

可以看到，第一，虽然女频作品在平均段长、最大段长和段长标准差的平均值上都大于男频作品，但经过假设检验，两类的差异并不显著，即

猫腻和天下归元在段长上的显著差别很可能来自他们个人的风格特色，特别是猫腻作为男频的代表作家，平均段长却比天下归元更长这一点（参见表2.1）。第二，天下归元的最大段长多为400以上段落，明显长于男频和女频最大段长的平均值，说明超长段落也是其特色之一。第三，参照语料库中的两类作品平均段长仍集中在30~60之间，总体较短，符合我们所说的网络小说追求通俗易懂、便利阅读的特点。

总之，不论男频还是女频作家，作为特殊介质下传播的网络文学的作者，他们的作品在段落长短本身上的差异有个人风格的影响，但是相似度仍然很高，且段长普遍较为集中在较小区间，大于100字的段落占比较低。猫腻和天下归元相比，猫腻的平均段落更长，表意更丰富，而后者的段长分布稳定性更高，不同时期作品显示出较为一致的分布情况，而猫腻的作品则彼此之间段落分布情况差异更加明显，同时经历了段长逐渐缩短的变化过程。

2.2 句子和分句长

本小节我们计划考察两位作家在句长和分句长上的区别和特点。

构成段落的基本单位是句子，每一个句子又是由不同分句构成的。在汉语中，一般句号（。）、问号（？）、感叹号（！）和省略号（……）可以作为句子终结的标记。不同的作者断句的习惯千差万别，有人喜欢一逗到底，有人喜欢使用感叹号和问号，句子或分句长短几乎完全取决于作者的个人风格。因此，句长也成为能够研究"作者无疑是但确实反映其个人风格"的重要研究对象。表2.4是10部小说的句子相关数据。

表 2.4　10 部小说的句子基本情况

猫腻				天下归元			
编号	句数	平均句长	最大值	编号	句数	平均句长	最大值
M1	111109	27.6084	207	T1	35357	33.6402	322
M2	67788	44.7874	231	T2	35260	32.7696	546
M3	100029	34.1318	241	T3	73184	25.4115	323
M4	98284	28.5255	227	T4	98204	25.2373	368

续表

猫腻				天下归元			
编号	句数	平均句长	最大值	编号	句数	平均句长	最大值
M5	102381	25.7338	183	T5	85176	28.1582	353
合计	479591	32.1574	241	合计	327181	29.0434	546

由表2.4可见，平均句长二人差异较小，猫腻整体平均句长略大于天下归元，但是在句长最大值上天下归元则明显较猫腻要大。但是在对二人平均句长进行假设检验后，$p = 0.446 > 0.05$，即二人在平均句长上的差异并不显著。

为了更直观地观察二人句长上存在的差异，我们依照比较段长特点时的方式作图（图2.9~图2.12）。从图2.9中可以看到代表猫腻和天下归元五部小说的字数之比和句数之比的两条折线整体变化相近，彼此之间差异较小，说明二人的平均句长较为接近。但这并不意味着二者的平均句长毫无区别，图2.10中，整体来看猫腻的平均句长大于天下归元。前文提到，在网络文学作品中，一句即一段的情况非常常见，猫腻的平均句长和平均段长一样大于天下归元，也侧面反映了这一现象。

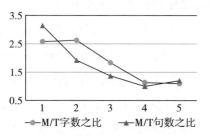

图2.9 猫腻、天下归元字数、句数比

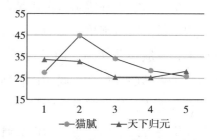

图2.10 猫腻、天下归元平均句长

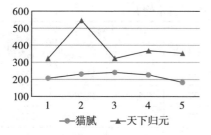

图2.11 猫腻、天下归元最大句长

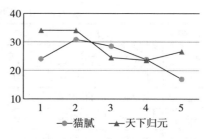

图2.12 猫腻、天下归元句长离散程度

从图 2.12 中可以看到，猫腻和天下归元的句长离散程度的差异并不明显，都在 15～35 之间，说明从总体来看二人的句子长短变化差异并不显著。

但在最大句长方面，两位作者显示出较大差异。如图 2.11 所示，猫腻和天下归元的最大句长折线彼此分离，且猫腻的最大句长明显小于天下归元。二人在平均句长和个人句长变化都较为相似，且后者的平均句长更短的情况下，天下归元在文本中依然表现出了她对于长句的偏好。因为在网络小说中，书写长句对于读者和网站来说都是不受欢迎的，在这一前提下，她甚至写出了长达 546 字的长句，这绝对是其个人风格的反映。这里要提到，天下归元小说中出现的 546 字的最长句正也是上小节提到的其中出现的最长段落，则又一次证明了网络小说作品中段长和句长密切相关。

那么她偏好的长句具体是怎样的，我们找出她文本中长达 546 字的最长句进一步分析。

例 2.4：宁弈自从被她请立太子狠狠害了一回后，很受皇帝猜忌，剥夺了他的随时入宫请见之权，大半年父子都没有私下见面，七皇子派系由此势力高涨，早已被压制得不敢动弹的七皇子派系在他失势后，立即跳出来，"贤王"之说再次充斥朝野，相比之下，宁弈韬光养晦不言不动，便显得楚王风雨飘摇十分势弱，七皇子阵营由此得意，撺掇在前方监军的七皇子，干脆请缨带兵，用实打实的军功，再锦上添花一笔，七皇子稳重，还在犹豫间，在朝中的他的派系已经连连上表为他鼓吹，天盛帝当即下旨由七皇子领伐南大军，和已经据江自立为帝的长宁藩短兵交接，七皇子初战告捷，报大胜，斩敌三千，朝中一片欢腾，歌功颂德之声不绝于耳，却在此时爆出七皇子纵容属下，以寻常百姓人头冒充敌寇首级，连屠三村，致使百里之内人烟俱无，消息传出之后，陇北百姓愤极冲撞军营官衙，"青阳教"趁机传教，直指朝廷倒行逆施天命不永，短短数日聚拢数万人众，消息传到朝中，陛下震怒，当即命人彻查，此事后续一直还在保密，到底是谁前

> 往陇北查办此案，连凤知微也得不到消息，但很明显，这事八成有宁弈手笔，她从此事一波三折的起伏里看出宁弈的风格——先示弱让对方昏头，让你爬得更高更高，然后抽掉你的梯子，等你栽得更重更重，所以七皇子大胜后，才有那么多拼命鼓吹的，吹得皇帝心花怒放不停赏赐，吹得皇帝赞七皇子为国家楷模嘉奖令传遍全国，吹得七皇子晕晕乎乎丧失警惕，然后在热闹红火的顶峰，人人皆知无法收回的时刻，浇下冰雪一落千丈。（摘自《凰权》）

上例出自天下归元《凰权》，算上标点符号，实际阅读体验只会更长。这一段描写了宁弈如何不动声色让七皇子派系由盛转衰的一系列朝堂争斗事件。一句话间从江湖之远到庙堂之高，从歌功颂德到倒行逆施，不管是时间上还是地域上都跨度很大，信息量丰富，反转也极大。效果是读者在阅读这段文字时更能体会到波澜壮阔的气势，再看到最后总结少不了男主角宁弈的手笔时，对塑造其睿智形象很有帮助。

另外，结合之前天下归元的长段例子，其实她在采用长句、长段时，往往不是增加细节补充，而是概括总结。这一段的种种事件分开写可以设置很多段，但是整合进一句里，既有留白的空间给予读者想象，也可以更好地铺陈造势，集中文字快速写清系列事件，为主角形象服务。当然，这样长的句子出现在网络文学中很显然会降低作品的易读性，这也是网络文学虽然发展至今，粗浅简单的小白文仍然受到相当多人欢迎的原因之一。

为了更好地比较二人的句长分布，我们同样采用峰度和偏度来描述，如表2.5所示。

表2.5　猫腻、天下归元小说句长分布的峰度、偏度

编号	峰度		编号	偏度	
	猫腻	天下归元		猫腻	天下归元
1	3.934	6.361	1	2.125	2.514
2	-1.169	11.755	2	0.745	3.378
3	2.931	7.128	3	1.904	2.733

编号	峰度		编号	偏度	
	猫腻	天下归元		猫腻	天下归元
4	2.206	6.461	4	1.863	2.720
5	1.899	6.462	5	1.879	2.708

检验猫腻和天下归元 10 部作品的峰度和偏度数据符合正态分布，采用独立样本 t 检验对二者均值进行差异性判断，结果如表 2.6 所示。

表 2.6　猫腻、天下归元小说句长分布峰度、偏度假设检验结果

	作者	个案数	平均值	p
峰度	猫腻	5	1.96	0.003
	天下归元	5	7.63	
偏度	猫腻	5	1.70	0.005
	天下归元	5	2.81	

根据表 2.6，猫腻和天下归元在句子长度分布上有明显差异。在句长的峰度比较中，天下归元峰度显著大于猫腻（$7.63 > 1.96$，$p < 0.05$）。即天下归元的句长分布图更加陡峭，高频句长和低频句长之间数量差异更大。

在句长的偏度比较中，天下归元偏度显著大于猫腻（$2.81 > 1.7$，$p < 0.05$），二者都为正值。即二人的句长分布图都往左偏，较短句长占据更大比重，天下归元相比于猫腻使用短句稍更频繁一些。

与男频、女频的参照文本的句长相关数值对比，如表 2.7 所示。可以看到在平均句长和句长标准差方面，猫腻、天下归元彼此之间及和参照文本间差异不大。但是在句长最大值方面，天下归元的最大句长明显要高于男频和女频的句长最大值，显示了她与众不同的地方。

表 2.7　10 部参照小说的句子基本情况

男频				女频			
编号	平均句长	最大值	句长标准差	编号	平均句长	最大值	句长标准差
B1	21.24	190.00	16.12	G1	37.27	363.00	34.11
B2	27.56	199.00	16.94	G2	23.63	269.00	16.80

续表

男频				女频			
编号	平均句长	最大值	句长标准差	编号	平均句长	最大值	句长标准差
B3	30.38	173.00	19.12	G3	19.49	131.00	12.24
B4	28.81	223.00	18.32	G4	42.84	267.00	31.39
B5	40.08	241.00	29.04	G5	29.28	139.00	19.76
合计	29.61	205.20	19.91	合计	30.50	233.80	22.86

除了以句号（。）、问号（？）、感叹号（！）和省略号（……）结尾的完整句子以外，汉语中还有其他标点符号可以表示停顿，从而将整句分割成一个个分句。分句也是能够体现作者个人风格和语言习惯的重要特征。

我们继续考察猫腻和天下归元分句句长的特征，增加逗号（，）、顿号（、）、分号（；）、冒号（：）、破折号（——）作为断句标志，引号（""、''）、书名号（《》）等由于不具备停顿意义，因而不纳入统计。

与之前段落、句子长度几乎完全可以由作者个人控制不同，分句的习惯涉及个人断句的特点。由于人类本身不可能一口气说很多字，所以分句往往长度是有限制的，不会出现如同段落或整句那样洋洋洒洒的五六百字，否则在语言习惯上是反常的。而一旦某位作者的文本中出现有违常理的长分句，且这种情况并非偶然出现，那这很可能代表着他个人的独特风格。

与研究段长和整句长类似，我们首先将猫腻和天下归元10部作品的分句数量、均值、最大值情况统计出来，如表2.8所示。

表2.8　10部小说的分句基本情况

猫腻			天下归元		
编号	分句数	平均分句长	最大值	编号	分句数	平均分句长	最大值
M1	320972	9.5570	102	T1	143929	8.2639	110
M2	272313	11.1491	81	T2	141688	8.1549	153
M3	351003	9.7269	71	T3	240102	7.7455	66
M4	300697	9.3237	129	T4	321210	7.7158	62
M5	282333	9.3317	42	T5	289138	8.2950	151
合计	1527318	9.8177	133	合计	1136067	8.0350	153

由表 2.8 可见，和平均句长类似，猫腻平均分句长略大于天下归元平均分句长。对二人平均分句长数据分别进行 W 检验，p（猫腻）= 0.046 < 0.05，拒绝原假设，即不符合正态分布，采用非参数性假设检验对二人平均分句长是否存在差异进行检验。p = 0.008 < 0.05，因此二者平均分句长存在显著差异。

作图显示结果大致相同。图 2.13 显示猫腻和天下归元小说的字数之比略大于分句数之比，但是折线发展趋势大致相当，说明猫腻和天下归元的平均分句长在几部作品中变化不大。从图 2.14 中则可以明显看到猫腻的平均分句长大于天下归元，且数值都较为稳定，两者数据之差不超过 4。

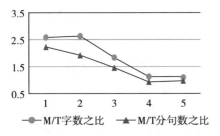

图 2.13　猫腻、天下归元字数、分句数比

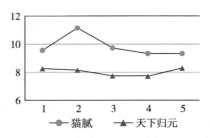

图 2.14　猫腻、天下归元平均分句长

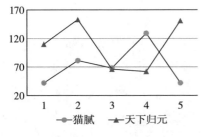

图 2.15　猫腻、天下归元最大分句长

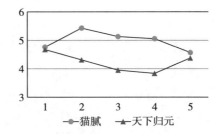

图 2.16　猫腻、天下归元分句长离散程度

从图 2.16 中可以看出，猫腻作品的分句长离散程度明显大于天下归元，两者呈相互分离的折线，且趋势都较为平缓。这意味着猫腻的分句长变化程度要略大于天下归元，天下归元的分句长稳定性更高。但两者分句长离散程度的区间都不超过 1，因此这种差异也不会非常明显，在真正阅读的过程中可能体验不出来。

图 2.15 则显示了猫腻和天下归元的最大分句长，我们可以看到整体二人的最大分句长比较起来差异并不显著，都有远超正常分句长度的长句。但是天下归元在超过 100 的长分句上较猫腻更多，那么这样的长分句究竟是在什么样的情况下出现的，又有怎样的表达效果，我们接下来举例分析。

> **例 2.5：**宁缺的声音从热毛巾下方透了出来，仿佛被水雾变得湿润了很多，嗡鸣低沉："我去告诉吕老头儿我有一个小秘密就不告诉你但既然告诉了你那你是不是应该告诉我你已经看出了我的小秘密然后对着我这个天赋异禀的修行天才五体投地？"（摘自《将夜》）

例 2.5 节选自猫腻《将夜》第二十四章，宁缺在回答侍女桑桑的提问时使用了一个无间断的长句，达 71 字，文中描述桑桑听完感到头昏眼花。这里的作用其实是宁缺不想回答这一问题所以用复杂迷惑的句子敷衍桑桑，让她不继续深究下去。上例这样的长分句在猫腻的作品中也并非偶然。

> **例 2.6：**数十年后甚至数百年后一个出身贫寒的矮个子学生在某个被同窗欺负的平凡无奇的清晨于走廊拐角处忽听着东南俚曲忍不住痛哭一场冲进小树林不停砸树以肉体痛苦换精神慰藉之时忽然现古树的树洞里忽然掉出来一把前代剑客用过的前代名剑上面还附着一缕剑意顿时被刺激的幽府洞开气窍全燃……（摘自《择天记》）

例 2.6 节选自猫腻《择天记》第 7 卷第 68 章，唐三十六解释何谓"养剑"。唐三十六在小说中是一个率性恣意、活泼潇洒的少年人物形象，话痨是他的个人特点。因此，这一长达 129 字不间断的长句从他口中说出，不仅不奇怪，反而可以让读者加深对他个人特质的印象。

天下归元小说中的长分句同样有这样的作用。

例2.7："长孙无极我讨厌你的追逐可不可以请你以后消失在我面前我不想再继续欠你的情下去然后永远也还不了再背着这样一辈子的债无比痛苦地活下去所以请你放过我也就是放过你自己好了这个就是我的真心话我这辈子就说这一次再见谢谢希望以后永远不见。"（摘自《扶摇皇后》）

例2.8："哎呀女施主你终于回来认领小施主了太好了那就这样吧你把人领回去吧也不用面谢方丈了出家人慈悲为怀一切有如清风过眼不值萦怀施主好走施主不送。"（摘自《凤倾天阑》）

例2.7节选自《扶摇皇后》，共110字，女主角孟扶摇在与男主角产生误会，矛盾升级之后试图与其分手，情绪激动之下不及换气说出绝情之言。例2.8节选自《凤倾天阑》，66字，小和尚终于把给寺庙带来诸多麻烦的小孩子送走，没有停顿的表述显示出希望摆脱这一烫手山芋的急切和欣喜。以上可见，天下归元采用长分句并不是偶然的行为，而是有意识地用这种方法传递人物当时的心境和情绪，是一种个性化的表达。

其实，猫腻和天下归元除了最长分句之外，这样类似的长分句还有很多，且在多部作品中出现，这说明长分句确实是他们个人的风格特征之一。其中猫腻的长分句内容更多是逻辑的螺旋环绕或事件的紧密连缀，而天下归元的长分句则更多是个人心理状态的映射。二人都喜欢在文学创作中采取这种特殊的表达方式。一方面，是网络文学确实让表达变得更自由，尤其是标点符号的使用，不用再拘泥于传统的使用方法；另一方面，用不停顿的长分句确实能在反映人物的情绪和状态，增加文本的幽默感和戏剧感，调整文章节奏等方面有独特作用。

为了观察两位作家在分句长分布上是否还有区别，我们同样计算他们分句长的峰度和偏度，见表2.9。

表 2.9　猫腻、天下归元小说分句长分布的峰度、偏度及检验结果

编号	峰度		编号	偏度	
	猫腻	天下归元		猫腻	天下归元
1	2.505	7.321	1	1.943	2.849
2	2.017	13.198	2	1.848	3.682
3	2.505	4.017	3	1.943	2.247
4	8.691	3.421	4	3.086	2.126
5	0.868	13.021	5	1.476	3.657
假设检验	p	0.056	假设检验	p	0.056

对二人平均分句长峰度和偏度数据分别进行 W 检验，p（猫腻峰度）$= 0.008 < 0.05$，p（猫腻偏度）$= 0.02 < 0.05$，拒绝原假设，即二人峰度和偏度都不符合正态分布，采用非参数性假设检验对二人分句长峰度和偏度是否存在差异进行检验。结果 p（峰度、偏度）> 0.05，即二人在分句长具体分布状态上没有明显差异。

我们同样将猫腻和天下归元的分句长情况与参照语料库中的男频和女频作品的分句长作对比，参照语料库中的小说分句长情况如表 2.10 所示。

表 2.10　10 部参照小说的分句基本情况

男频				女频			
编号	平均分句长	最大值	分句标准差	编号	平均分句长	最大值	分句标准差
B1	8.60	51	4.23	G1	8.57	111	4.68
B2	9.40	47	4.55	G2	7.30	77	4.39
B3	9.26	41	4.30	G3	7.03	29	3.16
B4	7.29	41	3.85	G4	9.16	42	4.80
B5	7.78	40	3.55	G5	8.53	42	4.12
合计	8.47	44	4.10	合计	8.12	60.2	4.23

可以发现，猫腻的平均分句长显著大于男频作品的平均分句长（9.82 > 8.47，$p = 0.035 < 0.05$），二人的最大分句长也都明显大于参照语料库中的最大分句长。说明在长句和复杂句子的使用上，猫腻和天下归元的使用频率都是要高于一般网络小说的。

总之，男频和女频类型小说在句长和分句长上的差异并不明显，但是

不同作者的个人风格对此影响较大。从整句来说，猫腻在平均句长上与天下归元没有显著差异，但是在最大句长和句长分布上和天下归元有明显差异。天下归元的最大句长普遍大于猫腻，其句长分布的峰度和偏度也显著大于猫腻，即天下归元句长分布差异更大，使用短句相对来说更为频繁。

从分句来说，猫腻平均分句长显著大于天下归元且高于一般男频小说，分句长离散程度也明显大于天下归元，说明猫腻的分句变化程度较天下归元更大。最长分句上二人都出现了特殊的长分句，但表达效果侧重有所不同，代表他们个人的特殊风格，这也是他们与一般网络小说不同的地方，体现了他们个人的文学创造力。

2.3 词长

词作为最小的有意义的文本单位，也是我们在分析不同作者文本风格时重要的分析对象。

在汉语中，语素是语法的最小单位，而词是由语素构成的。朱德熙认为单纯词是由一个语素组成的，合成词是由多个语素组成的。词汇之间不可以再添加进其他语素。

聚焦词汇，本小节主要讨论的是猫腻和天下归元的词长比较，详细的词性、词义的分析和对比将在后文展开。

词长，即词的长度，是指词语中包含的字的个数，和英语等以字母为单位表示词长不同，汉语的词长变化程度其实要小很多，因而这一属性指征文本风格的意义实际上要小一些。比如"语文"的词长是 2，而"Chinese"的词长则是 7，英文词汇长度变化显然比汉语丰富。汉语中的词长一般在 1~4 之间，如果文本中出现人名、机构名或一些外来词、外语等，则词长会较长。

表 2.11 是猫腻和天下归元 10 部小说的词长统计情况：

表 2.11 10 部小说的词长统计

编号	总词数	标点数	1	2	3	4	5	6	7	8	最大值
M1	2524896	392092	1265470	812217	43437	11358	94	187	36	3	10
M2	2329272	319399	1063906	880027	53127	11878	428	499	4	3	9
M3	2722230	372766	1347181	953398	36613	11547	201	506	17	0	9
M4	2106471	205307	1078339	756704	53645	11871	208	393	2	0	10
M5	2136624	343064	1027030	704823	49255	12153	200	96	2	1	8
T1	1012829	175162	529618	274927	22678	10366	41	20	16	0	9
T2	992019	173537	516526	273718	21589	6570	41	26	11	1	8
T3	1601092	299054	804412	447435	40509	9568	63	37	11	1	9
T4	2149824	384952	1113035	603257	35726	12710	80	41	19	3	18
T5	2051562	344782	1072323	590922	30802	12230	143	327	27	6	8

总词数包括词汇数和标点数，标点即为单字词。但实际上词汇和标点反映的文本风格特征并不一致，因此在这里统计词长为 1 的词汇时，只包括纯单字词，不包括标点。

表 2.11 列出了猫腻和天下归元 10 部作品中词长从 1 到 8 的词汇频数以及词长最大值。发现词长最大值出现在天下归元的《女帝本色》第 4 卷第 61 章。

例 2.9：左丘默立即将牌一扔，站起身，喊一声，"尤里沙列克阿列克谢耶维奇波戈洛夫斯基！"头也不回走了。（摘自《女帝本色》）

这里出现了一个长达 18 字的音译人名，是主人公梦回现代后回忆中的场景，此名也是作者为了幽默效果为女主之一杜撰的，其实在全部文本中出现情况极少。大多数词汇还是分布在词长 1～8 之间。

通过表 2.11 我们也可以看到，单音节词和双音节词占比很大，在猫腻和天下归元的 10 部小说中，单音节词和双音节词几乎占了全部纯词的 97%，且单音节词要显著多于双音节词，如图 2.17 所示。

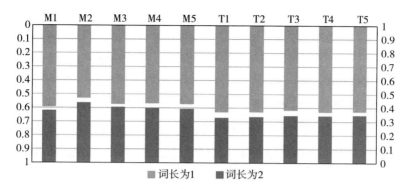

图 2.17　10 部小说单、双字词比例

可以看到，猫腻和天下归元的作品中单音节词和双音节词占据绝对数量，其中单音节词明显多于双音节词，两者之间呈现此消彼长的状态。仔细来看，猫腻使用双音节词比例要大于天下归元，使用单音节词比例要小于天下归元。

和平均段长和平均句长一样，我们可以用总字数（去除标点符号）除以总词数（去除标点符号）得到两位作家在 10 部作品中的平均词长。由于两人的绝大多数词汇长度都是 1 或 2，因此平均词长也应介于 1～2 之间。图 2.18 是 10 部小说的平均词长。

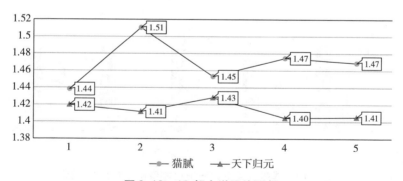

图 2.18　10 部小说平均词长

可以看到二人的平均词长有明显区别，两条折线完全分开，猫腻的平均词长显著大于天下归元，他使用词汇的复杂性可能会更高。

2.4 标点

在正式对词汇进行分析前，我们也先看一下猫腻和天下归元在标点的使用上有什么特点。

在我们的分词过程中，标点有其专门的词性标注，如"wd"表示逗号、"wj"表示句号、"ww"表示问号，等等。以这些"w"开头的词性标注的标点符号即是我们这里研究的对象。因为属于词语分类的一种，因此也在这一章分析和阐述。

已有研究证明标点的使用情况在不同作者之间存在差异，作者可以依据自己的文本风格和写作习惯选择不同的标点符号。网络文学中标点的使用则更为自由和随意，作者的影响因素更甚，因此标点是反映个人文本风格的重要特征。

我们先来整体看一下两位作者使用的标点符号在所有词中所占的比重。

如图 2.19 所示，横轴为两位作家分别对应的 5 部作品，纵轴为所有出现过的标点符号的总词数在全部形符中所占的比例。可以发现天下归元使用标点符号比重要高于猫腻，且稳定性更高。

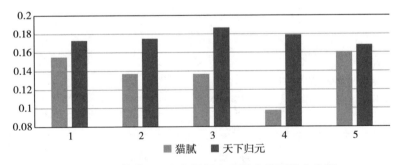

图 2.19 猫腻、天下归元标点符号在总词数中比例

接下来，我们看一下猫腻、天下归元各类标点符号使用的具体情况。对他们 10 部作品中各类标点符号的使用频率进行统计，结果如表 2.12 所示。

表 2.12　10 部作品的标点符号在每 1000 词内出现频数

	破折号	感叹号	逗号	顿号	句号	冒号	分号	问号	引号	书名号	省略号
M1	0.370	1.239	75.937	0.364	34.152	6.280	0.010	4.294	19.898	0.007	8.096
M2	0.190	1.348	82.781	0.436	22.747	4.415	0.050	3.535	17.864	0.054	7.105
M3	0.304	1.312	83.019	0.623	28.232	6.824	0.017	4.676	18.339	0.044	5.845
M4	0.129	0.818	52.352	1.652	35.137	5.711	0.003	5.640	17.050	0.032	1.330
M5	0.412	1.180	74.792	2.062	39.272	7.432	0.003	6.398	20.781	0.043	8.031
T1	1.506	4.615	98.890	1.063	20.467	3.643	0.124	5.857	26.514	0.067	8.617
T2	1.662	3.758	100.241	0.562	23.130	3.759	0.044	5.262	27.200	0.198	7.346
T3	2.865	5.512	98.031	1.050	29.862	2.187	0.210	6.027	30.197	0.069	9.420
T4	1.028	5.629	97.859	0.683	30.669	2.618	0.119	6.259	26.819	0.028	6.748
T5	1.105	4.275	93.264	0.569	28.770	4.926	0.115	5.657	21.225	0.054	7.144

　　为了方便观察，可以将原始标点频率（标点数／总词数＝标点频率）乘以 1000 进行放大，得到表中的数值。对数据归一化处理后进行层次聚类，初步观察两位作家在标点符号的使用上是否存在差异，聚类谱系图如图 2.20 所示。

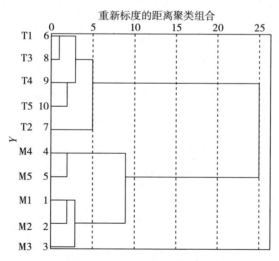

图 2.20　10 部作品标点符号的层次聚类谱系（11 维）

　　可以看到，采用标点符号可以很好地对两位作家的小说聚类，说明二人在标点符号的使用上存在差异。那么这种差异具体体现在哪些标点上呢？我们采用双独立样本 Wilcoxon 秩和检验来对两位作家的每种标点——进行检验。

根据研究方法中所介绍的具体操作方法，对猫腻和天下归元 10 部作品中出现的同类标点符号排序并赋秩，并在每一类标点符号上计算其中一位作家（如天下归元）五部作品的秩和，结果如表 2.13 所示。

表 2.13　猫腻、天下归元标点频率秩和

标点	M1	M2	M3	M4	M5	T1	T2	T3	T4	T5	W
破折号	4	2	3	1	5	8	9	10	6	7	40
感叹号	3	5	4	1	2	8	6	9	10	7	40
逗号	3	4	5	1	2	9	10	8	7	6	40
顿号	1	2	5	9	10	8	3	7	6	4	28
句号	8	2	4	9	10	1	3	6	7	5	22
冒号	8	5	9	7	10	3	4	1	2	6	16
分号	3	6	4	1	2	9	5	10	8	7	39
问号	2	1	3	5	10	7	4	8	9	6	34
引号	4	2	3	1	5	7	9	10	8	6	40
书名号	1	7	5	3	4	8	10	9	2	6	35
省略号	8	4	2	1	7	9	6	10	3	5	33

取显著性水平 $\alpha = 0.05$，拒绝域为：$W = \{W \leqslant W_{0.025}$（5，5）或 $W \geqslant W_{0.075}$（5，5）$\}$。查表求得 $W_{0.025}$（5，5）= 17，$W_{0.075}$（5，5）= 38，即拒绝域为 $\{W \leqslant 17$ 或 $W \geqslant 38\}$，当 W 在此范围内时，二人在使用该标点符号的频率存在差异。由于我们统计的是天下归元的秩和值，当 $W \leqslant 17$ 时，即认为猫腻在该项上的使用频率大于天下归元；当 $W \geqslant 38$ 时，即认为天下归元在该项上的使用频率大于猫腻。

如表 2.13 所示，两位作者在标点符号使用频率上差异显著。天下归元在破折号、感叹号、逗号、分号和引号上的秩和值大于等于 38，使用频率高于猫腻；在冒号上的秩和值小于等于 17，使用频率低于猫腻。

在参照语料库中，男频和女频小说也在标点符号的使用上呈现出差异，同样采用秩和检验对两类作品的标点使用频率进行检验可以得到

表2.14。

表 2.14　男频、女频参照语料标点频率秩和

编号	B1	B2	B3	B4	B5	G1	G2	G3	G4	G5	W
逗号	7	6	8	9	10	5	2	4	3	1	40
句号	10	9	8	7	3	2	6	5	1	4	37
引号	5	4	2	3	1	7	9	10	6	8	15
省略号	7	10	3	1	6	9	8	5	4	2	27
问号	5	6	2	4	1	7	9	10	3	8	18
感叹号	5	1	2	8	7	6	10	9	3	4	23
冒号	3	7	2	4	1	5	10	8	6	9	17
破折号	4	3	1	5	2	9	6	7	10	8	15
顿号	10	8	1	9	3	4	7	5	6	2	31
分号	6	1	4	3	2	8	10	5	7	9	16
书名号	10	4	9	6	1	5	3	7	8	2	32

同样取显著性水平 $\alpha = 0.05$，拒绝域为 $\{W \leqslant 17$ 或 $W \geqslant 38\}$，当 W 在此范围内时，两类作品在使用该标点符号的频率存在差异。由于我们统计的是男频作品的秩和值，当 $W \leqslant 17$ 时，即认为女频小说在该项上的使用频率大于男频；当 $W \geqslant 38$ 时，即认为男频作品中的使用频率更高。结果发现与猫腻和天下归元之间的差异相类似，女频小说使用更多的引号、冒号、破折号和分号，男频作品使用更多的逗号，在后文的分析中我们也将说明这显示了女频作品更强烈的情感表达追求和气氛渲染要求，体现了更为个性化和自由化的标点符号运用和表达。

2.4.1　破折号

我们先来看一下破折号的使用情况。猫腻的破折号使用主要用于延长声音和解释说明。破折号的用法有很多，比如对上下文的解释或补充，表示话语的停顿或中断，表示话题的转换、跳跃或语义的转折，表示声音的延长等。天下归元使用破折号频率较猫腻更高，破折号的用法上也比猫腻更为丰富，以上提到的破折号用法基本在她的文本中都有所反映。

> **例 2.10**：答案很简单，很古怪，比题目还古怪，是一堆歪歪扭扭的"符号"——PANASONIC。（摘自《凰权》）
>
> **例 2.11**：她呆呆地坐着，被震撼得无以复加——这就是封建社会草菅人命的残酷？人如灯草风吹灭，势似磐石压山沉？（摘自《女帝本色》）

破折号表示解释说明，增加对上下文的补充，这一类用法在天下归元的文本中是最常见的，特别是如例 2.11 这样对人物心理活动的补充。作者非常热衷于写出人物状态后，以破折号阐述其行为或态度的原因。

> **例 2.12**："指望他我早死了——"姚迅一句话说了一半，突然面色一变。（摘自《扶摇皇后》）
>
> **例 2.13**：哦，还有一点，我喜欢的那个，睡觉睡我床底，半夜给我暖脚——你要学么？"（摘自《凤倾天阑》）

常规用法上，例 2.12 表示话语的停顿，常常在人物话说到一半时以破折号收束，可增加悬念。例 2.13 表示话题的转换，从叙述第三者的情况转为和对方交流。

> **例 2.14**：声音凄厉，听得人毛发起瘆，大多百姓都露出恍然和痛苦之色，有人大叫："这两年总有孩子失踪！我邻居家的孩子就忽然没了，是不是——是不是——"
>
> "我叔叔家的女儿——"
>
> "我的外甥——"（摘自《山河盛宴》）

例 2.14 中破折号表示声音的延长。但在这里使用显然不仅仅只有延长声音的效果，更有表达情感的需求。和标志句子终结的感叹号或问号不同，破折号在拉长声音的同时，只代表短暂的停顿，换言之，破折号连缀的句子是一个完整的句子，因此在真正阅读的时候，读者只能一口气读下去，同时获得情绪体验的延长。

与同样表达激烈情绪的感叹号相比，破折号在情感表达上或许没有那么猛烈，但因为持续更久，所以适合某些特殊情况下使用。比如例 2.14 中，破折号在这里如果换成感叹号，句子会变得短促有力很多，但与这一段悲哀痛苦的氛围并不适合，破折号拉长声音后，更有一种"杜鹃啼血猿哀鸣"的凄厉感，网络文学十分在意共情和代入感，作者正是希望能够通过冰冷的阅读器屏幕传递给读者真切的生动感受。

例 2.15：一个念头还没闪完，黑暗天穹尽头雪光一闪，剑已追蹑而至，风声太烈，太史阑一回头便清晰地看见，马尾飞扬而起，一蓬雪白，随即剑气掠过——

那簇美丽的马尾，蓬地散开，化为无数雪白的细丝，如春夜茸茸蒲公英，唰地一散——（摘自《凤倾天阑》）

例 2.16：声音一开始还不响亮，随即便越来越大，像有巨石自头顶砸落。众人都忘记动作，傻傻抬头，便见头顶一点黑影，迅速放大，直线坠落——（摘自《女帝本色》）

除了破折号的常规使用方法，天下归元十分喜欢在一段特写的最后以破折号收束。这样的效果非常有趣，一般破折号用在末尾是为了提示下文，但这里并非如此。一般不具备句子终结意义的破折号用来终结，从而导致此句未结实结，语意和情感都被拉长，造成言有尽而意无穷的效果。事实上，例 2.15 中两处结尾的破折号确实让人无限延长了之前描述的画面，让人仿佛看到了画面的瞬间定格，白色马尾和飞散的银丝好似刻画在脑海中。例 2.16 结尾的破折号也无限放大了巨石下落时的紧张和压迫感，这就像是电影中的慢动作。这一类用法在猫腻的小说中则是几乎没有出现过的。

2.4.2 感叹号

感叹号常常用在句子末尾，表示强烈的语气。天下归元在感叹号的使用上同样比猫腻更为频繁，在对话、描写或是议论的任何场景中会使用感叹号，且有时连同几个感叹号。相比之下，猫腻对感叹号的使用要克制得多，一般只在一些需要表达强烈情感的句末出现，不会在某一段中频繁使用。

> 例2.17：孟扶摇在一片鬼哭狼嚎里勉力抬起头来，先一把抓过滑到身边的背包顶着头，大叫，"大概山崩了！最近暴雨多！出去！立刻！"
>
> 靠近墓道的人翻滚着探头一看，叫声里立刻带了哭腔，"墓道被泥石堵啦！"
>
> "哭个屁啊！哭就哭通了？"孟扶摇在满地碎石里打了个滚，抬头看看穹顶，大叫，"先前这里有个盗洞，从这里出去！"
>
> "那个洞没挖完，还堵着半截尸体！"（摘自《扶摇皇后》）
>
> 例2.18：拖下去！胡言乱语，扰乱军心！回营后自去领六十军杖！"宁弈看也不看他，冷声一喝，立即有人上前将挣扎的姚扬宇拖下去。（摘自《凰权》）

感叹号音量高，力度大，表现情感充沛，高调。在例2.17中，天下归元在一个片段中连用8个感叹号，极致地写出了当时情形的危急紧迫，让读者深刻感受到书中人物生命受到威胁时的绝望。例2.18中，天下归元在一句对话中连用了三个祈使句和3个感叹号，威严尽显，烘托了令行禁止、杀伐果断的人物形象。猫腻的感叹号则多是常规地使用在句尾表示强烈语气，如例2.19所示，语气较多个感叹号的表达为弱。

> **例 2.19：** 依然铁枪先起，依然刀势后生，但刀锋所向依然不是铁枪，而是枪后的肖张，那张苍白的纸张，因为这把看似寻常无奇的刀，就是比这霸道的铁枪更快，更强！（摘自《择天记》）

相比之下，我们看到天下归元更喜欢营造极致的冲突和更喜欢抒发浓烈的情感，且在标点的使用上更为随性，因此文本中的感叹号使用如此频繁；而猫腻则在情感的表达上较为克制，对感叹号也没有特别钟爱，大多情况下仍以铺陈描写为主，感叹号使用较少。

2.4.3 逗号和分号

逗号是句内标点，表示句子或语段内部的一般性停顿，往往是使用最为频繁的标点。天下归元逗号的使用频率高于猫腻，说明她的文字中停顿的地方较猫腻更多，文本破碎程度更高，这与我们在 2.2 小节中得出的猫腻平均分句长大于天下归元的结论是吻合的。大量的逗号使用，可能是导致天下归元的小说分句更短的重要原因。

分号介于逗号和句号之间，同样有停顿的作用，往往用来分隔存在一定关系的两个分句，如并列、转折、承接和因果关系等，在研究所涉及的文本中，不论猫腻还是天下归元，用法上仍以表示并列和承接关系居多。天下归元使用分号更频繁，一方面是由于其小说中逗号使用较多，如果分句中已有逗号则只能用分号区别层次关系，逻辑上更清晰；另一方面是文本确实需要强调并列、承接和转折等特殊关系，分号较逗号更适合。

2.4.4 冒号和引号

小说中，人物对话是非常重要的文本内容，特别是讲究互动性和代入感的网络小说，对话是展现人物形象，推动情节发展的关键，因而一般也会占据较大篇幅，从而也会带来大量引号和冒号的使用。但在实际统计中，我们发现天下归元使用引号的频率显著高于猫腻，而猫腻使用冒号的频率显著高于天下归元。

例 2. 20：井九说道："还是没红包。"

赵腊月微微一笑，然后认真说道："我可以破境了。"

井九静静看着她，说道："我觉得再稳稳，再等几年。"（摘自《大道朝天》）

例 2. 21："天灰谷?"

"天灰谷!"耶律祁一怔。他吃完药，看着手臂上青紫虽然未消，但那一线黑线，已经停止往上蔓延。

"你知道?"景横波看他。

"黄金部三大禁地之一……"

耶律祁想了想又补充道，"而且，官家虽然不敢进去……"

"大荒多神秘之地……"绯罗道，"天灰谷不过是其中之一。"（摘自《女帝本色》）

经研究，发现猫腻的小说中的对话大多以如例 2.20 这样的"人物＋说道＋冒号＋引号＋内容"的形式居多，读者先看到人物出场，顺着冒号的提示阅读对话。而在天下归元的小说中，人物的对话穿插在描写议论叙事之间，大多直接以"引号＋内容"表示出来，即使是完整的对话片段也很多如例 2.21，是"引号＋内容＋人物＋（逗号＋引号＋内容）"的形式，对话内容先于人物出现的，因而没有冒号来表示提示。两位作家在对话描写时的不同习惯造成二人在关系密切的冒号和引号上的使用频率大相径庭，但总体来说由于天下归元引号使用频率更高，我们仍然认为她的小说中对话比重更高。

对比二人对话的表达效果，猫腻是从画面到声音，循规蹈矩、按部就班，条理清晰地把对话、事件脉络描述清楚。而天下归元则是先声夺人，让读者不自主顺着对话看下去，并被对话内容吸引，相比之下弱化人物的实时状态。

2.4.5 省略号

最后,在标点符号的研究中,我们还发现虽然从整体频率上看猫腻和天下归元在省略号的使用上没有区别,但是在实际统计中,我们发现猫腻的作品中有异常频繁的双排"……"自成段落。

> **例 2.22**:大神官确定三年桑桑一定会去西陵吗?
>
> ……
>
> ……
>
> 程立雪随着神座离开了老笔斋。(摘自《将夜》)

如例 2.22 所示,这类双排省略号几乎在猫腻的每一部作品的每一章节都有出现,且有的一章中出现不止一次。它在这里的作用相当于场景转换,因为上下文讲述的是不同场景下的故事,对于喜欢多线叙事的猫腻来说这是个很方便也有个人特色的处理方式,而在网站的读者评论区中,我们也看到老读者对这两排省略号的熟悉。但这里他为什么不采用其他标点?省略号本身可以表示静默或思考,也不带有其他感情倾向,连用两个可以在实际阅读体验中给予上下文更大的间隔,从而给二者营造更远的距离感,场景转换因而更干脆彻底。猫腻在自由的网络文学中放大了省略号的用法,因而形成了这一个人独特的标志。

2.5 本章小结

2.5.1 基于长度的文本风格比较

本章先介绍了男频代表作家猫腻和女频代表作家天下归元共 10 部小说的段落、整句、分句和词汇的基本情况,同时结合男频和女频参照语料库的相关数据,聚焦于长度相关的研究和分析,以期能发现两位作家在文学创作过程中的风格差异,同样也希望发现网络文学创作在这些方面的共同特点。

我们发现,男频和女频小说在平均段长、句长和分句长上彼此之间十分相似，且都较为短小，二者在这方面呈现出的是网络小说整体的风格特点。猫腻和天下归元在这里比较出的差异主要源自作者自身。两位作家在最长段长、最长句长和最长分句长上都比参照语料库中的更长，超长句子或段落体现的是作者个人的自由意志和创作追求，这说明猫腻和天下归元在网络小说创作上确实有别于一般网络小说创作者的创新和变化。

猫腻在平均段长、平均分句长以及平均词长上都是显著大于天下归元的，这说明他的文本复杂程度可能整体来看会比天下归元要高，阅读的难度也相对更高。同男频参照语料库相比，他的分句长也明显更长。全面来看，天下归元的 5 部作品在平均长度方面彼此之间都较为相近，显示了其创作过程中较好的稳定性。

但是天下归元的最大段长，最大句长又相比猫腻要更长，且在长分句的使用上也非常突出，说明她的文本个性表达的程度更高，在难易、长短的节奏变化上更胜一筹。天下归元的段落长短变化程度显著高于猫腻。

为了继续探索二人段落长、句长、分句长之间的关系是否存在差异，我们将他们的每句分句数、每段句子数、每段分句数作图显示，如图 2.21 ~ 图 2.24 所示。

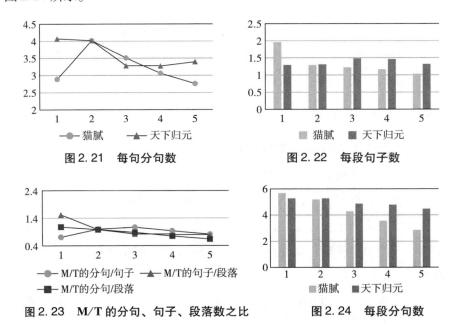

图 2.21　每句分句数

图 2.22　每段句子数

图 2.23　M/T 的分句、句子、段落数之比

图 2.24　每段分句数

可以看到在段落、句子和分句之间的数量关系上，二人作品的差异并不明显，风格较为一致。从大体趋势来看，猫腻在每句分句数、每段句子数、每段分句数都在不断减小，相比之下天下归元呈现了更好的稳定性。

另外，如图 2.22 所示，不论猫腻还是天下归元，每段的句子数都在 1~2 之间，印证了我们之前所说的现象，网络文学力图简单化人们的阅读体验，因此一句即一段的情况非常之多。每句的分句数也不超过 5，可见句子的复杂性也较低。

为了更好地比较二人这几个比值数据之间的差异，我们把它绘制成图 2.23，可以看到他们的每句分句数、每段句子数和每段分句数之比都在 1 附近徘徊，且渐渐趋近，稳定在略小于 1 的水平。这也意味着二人在行文布局时分句和分段的差别不大，证明了前文发现的猫腻平均段落更长、分句更长的特点。但我们也看到唯有第一部早期作品，二人显示出了较大的差异性。猫腻的《庆余年》比天下归元的《扶摇皇后》句子数更多，段落更长。

2.5.2　基于标点的文本风格差异

猫腻和天下归元对于不同标点符号的使用显著体现了他们各自的写作特色，同时也一定程度上显示了男频和女频类型小说的风格差异。引号、破折号和分号等都是女频作品和天下归元使用频率更高的标点，逗号则是男频作品和猫腻使用频率更高的标点。而冒号、省略号和感叹号等的使用差异又引导我们发现他们个人的写作习惯。

在标点符号上，我们发现了两位作家的独特之处。天下归元总体使用标点符号频率更高，且更为随意。她擅长使用破折号完成多种表达效果，且能够自由创新出新的用法。她使用破折号、感叹号的频率也明显更高，用以表达强烈的感情和语气，猫腻相比之下要克制许多。这一方面是女频作品本身相对于男频作品更注重对于情感情绪的描写，另一方面也是天下归元写作风格相对于猫腻更偏热烈自由，她喜欢营造极致的冲突和抒发浓烈的感情。在具体情境描绘中，天下归元以直接引语为主导，推进情节的前进，而猫腻则总是按部就班地交代人/事物而后对话，写作风格更为传统平和。最后我们还发现了猫腻喜欢以双排省略号作为转场标志的独特习惯。

虽然网络文学市场越来越成熟，小说同质化现象越来越明显，在能够侧面反映作者文本风格的段长、句长、词长统计和标点符号中，我们仍然可以发现两位作家之间的一些差异。而且能够在最长段落、最长句子和最长分句中发现两位作家特殊的写作方式，比如用超长分句反映人物的心理状态，烘托人物形象，渲染场景气氛，产生幽默效果等；在标点符号的特殊用法中发现二人风格的独特偏向，比如标点使用的随意与严谨、感叹号背后的感情强弱、不对称冒号、引号的风格差异等，这些都得益于网络写作的自由和非严肃性。

第 3 章

词类分析：猫腻的沉稳和天下归元的灵动

　　词汇是表达语义的基本单位，不同作者所选用的词汇往往有所差异，因而词汇也是最能够体现个人文本风格的特征。因此，本章计划对猫腻和天下归元小说中的具体词汇使用进行比较，分析二人词汇使用的特点。首先，我们计划从词汇丰富度、词汇频率差异性、词性三个方面对二人用词特性进行整体比较，然后对后续采用的词类对比分析方法进行阐述。同时，对网络小说中的特殊词汇网络流行词在二人小说中的使用差异进行简单对比。

　　在具体的对比研究之前，我们仍然以词汇为基本单元对两位作家的小说进行 N 元语法聚类。选取在 10 万字中出现次数大于 1 的词汇作为分类的基本维度。结果如图 3.1～图 3.4 所示。

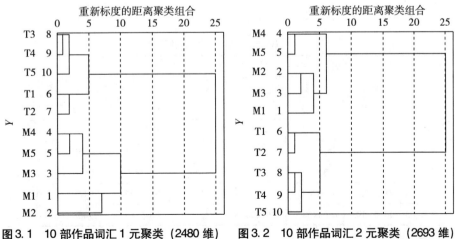

图 3.1　10 部作品词汇 1 元聚类（2480 维）　　图 3.2　10 部作品词汇 2 元聚类（2693 维）

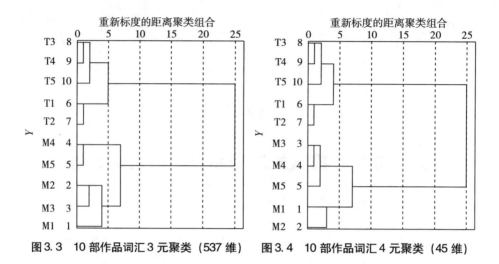

图 3.3　10 部作品词汇 3 元聚类（537 维）　　图 3.4　10 部作品词汇 4 元聚类（45 维）

可以看到词汇能够很好地区分猫腻和天下归元的小说，说明二人词汇使用习惯上确实大不一样，存在差异。

3.1　总体描述

3.1.1　词汇丰富度

我们首先考察二人的词汇丰富度，为了消除文本规模差异大小带来的影响，采用 1.2.4 小节中提到的对数词汇丰富度公式，即式（1.2）来计算猫腻和天下归元小说的词汇丰富度。表 3.1 是统计的猫腻和天下归元二人的形符数、类符数以及对数丰富度。

表 3.1　10 部小说的对数类符形符比

猫腻				天下归元			
编号	形符	类符	对数丰富度	编号	形符	类符	对数丰富度
M1	2524896	36729	0.713	T1	1010863	30352	0.746
M2	2329272	35007	0.714	T2	990636	29507	0.745
M3	2722230	35742	0.708	T3	1598241	34540	0.732
M4	2106471	30142	0.708	T4	2147457	36616	0.721
M5	2136624	29767	0.707	T5	2049386	39148	0.728
合计	11819493	63461	0.679	合计	7796583	59868	0.693

从表 3.1 中可以看出，猫腻的文本前两部和天下归元的文本规模相差较大，因此类符较多；当文本小大和天下归元持平时，其类符数不及天下归元。

分子分母取对数后，文本大小的差异被弱化，我们看到猫腻的对数类符－形符比大多小于天下归元，即使是最大的《间客》，其值也小于天下归元最小的《女帝本色》，如图 3.5 所示。从总数而言，猫腻的对数丰富度也比天下归元低。

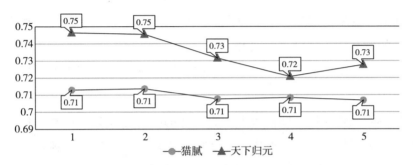

图 3.5　猫腻、天下归元的对数类符－形符比

从图 3.5 中可以看出，猫腻和天下归元对数类符－形符比的两条曲线互不相交，且有一定距离，说明猫腻的词汇丰富度总是小于天下归元的，即他使用的词汇种类小于天下归元。

在参照语料库中，我们也发现了男频和女频文本在词汇丰富度上的差异。同样考察 5 部男频小说和 5 部女频小说的对数类符－形符比，发现女频小说的值总是大于男频的，可证明与猫腻和天下归元之间的差异类似，女频小说的词汇丰富度比男频小说更高，使用词汇种类更多，如图 3.6 所示。

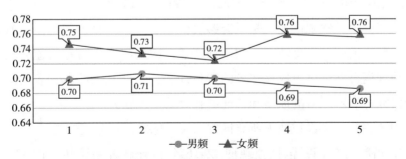

图 3.6　男频、女频小说的对数类符－形符比

同时，我们还发现猫腻的对数类符－形符比大多在0.71，较男频参照小说的词汇丰富度高，说明了猫腻确实是男频创作领域中更注重小说文学性和语言多样性的作家。

我们希望能以此为基础进一步研究，分析两位作家到底在词汇的使用上具体有何差别，以及在哪些词的使用上又有个人的特点。

3.1.2　词汇频率差异性检验

我们计划依据两位作家在每个词的使用上是否有显著差异将他们文本中出现的所有词汇划分为不同的种类。

首先，从整体上说，可以依据他们的词表和各词的使用情况把所有词简单分为两类：

第一类是独现词，即作者个人的独特词汇，定义为只在某一位作者的文本中出现而从未在另一位作者的文本中出现。比如猫腻的独现词是指在M1－M5中出现而从未在T1－T5中有过的词汇，天下归元的独现词则反之。

第二类是共现词，即同时在两位作者的词表中都出现的词汇，通过双独立样本Wilcoxon秩和检验对二人在这一词汇的使用频率上是否存在差异进行检验，可以从中找出二人使用有差异的词汇，继而可以将共现词分为三类：

1. 使用频率有显著差异且猫腻频率高的词汇，总共有3341个。

2. 使用频率有显著差异且天下归元频率高的词汇，总共有6981个。

3. 使用频率无显著差异的词汇，总共有30722个。

这些词中，独现词无疑是最能够反映作者个人风格的特征量，有显著差异的共现词也可以反映个人的用词特点，因此将个人有显著差异的共现词和独现词合并可以组成该作者的特色词表，针对二人特色词表的对比分析和研究对展示二人的风格和特征更有效果和说服力。

因此，我们可以把两人所有词按照这一标准，划分成三类：

1. 猫腻特色词，包括独现词22416个和有显著差异共现词3341个，一共25757个。

2. 天下归元特色词，包括独现词 18823 个和有显著差异共现词 6981 个，一共 25804 个。

3. 无显著差异的共现词 30722 个。

根据以上所述，可以作出如图 3.7 所示的猫腻、天下归元词表分类图：

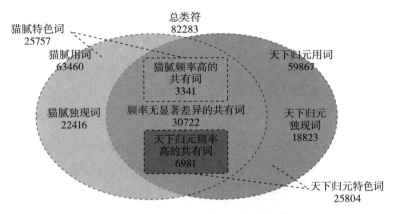

猫腻特色词
25757

总类符
82283

猫腻用词
63460

天下归元用词
59867

猫腻频率高的
共有词
3341

猫腻独现词
22416

频率无显著差异的共有词
30722

天下归元
独现词
18823

天下归元频率
高的共有词
6981

天下归元特色词
25804

图 3.7 猫腻、天下归元的词表分类

我们看到，由于网络小说本身规模较大，涉及不同的世界架构、无数的出场人物、大量的作者私设，因而产生了相当大的词汇总量，猫腻和天下归元的个人独现词也均超过 1.8 万。但是我们的研究不可能对上述 8 万类符一个不落地进行分析，因此我们将主要聚焦于猫腻和天下归元的特色词，选取能够代表作者特色、世界观，反映其个人风格的词汇来展开研究。

但约 5 万的特色词直接比较仍然十分困难，因此，我们计划从词性入手，在研究二人的特色词之间差异的时候依据不同的词性分类比较研究。因而，我们首先找出二人在哪些词性的使用上存在差异（依据频率），再去分析是什么词汇的使用导致了这种差异。对于不存在显著差异的词类，则通过文本细读和感知宏观上描述二者的特征，再概括二者在这类词使用上有怎样的共性。

对于参照语料库，我们也采用类似办法对 10 部小说中出现的词汇进行简单分类，分成共有词、男频独有词和女频独有词三类。由于 10 位作者各不相同，作品与作品之间差异很大，我们希望考察的仅仅是男频或女频的类型特点。所以共有词选取在 10 部小说每一部中都出现的词汇，共 4920 个；男频独有词即表示在 5 部男频小说中每一部中都出现同时在任何女频小说中都没有出现的词汇，共 3695 个；女频独有词则表示在 5 部女频小说中都出现同时没有在男频作品中出现过的词汇，共 1791 个。之后，同样利用秩和检验对两种类型的共有词进行差异性检验，找出其中男频使用频率更高的词汇与其独有词组成特色词表，女频亦然。

3.1.3　网络流行词

互联网时代下人类的生活发生了翻天覆地的变化，网络词汇日新月异，渗透到我们日常生活交流的方方面面，而网络小说作为依靠移动端设备传播的特殊新文学，其与网络的关系更加密不可分。我们可以经常在网络小说里看见熟悉的网络流行语，一方面成为这类新兴词汇的传播者，另一方面自身也在使用过程中创造新的词汇或赋予传统词汇新的内涵，这与传统文学的严肃性截然不同。

在对比二人使用存在显著差异的词汇时，我们发现了许多流行于当下的网络词汇。这些网络流行词在文中可以担任句子的多种成分，为了不在后文分散到具体词类中论述，我们在此统一分析，划分网络流行词的标准是依据这个词的起源，即如果来源于互联网，则为网络流行词。

3.1.3.1　动漫文化的浸染

在猫腻和天下归元的文本中我们发现了诸多源自日本动漫文化中的流行词。比如"傲娇"，早在 2007 年已经出现[103]，用以形容外表冷漠高傲，内心温柔娇羞的复杂人格，天下归元的文本中出现了 68 次，猫腻的文本中仅出现了 9 次。

同时我们也发现，猫腻在使用"傲娇"时，不一定是该词流行于网络的用法，而是取自"傲娇"单字本义的联用，即骄傲的含义，如例 3.1 中描述宁缺的形象，"坚狠傲娇"其实是一字一义，明显如果"娇"理解成"娇羞"完全不符合前后的语义，这显示了猫腻对于网络流行语特别是动漫文化传输来的新词的一种对抗和对个人表达习惯的坚持。天下归元则对于这类动漫词汇信手拈来，如例 3.2 形容主人公不"傲娇"，放下外表高傲的身段去求和了。

例 3.1：宁缺干净的眼眸里坚狠傲娇之色一闪而没（摘自《将夜》）

例 3.2：主子终于不傲娇了，要去找太史阑卖萌了！（摘自《凤倾天阑》）

二人小说中涉及的源自动漫的网络词汇还有"御姐""呆萌""毒舌"等。"御姐"，指成熟魅力、冷静淡定且性格强势的女性，源于日语"御姊"（おねえ）。如例 3.3 中只用"御姐"便简单地概括了说话人想要达到的目标。

"呆萌"则是形容笨且可爱的人、动物或事物，一般带有宠溺意味；"毒舌"则是一般形容对人的说话方式带有讽刺性或具有该性格的人，源自日语"毒舌（どくぜつ）"。例 3.4 中，天下归元连用"高冷""毒舌""呆萌""COS"等多个网络词汇来体现"她"喜欢的男性形象的具体特点。

例 3.3：交给你了，负责调教之，坚决要把这爷给调教成新时代美艳御姐！（摘自《扶摇皇后》）

例 3.4：哦，不过她喜欢的是会高冷会毒舌会呆萌会各种 COS 的那一款。（摘自《女帝本色》）

动漫文化对于网络社会有深远的影响，因为网民中的动漫爱好者非常多，"萌""傲娇""萝莉""御姐"等词原来都是用来形容动漫里经典女性角色性格或形象而存在的。但是现在这些词汇都不仅仅在动漫和网络中使用，而被赋予了更广泛的内涵，即使一个从不看动漫的人可能也明白"萌"是指"可爱"。但是总体而言，这类词汇使用者的年轻化程度仍然是较高的，年长者出于语言的习惯和交流圈层的差异接触到此类词汇相对更少。

3.1.3.2 同性恋文化浪潮

同性恋文化在网络中的流行也对我们的语言习惯造成了影响，比如最典型的"基友"，本义指男性同性恋者，因为在英文中，男性同性恋的英文单词为"gay"，和粤语的"基"几乎同音，因此就有了"搞基""基友"等中文衍生词。但是现在它已经在网络上被广泛使用，通常指关系亲密的朋友。我们能看到在天下归元的小说中也时常出现这一词。

> **例**3.5：要混得好啊，她无数次对自己说，混得好才有脸见基友。
> （摘自《女帝本色》）

这里，"基友"并不含同性恋的意思，完全可以替换成"闺密"或是"好友"，但是后两者在气氛上都显得过于现实或者正式，用"基友"可以消解掉这种一本正经，将这句为自己打气的话说得轻松随意。

其实，在汉语中表现男同性恋也有专门的词汇，如"断袖""分桃"等，但是在追求性别平等，尊重同性恋之风的当下，网民们依靠各类音译或拼音缩写等创造了相当多的同性恋文化下的词汇，如"百合""蕾丝边""搞基"等，在其影响下普通人即便不是同性恋，也喜欢使用这些词汇描述自己和朋友的关系，显得有趣且紧跟时代潮流。

天下归元会使用这类词汇的原因或许正在于此，但猫腻的文本中则没有此类词汇。这可能由于目前的网络环境中女性是乐于接受同性文化的，由此诞生的耽美文学①甚至成为一大热门的网络小说类型，其受众也主要是女性。而男频作品则几乎不涉及同性恋且猫腻本人对网络流行语的使用似乎也并不热衷。

---

① 源自日本，原指唯美主义。后在中国多被用于表述男性同性恋的爱情。

3.1.3.3　娱乐精神的指引

网络是隐匿而自由的，在崇尚娱乐的精神下，人人在这里释放所有的精神压力，享受畅快表达的乐趣，表现在为网民提供快感和消遣的网络文学中，我们发现作者们的用词有时可以称得上是无所顾忌，不用讲究文学性、艺术性，只需要用最通俗直接的方式把情感传递到位、故事表达清楚即可。这也造成了非常大量的高度口语化的网络吐槽或自嘲用词群集于小说中。

"卧槽"是表示惊讶到不敢相信的一个网络语气词，例 3.6 中天下归元连用 5 个"卧槽"表现梦中所见天女散花场景的美妙，用最粗俗的词汇展现最无限的惊讶。带给读者的感受是前一秒还在天上漫天飞花，后一秒直接落地爆粗口，雅俗打通，显得搞笑幽默，也衬托了女主角有趣接地气的性格，容易让读者与之产生共鸣。猫腻的文本中则没有使用这一词。

> 例 3.6：一开始无梦，后来便做了一个天女散花的梦，梦里有五色祥云，有仙乐缭绕，那音乐美妙非常，一奏起便漫天飞花，那些七彩的鲜花落在地上便成了雨，她在梦里还在恍恍惚惚地想，这么美这么好听该怎么形容来着？卧槽卧槽文化太低，卧槽卧槽只会卧槽了！（摘自《山河盛宴》）

"屌丝"也是较长时间以来非常流行的网络词汇，一般用于自嘲，最初源于百度李毅吧和雷霆三巨头吧网友的一次对骂，之后该词流行于网络至今。这无疑折射出当今社会很多人的"屌丝"心态，可能是生活状态不尽如人意，人生面临各种困难，比如就业、买房和婚嫁等，对于希望和未来不抱希望等。虽然无奈，但随着越来越多普通人的使用，它也有降低成功期望，缓解社会压力的自我开解作用。

"屌丝"在天下归元的小说中很为多见，猫腻的文中则没有使用这一词。例 3.7 和例 3.8 都以"屌丝"对女主人公地位不高作了一个调侃，与当下所描述的崇高待遇对比。"屌丝"总是穷且累的，符合大部分普通人的生活，以"屌丝"自嘲，拉近了主人公和读者的距离，突出了文中世界的美好。

> **例3.7：**前世屌丝的景横波，啥时候享受过这样的待遇，立马来了精神，微笑，"哈罗！"（摘自《女帝本色》）
>
> **例3.8：**身在皇家，是未来的藩王，还想过潇洒自如的日子，这简直就是对她这种逆境中不断挣扎才能活的屌丝的践踏。（摘自《凤倾天阙》）

此外，天下归元使用到的网络流行语还包括"菜鸟""单身狗""绿茶"等。

例3.9以"菜鸟"表示行业内的新手，同时根据其词形词义又造了"老鸟"一词，表示经验丰富的前辈，虽然这一词汇之前无人用过，但是熟悉"菜鸟"含义的人则容易理解，非常诙谐幽默。

例3.10以"单身狗"嘲讽单身，同时化用了刘德华《冰雨》中的歌词"冷冷的冰雨在脸上胡乱地拍"，后者也曾在网络大范围流行，用以表现失意被撒狗粮等含义，十分形象幽默，有画面感。

例3.11中同时连用了"仙""绿茶""白莲花"等多个在网络中有特殊含义的词，都泛指外表看上去纯洁，其实内心阴暗，装纯洁、装清高的人。从而达到说话人想要的嘲讽效果。

> **例3.9：**菜鸟就是用来给老鸟踩躏的，别磨蹭，快点，赶着把这个墓给搞定，今年我评教授职称的论文就有料了。（摘自《扶摇皇后》）
>
> **例3.10：**单身狗就该被狗粮塞饱，看那狂雨冷冷地在脸上拍。（摘自《山河盛宴》）
>
> **例3.11：**你想想啊，当你跳舞时，华丽的吊灯会将你身上的饰品映照得闪闪发光，是不是好仙好绿茶好白莲花？（摘自《凤倾天阙》）

网络上不时兴起的新思潮在不断影响网民的兴趣爱好和思维方式。"屌丝""菜鸟""单身狗"等正式在娱乐精神引导下的自嘲风中诞生的。而"绿茶""白莲花""仙"则是在网络自由的吐槽风下形成的。前者以调侃的方式消解外界的质疑和抨击，带有消极无奈的意味；后者则是反映了对现实中虚伪和虚假的厌恶，在网络世界中这种情绪得以放大。

3.1.3.4　文学影视的影响

很多网络流行语诞生于文学影视之中，它可以是当代或时下热门的作品，比如《甄嬛传》里的"贱人就是矫情"，也可以来自以前的作品，比如鲁迅《狂人日记》中的"救救孩子"。文学影视以其丰富的内涵和形象的画面赋予一些特定的语言和画面以极大的张力，在适合的情况下能够得到大量网友的认可。

天下归元在小说中使用"尔康手"这一词汇，便出自《还珠格格》中尔康的经典动作，用以夸张表达等一等、不要走，呼唤对方的意思。例3.12 中，男主角的侍从两次举起"尔康手"，不仅让读者形象感知到其动作，而且有一种滑稽可笑的气氛，最后"宽面条泪"也是网络流行词，源自动漫里人物流泪时的面部绘图，常在眼部底下绘制夸张的两条波浪以示眼泪，又增加了天下归元此句的搞笑感。

> **例3.12：** 燕绥直接走了过去，此时德语刚刚撞了个金星四射，看见他家殿下的动作急忙伸出尔康手提醒，"殿下小心，那不是门——"
> 他还没说完，就看见燕绥轻轻巧巧跨了过去。
> 那就是个门。
> 德语的尔康手一阵痉挛，两颊宽面条泪。（摘自《山河盛宴》）

互联网变化极快，随着新鲜感过去以及词语本身平庸无聊，很大一部分网络词汇逐渐消失，比如表示"非常"的"灰常"，表示"我"的"偶"等。但是仍然有很多网络词汇在潮流过后依然得到了保留，融入了我们的汉语系统中，成为日常生活中的常用词汇。但是我们也要警惕网络流行语对传统汉语的侵蚀，特别是和本来汉语词汇含义有重叠的网络流行词，如"脑补"通常指在头脑中对某些情节进行脑内补充，和"想象"的含义几乎重合，而如果青少年长时间接触此类词汇，只知"脑补"不知"想象"，就本末倒置了。

3.1.4 词性

在讨论完猫腻和天下归元在词汇分类和其中较为特殊的网络流行词后，本小节讨论他们在词性使用上的差异，以便于后文对二人的所有差异词汇进行一般性分析。先根据二人的词性进行 N 元语法聚类，这里对词性分类主要根据之前分词时所使用的中科院计算所词性标注标准——《计算所汉语词性标记集 Version 3.0》执行，词性及缩写详见附录 A，聚类结果如图 3.8 ~ 图 3.11 所示：

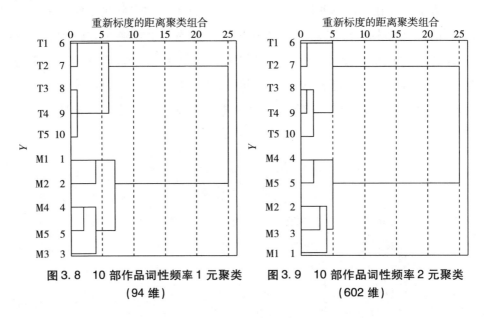

图 3.8　10 部作品词性频率 1 元聚类　　图 3.9　10 部作品词性频率 2 元聚类
　　　　　　（94 维）　　　　　　　　　　　　　　（602 维）

由于词性使用频率相对于词汇的使用更为集中，除了 1 元聚类采用全部 94 个词性类别，2 元到 4 元聚类维度以在 1 万字中出现频数大于 1 为选定标准。结果显示，当 N = 1 ~ 4 时都能够有较好的分类效果，说明二人在不同词性的使用上存在差别。

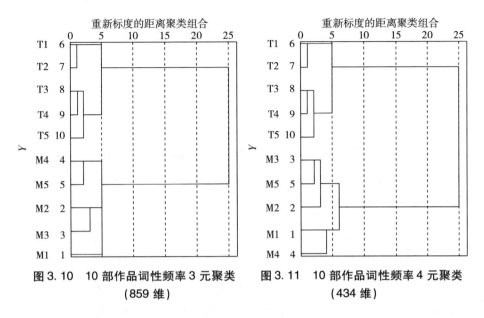

图 3.10　10 部作品词性频率 3 元聚类
(859 维)

图 3.11　10 部作品词性频率 4 元聚类
(434 维)

　　但到底二者在什么词类使用上存在差别，我们仍采用秩和检验的方法进行分析。排除标点符号后，对每一种词类中两位作家的使用频率排序并赋秩，按照词性标注首字符、秩和值从小到大排序，其检验结果如表 3.2 所示。

表 3.2　猫腻、天下归元词性使用频率秩和检验结果

标注	词性	$W(M)$	标注	词性	$W(M)$
al	形容词性惯用语	15	ude1	的	38
dg	副词性语素	15	c	连词	40
dl	副词性惯用语	15	f	方位词	40
e	叹词	15	n	名词	40
o	拟声词	15	p	介词	40
ude3	得	15	q	量词	40
vf	趋向动词	15	rz	指示代词	40
vi	不及物动词	15	rzt	时间指示代词	40
vl	动词性惯用语	15	uls	来讲、来说、而言、说来	40
y	语气词	15	uzhe	着	40
z	状态词	15	vn	名动词	40

标注	词性	$W(M)$	标注	词性	$W(M)$
rr	人称代词	16	vshi	动词"是"	40
nl	名词性惯用语	17	vx	形式动词	40
udeng	等、等等、云云	17			
ulian	连	17			
v	动词	17			

当 $W \leqslant 17$ 时，该词类天下归元使用频率明显大于猫腻；当 $W \geqslant 38$ 时，该词类猫腻使用频率明显大于天下归元。

可以看到在左侧的 16 个词类中，天下归元的使用频率明显大于猫腻，包括 al（形容词性惯用语）、dg（副词性语素）、dl（副词性惯用语）、e（叹词）、o（拟声词）、ude3（得）、vf（趋向动词）、vi（不及物动词）、vl（动词性惯用语）、y（语气词）、z（状态词）、rr（人称代词）、nl（名词性惯用语）、udeng（等、等等、云云）、ulian（连）和 v（动词）。

在右侧的 13 个词类中，猫腻的使用频率大于天下归元，包括 ude1（的）、c（连词）、f（方位词）、n（名词）、p（介词）、q（量词）、rz（指示代词）、rzt（时间指示代词）、uls（来讲、来说、而言、说来）、uzhe（着）、vn（名动词）、vshi（动词"是"）和 vx（形式动词）。

整体来看，两位作家的词类使用频率差异非常大，且有各自的特点。天下归元的副词性语素、动词、叹词、语气词、状态词和各类惯用语等使用较多，说明其小说更注重生动形象的描写和细腻浓郁的情感；猫腻的名词、连词、介词、方位词、量词和指示代词等使用更多，说明其小说中涉及更大的世界观架构，拥有更丰富的想象，且陈述和静态描写大于抒情。对比之下，天下归元的语言似乎更加鲜活有趣。

这既体现了二位作家的个人风格，也印证着男频和女频类型文风格的差异。对参照语料库中的男频组和女频组的各小说中词汇的词性频率进行统计及秩和检验，发现二者同样在某些词类上呈现出使用频率的差异，其结果如表 3.3 所示。

表 3.3　男频、女频参照小说词性使用频率秩和检验结果

标注	词性	$W(B)$	标注	词性	$W(B)$
rr	人称代词	15	b	区别词	38
vl	动词性惯用语	15	udeng	等	38
ude3	得	15	uls	来讲、来说、而言、说来	38
dl	副词性惯用语	16	rz	指示代词	39
al	形容词性惯用语	17	nsf	音译地名	39
			vn	ˊ名动词	40
			nz	其他专名	40
			vx	形式动词	40

　　女频小说在 rr（人称代词）、vl（动词性惯用语）、ude3（得）、dl（副词性惯用语）和 al（形容词性惯用语）上的使用频率更高，男频小说在 b（区别词）、udeng（等）、uls（来讲、来说、而言、说来）、rz（指示代词）、nsf（音译地名）、vn（名动词）、nz（其他专名）和 vx（形式动词）上的使用频率更高。

　　其结果基本与天下归元和猫腻小说中词汇的词性使用频率高低相一致，且天下归元和猫腻之间的差异性基本涵盖了男频和女频参照语料库之间的差异性，并表现出了彼此之间更大的不同。因此，我们认为二人的小说可以作为性别分类下的代表，分析猫腻和天下归元二人小说的语言风格差异是可以在一定程度上窥见男频和女频两种类型小说之间的差异。

　　但是仅仅依靠频率仍只能从宏观层面对两位作家在词性使用上的差异进行描述，很多细节性和个性化的地方被掩盖了。比如没有频率差异的词类不代表二人的用词特征完全一样。频率只是衡量用词特点十分粗糙的一个标准，能帮助我们从海量的词汇中找到比较的线索，但是要真正找出他们在词汇使用上的事实性差异，还需要深度剖析词类的使用特征，从二人真实的词汇中研究探索。

　　因此，接下来我们将按照虚词和实词的顺序，针对猫腻和天下归元使用频率有显著差异的 31 个词类——进行对比研究和分析。所采取的词汇研究对象是 3.1.2 小节中检验出来的二者的特色词。需要说明的是，实际分

析的词类并不限于这 31 种，比如二人在副词性语素（dg）上的频率有差异，我们在说明的时候会连同副词一起分析，以满足更全面分析他们的文本风格特点的需求。

另外，在实词虚词的划分上，由于汉语词类划分一直是汉语语法的研究的难点之一，关于副词、量词、方位词、语气词、叹词和拟声词等究竟该划分为实词还是虚词，学界各有理由。但是词类划分并非本章所要研究的核心问题，分类实词或虚词是为了更清楚明了地对二人的用词风格进行对比，因此在下一节谈到词类的选择时只作简单说明。

3.2 虚词

虚词是没有实在意义的词，一般不能单独充当句子成分（副词除外），不能单独回答问题，存在的意义在于帮助句子组织构成语法结构，描绘实词之间的关系。

一般认为虚词是最能反映文本语言风格特别是不同作者语言风格的词类。因为不同题材、不同作者、不同类型的文学作品，其形式和内容往往差异很大，从而导致实词的使用千差万别，而虚词不承担实际语义表达的功能，所以更能体现作者的习惯选择和思维倾向，是人类潜意识的表达，更能实现不同作者风格的不自觉展现。

汉语的虚词主要包括助词、介词、连词、语气词、叹词和副词等，近年来随着对汉语虚化问题研究的深入，语法功能更突出而本义虚化的量词、方位词也纳入这一部分研究。

3.2.1 助词（u）

助词（u）一般指在句中起辅助作用的词，在使用中科院计算所本次分词的词性标注集中，助词标注除了本身以外，还被分成了 13 个小类，包括"着""了、喽""过""的、底""地""得""所""等、等等、云云""一样、一般、似的、般""的话""来讲、来说、而言、说来""之""连"。

根据秩和检验，天下归元在"得""连""等、等等、云云"的使用频率上高于猫腻；猫腻在"的""着"的使用频率上高于天下归元。但是根据二人助词的特色词比较，发现猫腻使用的助词的种类较天下归元更多。

"等、等等、云云"是列举助词，"等"可以依附在单项搭配对象后，是黏着的；而"等等"往往跟在多个对象后，语法上较为自由。从所表语义上看，它们一方面可以代替被省略或隐含的部分，表示没有穷尽列举，一方面也可以表示煞尾和总结。"云云"和"等等"用法相似，不过没有要求之前有多个对象，书面性更强[67]。

天下归元的用法如下：

> 例 3. 13：她立在窗前，眼光下垂，一刹那间脸上掠过恼怒、无奈、担忧、痛恨等等复杂交织的神色。（摘自《凰权》）
>
> 例 3. 14：太史阑平静地走上前去，面前一字排开二五营教官，除了已经走掉的指挥教官，其余箭术、枪法、内修、军阵、搏击、政论、理学、文赋、治事等等诸助教都在。（摘自《凤倾天阑》）
>
> 例 3. 15：此乃造福百姓之创举，不过涉及武艺可能有刀剑切磋，公子如果害怕便请自便云云。（摘自《山河盛宴》）

不论是例 3. 13 对复杂心情的列举，还是例 3. 14 对不同技艺的穷尽。对列举助词的偏爱显示了天下归元希望能在有限的文字中表达更丰富的含义，而"等"这类助词正帮助了她。"云云"在《汉书·汲黯传》："上方招文学儒者，上曰吾欲云云。"中就有出现，相比"等等"历史更早，书面性和文言性都更强，也是在猫腻的文本中没有过的词汇。这一方面可以看出虽然同样是中国古代架空，但是天下归元的语言有偏古典和文言的意味。

结构助词"的""地""得"的使用问题一直受到学术界关注，它们的语法功能主要是表现附加成分和中心语之间的结构关系。一般来说，"的"用在定语和中心语之间，共同构成名词性短语，定语可由除了副词以外的各类词和词组充当，对中心语起到描写、限制等修饰作用；"得"用在中心语和补语中间，中心语和补语都可以由谓词性词语充当，补充说明动作行为的结果、情态和程度等。天下归元"得"用得多，猫腻"的"用得多，正符合他们在动词和名词词类使用频率上的差异——天下归元动词使用多，猫腻名词使用多。

天下归元"得"的中心语搭配包括：笑得、看得、听得、说得、惊得、做得、来得、打得、变得、走得、气得、吃得、震得、逼得、睡得、答得、难得、撞得、记得、到得、死得、长得、想得、吓得、活得、痛得、跑得、用得、过得、喝得、压得、穿得、衬得、想象得、映得、烧得、急得、算得、吹得、站得、闹得、忙得、快得、冻得、冲得、好得、哭得、刺得、坐得、照得、瞧得，等等。

可以看到，天下归元在状语补充描写的对象上十分多元，对动作和情绪的捕捉更为细致。天下归元"得"的用例："震得四面浮灰一阵飞起""映得每个人脸上一片惨青之色""亮得像苍穹之上不灭的星火"（摘自《扶摇皇后》），都非常形象生动，很有新鲜感，这是猫腻的小说中很少用到的写法，但这只是表现手法上的差别，并不意味着猫腻的小说沉闷无聊。事实上，较传统文学而言，他的小说语言上仍是更活泼、有生气的。比如，猫腻在"着"的使用频率上高于天下归元，现阶段语言学界较多认为助词"着"表示动作或状态的持续或进行[68]，如"看着""逼着""笑着"等，这也证明了猫腻并非不关注动作的描写，不过所关注的动作类型不一样，他笔下的动作可能更多呈现一种状态，而非正在变化。这一差别也普遍体现在男频和女频类型作品的对比中，女频小说更多使用"得"，捕捉动作和情绪的变化，语言通常更为生动活泼。

"连"虽然在这里分词标注是助词，但是一般词典里还是把它解释为介词，表示"包括在内"。天下归元和猫腻在"连"字的使用方式上本身并没有什么区别，只是天下归元更偏爱这种句式。"连"在语气上还有一种表示"甚至"的加强作用，如例3.16，"连"隐含一种程度加深的意思。

例3.16：她因此被冻在冰湖之中，连汗毛都不敢动一分。（摘自《凰权》）

除了上述二者在词类上有显著频率差异的助词外，我们在对比二人特色词时也发现猫腻和天下归元属于同一词类但是使用却有显著差别的助词。比如标注为"uyy"的助词，表示"一样、一般、似的、般"。这几个词表达意思相近，天下归元使用"似的""似"的频率大于猫腻，而猫腻使用"一样""一般"频率大于天下归元。

例3.17：一个个头发蓬乱，脸色苍白，衣服破烂，满身灰土，叫花子似的。（摘自《凤倾天阑》）

例3.18：她半身在被褥里，半身在月色中，轻软得一根羽毛也似。（摘自《凰权》）

例3.19：骑兵分出一队，就像黑夜里的镰刀一样，毫不留情地冲进了死伤惨重的杀手队伍。（摘自《庆余年》）

例3.20：一眼望去，无柄小剑便悬在空中如凝固一般，动不得丝毫！（摘自《将夜》）

"一般""一样""似的"等虽然意思相近，但是考察出现及大规模使用时期，"一般""一样"较"似的"更为古老。在北京大学 CCL 语料库中检索，"一样"在辛弃疾的词《采桑子·书博山道中壁》中就已出现"雨烘晴，一样春风几样青""一般"在元代已经有大量使用，而"似的"直到明代才使用变多。"一般""一样"都出现在元代《西厢记杂剧》中："都一般啼痕湮透。似这等泪斑宛然依旧，万古情缘一样愁"。"似的"在明代小说《二刻拍案惊奇》中有"还养着狼也似的守门犬数只"的用法。可见"一般""一样"成熟更早，也更具有文言性。

值得一提的是，考察《红楼梦》中"一般""一样"和"似的"的用法，"一般"出现了 86 次，"一样"出现了 100 次，"似的"出现了 123 次，"似的"反而使用最多，也证明了它之后在文学语言变化的过程中更加流行。

可以看到，不论是"得"和"的"，还是"一般"和"似的"，对比功能相近、意义相近的词汇的使用，更容易发现不同作者在词汇选择上的偏好，从而更清楚地辨析他们的语言风格特点。

除此以外，在二人频率有差异的一般助词（标注为 u）中，我们发现天下归元在"不过""来着"上的使用频率更高，猫腻在"为止""可言""起见"上的使用频率更高。

其中，"不过"[69]108 在现代汉语中一般被认为是副词，指明范围或者表示程度最高，如附录 B 例 B.1 ~ 例 B.2。"来着"是相对口语化的表达，如例 B.3。"为止"虽然现代汉语解释为动词[60]1360，但我们考察这个词的意思，表示终结，"为"[70]107 即为"则"的意思，这在古代汉语中已出现。"可言"在现代汉语中一般作词组，但是在古代汉语中也出现过相似组合。"起见"则可见于明代朱国祯《涌幢小品·母丧不嫁》："节女都从夫家上起见。"

综合看来，虽然二人在助词的使用上都有偏向文言的特征词，但是猫腻的助词整体用词更偏文言一些。

3.2.2 介词（p）和连词（c）

介词是汉语前置词，一般用在名词、代词或名词性词组前，共同组成介词结构，表示处所、时间、状态、方式、原因、目的和比较对象等。表示方向、处所或时间的如"从、自、往、朝、在、当"；表示对象或目的的如"把、对、同、为"；表示方式的如"以、按照"；表示比较的如"比、跟、同"，表示被动的如"被、叫、让"。

在介词的使用上，猫腻的使用频率更高，介词种类也更加丰富。

在表示方式时，猫腻使用"凭""通过""凭借""依照""基于""凭着""依据""由""经由"的频率更高，而天下归元则喜欢使用"按""照""靠""经过"。其中，"凭"表达"依靠、依凭"在古代汉语中已出现，"凭借"可见于《宋书·恩倖传论中》："举世人才升降盖寡，徒以冯（凭）借世资，用相陵驾。"[70]389

> **例 3.21**："但陈长生什么都不是，我凭什么让他做教宗？"（摘自《择天记》）
>
> **例 3.22**：凭借着冰雪般的聪慧与手段，她得到了白帝的信任与爱情。（摘自《择天记》）
>
> **例 3.23**：她是青山弟子，当时凭着一口气，驭剑追杀而去，甚至不死不休。（摘自《大道朝天》）

同样都是"凭"，猫腻个人的使用方法上更加多变，且仔细观察，在不同的语境中有微小语义的差别。比如"凭"单独使用的时候，语气多带有不满、质疑，是负面向，如例 3.21；"凭借"则往往是在正面的天赋或优势前，代表一种笃定和自信的意味，如例 3.22；而"凭着"则语气更弱一些，多带有无奈之举的含义，如例 3.23。

在表示时间、处所时，猫腻使用"在""从""向着""沿着""沿""朝着""距离""距""离""当"频率更高，天下归元则只使用"趁"比较多。这和猫腻在方位词和时间代词上的使用频率更高相符合，可以看出他很注重时空环境的构筑，行文间强调这一点，会在细节上更加饱满，显得更真实、符合逻辑。

> **例 3.24**：太监心惊胆颤地上前，宫女在旁打着灯笼，一行人缓缓沿着皇城的角门入宫而行。（摘自《庆余年》）
>
> **例 3.25**：尤其是当东林矿产渐渐枯竭之后，这一批孤儿基本上都是因为十年前最后一次矿难而形成……（摘自《间客》）

如例 3.24 和例 3.25 所示，表示处所或时间的介词使用能够丰富叙述的细节，使文学表现更加细腻真实。

在表示原因时，猫腻使用"因为"更多，而天下归元使用"因"更多。这里需要说明的是，"因"[71]640在现代汉语中作介词，有多种用法，一是表示原因，如"因病请假""因故改期"；二是表示凭借、依据，用于书面语，如"因人而异""因势利导"；三是表示随从，如因小见大。天下归元的"因"作介词仍然是表示原因居多。

> 例3.26：整个世界，因为巨大的降临而不安，光线不停折射，云面上出现一道如山般的阴影，空间开始撑拱变形，似乎可能被挤裂。（摘自《将夜》）
>
> 例3.27：万众仰首，因这瞬息万变的城头变幻，忘记呼吸。（摘自《凰权》）

"因为"和"因"相比，"因"的书面色彩浓，常与一些带文言色彩的词语配合使用[71]641。

在表示伴随状态时，猫腻使用"与"更多，天下归元使用"和"更多。

> 例3.28：雨空之中，五枚锋利的剑片与坚硬拙重的铜钵不停撞击，与高速舞动的铁木念珠不停撞击，清脆刺耳与铿锵嗡鸣的声音交错响起，仿佛没有间断，苦行僧身周一片如蒲公英般的金光小花，不时绽开不时被凉风吹散。（摘自《将夜》）
>
> 例3.29：这是和你一起抓来的嫌犯，她倒是很想见你。（摘自《凰权》）

"和"与"与"相比，"和"更偏白话、通俗一些，"与"更偏文言一些，书面色彩更强。[71]243例3.28用了三个"与"，描写的战斗场面精彩绚丽，用"与"更符合艺术表达的需要。而例3.29用"和"，显得亲切自然、口语化了很多。

猫腻使用介词表达多种复杂的关系，除了上述提到的之外，还在表示伴随状态的"随着"、表示排除的"除了"、表示补充的"至于"等，使用频率都较天下归元更高，如附录 B 例 B.4 ~ 例 B.6。天下归元则在表示对象、范围的介词，如"给""为"上的使用频率更高。

> **例 3.30：** 她犹豫一下，提了灯，往门口走，打算让人进来再好好劝劝算了，这样闹着，给别人听着也不是事。（摘自《山河盛宴》）
>
> **例 3.31：** 他是我老刘家三代里第一个秀才，将来要光宗耀祖，可不能被不知好歹的女人给害了！（摘自《山河盛宴》）
>
> **例 3.32：** 各国主政者，都悻悻地笼起了袖子，找点理由给自己下台阶。（摘自《女帝本色》）

"给"作介词使用在清代才开始[70]1439，现代汉语中才发展出较多用法。[71]196如例 3.30 表示某种遭遇，相当于"被"；例 3.31 直接用在动词前，加强语意；例 3.32 表示引进交与、付出的对象。

> **例 3.33：** 远的不说，现在就有晋国公在安州，听说今晚他来赴宴，正在前厅赏安州出名的折子戏，有他为自家说几句好话，爹爹升迁，不过指日之间的事！（摘自《凤倾天阑》）
>
> **例 3.34：** 赵十三一次次冷汗涔涔，为此险些以为自己得了怪病……（摘自《凤倾天阑》）
>
> **例 3.35：** 当初寻来笔猴的闽南布政使高缮自然不免要被调查问罪，从而查出高缮为寻到笔猴讨好高阳侯，竟不惜翻搅闽南十万大山，血洗善养异兽的兽舞族的案子。（摘自《凰权》）

"为"作介词使用在古汉语中已有所见[69]107，陶渊明《桃花源记》："不足为外人道也"，在现代汉语中也有多种用法[71]547。如例 3.33 表示行为的对象，相当于"替""给"；例 3.34 和例 3.35 表示原因、目的，后可接名词、代词或动词、小句。

可见，天下归元更偏爱包含多种用法的介词如"给""为"，能通过较少的介词完成多样的功能。

另外，一般来说双音节词是在单音节词之后才出现，因而比单音节词更加靠近白话文。观察可以发现，猫腻更喜欢使用丰富的双音节介词构成多种关系的介词结构。

连词是用来连接词、词组、句子和段落的词[69] 807，是相比介词更能体现逻辑关系的虚词，比如表现并列、承接、转折、因果、递进、让步、条件和目的等关系。猫腻的连词使用种类和数量都较天下归元更为丰富，其具体情况如表3.4所示。

表3.4　猫腻和天下归元使用频率有差异的连词

关系	猫腻使用频率高	天下归元使用频率高
转折	但、只是、而是、然则、虽则	但是、不过、否则、尽管
因果	所以、因为、故而、以至、从而	果然、因此、因而、因
假设	如果、即便、哪怕、纵使、纵、不然	万一、若非、即使、如若、假如、要是
承接	然后、则、接着	可见
并列	同时、并且、与、以及	和
让步	既然、任凭、且不说	既
条件	只有、除非	
递进	甚至、不但、而且、非但	不仅、尚且
序列	首先	
比较	相对而言	与其、宁可
独现词	换言之、乃至于、况且	以至于、以免、总的来说、诚然

整体而言，猫腻的连词体现的逻辑关系要更丰富，使用的连词也更多样。天下归元在假设关系上的连词使用种类较多。我们通过对比近义词的方式来发现他们连词使用上的更多差异。

转折关系中，"但"和"但是"，"但"多用于书面语，"但是"用于口语和书面语。[71] 121

> 例 3.36：那本书的封面微黄，看上去有些年头了，但上面一个字也没有，但边角之上绣着一些不知道代表什么含义的纹饰，每一笔画的最后都勾卷了起来，像流云一般，又像是颇有上古之韵的广袖一角。（摘自《庆余年》）
>
> 例 3.37：那是一种产自青洲扶风国的"不伤花"所提炼出来的汁，这种汁水没毒，但是一旦进入伤口，会导致伤口溃烂，缠绵难愈。（摘自《扶摇皇后》）

"只是"和"不过"[71]737 表示转折相比，后者的转折意味更重，如附录 B 例 B.7 ~ 例 B.8。"虽则"[71]504 的书面色彩较浓，如例 B.9。

因果关系中，"因为"和"因"相比较，如讨论介词部分所述，也是"因"的文言色彩。"从而"和"因而""因此"相比，"从而"后的结果往往是好的，相比另外两个更加强调结果[71]111。

> 例 3.38：颈后的身份芯片被换了，被安排进梨花大学，芯片的权限可以进入 H1，从而认识了邬家的太子爷，由此为端，小逃犯一头雾水地撞进了联邦最上层的圈子。（摘自《间客》）
>
> 例 3.39：这人千面千风华，唯这一种难得一见，因而越发令人神往，连凤知微都怔了那么一下，随即转开眼。（摘自《凰权》）
>
> 例 3.40：一截碧草拈在指间，手指因此显得更加白若明玉。（摘自《凰权》）

假设关系中，"如果"和"如若"相比，"如若"[71]466 书面语色彩较浓。

> **例 3.41：** 先前与她对话的那位老嬷嬷站在角落里，浑身被阴影遮掩，如果不仔细去看，甚至很难发现。（摘自《择天记》）
>
> **例 3.42：** 心想她若没有失忆，如若知道这些，那长久森凉的心，想必会因此得到些温暖和慰藉吧，却原来……却原来……（摘自《凰权》）

"即便""哪怕""纵使"和"即使"相比，"哪怕"口语色彩最浓，"即便"[71]266次之，然后是"即使"，"纵使"和"纵然"用法一致，口语色彩最淡。[71]768

> **例 3.43：** 即便是当年太子被前皇后捂死的时候，她也没有这样震惊过。（摘自《择天记》）
>
> **例 3.44：** 按照与他的约定，只要自己打中对方一下，哪怕是衣角，也算自己赢，然后就可以有一个月的假期。（摘自《庆余年》）
>
> **例 3.45：** 这些魂火的层级极高，纵使历经无数里的旅途从冥界来到朝天大陆，依然保持着无色无息的状态。（摘自《大道朝天》）
>
> **例 3.46：** 眼前，那人眸光浮沉，似笑非笑，珍珠明月般的肌肤，即使在这崖下暗影处，也依旧不损丝毫光辉。（摘自《凤倾天阑》）

"不然"具有书面语色彩，[71]76"若是"是文言词[71]467，"若非"也和文言更加接近，如附录 B 例 B.10 ~ 例 B.11。

其他关系中，"则"[70]1729、"且不说"[71]437的文言色彩很浓，如例 B.12 ~ 例 B.13。前文已经提到"与"与"和"相比，"与"的书面语色彩更浓。"非但""不仅"和"不但"相比，"非但"[71]184书面语色彩更浓，如例 B.14 ~ 例 B.15。

独现词中，"乃至于"[71]405、"诚然"[71]99都带有文言色彩，书面语气息更浓，如附录 B 例 B.16 ~ 例 B.17。

综合二人在介词和连词使用上的特征，从"白话 – 文言"的角度，猫腻和天下归元的用词都部分具有一定的文言色彩。但是整体而言，猫腻用的文言词和书面词更多，书面色彩更浓。天下归元则偏爱内涵丰富的单音节介词和书面色彩更浓的假设关系连词。

从"理性 – 感性"的维度，猫腻在介词和连词使用上更丰富和全面，注意对人/事物和外部环境关系的细节刻画和立体描绘，更强调行文的真实性、逻辑性和合理性。相比之下，天下归元的介词则大多较为简单，使用和解释的自由度更大；连词数量相对较少。

3.2.3　量词（q）

虽然猫腻的量词总体使用频率更高，但是在对比二人特色词表时我们发现天下归元使用的量词词汇更丰富，可见猫腻的量词使用更为集中。对二人使用频率更高的基本量词进行统计，如表 3.5 所示。

表 3.5　猫腻和天下归元使用频率高的量词

类别	猫腻	天下归元
个体量词	位、名、句、片、件、种、处、座、章、份、幕、根、间、枝、代、粒、项、幅、所、篇、**股子、阕**	个、角、顶、截、起、盏、折、线、纸、袭、泓、腔、桩、床、身、管、泡、勺、包、帧、**斛、帙、周岁、炷**
集合量词	**畦、梭、批次**	批、群、团、队、副、排、摊、系列、叠、族、窝、伙、捆、拨、**札、篓**
度量词	公里、千升、磅、平方公里、平方米、微秒、千米、公顷、毫秒、毫升、平米、毫、立方米、摄氏度	斤、升、钧、千斤、**分贝、华里、毛、大卡、英尺、克拉**
不定量词	些	
临时量词和准量词	**穗、棚、穴、棒、芯、篷**	口、刀、脸、脚、桌、拍、肚子、瞥、曲、弯、针、拱、手、巴掌、程、池、袋子、怀、觉、肩、兜、**泉、兜儿**、壁、坝、锹、湾、文、画、点滴

因为临时量词和准量词都是借用名词、动词等作量词，因此放在一起统计。[87]50其中加粗字体为二人的独现词。

观察可发现，猫腻的度量词和不定量词使用比天下归元要多，天下归元则是量词种类更为丰富，其中临时量词和准量词明显比猫腻更多。二人的小说中还出现了很多现代的度量词，如"公里""克拉"等，尤其是猫腻的作品中出现更多，因为网络文学具有充分的包容性，可以很好地杂糅各种元素，比如玄幻和科幻、现代和古代等。

> 例3.47：有的战舰长约数公里，有的甚至长约二十几公里，比小行星还要巨大。（摘自《大道朝天》）
>
> 例3.48：景横波眯着眼睛唱，"我左手是鲜花，我右手是戒指，戒指是十克拉鸽子蛋粉钻，我高傲地昂着头……"（摘自《女帝本色》）

天下归元临时量词和准量词用法比猫腻更灵活丰富，说明其在量词的使用上随意性和自由性更强，善于活用词类。其中，特别喜欢运用人的身体部位作为量词，如例3.49和例3.50。

> 例3.49：战北野盯着咸鱼半晌，又看了看一脸挑衅不羁之色的孟扶摇，突然伸手，将臭鱼接了过来。（摘自《扶摇皇后》）
>
> 例3.50：学生们本就憋了一肚子气。（摘自《凤倾天阑》）

人体器官类的量词后如果跟抽象名词，如例3.49中的"挑衅不羁之色"或"气"，那量词主要是作为人物抽象情感的容器或附着场所[90]，作者在主观联想下建立二者的关系，能够更形象生动地表达感情。

除此以外，我们还观察到，天下归元特色词中"AA式"量词比猫腻要多，如：团团、层层、声声、步步、日日、个个、次次、句句、簇簇、杯杯、环环、字字、套套等。叠词在汉语中可以表示程度的加深和强调，同时增强句子的韵律感。在量词上，天下归元同样显示了其更为层次丰富的表达。

3.2.4　方位词（f）

虽然猫腻在方位词上的使用频率明显高于天下归元，但是二人使用的高频方位词在数量上较为接近。方位词[91]的语义功能主要在于指示方向、位置和范围，需要在和所参照基准的关系中体现出来。单纯方位词在使用中往往并不真正表示实在的意义，语义虚化程度较高，但与前后的成分组成合成方位如"北边""上面"等则又表示实义，可以充当句子多种成分，属于实词范畴。这里姑且将之放在虚词部分研究。

整体来看，猫腻频率高的方位词中指示绝对方向"东""南""西""北"的更多，如，北边、南边、北面、东面、南面、东南角、正北、南缘、东方、东西方、西北、中南部；天下归元则只有：东头、西头、西端、正西、北侧、西北部。方位词是构建空间结构关系的重要因素，其使用情况反映了作者对笔下世界的空间认知，猫腻对于这类语义较为明确、方向性十分突出的方位词使用更为频繁和全面，说明他更重视小说中空间结构的设计，也体现了他个人逻辑性、条理性更强的写作特点。同时，大量方位词的使用在多地图、长篇叙事的小说中很有必要，更有利于作者描述清楚事件的发生发展和场景转换。

但方位词也不仅只指示事实的方向，认知语言学认为人类总在不断依据自己对外界事物的感受和经验将客观世界概念化，空间图式是应用很广的认知图式，人们经常会把空间的范畴和关系映射到非空间的领域[92]。比如，日常经常使用到的"上、中、下"有时并不表示实在的处所。[87]40我们特别关注到，猫腻"上"的使用频率更高，而天下归元"下"的使用频率更高。

> **例 3.51：** 也只是一些覆在财富和光荣历史上的青色草皮。（摘自《间客》）
>
> **例 3.52：** 在不利形势下首先选择最有利自己的地形，是血浮屠的必修功课。（摘自《凰权》）
>
> **例 3.53：** 浓淡星光下，他那双揉了万千星光霞色的眸子，炫目非凡，而这冷傲难缠的人，笑起来，却有种少年般的娇憨天真。（摘自《凤倾天阑》）

在与抽象概念连用时，"上"一般表示"抽象事物平面的依附支撑、话题层次的展开"，如例 3.51；"下"则表示"抽象的上层面的笼罩和覆盖"，如例 3.52。[93] 在考察二人的文本时，"上"在各类搭配中应用场景远大于"下"，在表现事物的空间定位能力上更强。而"下"则有给予背景设定的含义，烘托气氛、描写环境的作用更强，如例 3.53。

另外，猫腻在频率高的方位词中采用以"方"结尾构成合成方位词的较多，如，侧方、下方、后方、左方、右方、东方、东西方，如例 3.54；天下归元的则使用"头"作后缀较多，如，前头、上头、后头、外头、东头、西头、里头，如例 3.55。

> **例 3.54：** 山谷包围圈一处高大乔木的后方，一辆被漆成哑光的 M52 就像一头打盹的老虎一样，悄无声息，以难看却实用的姿式侧蹲着。（摘自《间客》）
>
> **例 3.55：** 她回头看了看身后，隐约能看见后头一大队人。（摘自《女帝本色》）

"头"作为方位词的后缀，是由表示身体部位的词虚化来的。在"东、南、西、北"的后面，"头"有端点的含义，"方位词 + 头"的指向范围较小，离参照物的距离也更近；"方位词 + 方"则可以指示更大的范围，不受距离的限制。从心理视点来看，"头"侧重于"前景焦点处于参照物的内部"，"方"则指示外部。这共同反映了两位作家深层的心理认知和思维模式的不同[94]。

在"上、下、左、右、前、后"的后面，"头"一般会弱读轻声，"方"则仍有指示方位的含义，不算完全虚化，实词在语法化过程中的重要表现就是语音的弱化[95]，因此"头"的虚化程度更高，这一方面是受到汉语双音化趋势的影响，另一方面也是口语化文学作品兴起的结果。在唐代时，"头"作为动词的后缀带有当时的口语色彩，宋元小说里的后缀"头"则带有方言色彩[96]。从这个角度说，猫腻的方位词用词更书面化，天下归元则较为通俗化，口语色彩更浓。

3.2.5 语气词（y）和叹词（e）

文字，特别是在对话时的句子总是带有情绪的，而语气就是体现情绪的一种方式。现代汉语中一般把语气词分为陈述、感叹、疑问、祈使四种类型。

非常明显天下归元使用语气词和叹词比猫腻更为频繁，在二人特色词的对比中，猫腻没有语气词，叹词也仅有"噢""嗬""噫"三词频率高于天下归元。需要说明的是，这里所选取的语气词和叹词均是在计算机程序自动分词时已被标明是语气词的词，其本身可能有另外的含义和解释，但是在这里列出和对比时的使用频率均是其作语气词和叹词使用的情况。

天下归元频率更高的语气词包括：了、吧、呢、啊、兮、啦、嘛、也、矣、罢、咯、哉、呀、也罢、不成、呕、咧、来着、唔、么、呐、呃、呗、耶、尔、哇、哪、喽、而已、就是了、也好、则已、着呢。

频率更高的叹词包括：嗯、啊、哎哟、呸、唉、嘿、哎、喂、呵呵、哼、哟、喏、呵、哎呀、啊啊、哦、啊呀、咦、啊哟、嚯、惜乎、啧。

在陈述、感叹、惊讶、祈使和疑问等多种语气上，天下归元的小说都有较多的表现，详细用例见附录 B 例 B.18 ~ 例 B.22。

我们也注意到，这里所涉及的语气词和叹词中有不少词都带有一定文言色彩，如"兮""也""矣""罢""哉""耶""尔""惜乎"，是古代汉语中常用的语气词，而在现代汉语中并不多见。

> **例**3.56：路漫漫其修远兮……美人如花隔云端！（摘自《扶摇皇后》）
>
> **例**3.57：那群官宦子弟原本远远躲在一边，此时都不禁兴奋鼓噪，大叫："大闹书院，殴打学子，青溟自建以来未有之事也，一定要上报朝廷，予以严惩，严惩！"（摘自《凰权》）
>
> **例**3.58："女相此言差矣。"常方立即胡子抖动，冷然道，"未试怎知荒唐？再说刚才陛下给老臣的画作，确非人间手笔。你能说这不是神赐之术？"（摘自《女帝本色》）
>
> **例**3.59："美哉！柔荑！"一位翰林院庶吉士摇头晃脑叹。（摘自《凰权》）
>
> **例**3.60：她缓缓抚了抚那印记，用一种陌生的表情，随即做梦般地喃喃道："是耶？非耶？"（摘自《凰权》）

其他用例见附录 B 例 B.22 ~ 例 B.24。可以看到，这类文言语气词和叹词的使用，是由于故事设定背景借用了中国古代传统社会，因此为了切合环境和主题，语言偏向仿古，有一些对文言词的化用和借鉴。除了"惜乎"之外，其他词也并非天下归元独有，同样背景设定借鉴古代中国，猫腻对这类文言语气词和叹词也有使用，不过频率不及天下归元高而已。

天下归元的语气词和叹词中也有相当多现代汉语常用的口语词，如"嘛""咯""呕""唰""哎呀""啊啊""哎哟"等，如例3.61 ~ 例3.64所示，其余用例见附录 B 例 B.25 ~ 例 B.27。

例3.61：转头问船娘，"问这个干吗，我真要扣银子咯。"（摘自《扶摇皇后》）

例3.62："呕……"裴枢脸色大变，险些一把将二狗子甩了出去，"你和谁学的这么恶心的腔调！"（摘自《女帝本色》）

例3.63：炒你妹咧！切了你的肉包馄饨好不好？（摘自《山河盛宴》）

例3.64：文臻拉住他，脚跟顺脚踩在易人离的靴尖，踩得易人离脸一扭，嘶嘶地道，"哎哟你让开……哎哟这老混账，他给人家开价八千两！"（摘自《山河盛宴》）

另外，我们观察到天下归元的语气词和叹词中还有一些双音节词。如："则已"[71]694，用在复句的前小句末尾，相当于"便罢""就算了"，表示后续语意的推进，如附录 B 例 B.30。"不成"[71]62，用在疑问句末尾，表示揣度或反问语气，用在陈述句或反问句末尾，加强肯定或反问语气，详细用例见附录 B 例 B.31 ~ 例 B.32。"而已"[71]172文言色彩浓，多用于书面语，如附录 B 例 B.33。

其中我们发现，一对近义词，"也罢"和"也好"。相比"也罢"[71]596表示对某事容忍，无奈之下只得如此，让步意味重。"也好"[71]597表示某种情况原来不算好，从其他方面考虑值得这样做，或表示各种情况都一样。"也罢"书面语色彩浓，语气更重，"也好"口语色彩浓。[71]598例 3.65 和例 3.66 都出自天下归元的小说。

例3.65：便醉了也罢，他从来就不想在那些牵萦内心的细微心情中解脱。（摘自《扶摇皇后》）

例3.66：这句话你信也好，不信也好，由不得你。（摘自《凤倾天阑》）

另外，还有口语色彩较浓的"着呢"[71]704和"来着"[71]332，如附录 B 例 B. 34 ~ 例 B. 35。

我们看到，虽然天下归元的语气词和叹词中涉及部分文言词，但是不论种类还是频率上使用更多的还是口语化色彩更浓的各类词。语气词中平均使用频率最高的前 10 个，除了"而已"都是口语化色彩更浓的语气词，如图 3. 12 所示。"也好"和"也罢"相比，"也好"使用频率更高，如图 3. 13 所示。

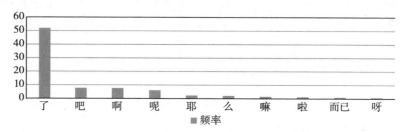

图 3. 12　天下归元特色词中使用频率最高的语气词（10000 词）

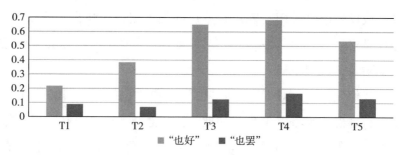

图 3. 13　"也好"和"也罢"在天下归元小说中出现频率（10000 词）

无论如何，网络文学作者写作，文通词顺、明白晓畅仍是第一准则，因此不可能出现过于书面化和文言化的表达，这对于理解并不容易。即使是文言词的化用，有的也十分通俗，不会影响整体轻松幽默的风格。如附录 B 例 B. 28 ~ 例 B. 29。其中 B. 29 中的"惜乎"其实不能算语气词，只是作者借用古代汉语中词汇表达可惜的意思，在网络文学的写作中，作者对词汇的运用和组织的自由度非常大，不拘泥于语法规则的束缚。

天下归元对语气词的偏好无疑显示了她在小说里挥洒的丰富情感，对于不同情绪的表达也更热烈夸张。2.4.4 小节发现天下归元的引号使用更多，说明其文本对话多，人物之间的交流和情感交互更密切，这也是造成语气词更多的客观原因。从语言上说，语气词和叹词中包含的文言词，符合她以中国古代传统社会为故事世界观架构的合理性。通过对于简单的语气词和叹词的仿古和化用，可以增强小说语言的文言气息，拟合故事背景，同时语气词不至于影响理解，从而可以仍然保持较为轻松浅白的表达。在这一方面，猫腻虽然也使用这些词汇，但是频率不及天下归元，这可能是由于他的小说没有天下归元的小说对于情绪表达热烈夸张的结果。

3.2.6　副词（d）

副词在汉语中不能单独指称实物、实情或事实，一般修饰谓词性成分，表示程度、时间、范围、可能性和否定作用等[72]190，介于实词和虚词之间。在词性的考察中，我们发现猫腻和天下归元在副词性语素（dg）和副词性惯用语（dl）的频率有区别，天下归元频率更高。

语素是最小的语法单位，有名词性语素、动词性语素、形容词性语素和副词性语素等。毛帅梅、罗晓语[73]曾对现代汉语副词性语素进行了考察和研究，共统计出 183 个单音节副词性语素，它们与副词的基本功能相同，但是在现有的汉语词书中并没有收录到副词之中。比如"淡碧""淡笑"的"淡"，"痛呼"的"痛"等。这类词修饰动词居多，由于天下归元的动词使用频率更高，因此可能也影响了副词或副词性语素的使用频率。其具体使用情况如表 3.6 所示。

表 3.6　猫腻和天下归元使用有差异的副词性语素

作者	使用频率高的副词性语素
猫腻	复、倏、剧
天下归元	顿、甚、痛、淡、窃、故、诚、煞、幸、飞、枉、姑、劲

以上语素可构成"复现""倏忽""顿止""甚满意""痛呼""窃取"等双音节或多音节词。由于副词性语素往往是单音，和双音相比更加文雅[74]，成语或俗语常用单音词，如"稍纵即逝"等，因此可以认为副词性语素具有一定的文言性[73]。

从副词表现上来看，特色词中天下归元使用的副词种类要多于猫腻，且一大特点是有较多的 AA 式重叠类副词。具体包括：轻轻、远远、紧紧、明明、好好、慢慢、偷偷、悄悄、偏偏、死死、久久、稍稍、年年、真真、乖乖、活活、处处、暗暗、常常、高高、统统、早早、匆匆、白白、团团、日日、悻悻、时时、切切、频频、反反复复、愤愤、娓娓、冉冉、忽忽、屡屡、谆谆、历历、独独、侃侃。

猫腻频率较高的重叠副词包括：往往、深深、每每、厚厚。

汉语的副词重叠现象受到诸多因素的影响，其一是由于汉语双音节化趋势，原来的单音节副词逐渐语素化，让位于双音节词；其二是为了突出焦点的语用功能，重叠式能增强突出效果，满足自我情感表达的需要；其三从语体角度来说，重叠式更加口语化，相对于书面语表达更为形象生动，更具表情色彩和描绘色彩[75]。

> 例 3.67：少年的眼神，一层层地冷了下来，他盯着男子，明明身形尚小气势未足，看来却如一条幼龙于长天之上盯住了山野大地上奔驰的虎。（摘自《凰权》）
>
> 例 3.68：因为福祸相倚，所谓的一线生机，往往便是死地。（摘自《择天记》）
>
> 例 3.69：那人似乎没动，语气里有了几分笑意，道："今儿看见了一出好戏，实在觉得精彩，不和人分享一下，真真耐不住。"（摘自《凰权》）
>
> 例 3.70：他不是一向都高高在云端，等着别人伺候，从不理会别人的想法和需要吗？（摘自《山河盛宴》）

例 3.67 和例 3.68 的重叠副词突出显示了其后的内容，从而"身形尚小"和"气势未足""一线生机"和"死地"形成了更为鲜明的对比。例 3.69 中的"真真"如果替换为"真"就弱化了原本这句话中嘲讽的感情色彩。例 3.70 中的"高高"强调了叙述对象的高傲，叠词更方便对描述的程度加深。可以看出，重叠式副词在突出重点，表达主观情感上确实更胜一筹。而随着时代的发展，重叠式的表达也越来越有生命力。

从副词的类型上，我们发现猫腻和天下归元在程度副词和时间副词的使用上有所差异。

猫腻频率高的程度副词包括：最、更、极、越来越、格外、稍、更加、愈发、非常、些微。

天下归元频率高的程度副词包括：犹、挺、特别、越发、稍稍、分外、尤、微。

可以看到，虽然猫腻总体的差异副词数不及天下归元多，但是在程度副词上则是他更加丰富，且绝大多数表示程度加强，语气和强调程度比天下归元要强烈，如表示程度达到极点的"最"[71]770、"极"[71]267，表示程度不断加强的"越来越"等，如附录 B 例 B.36 ~ 例 B.38。

其中，"愈发"和"越发"相比，"愈"[71]671的文言色彩更浓，偏书面语。"分外"[71]184、"稍"[71]477、"尤"[71]650、"微"的书面语色彩都更浓一些，如附录 B 例 B.39 ~ 例 B.42。

值得一提的是，与 3.3.3 小节中的发现一样，天下归元虽然使用的带有文言色彩的书面语虚词较多，但实际的表达效果不一定更加文雅。

> **例 3.71**：今日舍妹受了些委屈，形容不谨，如此觐见颇有些不尊君上，还是待我等回去，稍洗风尘，再去宫中听训吧。（摘自《山河盛宴》）
>
> **例 3.72**：最前面的那个是太子的长子燕沧，这萝卜头今年五岁，正是最初发现文臻糖人的那个，小家伙分外贪吃，小小年纪身形可以和球比美，且嗅觉灵敏，出手犀利，抢零食他说第二没人敢说第一，更兼性格现实，有奶便有娘标准型。（摘自《山河盛宴》）

既有如例 3.71 这样对古代汉语对话的模仿，也有如例 3.72 那样语言十分口语化、通俗化和现代化，只是参杂了书面语化的词如"分外""且"

等在其中，并不改变整体的语言风格。

在时间副词上，我们发现天下归元强调时间开始早晚，喜欢使用表达时间跨度长含义的词语，如"从此""从未""久久""年年""至今""自小""素来""永不""历来"等；而猫腻更着重于事情的延续和时间的次序，喜欢使用表达短暂时间的词语，如"旋即""骤然""倏然""遽然"等。二人详细用例见附录 B 例 B. 43 ~ 例 B. 54。

> **例 3.73**：他一卷衣袖，飘然而起，射在苍穹里远去的身影，当真如一抹碎光万点永不磨灭的星辉。(摘自《扶摇皇后》)
>
> **例 3.74**：陈长生的神识随之而动，去了万里之外的某条江畔，倏然再归引江碑前，来回之间，一种难以言说的规则已经烙印在他的心灵里。(摘自《择天记》)

例 3.73 和例 3.74 同样是描写人物在某一刻的具体情况，对比可以发现，天下归元强调了这一瞬间的永恒，而猫腻则强调了这一瞬间无限的变化。形式是思维的表现，这体现了天下归元内心深处追求永恒的价值理念，叙事和塑造人物讲究完整性；而猫腻则更偏爱描述事件的变化，这种变化在越短暂的时间中发生，对比越强烈。

分词系统中所标注的副词性惯用语其实包括副词性的习语、成语、惯用语等，以成语居多。成语是在汉语的变化发展过程中经过长期锤炼和使用形成的固定短语，它生动凝练，形象鲜明，在文本中使用能很好地起到丰富表达含义、增强表达效果、提升语言魅力的作用。天下归元的副词性惯用语使用频率高于猫腻，其中独现词就有 24 个。

天下归元频率较高的独现副词性惯用语：煞有介事、年深日久、处心积虑、过得去、由浅入深、矢志不移、默默无言、紧锣密鼓、忙里偷闲、七手八脚、连篇累牍、一来二去、火烧火燎、三天两头、起早贪黑、由表及里、设身处地、大步流星、嗲声嗲气、不失时机、拿腔拿调、生拉硬拽、除此以外、实心实意等。

她不仅在副词性惯用语上的使用频率大于猫腻，而且对名词性、动词性和形容词性惯用语的使用频率也都大于猫腻，个人独现词也多于猫腻，这说明了她确实更善长于描写，小说的形象性、生动性和描写的丰富程度要较猫腻更强。

综合副词的使用来看，天下归元采用更多的重叠类副词性语素和副词性惯用语，语言表达特别是对于动作类的描写相比猫腻更加生动形象、活泼有趣。从语言来看，重叠类副词性语素偏口语化，而成语和部分副词相对书面色彩更浓，两位作者都整体呈现文白夹杂的表达模式。从副词使用类型来看，猫腻更偏爱表示程度加深或时间短促的副词，而天下归元更喜欢使用表现程度变化较为缓和，表达时间持续较为长久的副词。

3.3　实词

实词是相对于虚词而言，可以充当句子成分，有词汇意义和语法意义的词。一般来说，实词不适合作为识别作者语言风格特征的依据，因为实词往往受到文本内容的影响，而作者风格是独立在这之外的。

然而，我们既然想要全面对比两位作家小说的语言风格，自然需要广泛考察他们的用词。实词虽然不能客观反映两位作家的抽象文风差异，但是也可以从中考察他们在不同词性中的用词规律，探索二人小说的世界观塑造和思想情感表达方式上的差异，且世界观和思想情感本身正是体现二人创作侧重点的重要部分。

我们分析的实词包括名词、动词、形容词、代词、数词、拟声词等。

3.3.1　名词（n）

名词作为小说中占比最大的词类之一，能较为直观地反映文本的主题和内容。由于每一部小说的主题和内容各不相同，因此，这也会是不同作品、不同作者间差异最大的词类。一般来说，我们在对比分析语言风格时会选取小说题材、内容相近的文本来减少它带来的影响。

猫腻和天下归元是男频和女频作家中名列前茅的两位作家，我们希望对比他们的文本风格从而一窥网络文学受欢迎的文风特征和男频和女频文学创作时的不同导向。然而由于男频和女频各自受欢迎的题材和故事本身差异很大，我们只是尽可能选择了小说背景设定较为相近的两位作家的作品——至少大部分作品都是以中国古代传统社会为模板进行二次架构和创造。但他们世界本身的差异和创作侧重点的不同造成了彼此名词使用上的巨大差异。

在二人的特色词中，猫腻比天下归元更多使用与学院和学习生活相关的词汇：院长、老师、书籍、知识、试卷、师长、考官、师生、学徒、学院、名校、流派、课堂、同窗、教室、哲学、真理、算术、藏书、墨水、书册、初学者、考生、书页、先师、成绩，等等。

更多和形势及战争相关的词汇：局面、局势、大势、声势、风波、时局、危局、帝国、军方、官兵、战争、部属、谍报、叛、下属、意志、军人、线路、战斗力、杀伐、血渍、战友、血污、后勤、军械、方略、军部、军官、战鼓、战法、伤员、阴谋家、军旗、要塞、战略、规划，等等。

更多关注人类身体、能力、品质和评价的词汇：身体、感觉、情绪、表情、心情、双手、精神、想法、右手、话语、瞳、左手、拳头、身躯、勇气、眉眼、右臂、食指、肉身、左臂、眼窝、身心、剑眉、本心、禀性、能耐、鬓角、谈吐、本能、左脚、品德、力量、实力、强者、境界、根基、天赋、魄力、声望、气魄、谋略、强弱、胸襟、理性、智谋、智力、毅力、威名、记忆力，等等。

更多描述人身份角色的词汇：年轻人、老人、小孩子、小姑娘、中年人、长辈、小家伙、老头儿、晚辈、男孩、女生、老太爷、顽童、前辈、前人、丫鬟、商人、妻子、兄长、私生子、老板、行人、东家、剑客、大人物、君王、岳父、圣人、关门弟子、天才、师弟、友人、修行者、好人、元老、岳母、领袖、普通人、渔夫、堂兄、叔父、名人、传人、旅客，等等。

更多有关事件解决及逻辑思考的词汇：问题、办法、手段、关系、情况、原因、协议、过程、内容、证据、情报、细节、来由、报告、程序、层次、理论、流程、环节、概念、秩序、逻辑、前提、根源、特例、重点、层面、理念、质量、本质、进程、结尾、依据、内因、外因，等等。

以及更多自然风景和环境相关的词汇：风景、风光、暴风雪、阴云、雨水、风雪、雪花、黑夜、阳光、太阳、秋雨、寒风、雪原、秋风、湖面、夜风、四野、白雪、山丘、冰霜、夜空、草地、洪水、落叶、晨光、星星、树干、浪花、山峰、白云、微风、雨点、残雪、雷声、露水、云层、荒原、晨风、云朵、田野、群山、柳树、春雷、雨天、海洋、彩虹、春雨、湖泊、竹子、森林、柳絮、雪松、雪峰、烈阳、晨雾、梧桐树、蜡梅、雪景、湿地、云彩、麦田、槐树，等等。

能看出，猫腻小说的背景设计更为复杂，从架空的玄幻世界，从古代中国到星际科幻的元素都可能包含在内，且古代社会的背景并不突出。和天下归元相比，猫腻更加偏爱书写军事斗争，关注人的能力和品质，强调个体的成长强大和身份角色认同，同时注重缜密的逻辑思考和布局规划。同参照语料库对比，这些都是男频小说类型中一脉相承的，比如"肉身""世界""威力""拳头""时间""境界"等表现个人力量和世界秩序的词汇同样是参照语料库中男频使用频率显著更高的词汇。除了此类共性之外，猫腻也与其"文青"之名一致，愿意花更多笔墨在自然景物的描写上，更好地烘托气氛和人物形象，此方面之细致女频作家或有不及。

天下归元与之相比，猫腻则更多强调女性及两性关系的词汇：女子、女人、姐姐、男子、人、娘、母子、姜、夫妻、美人、媳妇、姐妹、夫君、未婚妻、儿女、丈夫、闺、妹、寡妇、洞房、女眷、爹爹、红颜、侄女、小老婆、舞女、民女、妻妾、陪嫁、贞操、姑、情敌、爹娘、淑女、妯娌、情意、情爱、柔情，等等。

同样关注人的个体，但更集中于外貌姿态的词汇：腰、耳朵、鼻子、屁股、神色、耳、语气、目光、脸、手指、腿、眸子、笑意、眼角、手、身形、指尖、牙、肚子、手臂、脖子、肩、姿态、肌肤、肩头、眼珠子、牙齿、容貌、舌头、泪、眼泪、眸、掌心、喉咙、长发、膝盖、泪水、眼眶、眼波、眼珠、臂膀、鼻尖、眼皮、四肢、舌尖、眉毛、嘴角、笑颜、姿色、发髻、相貌、柳眉、腰肢、娥眉、美貌、脚丫子、体态、声调、姿容、睫、气色，等等。

更多衣物配饰词汇：衣服、玉、袖子、腰带、衣襟、衣领、靴子、袍子、衣袂、袖口、胭脂、玉佩、领口、绸缎、玉带、长裙、衿、发簪、女装、香粉、玛瑙、面纱、簪、簪子、珊瑚、水袖、饰品、项圈、美玉、金冠、绣鞋、宝珠、碧玉，等等。

更多饮食相关的词汇：苞米、对虾、蛤蜊、明虾、鸡蛋黄、水蜜桃、辣椒粉、枣茶、油鸡、鲜牛奶、瘦肉、蹄筋、马齿苋、茶食、料酒、鱿鱼、杜果、菜瓜、鲜奶、椰枣、蚝油、苋菜、辣酱、虾酱、可可粉、萝卜、鱼肉，等等。

更多宫廷朝堂和江湖武侠相关的词汇：宫门、后宫、主子、太医、府邸、护卫、大牢、部族、重臣、探子、密信、看守、官宦、折子、国土、驻军、密报、民风、重兵、宫灯、嫔妃、追兵、幕僚、行宫、内政、奴婢、敌军、宫室、寝殿、城楼、卫队、战利品、皇太子、军制、建制、中央集权、王位、国宴、律令、金殿、王宫、大军、江湖、长剑、杀手、长枪、武功、刀尖、强盗、刀枪、武林、暗器、轻功，等等。

更多的动物类词汇：鱼、蛇、毒蛇、虫、兔子、蛆、苍蝇、蝙蝠、蚂蚱、虫子、白狐、蜈蚣、狐狸、黄雀，等等。

天下归元涉及自然景物方面的名词虽然没有猫腻数量多，但也有特色，比如花等与较为柔美的景物所占的比重更大：花、月光、流水、菊花、萝卜、月色、月夜、云霞、飞雪、玫瑰、霓虹、樱花、芙蓉、晨曦、杏花、牡丹花、并蒂莲、蔓草，等等。

能看到，天下归元小说中的古代传统社会背景色彩更浓，很多词如"官宦""嫔妃"等都是只出现在特定环境下，她的故事集中于朝堂和江湖斗争，玄幻色彩和世界多元性较猫腻弱。从创作的侧重点来看，更关注人物的外貌姿态，女性的形象塑造和角色定位发展，关心两性关系的发展，热衷于描绘饮食生活的细节。这也与参照语料库中的女频小说类似，使用包括"胭脂""眼角""唇""姿势""美貌"等词汇更多。

例 3.75：雪山高数千丈，下方是黑色岩崖与原始森林，上半截尽数被白雪覆盖，在晨光下泛着刺眼的光线，在湖畔陡然崛起，向北方延伸而去，根本望不到尽头，甚至让人怀疑会不会一直要通到世界的尽头，显得极其雄伟，仿佛神迹一般。（摘自《择天记》）

例 3.76：那些小车，都挂着醒目的招牌，飘着各色的芳香，从门楼里一辆接一辆地驶进来，一个挨一个地停下，夜色里很快便彩灯流光，七色喧腾，猪脚面线的摊位上头，偌大的猪脚牌子妖艳指天，炒冰的摊位用水晶碗装着各色沙冰，赤橙黄绿青蓝紫，再被灯光一照，凝彩融玉华光四射，锅贴的和生煎包的大铛子被敲得哐哐直响，卤菜摊以气势取胜，羊蹄鸭翅堆成山，油光红亮引人食欲……（摘自《山河盛宴》）

创作侧重点的不同也给二位作家的文字风格带来影响。如例 3.75 的环境描写细致详尽、优美形象，书面色彩很浓，但是接近传统文学的同时也会让表达更加严肃，可以感受到猫腻语言风格中透露出的沉稳。而天下归元的小说语言变化更为自由，如例 3.76 是对于饮食生活的一次全面的展现，在这一段之前她罗列了一整段美食的名称，这里采用丰富的色彩、形象的比喻、口语化的表达介绍充满市井气息的食物，形成了极具反差的效果，让这些美食的魅力得到淋漓尽致的展现。相比猫腻，她的语言往往更有活力和趣味，在通俗性和幽默性上更胜一筹。

尽管二人小说的故事大多是设定在中国传统文化背景下，但是我们仍然在二人的名词词表中观察到了一些与这一世界观不相匹配的现当代词汇。剔除背景设定是星际时代的《间客》，这对现当代名词使用的影响或许非常大，我们发现——

猫腻使用更多的与政治经济和历史文化相关的现当代词汇：红利、实力派、撒手锏、正义感、回扣、公款、唯心主义者、唯物主义者、无神论、开放性、专业性、官僚主义、高利贷、八国联军、创始人、传帮带、外滩、二道贩子、性生活、经验主义、有神论、政治经济学、外交部长、党员、爱国主义、条理性、人文主义、反面教材、并发症、资本家、乡镇企业、保证金、招标会、阻击战、人民战争、强心针、视网膜、国际主义、孵化器、知识分子、现实主义者、组委会、黑匣子、青少年宫、集体主义、参照系、辩证法、组织纪律性，等等。

> **例 3.77：**这把火的原因和八国联军那把火并不相似，八国联军这些强盗认为东西太多，搬不走。所以干脆烧了也不留给国人。而秦家的军队之所以放火……（摘自《庆余年》）
>
> **例 3.78：**同样是因为他们经历过太多，见过太多残酷而黑暗的历史，所以他们毫无意外地成为了最坚定的现实主义者、最冷酷的权谋家，阴险的手段与广博的胸怀还有远大的目标在他们日渐衰老的身躯里和谐相处、毫不冲突。（摘自《择天记》）
>
> **例 3.79：**自行车后座，报名费，青少年宫，柴刀，巧克力，血。拖油瓶，血；岷山，血；渭城，血；草原，血；将军府里全他妈是血。（摘自《将夜》）

可以看到，猫腻现当代词汇使用一是和故事中叙述的具体事件或机构对比，如"鸿胪寺"被他比方成"外交部"，或如例 3.77 以八国联军放火类比秦家的军队放火，用以突出秦家的军队放火的无理和残暴。二是用于人物形象的塑造，从而进行个人思想的表达。猫腻是网络文学领域有情怀的作家，他的小说既有对人的关注，也有对当下现实的关照，如例 3.78 的这类政治性概念词汇的频繁出现即是他在小说中融入个人思考的证明。三是如例 3.79 这样出现以体现人物从现代世界穿越的背景。

天下归元使用的现当代词汇则比较繁杂：考古队、专业户、托儿所、碉堡、失眠症、抛物线、足球队、国际、保质期、大哥大、狂犬病、原生态、德智体、马列主义、毛泽东思想、伊甸园、心律、存折、卫生纸、宣传画、啦啦队、探戈、会员制、福利待遇、现代舞、西点、种子选手、奏鸣曲、吊针、吊瓶、敌敌畏、羽绒、泡泡糖、显影剂、卫生巾、大字报、封资修、小康、避孕药、比基尼、滑轮、远视眼、破伤风、可乐、荷兰猪、少先队员、百万富翁、血细胞、自来水、训练课、禽流感、派出所、三角尺、解放军、总参谋部、金牛座、双子座、狮子座、天秤座、受精卵、指甲油、深井冰、席梦思、闪电战、超短裙、录音带、禁欲主义、美容院、脱色剂、广告画、缝纫机、别动队、商业机密、飞毛腿、汉堡包、抑郁症、客流量、氰化钾、挖掘机、葡萄球菌、链球菌，等等。

如上，包括现代社会的各类生活用品、场所单位、医药等相关的各类名词，规律性较小，下面考察其使用特点。

例 3.80：那些为情意所惑一时心动的日子，那不过是她生命里一段走了歧路的探险，她在那般葳蕤华盛的丛林里看见温情的美，以为那是自己的好不容易寻获的伊甸园，然而很快她就被驱逐出境。（摘自《扶摇皇后》）

例 3.81：这时候不是应该有扎红领巾的少先队员上来给我献花吗？（摘自《山河盛宴》）

例 3.82：将来朕希望据此形成连锁的美容院或者服装店，给大荒女性创造就业机会，解决大荒女性地位低下的问题。（摘自《女帝本色》）

可以看到，天下归元几乎在任意场合下都能使用这类现当代词汇，其作用也不仅在于体现主人公穿越的背景或是以类比当时的事件，而且可以制造与当下环境的冲突，让故事和行文都显得更加轻松幽默。例 3.80 中的"伊甸园"即用其象征义，例 3.82 的"美容院""服装店"是移植进架空社会的现代元素，和例 3.81 乱入的"少先队员"同样能给予小说一种世界观的错位感。

此外，在天下归元的名词中，我们还可以见到一些英文词汇：MAN、Jennifer、LOGO、action、flag、highness、sister、care、PLAY、CUP。

> **例 3.83**：有些事，如果立下flag的时候不及时做，很可能就一辈子再也没机会做了。（摘自《山河盛宴》）

如例 3.83 的"flag"和前文列举到的"深井冰"等都是当代网络的流行语，它们都通过网络得到了广泛传播和网民的认同，网络小说中使用网络流行语也是非常自然而普遍的事。

网络文学的语言是无比自由的，这也给予了作家们充分混搭各类元素的可能。使用现当代词汇和网络流行语更便于当下网民的理解，同时增加趣味性，拉近作品和读者自身的距离，更有利于增强网络文学的感染力和生命力。

在名词中，人名、地名等是比较特殊的一类。人名往往体现着时代的特征，背后包含着独特的文化社会含义。如，夏、商、周时期取名往往和"十干"相关；魏晋时期，骈文盛行，取名常带有"之"等虚字；现代社会的风雨变迁也在姓名中得到体现，"解放""建国""援朝"等名字记录了历史。而到了当代，取名已经呈现越发多样化、个性化的特点[76]。

在人名的选用上，基本上文本中出现的都是作者原创的名字，因为在架空的世界中很少有和现实世界的联系，影响取名的只有他们本身。两位作家小说中的人名虽然不能完全包含男频和女频网络文学作家的所有关切，但也传递着他们的个人特色和一些价值取向。

从主角的名字设计来看，天下归元取名要更为复杂。猫腻五部作品的主角名为：范闲、许乐、宁缺、陈长生、井九；天下归元五部作品的主角名为：孟扶摇、凤知微、太史阑、景横波、文臻。

猫腻的主角名字非常简单，他们在书中的初始形象也往往是身负绝对的实力或智慧，但是表面看起来是普通人。这体现了猫腻大道至简的基本想法，真正的强者从不在于外表的高大和名号的响亮。且这些名字虽简单但不随便，选择的"闲""乐""缺""九"等字内涵丰富，单字名能够给人更多的联想空间，也相对更加含蓄，符合他较为朴素自然的语言风格。

相比之下，天下归元的主角都为女性，名字与她们的个人形象更为贴合。"孟扶摇"是如鸾凤一般的女性角色，性格霸气高傲、洒脱不拘、敢爱敢恨。"凤知微"则是外柔内刚、心思缜密、谦卑有度的世家贵女形象。"太史阑"的名字和主人公穿越后代替的"邰世兰"谐音，但二人性格一个刚烈，一个温柔，"阑"在古汉语中有"栏杆""阻隔"的意思，用在性格冷酷狂傲的女主角身上比"兰"更为贴合。"横波"字面意为"横流的水波"，在古代就用来比喻女子的眼神流动，《敦煌曲子词·凤归云》："幸因今日，得靓娇娥。眉如初月，目引横波。"而"景横波"这一角色的特点是天生妩媚、风姿妖娆、性情多变，名字倒也贴合。"臻"是书面语，表达达到美好的境地[69]1664，"文臻"性格随和幽默、思虑周全，努力追求各方面的完满。可见，天下归元在为小说的主人公起名时寄托了自己对人物的美好诉求，体现了她在作品中欲要塑造的女性形象，名字和角色因此能够更好地融为一体，让人印象深刻。

在其他人名的选用上，我们发现猫腻和天下归元的主要男性角色名字都体现了二人对于文字典雅优美的追求。猫腻的如：费介、苦荷、沈离、君陌、宋镰、叶苏、元曲、柳词、颜瑟、徐迟、柳白、唐棠、刘青、肖张、顾清、墨池、邓子越、苏文茂、王之策、商行舟、薛醒川、叶流云、苏墨虞、杜少卿、平咏佳、梁王孙、别天心、庄之涣、荀寒食、关飞白、熊楚墨、言冰云、白如镜、庄换羽、洛准南、西门不惑、北宫未央、天海承武，等等。

天下归元的男性人物名字如：长孙无极、宁弈、容楚、宫胤、燕绥、战北野、宗越、云痕、燕惊尘、帝非天、方遗墨、顾南衣、赫连峥、晋思羽、辛子砚、许柏卿、秋尚奇、李扶舟、司空昱、邰世涛、花寻欢、李秋容、林飞白。

相比之下，男性名字里，猫腻的单字名更多，更喜欢采用古典意象如"舟""云"等取名，因此文言色彩要更浓一些。

在女性角色的名字设计上，我们发现猫腻笔下的女性名字一般更为简单和柔婉，如，林婉儿、叶轻眉、李云睿、范淑宁、叶灵儿、王瞳儿、张小萌、南相美、简水儿、钟烟花、邹郁、徐有容、莫雨、尘儿、霜儿、白落衡、赵腊月等，"儿"字使用较多。而天下归元笔下的女性名则大多含义更为丰富，如，雅兰珠、凤净梵、非烟、顾知晓、秋明缨、秋玉落、容榕、史小翠、宗政惠、乔雨润、慕丹佩等。

此外，我们还发现猫腻小说中的人名好用叠音字，如：陈萍萍、李慢慢、柳思思、范若若、海棠朵朵、司理理、战豆豆、玛索索、桑桑、莫山山等，且大多出现在女性名字中。这种叠音人名在古代很少见，人们往往以叠音的方式称呼小孩子以表达喜爱，现当代社会多见，尤其是21世纪之后，且女性采用这类叠音人名比例高于男性[77]。猫腻的这一人名的使用特点也侧面反映了他的语言风格的时代性。

这并非仅仅由于二人的个人创作习惯，我们考察当下各大网络文学网站中男频和女频小说中的人物姓名后，也能够看出两种类型小说在人名设计审美取向上的不同。表3.7是我们统计参照语料库男频和女频小说中人物姓名的结果。

表3.7　参照语料库中男频和女频小说人物姓名

编号	男主角	女主角	其他男性角色	其他女性角色
B1	孟川	柳七月	孟大江、孟安、杨诚、秦五、高方	白念云、孟悠、龙菡
B2	苏云	梧桐、鱼青罗、红罗	韩君、苏叶、裴水镜、左松岩	池小遥、李竹仙、罗绾衣
B3	韩立	南宫婉、紫灵仙子	古或今、高升、方磐、百里炎、萧晋寒	柳乐儿、梦浅浅、云霓
B4	楚风	周曦、秦珞音	楚无痕、古尘海、欧阳风、常明、陆通	明川、卢诗韵、姜洛神、叶轻柔
B5	白小纯	侯小妹、杜凌菲	李青侯、张大胖、许宝财、许小山、白浩	公孙婉儿、宋君婉、周紫陌、陈曼瑶
G1	灵衍	叶卿棠	段天饶、叶凌、司白	叶悠
G2	谢怜、花诚	灵文	风信、慕情、裴茗、师青玄、梅念卿	雨师篁、剑兰、宣姬

续表

编号	男主角	女主角	其他男性角色	其他女性角色
G3	谢星沉	陆明舒	付尚清、荀子宁、卓剑归、付明堂	陆清仪、岳灵音、周妙如、付明溪、段青娥
G4	谢允	周翡	周以棠、李瑾峰、殷闻岚、纪云沉、霍长风	李瑾容、李妍、段九娘
G5	秦晞	令狐蓁蓁	周璟、徐睿	巫燕君、叶小宛

能够看出，男频小说在男性主人公名字的设计上大多较为简单，而女频小说则通常会给予笔下女性主人公内涵丰富、用字特殊的名字。男频小说在女性角色名字的设计上更突出女性柔和婉约的特点，使用"儿"、"婉"、叠词等表现，而女频小说中对女性角色的名字则未必突出这种传统的女性婉约气质，如"灵文""剑兰""清仪""瑾容""燕君"等，从性别上看较为中性，寓意美好，更注重女性的内在品质。

由于是架空世界，网络小说中的地名也往往是虚构的，但其中也有现实世界的影子。

猫腻使用频率高的地名：东海、南城、幽冥、东夷城、京都府、胶州、江南、梧州、达州、庆庙、泉州、德清、儋州、牛头山、南京、杭州、苏州、燕京、京都、宜昌、广州、江南苏州、定州、青州、铜山、黄山、东海郡、江宁、鄂州、顺德、东海岛、胶州、三峡、苍山、沧州、北京、黄州、太原、巴陵郡、胶东、秦山、滁州、随州、延庆、保定、余姚、泽州、开封、李家庄、红河谷、安丘、青海、湖南、贺兰山、长安城、汝阳、秦岭、江都、自贡、罗城，等等。

天下归元使用频率高的地名：罗刹岛、彤城、磐都城、武陵、丽水、武清县、沂水、珠山、黄县、东兰镇、罗山、成县、锦州、东昌、江苏、青洲、板桥、渔村、燕京、任城、新城、永胜、中州、开县、南江、望城、玉村、南岳、凤山、西昌、永和县、黑河、内乡镇、大名县、蒙古、虹桥、海安、关中、闽南、北疆、禹州、锦城、阳山、杞县、巴州、万县、禹州、浦城县、杜村、陇西、陇南、月山、楼兰、梁园、上饶、永州、德州、柳州、丹阳、通城县、理县、三田村、桂林、景县、乐安、鄂西、东昌府、东平县、源城、春滕镇、安县、明安村、蔚山、峨山、静海城、平沙村、阳城、皖南、李家村、抚州、滕镇、哈密，等等。

"州"是古代地方行政区划的名称[78]110，汉武帝为加强中央集团，设立十三个监察区，史称"十三州"。直至今日，很多地方都保留了以"州"结尾的地名，如"苏州""杭州"等。"城"本义即为城市，春秋时期就有"蓟城""翼城"的地名。[78]615地名中以"东南西北"或"阴阳"命名的就更始屡见不鲜，自古有之。我们看到猫腻和天下归元虚构地名也大多是"A＋州"、"A＋城"、"A＋镇/县"和"A＋方向"的形式，与现实生活有距离也有联系，且以此方式命名的地名蕴含古韵。

> **例3.84：** 还是大魏的一座城池，史称南京。只是被庆国伟大的皇帝陛下硬生生打了下来。改名燕京，取之燕衔泥而回之意。（摘自《庆余年》）
>
> **例3.85：** 璇玑国丽水为横贯南北的第一大河，也是养育无数璇玑儿女的母亲河，丽水如其名，清澈秀丽，风景韶秀，有仕女佳人宛转之姿，尤以金江县玉峰河段更为名闻天下，那里山川玲珑，有"美人髻""望月崖""玉笋仙台""秀簪峰"等十八景；水色犹清望之如玉，九曲长河逶迤迤逦，素称：璇玑第一水。（摘自《扶摇皇后》）
>
> **例3.86：** 车队又走了一阵，渐渐到了山区，西凉和闽南一样，多山，边境尤多，车队打算绕山而过，道路崎岖，众人都弃车乘马，凤知微眯眼看着前路，和柏德山拉闲话，"这山看来峁拔险峻，不知山中可有村庄？"（摘自《凰权》）

同时我们也看到，虽然两人的作品中都有现实中已有的地名出现，但除了主角作为穿越者的因素提到之外，大多作品里出现这样的地名时并不指代我们熟知的现实地点。比如例3.84中的"南京"和"燕京"或是例3.85中的"丽水"，显然指的不是历史和现实中的地方，而是借用了这些名称，为他们创作的故事服务。但在这类词语的选择上，选用什么词作为特定城市的名字，作者也会考虑到真实世界的匹配性，比如闽南涉及的福建南部，西凉涉及的甘肃，确实都是多山的地区，因此会借用来为小说故事发生的场所命名。中国几乎所有的文化历史资源都可以为网络小说的创作者所用，正是这样的似有联系又实不相同的关系，让他们的作品更有兼具时代性、历史性和个人特色，也让读者既能有新鲜感也能感受到文化认同。

除此以外，二人还有各自世界观下的一些专名，比如修行的各类境界名称如"洗髓""坐照""通幽"等，强者的各类名号如"云魂""烟杀""月魄"等，特定的法宝名称如"落星石""晶核""山河图"等。这类名词共同丰富了小说的世界架构和秩序规则，让虚构的故事更加真实可信、精彩奇妙。

在男频和女频小说参照语料库的对比中，我们发现男频小说使用这类专名的频率要比女频小说高，表 3.8 列出了参照语料库中 5 部男频小说中描述人物实力境界时使用的部分专名。

表 3.8　参照语料库男频小说中的境界专名

编号	境界等级
B1	内炼、洗髓、不灭、脱胎、无漏、丹云、大日、暗星、无间、造化、混洞、帝君、原初、永恒、金刚、神通、不死、入圣、神话、显形、移物、夜游、分神、夺舍、渡劫
B2	洞天、肉身、广寒、雷池、长垣、钟山、紫府、天象、征圣、原道、道花、道境
B3	炼器、筑基、结丹、元婴、化神、炼虚、合体、大乘、渡劫、真仙、金仙、玉仙、化灵、造物、天人
B4	觉醒、枷锁、逍遥、观想、餐霞、塑形、金身、亚圣、圣域、映照、神祇、神将、神王、天尊、混元、大宇、究极、宇究
B5	凝气、筑基、结丹、元婴、天人、半神、大乘、天尊、太古、主宰、永恒

表 3.8 中列举的如"洗髓""不灭""脱胎"等都是小说中人物修炼境界的名称，这在男频玄幻小说中极为常见且经常出现，主角的成长也伴随着境界等级的不断提高，而女频小说中则对此涉及较少，境界等级划分的细致程度不如男频小说高。

3.3.2　动词（v）和形容词（a）

由于动词和形容词一般在语法中作相对于"体词"的"谓词"类成分，用来描述所记叙或描写对象的状态和动作等，因此我们在这一节共同分析他们的特点，即找出猫腻和天下归元在描述对象的行为动作或状态时的语言特点。

二人的动词和形容词类词语数量众多，我们无法一一对比说明，故就所发现的二人用词特点后选取有代表性的词语举例说明。

在动词的使用中，我们发现单音节动词的使用频率天下归元要比猫腻高。

天下归元使用频率高的单音节动词：笑、听、见、抱、吃、指、抬、骂、跑、拖、拉、摸、抓、拔、推、吐、爬、闻、瞪、哼、烤、挖、嗅、怪、插、染、喂、掀、掐、揣、咽、竖、啃、拈、攥、绞、饿、喘、甩、怕、惊、接、怔、转、穿、呆、退、冲、逼、收、定、跟、压、玩，等等。

猫腻使用频率高的单音节动词：会、到、像、生、望、用、变、活、猜、讲、作，等等。

从动作本身来看，天下归元的单音节动词动作性更强，种类繁多，和身体各部位联系更紧密，如"指""拉""摸""抓"等必须用到手，而猫腻的"会""到""用"等则相对抽象和虚化，因此天下归元的小说可能在动作的描绘上更具体、富有表现力。

从语义来看，单音节动词的语义虚化程度更高，如果在其前后加上一个意义相关的语素后，意义就受到新增语素的限定，比如"笑"既可以是"娇笑"，也可以是"巧笑""轻笑"，如附录 B 例 B.55 ~ 例 B.57，就此形成的新双音节词和原词在语义上产生了差异，而双音节词的意义则相对较为固定，更有目的性[79]。天下归元在单音节动词的搭配和意义延展上复杂多变，动作描写更为细腻灵活。猫腻偏爱双音节动词则显示了其规范严谨的动词使用模式。

从语用来看，和虚词不同，有学者认为单音节动词比双音节动词更加口语化，双音节动词书面色彩更重。因为单音节动词是广泛为普通人所用的，而双音节动词则是"五四"以后才大量出现的[80]，且对同类型"帮""帮助"的使用情况调查，"帮助"出现在文学、科技、报刊等领域的更多，而"帮"出现在更贴近口语的微博语料中较多[81]。因此，天下归元使用更多的单音节动词意味着她的写作风格更为自由和随意，如"瞪""啃""呆"等动词是一般书面语中少见的，她的语言相对猫腻更加通俗化和口语化。

天下归元在趋向动词（vf）上的使用频率和种类高于猫腻，如，去、出、来、起、下、上、过来、下去、过、出去、过去、进去、进来、上去、上来。猫腻仅在"起来"一词的使用频率上高于天下归元。一般来说，不论是"上""下""来"和"去"还是"进""出"，都表示有参照系的一段位移[82]，它们具体怎么搭配要考虑趋向动词本身的趋势和引申义是否适合。学界从认知语言学的角度对趋向动词进行解读的研究颇多，如马玉卞[83]用意象图式理论观察趋向动词，认为"上""下"等表述了各运动图式与所处环境之间的关系，而"来、去"等则表述了运动图式与观察主体的关系，且"来""去"有时并不表示运动趋向，只起到调节音节的作用。

例3.87：最美的姑娘将衣裳捧进玉盘，其余人抿着嘴羡慕地笑看她，能近身伺候主子，是整个安州所有韶龄少女的梦想。（摘自《凤倾天阑》）

例3.88：因为她一直注视着的那片灰暗的天空忽然变得明亮起来。（摘自《大道朝天》）

例3.89：文臻还没反应过来，忽然身子一斜，一个倒栽葱栽了下去，天旋地转之中，忽觉脚上一紧，再睁眼，天地都倒了个个儿。（摘自《山河盛宴》）

在两位作家文本的实际考察中，天下归元使用的趋向动词更多。一方面由于本来单音节动词使用较多，可以以趋向动词补充动作的其他相关信息，如例 3.87；另一方面确实有调节音节的作用，如"来""去"等的使用让语句更加流利顺畅，如例 3.89，人物和环境的关系变化也更容易看的清楚。猫腻的趋向动词使用较少，例 3.88 的"起来"用在形容词后表示情况的开始和继续，其引申义较为明确，书面色彩也较浓。相比之下，更多趋向动词的使用让天下归元的语言风格更加流畅易读，贴近口语。

猫腻在名动词（vn）上的使用频率和词汇数量都大于天下归元，具体词汇如下。

猫腻频率更高的名动词：反应、生活、工作、变化、准备、安排、信任、控制、存在、对话、判断、选择、解释、影响、有关、谈判、帮助、谈话、过往、冲突、死亡、下属、叛乱、分析、威胁、表现、调查、支持、到来、震惊、意料、相关、关联、冲击、敬畏、联系、买卖、议论、反击、承诺、挑战、嘲讽、抵抗、进展、防御、了解、交流、担心、应对、突袭、猜测、足够、带领、压制、战斗、尊敬、警惕、波动、配合、检查、复仇，等等。

天下归元使用频率更高的名动词：出口、呼吸、护卫、交代、补偿、误会、出身、报信、背叛、顾忌、吹风、接应、杀戮、惩罚、自保、讥诮、收敛、侮辱、装饰、住宿、比武、非议、讽刺、约束、宽容、抉择，等等。

名动词[84]是兼有名词性质的动词，比如"变化""准备""安排"等，一般出现在汉语的书面语中，而且是双音节动词。猫腻的名动词数量和使用频率远高于天下归元，意味着他的小说选用词汇的书面色彩更浓。

最后，猫腻在形式动词（vx）"进行""给以"以及动词"是"（vshi）上的使用频率都高于天下归元。形式动词是在语言发展的过程中逐渐语法化，本身语义虚化的动词[85]，"进行"[69]681一般表示正式、严肃的行为，"给以"[69]444后多跟抽象事物，其使用更偏正式和书面语。"是"[69]1197通常联系两种事物，表现二者之间的关系。在 3.2.2 小节中谈到猫腻的语言注重刻画各主体之间的关系，逻辑性更强，"是"在这里同样起到了这样的作用。

值得注意的是，参照语料库中男频小说使用名动词和形式动词的频率显著高于女频小说，此二者都较为书面和严肃，后者语法化程度更高，这也佐证了这不仅是猫腻和天下归元的区别，而是男频和女频小说类型之间的差别，男频小说使用更多的这类词汇，小说语言的严肃性更强，但是形象活泼的意味少。

在考察二人的形容词使用情况时，我们也发现天下归元使用频率高的形容词的种类较猫腻为多。其中，与动词相似的，天下归元单音节形容词的使用频率比猫腻高，如：好、快、低、满、密、红、紧、偏、全、轻、假、软、痛、傻、浅、薄，等等。

双音节词化是汉语发展的一大规律，从外因来说是社会交际功能决定的，双音节词两个语素可以相互作用从而使词义更加单一、鲜明、丰富；从内因来看，单音节词的词形和词音都限制了词义的发展，而词的核心词义必须适应社会发展，其词形和词音都会发生变化[86]。相比而言，单音节形容词更偏于综合，语义不精确；而发展后的双音节形容词则偏于细节的分析，词义更加鲜明。在猫腻和天下归元二人文学风格的比较中，这又一次证明了猫腻更偏于对主体的状态或行为呈现严谨的描绘，而天下归元在对主体进行描写时有时较为笼统粗放，且天下归元同时使用单音节和双音节形容词，语言不论是在节奏上还是语体上都更自由、富于变化。

由于动词和形容词主要是用来描述所记叙或描写对象的状态和动作的，接下来以词汇带有的情绪为标准，我们对猫腻和天下归元特色词表中的形容词和动词进行分类统计，挑选其中的代表词汇列出如下：

（1）表现正面的动作

猫腻有：企望、决心、炼就、嘉勉、欣赏、放松、安慰、发展、疼爱、自信、尊敬、突破、敬畏、敬佩、崇拜、盼望、释放、战胜、击败、坚信、称赞、赞美、敬爱，等等；

天下归元有：感激、恢复、宽容、庆幸、契合、包容、簇拥、崇敬、惊羡、褒奖、礼让，等等。

猫腻表现正面动词的词汇更多，如"决心""突破""战胜"等，体现出的对于力量的追求，是天下归元所用动词中很少见的。天下归元的动词体现的正面情绪更为包容平和。

（2）表现正面的形象

猫腻有：强大、美丽、成功、认真、热闹、稳定、可爱、有趣、完美、坚定、勇敢、坚毅、自信、成熟、了不起、伟大、公平、庄严、礼貌、神圣、宏大、深厚、壮烈、充沛、谦卑、文明、恬静、勤奋、真诚、勤勉、迷人、自豪、丰沛、团结、乐观、慷慨、壮观、精深、宏伟、雄奇、魁梧、磅礴、壮阔、诚实、悠久、简洁、帅气、古拙、奇崛、简约、笃实、婀娜、赤诚、简朴、刚健，等等。

天下归元有：聪明、自在、尊贵、新鲜、柔和、方便、便宜、亲切、雄厚、华丽、利落、自如、有利、明朗、如意、细腻、机灵、高贵、晶莹、温润、精致、灿烂、端庄、俊秀、从容、修长、丰厚、坦荡、轻快、精巧、坦然、灵活、精美、祥和、谦虚、舒适、灵敏、优美、圆润、辉煌、整洁、玲珑、谦恭、甜美、娇嫩、甜蜜、友好、娇羞、风雅、随和、别致、优雅、睿智、轻便、恩爱、勇武、贤淑、婉转、明丽、光洁、温软、省心、高雅、美满、安康、空灵、豪放、绚丽、含蓄、典雅、悠然、良善、完满、灵巧、明艳、绚烂、健壮、温馨、畅快、轻盈、敏捷、飘逸、广袤、高尚、伶俐、窈窕、旖旎、灵秀、明澈、贤惠，等等。

天下归元表现正面形象的形容词更多，刻画也更为精细。侧重于对优美形象和风雅细节的描绘，用词婉约而柔美。猫腻表现正面形象的词汇侧重于对强大力量和壮观景象的赞美，用词刚健而大气。

（3）表现正面的情绪

猫腻有：轻松、开心、愉快、欣慰、欢愉，等等。

天下归元有：安心、欣喜、欢欣、欢畅，等等。

（4）表现负面的动作

猫腻有：悲鸣、昏厥、损害、辞世、弱化、处治、抹杀、阴谋、淫亵、闲弃、洗钱、看不起、边缘化、担心、死去、警惕、阻止、畏惧、嘲讽、忌惮、摆脱、压抑、嘲笑、逃离、鄙夷、严禁、痛骂、厌烦、镇压、轻视、幽禁、争执、羞辱、挫败、囚禁、咒骂、嘲弄、毁灭、羞愧、惧怕、指责、恐吓、愤怒、压榨、疲惫、毁谤，等等。

天下归元有：折腾、拒绝、欺负、为难、惊醒、算计、怒骂、讨厌、泄露、纠缠、鄙视、诱惑、勾引、糊弄、冲撞、损伤、讽刺、诅咒、呵斥、沦落、惩罚、讥笑、讥诮、流落、讥嘲、抗拒、沦为、侮辱、践踏、引诱、卖弄、诋毁、责骂、嫌弃、懊恼、使坏、撺掇、篡位、觊觎、泄恨、毁坏、怂恿、妒忌、屈从、诬赖、失察、迟误，等等。

二人在表现负面动作的词汇上数量相近，但是猫腻使用如"畏惧""挫败""羞愧""惧怕"等的心理动词更多。

（5）表示负面的形象

猫腻有：恐怖、可怕、怪异、荒唐、愚蠢、困难、危险、荒谬、凄惨、阴暗、阴森、凶险、幼稚、凄厉、难看、可笑、贪婪、惨重、粗暴、虚伪、无助、刻薄、虚假、丑陋、骄横、残酷、轻佻、丢脸、尖酸、拙劣、凶残、无理、陈腐、尖刻、荒芜、残暴、愚笨、奸滑、奸邪、蹩脚、萧条，等等。

天下归元有：不好、恶毒、倒霉、不利、别扭、狡猾、矫情、危急、下贱、卑鄙、浪荡、衰弱、轻浮、奸诈、放荡、痴愚、污浊、贫瘠、狭隘、势利、邋遢，等等。

猫腻表现负面形象的形容词明显多于天下归元，且其情绪色彩更加强烈。

（6）表示负面的情绪

猫腻有：紧张、愤怒、疲惫、着急、恼火、绝望、惊恐、无聊、悲伤、难过、心寒、孤单、痛苦、恐惧、惊惧、凄苦、落寞、愁苦、低落、窘迫、焦虑、悲痛、伤感、苦闷、胆怯、悲戚、烦忧、孤苦，等等。

天下归元有：愕然、难受、惊骇、不耐烦、惊慌、疲倦、焦急、惊惶、哀怨、悲愤、愤恨、忧伤、偏执、憋闷、惊疑、心焦、惆怅、烦躁、怅惘、凄切、忧愤、哀愁，等等。

综合来看，猫腻和天下归元都在小说中运用了较多表达强烈感情色彩的动词和形容词。在正面色彩的词汇上，两人都是在表现正面形象的形容词上词汇最多，但是通过这些词汇描述的美好形象却是有差异的，猫腻的用词更多体现一种对于绝对力量的追求向往和客观赞美，因此用词大多是冷静刚健的；而天下归元侧重于对优美形象的描画，因而用词大多细腻柔婉。

在负面色彩的词汇上，猫腻对于负面形象的勾画更为复杂多样，情绪激烈程度更高，如"可怕"和"不好"，"愚蠢"和"痴愚"，"残酷"和"卑鄙"，显然前者的感情更为强烈。但在二人表现负面情绪的词汇上，二者差异并不太大，本身都多于表现正面情绪的词汇数量，表达的情感都涵盖了哀、惊、惧、怒。负面情绪相对于高昂的正面情绪更能给人以共鸣和感慨，悲剧也相对于喜剧更能让人震撼，在小说中直白地表现负面情绪可以让读者和人物共情，增强故事的感染力。

例 3.90：你不要告诉我，西陵神殿不知道他现在拥有怎样恐怖，如果让他活下来，他会变得一天比一天强大，一天比一天疯狂，而他在这个世界上，最想杀的两个人便是我和你，所以我们应该趁着他还不够强大的时候，杀死他。（摘自《将夜》）

例 3.91：他们看见眉目如画的男子怀中清丽娇艳的女子，看见他英姿挺秀的流畅舞步，看见火红的舞裙舞出连绵的旋影，那重重叠叠散发着香氛的精美的裙裾间华丽的花纹涛走云飞，看见那些如波叠浪无休无止的轻盈的旋转和摆荡，看见那些仿佛汲取了月光精华和日光神采的各种造型，看见划出优美弧度的玉色的手臂，载着满室星子辉光，飞扬如诗。（摘自《扶摇皇后》）

例 3.92：徐世绩看着女儿清丽的眉眼间掩之不住的憔悴，没有生出什么怜惜的感觉，反而觉得有些不舒服，出府之前本来想好了见面后说话要尽可能柔和一些，声音却抑不住地变得冷淡了起来，寒意十足，如同训斥一般。（摘自《择天记》）

> **例 3.93**：炽烈的阳光擦着屋檐的边缘射了下来，落在这妇人依旧美丽的脸庞上，光线顿时变得温柔了起来，妇人的神情显得是那样的恬静与满足。(摘自《庆余年》)

同时，我们也观察到，天下归元的语言风格更为华丽秾艳。她对于形容词的使用有时多到泛滥的地步，经常作定语，极尽所能地铺展对主体外在美好形象的直观描写。如例 3.91 中形容女性或男性身体或衣着外观的形容词比比皆是，兼有各类比喻，给读者以最直接强烈的视觉体验和感官诱惑。

猫腻的风格则较为自然劲健，形容词的使用上也有所收敛，如例 3.90 所示，表达对力量的追求，作谓词性成分进行自然的语义表达和过渡。即便有婉约的形容词如"柔和""恬静"等，如例 3.92 和例 3.93，使用中也尽可能对主体行为或心理进行描绘，风格相对朴实自然。

在参照语料库中男频和女频形容词使用的对比中，我们同样发现了两者类似以上形象塑造正负、情感表达强弱等方面的差异。选择男频特色词和女频特色词进行比较，能够清晰看出两类小说描写的不同侧重点。

男频小说中的高频形容词：吃惊、恐怖、太平、稳定、相同、狂暴、恼火、冷酷、空洞、漫长、破烂、坚定、虚空、罕见、醒目、邪恶、凄惨、冷清、阴冷、丑陋、坚固、清静、幽静、正确、地道、基本、优秀、自如、孤单、玄妙、弱小、破旧、出色、威严、响亮、单调、简、淡漠、丢脸。

女频小说中的高频形容词：明亮、沉静、纤细、扁、灵活、美好、修长、恶毒、诧异、惊惶、郁闷、缠绵、烦躁、饱满、细腻、尖利、艳丽、憔悴、涩、利落、清亮、阔、可疑、心虚、荒唐、轻巧、浑、浓厚、光洁、黏、暧昧、轻快、短促、阴毒、灵光、凶狠、柔韧、秀丽、灵巧、含糊、过头、纷乱。

能够看到猫腻和天下归元彼此形容词使用的差异并非个人独有，男频小说确实大多用词更为豪放刚健，对负面情绪的描绘更浓烈深沉；而女频小说用词则更为细腻婉约，呈现对个体优美形象或灵巧动作的精心描绘。

朱德熙将形容词分为性质形容词和状态形容词[87]，天下归元使用较多的单音节形容词和前文所分析的双音节形容词一般被归为性质形容词，状态形容词主要表现事物或动作的状态，其中形态上比较特殊的是单音节形容词的重叠式、双音节形容词的重叠式和 ABB 式合成词等[88]。在系统分词的过程中，二人的状态形容词被划分为状态词（z），且在 3.1.2 小节的词性频率差异检验中天下归元使用状态词的频率更高，在对比二人的特色词表时同样发现天下归元使用频率更高的状态词多近 400 个，而猫腻仅有 85 个。

下面列出部分二人比较有特色的 AA、ABB、AABB 式状态形容词：

（1）AA 式

猫腻有：隐隐、讷讷、赫赫、缕缕、涓涓、皇皇、匀匀、鳞鳞，等等。

天下归元有：淡淡、重重、小小、长长、悠悠、短短、痴痴、茫茫、遥遥、袅袅、软软、沉沉、匆匆、浓浓、款款、平平、滚滚、融融、满满、惶惶、盈盈、簌簌、斑斑、弯弯、怯怯、快快、朗朗、切切、凛凛、殷殷、寥寥、粼粼、巍巍、飒飒、般般、烈烈、灼灼、熠熠、寂寂、荧荧、脉脉、炯炯、溶溶，等等。

（2）ABB 式

猫腻有：白茫茫、热乎乎、软乎乎、鼓囊囊、傻呵呵、颤抖抖、毒辣辣、胖嘟嘟、暖融融、急火火、疯颠颠、湿乎乎、暖乎乎、圆乎乎、白苍苍、密麻麻、辣乎乎、虎生生、灰糊糊、气乎乎、喘嘘嘘、暖烘烘、脏乎乎、黑溜溜，等等。

天下归元有：笑眯眯、笑吟吟、恶狠狠、血淋淋、笑嘻嘻、直挺挺、懒洋洋、火辣辣、笑呵呵、轻飘飘、空荡荡、阴森森、白花花、软绵绵、慢悠悠、直愣愣、好端端、乱糟糟、笑盈盈、油腻腻、颤巍巍、干巴巴、齐刷刷、毛茸茸、眼巴巴、黑漆漆、静悄悄、湿淋淋、醉醺醺、黑黝黝、明晃晃、闹哄哄、灰溜溜、光溜溜、乱哄哄、假惺惺、热辣辣、孤零零、臭烘烘、空落落、慢腾腾、气冲冲、凉飕飕、滴溜溜、慢吞吞、黑沉沉、喜滋滋、赤条条、乐融融、雾腾腾、兴冲冲、酸溜溜、好生生、蓝汪汪、乐颠颠、清凌凌、急巴巴、粉扑扑、甜腻腻、金闪闪、凉丝丝、晕乎乎、乐陶陶、空旷旷、怒冲冲、直呆呆、死板板、活泼泼、冷静静、水淋淋、寒森森、喜洋洋、笑哈哈，等等。

（3）AABB 式

猫腻有：清清楚楚、密密麻麻、漂漂亮亮、稀稀疏疏、荡荡悠悠、堂堂皇皇、清清白白、哩哩啦啦、零零落落、密密匝匝、白白净净、悠悠扬扬、嗳嗳嚅嚅、妥妥帖帖，等等。

天下归元有：颤颤巍巍、仔仔细细、轰轰烈烈、摇摇晃晃、客客气气、大大小小、严严实实、舒舒服服、迷迷糊糊、明明白白、骂骂咧咧、随随便便、层层叠叠、模模糊糊、哭哭啼啼、认认真真、急急忙忙、高高兴兴、稀稀拉拉、絮絮叨叨、坦坦荡荡、稀稀落落、亲亲热热、零零碎碎、重重叠叠、平平静静、跌跌撞撞、浩浩荡荡、歪歪斜斜、平平淡淡、端端正正、鼓鼓囊囊、平平整整、欢欢喜喜、弯弯曲曲、结结巴巴、犹犹豫豫、虚虚实实、马马虎虎、含含糊糊、扭扭捏捏、大大咧咧、拖拖拉拉、羞羞答答、紧紧张张、庸庸碌碌、迟迟疑疑、悲悲切切、支支吾吾、晕晕乎乎、扎扎实实、和和气气、咋咋呼呼、林林总总、上上下下、密密层层、坦坦然然、迷迷瞪瞪、混混沌沌、敦敦实实，等等。

很多语言都会通过语音的繁复和增音的变化来表示程度量级[88]，这类 AA、ABB 和 AABB 式的叠词，相比于普通的单音节或双音节形容词，在表达上可以表示程度的加深，同时可以加强语意，增加感情色彩[89]。而且重叠式的词汇从音韵上来说也调整了音节搭配，让语言更有节奏感。从这方面来说，天下归元的小说语言是更鲜活生动，富有感染力和表现力。

另外，天下归元使用频率高的状态词中，颜色词的比例也明显高于猫腻，如，雪白、血红、乌黑、铁青、金黄、鲜红、煞白、火红、青白、赤红、翠绿、粉嫩、昏黄、铁黑、黑亮、暗红、猩红、碧绿、黧黑、蜡黄，等等。

颜色反映的不仅是客观事物的物理属性，同时也是作者内心的情感折射，有时有烘托气氛、表达情感的需求。这进一步证明了总体而言天下归元的语言在描写上更鲜明形象、丰富多彩。

3.3.3　代词（r）

3.1.4 小节发现天下归元在人称代词（rr）上的使用频率更高，而猫腻在指示代词（rz）和时间指示代词（rzt）上的频率更高。

人称代词是体词性代词，语法功能和名词相似。[87]80 猫腻使用频率更高的人称代词有：他、他们、彼此、自身、它们、自我。天下归元使用频率更高的人称代词有：你、她、咱们、别人、各自、她们、某人、人家、他人、各位、大家伙儿。

其中，"咱们"[69]1631、"大家伙儿"[87]85、"人家"作代词时的口语色彩更浓，如附录 B 例 B.58 ~ 例 B.60。

为了更好地考察二人在人称代词使用上的特点，我们加入第一人称代词"我"和复数形式"我们"，以及第二人称复数"你们"，共同组成具有对立意义的人称代词词表，包括"我""你""他""她""它""我们""你们""他们""她们""它们"10 个词，分别计算它们在每部小说每10000 词中出现的频次，如图 3.14 和图 3.15 所示。

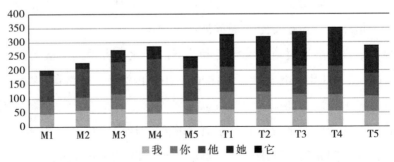

图 3.14　10 部作品单数人称代词使用频次（10000 词）

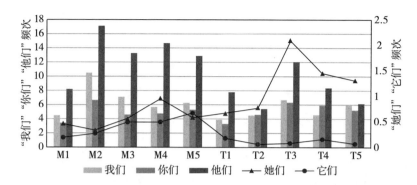

图 3.15　10 部作品复数人称代词使用频次（10000 词）

如图 3.14 所示，天下归元使用单数人称代词的总体频率要比猫腻高，使用"她"的频率几乎与"他"相当，而猫腻小说中"她"出现的次数明显少于天下归元，使用"他"的频率比"她"要高。这一方面是因为猫腻是男频网络文学的代表作家，而天下归元是女频网络小说的代表作家，二人小说主人公分别是男性和女性，自然造成了叙事时对不同性别的侧重。但是天下归元的小说中"他"的使用频率和"她"相当，而猫腻却确实很少使用"她"，可见，网络小说往往聚焦于主人公的自我意识，相比于男性在男频小说中占据绝对中心地位，女性角色总是容易被忽略甚至成为附庸，但是女频小说在关注女主人公的同时，书中的男性仍然占据重要位置。

图 3.15 则显示了"她们"和"它们"在二人小说中的频率都比不上其他人称代词的附属，但是天下归元使用"她们"频率要高于猫腻，猫腻使用"他们"的频率更高。猫腻使用复数人称代词的频率要高于天下归元，这反映出猫腻作为男频网络小说的代表作家在叙事时注重集体和团队，而女频作家天下归元则更加关注个人。

二人整体使用第三人称代词的频率要比第二人称和第一人称代词多，因为这 10 部小说都是以第三人称写的，网络小说篇幅较长，往往情节复杂，人物众多，第三人称可以更客观全面地展现故事，同时也方便场景转换和叙事方式的变化。

指示代词（rz）除了一般的代词替代作用，还有指称作用，近指用"这"，远指用"那"。[87]85观察发现，猫腻在"这个""那个""这些""那些"上的使用频率更高，天下归元则在"这么""那么"等表示性质、状态、方式或程度的词上使用频率更高。相比之下，"这么"[69]1660、"那么"[69]933的口语色彩更浓，如例3.94～例3.95。

> 例3.94：礼单和名帖都在学院的库房里，暂时没有人来打扰国教学院的安静，直至春日渐悬高空，那个在长安城里流传半日的消息才来到此间。（摘自《择天记》）
>
> 例3.95：再说大师此言，莫非是认为我与十八神卫的实力太过低微？"（摘自《将夜》）

在其他代词使用上，猫腻在"此间""此言""此行""此人""此地"等的使用频率也高于天下归元，"此"[78]1677在古汉语中即表示"这"，与"彼"相对，猫腻的这类词汇使用更偏文言。

3.3.4 拟声词（o）

自然界的声音复杂多样，人类以语言的形式对这些声音进行单纯的模拟就产生了拟声词[97]。猫腻和天下归元在拟声词的使用上也有很大差别，天下归元使用的拟声词数量和种类都明显高于猫腻，以下是二人使用频率高的拟声词。

猫腻有：叭嗒、嘀嗒、丁当、丁丁当当、咕隆、呱唧、喀、喀嚓、噢噢、噼里啪啦、乒、沙沙沙、嗖、锵、突突突、嗡、喔、淅淅。

天下归元有：阿嚏、嗷嗷、梆、嚓（嚓）、噌（噌噌）、潺潺、哧、哒哒、当、当啷、滴滴答答、丁、叮当、叮叮当当、叮呤当啷、咚（咚）、嘎、咕咚（咕咚）、咕嘟（嘟）、咕咕、咕噜噜、呱嗒、呱呱、汩汩、咣、咣当、哈哈、嘿嘿（嘿）、哼哧、轰隆隆、哄、呼、呼哧（呼哧）、呼呼、呼啦（啦）、哗哗哗、哗啦（啦）、叽叽、叽叽嘎嘎、叽里咕噜、叽里呱

啦、咭、唧唧、唧唧喳喳、唧唧呱呱、咔、咔嚓、吭哧、铿、铿锵、哐、
哐啷、呖呖、隆隆、喃喃、啪、砰砰乒乓、怦怦、砰（砰）、乒乓、乒乓
乒乓、扑、扑哧、噗嗤、刷拉拉、飐、飕飕、簌簌、腾、嗵、嗵嗵、橐
橐、哇（哇）、嗡嗡嘤嘤、呜呜、轧、啧（啧）、喳喳、啁啾、吱。①

可以明显看到天下归元使用的拟声词比猫腻丰富许多，有模拟人活动
发出声音的，如打喷嚏声"阿嚏"、磕头声"咚咚"；有模拟自然界声音
的，如流水声"潺潺"、下落声"簌簌"；也有模拟器具声的，如各类撞击
声"咣当""砰砰乒乓"，还有较为生僻的"橐橐"[69]1338，详细用例见附
录 B 例 B.61 ~ 例 B.67。

天下归元使用拟声词不仅种类和数量多，而且也非常密集，如
例 3.96。

> 例 3.96："吱嘎。"一声锐响，他的手指在一道冰练之上滑过，溅
> 开冰屑无数，雪影一闪，官胤已经到了他身后，一脚踹在他后心，
> "砰。"一声他撞倒在桌案上，笔墨砚台乒乓落了一地。（摘自《女帝
> 本色》）

拟声词可以直接地对表现对象进行描绘，在小说中运用得当能够生动
形象地表现事物的特点、动作的状态，更好地激发读者的想象，给予读者
多项感官的体验，让读者产生身临其境的感觉。从这点说，天下归元热衷
于对各类声音的描写，体现了她在描写上更直接的方式、更多维的角度和
更活泼的手法。

同时，虽然猫腻使用拟声词较少，但是二人的特色词中有很相近的几
组词，如："丁当"和"叮当""丁丁当当"和"叮叮当当""喀嚓"和
"咔嚓"。

---

① 本段的表达方式：如"噌（噌噌）"表示有"噌"和"噌噌噌"两种形式。

例 3.97：唐小棠见没人理自己，用锅铲不停地翻着铁锅里的糊菜，丁丁当当响个不停。(摘自《将夜》)

例 3.98：立即抽手，为了表示抗拒的决心，力道大了些，两人的手都弹了起来，撞在彩舆上，惊动铜铃，叮叮当当一阵乱响。(摘自《山河盛宴》)

例 3.99：紧接着，面老板的头颅喀嚓一声响，就像是秋日树头沉甸甸的果实一样，脱离了枝头，摔入了面汤之中，啪的一声，荡起几道滚烫而血腥的汤水。(摘自《庆余年》)

例 3.100：脑子里恍如卡带一般咔嚓一卡，她生生撕开自己的记忆，大声道："停!"(摘自《女帝本色》)

以上列举了两位作家两组相似拟声词的使用情况，我们很难说二人在选用词汇上有什么差别，因为拟声词往往只单纯地表示发音，选择用什么同音词表示发音只是他们的个人选择而已。但这也证明，并不是猫腻不会使用拟声词，而是在创作中不喜欢使用。

3.3.5 成语和惯用语（nl/vl/al/dl）

在 3.1.4 小节猫腻和天下归元的词性使用统计中，二人在惯用语的使用上呈现了非常明显的差别。天下归元在名词性惯用语（nl）、动词性惯用语（vl）、形容词性惯用语（al）和副词性惯用语（dl）上的使用频率都高于猫腻。具体分布情况如图 3.16 所示。

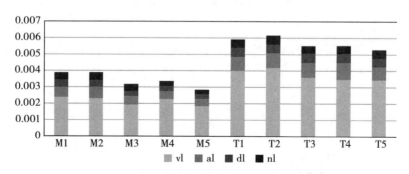

图 3.16　10 部作品中使用各类词性的熟语使用频率

需要说明的是，分词系统标注为各类惯用语（al、nl、dl、vl）的词类事实上不仅是惯用语，而且包括很多拥有固定结构的熟语或常用语，其中成语所占比例最大。从图 3.16 中可以看出，天下归元使用的拥有固定结构的熟语较猫腻更多，特别是动词性熟语的使用上。下面我们将考察二人特色词表中的具体词汇并进行分析。

由于其他熟语比如惯用语和成语还是有差别的，特别是在音节数和语体色彩上。惯用语和成语有共同特征，如结构定型性、意义完整性，但是惯用语口语色彩更浓，较多为三字格，而成语的书面语色彩更浓，大多数情况是四字格，文化内涵更为丰富[98]。因此分析的时候还是不可将二者混为一谈，我们以商务印书馆《新华成语大辞典》所收录成语为标准，对其进行区分，分类对二人在成语及惯用语上的使用特点进行对比。

（1）成语

我们计算二人对于每一个成语的使用频率，分别选取每一类型中他们使用频率最高的部分词汇罗列如下，其中字体加粗的是独有词。

表 3.9　猫腻和天下归元特色高频成语示例

分类	猫腻	天下归元
al	理所当然、轻而易举、干净利落、惨不忍睹、死气沉沉、破烂不堪、铿锵有力、郑重其事、眉清目秀、天真无邪、**朴实无华、玄之又玄**、变幻莫测、虎头虎脑、**囊中羞涩、自由自在**	莫名其妙、一模一样、目瞪口呆、乱七八糟、得意扬扬、气喘吁吁、眉开眼笑、鬼鬼祟祟、一声不吭、恰到好处、一本正经、忠心耿耿、热泪盈眶、心花怒放、泪流满面、影影绰绰、哭笑不得、探头探脑、手忙脚乱、鼻青脸肿
dl	无时无刻、毅然决然、**海枯石烂、如饥似渴、由此及彼、夜以继日、一五一十**	无论如何、不由自主、有意无意、兴致勃勃、口口声声、迫不及待、劈头盖脸、半夜三更、断断续续、咬牙切齿、自始至终、无缘无故、轻手轻脚、三言两语、有朝一日、战战兢兢、阴差阳错、**煞有介事**、情不自禁、**七手八脚、火烧火燎**、变本加厉

分类	猫腻	天下归元
nl	四面八方、所作所为、灭顶之灾、悲欢离合、生老病死、**不世之功**、**真情实意**、**满山遍野**、斜风细雨、**千家万户**、风风雨雨、**悬崖峭壁**、**一潭死水**、**飞禽走兽**、**汪洋大海**、**大势所趋**、**鹅毛大雪**、**片言只语**	行云流水、普天之下、五脏六腑、强弩之末、来龙去脉、蛛丝马迹、人山人海、清心寡欲、腥风血雨、难言之隐、如意算盘、洞房花烛、罪魁祸首、丰功伟绩、高风亮节、天涯海角、风吹草动、九霄云外、千言万语、家家户户、始作俑者、杀身之祸、铜墙铁壁、天罗地网、**白纸黑字**、**断壁残垣**、**穷山恶水**
vl	深不可测、相提并论、匪夷所思、无以复加、与世隔绝、不可一世、亲眼目睹、议论纷纷、波澜壮阔、蛮不讲理、痴心妄想、高深莫测、不寒而栗、出人意料、掷地有声、一丝不苟、语重心长、众所周知、风吹雨打、**老谋深算**、高耸入云、沉默寡言、油然而生	不动声色、面面相觑、漫不经心、轻描淡写、若无其事、慢条斯理、猝不及防、默不作声、不以为然、恍然大悟、众目睽睽、忍无可忍、装模作样、胡言乱语、勃然大怒、滔滔不绝、嗤之以鼻、心急如焚、翻来覆去、心不在焉、虎视眈眈、满不在乎、岿然不动、蠢蠢欲动、瞠目结舌、尘埃落定、不置可否、轻举妄动、功亏一篑、无动于衷、眉飞色舞、打草惊蛇、全军覆没、筋疲力尽、翻云覆雨、啼笑皆非、旁若无人、喜笑颜开、倒行逆施、神出鬼没、浑水摸鱼、眼疾手快、无与伦比、恼羞成怒

　　猫腻和天下归元所用成语在不同的语境下充当的句子成分不同，因而在语法上形成了不同的语法分类。但姑且不论以上的分类情况，我们看到二人所用的高频成语也呈现出各自独特的风格。

　　从内容上来看，天下归元的成语更多用于描写人物的神态、动作、情绪，如"眉飞色舞""瞠目结舌""恼羞成怒"等，而猫腻的成语用于描写非人的事物、自然景观或其他客观情况更多，如"高耸入云""四面八方"等，详见附录 B 例 B. 68 ~ 例 B. 72。

　　且在表现人物状态时，天下归元更频繁地使用包含身体部位的成语，比如"眉开眼笑""心花怒放""嗤之以鼻""张牙舞爪""七手八脚"，等等，形象活泼，更容易引起读者的共鸣，如例 3. 101 ~ 例 3. 102。而猫腻的用词较为中规中矩，更注重展现客观世界和事件发展的时空秩序，比如"大势所趋""由此及彼"，等等，成语呈现出的理性色彩更强，如例 3. 103 ~ 例 3. 104。

例 3.101：菊牙只是一掠而过，随即昂着头走出去了，跟在德妃身边久了，她的精气神也和别人不一样，连背影都张牙舞爪。（摘自《山河盛宴》）

例 3.102：一堆人纷纷赞好，也不等景横波表达意见，上来七手八脚就把景横波抬上一个准备好的简易担架，给她用被子捂得严严实实，盖住了头脸。（摘自《女帝本色》）

例 3.103：但从太宗皇帝到天海圣后再到如今，从与妖族结盟再到南北合流再到东西合璧，这是大势所趋。（摘自《择天记》）

例 3.104：人的每段因果都是一个由此及彼的直线，无数因果便是无数道线，那些线总会在某个点相遇，也等于是指向那个点。（摘自《大道朝天》）

从感情色彩来看，天下归元所用成语感情色彩更为丰富，表达情感更为强烈，如表达惊讶的"目瞪口呆"、表达感动的"热泪盈眶"、表达恨意的"咬牙切齿"、表达焦急的"心急如焚"、表达喜悦的"喜笑颜开"，等等，猫腻虽也有"愤愤不平""心有余悸"等词表现心理活动，但是总体而言其数量和反映的感情强烈程度都不如天下归元，详见附录 B 例 B.73～例 B.79。

另外，从成语的褒贬色彩来看，也是天下归元用词体现得更为突出，如在名词性（nl）的分类中，"行云流水""丰功伟绩""高风亮节"等含褒义，如例 3.105；"罪魁祸首""断壁残垣""穷山恶水""始作俑者"等则含贬义，如例 3.106；猫腻的用词则大多十分中立，"生老病死""悲欢离合"等体现出的是对现实冷静的观察，突出自然和规律，如例 3.107。

例 3.105：众人惊到忘记惊呼和动作。李扶舟动作却行云流水，一个旋身站起，锦绣蓝袍在殿中云雾中一展，一根玉白的手指从宽袖中伸出，对着那些四散飞开的碎片一捺。（摘自《凤倾天阑》）

> **例 3.106**：大荒之地，民风着实不大好，所谓穷山恶水出刁民，确实有几分道理，武者暴戾，文人骄狂！（摘自《女帝本色》）
>
> **例 3.107**：生老病死，凡人熬不过去才叫凡人，你们非要寺里僧人治他们做什么？别人佩服你们，我却不。（摘自《大道朝天》）

从文体色彩来看，猫腻的成语有不少出自古代典籍、史书或诗词，因此往往显得更加雅致，书面语色彩更浓，比如"轻而易举"出自东汉王充的《论衡·状留》[99]1173，"海枯石烂"出自宋代王奕的《法曲献仙音·和朱静翁青溪词》[100]402，"如饥似渴"出自晋嵇康《赠秀才入军》诗[100]837等；天下归元的成语则很多都出自明清小说，文学表现力更强，语言风格上也更显通俗，如"乱七八糟"出自清代，如文康《儿女英雄传》中出现[100]648，"一模一样"出自明代《西游记》[99]1798，"迫不及待"出自清代李汝珍的《镜花缘》[100]764。

语言是反映现实生活的一面镜子[101]，成语取材于汉民族文化和历史，也在跟随时代不断发展。我们针对二人独现成语的出处进行考察，发现猫腻的成语总体来源时间更早，比如"玄之又玄"来源于《老子》[100]1152，"夜以继日"来源于《庄子》[100]1197，"飞禽走兽"来源于汉代王延寿的《鲁灵光殿赋》[100]305，"片言只语"来源于晋代陆机《谢平原内史表》[100]741；天下归元则有不少独现成语来自近现代的文学作品，如"煞有介事"实际来源于苏州、上海一带方言，清代小说中开始出现[99]1654，"火烧火燎"开始出现在魏巍的《山雨》、茹志娟的《关大妈》等作品中[100]466，"浑水摸鱼"来自老舍的《四世同堂》[100]463，其他成语也较多来自明清的小说。因此，这会影响猫腻的语言风比较天下归元古意更浓，如例 3.108 的"玄之又玄"和例 3.109 的"火烧火燎"对比。

例 3.108：这一踩看似简单，实际上玄之又玄难以言说。（摘自《择天记》）

例 3.109：林飞白再睁开眼睛时，觉得眼前昏乱，心跳如狂，胸腹之间火烧火燎又空空荡荡，而浑身毫无热气，像被寒冰冻了一万年。（摘自《山河盛宴》）

从音节来看，天下归元使用叠音即音节的接连重复或间隔重复的成语更多，如"得意扬扬""气喘吁吁""鬼鬼祟祟""忠心耿耿""影影绰绰""探头探脑""有意无意""断断续续""口口声声""无缘无故"，等等。

声音的组合中包含相同或相近的部分，阅读时可以产生抑扬顿挫，音韵悠长的感受，且结合 3.3.2 小节的研究，天下归元不仅在成语，如例 3.110，在动词和形容词的使用上也偏好用叠音词，可以看出她的语言注重形式上的和谐和音韵美，更有节奏和韵律感。

例 3.110：耶律祁的影子影影绰绰倒映在河水中，声音也似被这冬日的风吹散。（摘自《女帝本色》）

例 3.111：晋思羽一瞬间竟然脑中有些空白——他一生天潢贵胄玉堂金马，人也温雅俊秀风度翩翩，所经之处群芳献媚，走马行街万众呼拥，经历过险恶诡诈人心翻覆，经历过倾轧欺骗世事无常，却真的从来没有经历过此刻……厌恶。（摘自《凰权》）

成语多是四字格而显得整齐，四字格词语同样容易结构对称、平仄相间、音韵和谐、节奏明快，天下归元对于语言形式上整齐优美的追求特别能体现在她对于其他四字格词语的使用上，如例 3.111 所示，大量四字结构连用让这段话如歌谣诗词一般朗朗上口，形象塑造上丰富饱满，整体来看语言更为华丽精美。

（2）惯用语

惯用语一般从形式上看是构成成分相对稳定，结构形式相对固定的三音节或三音节以上的固定词组；从功能上看，其意义上完整，具有一定修辞作用；同时带有明显的口语色彩[98]。在考察猫腻和天下归元在惯用语上的使用情况时，我们发现后者使用惯用语的频率和种类也显著高于前者，结合上海辞书出版社的《中国惯用语大词典》进行检验，我们在表 3.10 列出了二人使用频率有差异的惯用语。

表 3.10　猫腻和天下归元使用频率有差异的惯用语

作者	使用频率更高的惯用语
猫腻	拉下水、挂羊头卖狗肉、捞油水、照葫芦画瓢、过把瘾、耍贫嘴、开后门、随大流、跑龙套
天下归元	煞风景、管闲事、耍花招、换汤不换药、铁将军把门、不管三七二十一、乱点鸳鸯谱、踢皮球、背包袱、拖后腿、打官腔、算总账、放之四海而皆准、大意失荆州、挑大梁、找出路、走老路、捡便宜、开小灶、露一手、横挑鼻子竖挑眼

可以明显看到，二人使用的惯用语很多带有较为明显的感情色彩。比如"捞油水"[102]517指利用非法手段获取不正当收入，带有贬义；"拖后腿"[102]824比喻阻碍事情前进或正常运行，也带有贬义；"管闲事"[102]384指管与自己无关的事，带有讥讽义；"挑大梁"[102]807指在工作中起重要的支柱性作用，带有褒义。以上用例见附录 B 例 B.80 ~ 例 B.82。惯用语与现实生活结合紧密，往往来源于口语，具有极其鲜明的通俗、平易的特点，相比于成语的庄重典雅，可以更加自由而强烈地反映说话人的感情色彩。

从修辞的效果来看，惯用语往往采用比喻、借代、夸张等手法，有字面以外的比喻引申义。

　　例 3.112：要知道监察院不能干涉地方政务，尤其是不得擅判民事，今日这一出，玩的是一招挂羊头卖狗肉，算是范闲借的兵。（摘自《庆余年》）

> **例 3.113：** 书院诸生不免觉得有些讪讪然，就连在角落里随大流倒满酒的宁缺，也觉得心里好生不爽，刚对这厮生出的些许好感，顿时荡然无存。（摘自《将夜》）
>
> **例 3.114：** 这下更好，他的人不来，自己人被抽走，换汤不换药，这容楚，好狠。（摘自《凤倾天阑》）
>
> **例 3.115：** 想想长孙无极那么宽容大度的人都不能忍受这种乱点鸳鸯谱，把自己狠狠整一顿，换战北野那个大炮性子，不立即把自己骨头给拆了？算了算了，顺其自然吧。（摘自《扶摇皇后》）

例 3.112 中的"挂羊头卖狗肉"[102]379 比喻名不副实，用好的名义作幌子，实际上做坏事，这里使用取其比喻义，即名不副实，是否是坏事却不一定；"随大流"[102]786 比喻按照大多数的意愿说话或做事，例 3.113 中即魏"喝酒"；"换汤不换药"[102]426 比喻只变换形式或外表，内容和实质没有任何改变，例 3.114 里运用这一惯用语表现了目前局势的毫无变化和说话人的不满态度；"乱点鸳鸯谱"[102]562 鸳鸯雌雄常形影不离类似夫妻，因此常比喻男女错配，例 3.115 中女主角自我反思不该强行撮合别人的姻缘时使用。这些手法十分生动形象，进一步提升了语言的风趣幽默程度，更通俗化也更富感染力。

除了语体和情态上的特点，惯用语比起成语，形式上更为自由多变，从三音节到多音节都经常出现，如"挂羊头卖狗肉""照葫芦画瓢""换汤不换药"等，这类固定组合的出现也会影响句子的节奏和韵律，结合其本身的平仄变化，句子便显得更抑扬顿挫了。

在成语和惯用语上使用频率的差异同样呈现在参照语料库的男频和女频作品之间，女频小说在标注为动词性、副词性和形容词性的惯用语（vl、dl、al）中都显示了更高的使用频率。这说明女频小说确实较男频小说更注重语言的音韵美和艺术性，同时用词带有更强烈的感情色彩。

综合来说，猫腻和天下归元都喜欢使用成语显示了他们对于语言的典雅和优美的追求。但是从描写内容上，天下归元的成语更侧重于人物的形象、动作、情绪的刻画，主观色彩更浓，猫腻则侧重对于世界的客观描绘。

猫腻使用的成语中规中矩，较天下归元古意更盛，较少使用惯用语，其语言风格朴实自然，更偏平铺直叙，书面语色彩更浓。天下归元使用的成语和惯用语都丰富多彩、感情强烈，其语言口语色彩很浓，更为活泼形象，富有表现力和感染力。

天下归元更注重语言的节奏韵律美，惯用语、叠音和对四字格词语包括成语的偏爱都体现了这一点，因而她的语言虽然口语色彩浓厚，但有时在形式上也非常整齐优美，华丽秾艳。

3.4　本章小结

本章针对猫腻和天下归元小说中的词汇使用情况进行了全面具体的分析，利用计算机技术提取特征量数据，将定量统计和定性描述相结合，并回到文本解读用词习惯，发现了二人在写作风格上的诸多差异，猫腻的整体风格更为沉稳大气、规矩刚健，天下归元则整体风格更为灵动活泼、自由形象。

3.4.1　总体分析

本章先从词汇丰富度、词汇频率差异性和词性三个方面对二人词汇使用特色进行总体描述。天下归元的词汇丰富度大于猫腻，说明其小说的词汇使用更为复杂多样。在词汇使用差异性上，我们根据每个词在两位作家文本中分别出现的频率，将所有词分为三类，包括猫腻的特色词、天下归元特色词以及无显著差异的共现词。其中，"特色词"是指个人独现词和其使用频率更高的共现词集合。采用非参数假设检验 Wilcoxon 秩和检验对二人共现词进行差异性检测。结果显示二人总类符 8 万多词，其中个人特色词约25000，相对接近。由于词汇量过大，直接分析难以入手，我们考虑以词性为分类标准进行研究。

在词性上，同样采用 Wilcoxon 秩和检验对二人小说中出现词汇的词性频率差异进行检验，发现天下归元在动词、副词性语素、叹词、语气词和各类惯用语等 16 个词类上的使用频率更高，猫腻在助词"的"、连词、方位词、名词和介词等 13 个词类上的使用频率更高。二者的词类使用频率差异非常大。同时，也对参照语料库中的男频和女频类别小说中词汇的词性频率进行相同的差异性检验，结果发现二者呈现出明显的差别，且这种差异包含在猫腻和天下归元二人的用词差异之间。为了更加具体细致地分析猫腻和天下归元的用词特色，我们按照虚词和实词的顺序，参考二者使用频率有差异的 31 个词类和通过秩和检验得出的二人特色词，回到词汇和文本中全面分析它们的风格特点。在具体分析时，我们也结合参照语料库中男频和女频小说的词性频率特征进行补充说明。

本章我们特别举例分析了猫腻和天下归元小说中网络流行词的使用情况。整体来看，天下归元小说使用更多的网络词汇，而猫腻在小说中则很少使用，甚至有些词已经成为网络流行词后猫腻仍然坚持自己的用法，显示了对网络流行词的一种对抗。

其实，网络流行词出现在网络文学中非常常见，甚至有的流行词本身即诞生于网络小说，这是网络小说区别于传统严肃文学的显著特征。但网络流行词更新换代异常迅速，且大量词汇在热点过去后便消失殆尽，其在汉语中的价值便极其有限。然而，网络小说本身便是娱乐快餐理念指引下的产物，当下付费订阅的模式也让它能否取得实时关注变得至关重要，事实上很少有网络作家会考虑作品的质量和长远发展。因而，猫腻选择拒绝网络流行词是对个人作品严肃性和创作独立性的坚守，体现了其个人的审美趣味和选择。

而天下归元则选择了拥抱时代和网络，行文之中网络流行词信手拈来，熟练运用动漫、网络思潮、文学影视影响下诞生的各类词汇。虽然网络流行词可能大多并不够优雅美丽，但是能够得到大范围传播，引起人们的兴趣，成为流行的存在，一定有符合时代的精神特质，其表现力、感染力和生命力非常强大。在小说中使用既可以完美又不失趣味地表达个人的意思，还可以收获网络社区和读者群体的共鸣。网络流行词的影响力如此巨大，即使在现实生活和新闻报刊中，也能越来越多地看见它们的身影，那么在同样依靠网络传播的小说中出现其实并不令人费解。

语言的发展规律决定了它在发展使用的过程中总会不断有旧的语言成分被淘汰，有新的语言成分被吸纳和接收。网络流行语是新时代发展的产物，可以给传统语言带来新的活力，让古老的语言充满生机。[104]网络文学作为网络文化的重要部分，吸收运用了网络流行语，充分展现了它的网络性和时代性。在这点上，我们发现天下归元的小说呈现网络性更好。

3.4.2　虚词分析

猫腻和天下归元主要在以下三方面显示出他们在虚词使用上的差异，本章研究的虚词包括助词、介词、量词、方位词、连词、语气词、叹词和副词。

1. **书面语和口语**。猫腻整体虚词使用的书面语色彩更浓，偏好双音节词，连词"虽则"、副词"愈发"等都相比天下归元同义词书面性更强。天下归元用词则更为口语化，比如，助词"来着"、语气词"嘛""咯""呕""哎哟"、重叠式副词、代词"咱们""大家伙儿"、各类惯用语等。当然，她也有一些相比猫腻书面语色彩更浓的连词或语气词，但是在个人同词类词汇频率的对比中，频率较高的依然是口语色彩较浓的。

2. **文言与白话**。猫腻整体的用词是更偏文言的，其助词"一般"相比天下归元的"似的"更加古老，其他助词如"为止""可言""起见"，介词"与"，连词"换言之""乃至于"等或相比同义词，或为个人独现词都有更明显的文言色彩。天下归元也有一些这样的词，比如，助词"云云"，介词"因"，语气词"兮""也""矣"等。可以看到，由于故事背景的古代架空设定和语言发展的连续性，猫腻和天下归元的用词都带有一定的文言色彩，能够更好地切合主题环境。但整体来看，猫腻使用文言词和书面词更多。

网络文学是以读者为中心的，其目的是消遣娱乐，不可能出现书面化或文言化程度过高的表达，因而即使是文言词用法也较为通俗化，比如只在语气词、助词等上使用部分以达到仿古的作用，或在口语化表达中加入少量文言词，其实并不影响小说的顺畅阅读和理解，这在口语化色彩更浓的天下归元的小说中呈现得极为明显。

3. **理性和感性**。猫腻用词注重体现理性和逻辑。他介词使用频率更高，种类丰富，在表达方式、时间、处所等关系时都有准确的选词。连词同样如此，其使用频率较天下归元显著要高，在小说中出现以明确表现并列、承接、转折、因果、递进、让步、条件、目的等关系。这可以看出猫腻更加注重构筑静态时空环境，追求细节饱满，特别是对人/事物和外部环境关系的立体刻画，更强调行文的真实性、逻辑性和合理性。天下归元更喜欢使用单音节介词完成多样的功能，但语义表现较为模糊。男频小说整体呈现追求理性的倾向，在参照语料库中男频小说使用更多的指示代词、名动词、形式动词等也证明了这一点。

而天下归元情感表达更为强烈，语气词和叹词使用种类和次数都明显更多，可以直接表现陈述、感叹、惊讶、祈使、疑问等多种语气。在副词使用上，她也比猫腻要更为细腻和多样，动作类描写更加丰富形象，偏好的重叠类副词更具形象和描绘色彩，显示了她文字风格中情感的丰富和热烈。这一点同样普遍体现在女频作品中，她们使用更多的各类惯用语，语言的活泼和形象程度都更高。

3.4.3 实词分析

实词是体现词汇意义和内容的，猫腻和天下归元小说虽然都为玄幻类型，但是彼此之间风格差异明显，这也造成了二人在实词使用上的巨大差别，本章我们分析的实词主要包括名词、动词、形容词、代词、数词、拟声词等，下面我们从三个方面总结他们在实词使用上的异同。

1. **两性视角下的主题分离**。男频和女频作品由于本身面向受众不同，因而所关注主题和描写对象自然也不相同。从二人使用的名词来看，猫腻小说世界观设定更为复杂，包含从古代中国到星际科幻等多种元素，偏好书写军事战争、政治经济和历史文化，注重在小说中强调缜密的逻辑思考和布局规划。天下归元小说则在世界观上更为简单和局限，一般为传统古代社会，故事聚焦于朝堂江湖争斗，热衷描绘饮食生活的具体细节。这也是男频和女频类型小说之间的差异，男频小说采用更多的地名、区别词、专有名词，世界架构更加具体全面，等级秩序分明，而女频小说则通常不全面布局这些背景。

小说通常是表现人的故事，而从人的角度来看，猫腻小说的主人公都为男性，人称代词"他"占据绝对中心地位，叙事集中于男性主人公的自我意识。而天下归元小说的主人公是女性，但是书中的男性角色仍旧非常重要。复数人称代词的使用频率显示了猫腻小说中集体和团队的出场率更高，而天下归元更多关注个体。

从人物的形象塑造和描写来看，高频名词显示了猫腻更关心人的能力和品质，喜欢书写个人的成长和强大，多集中于男性。天下归元则关注人的形貌姿态、衣着配饰，喜欢书写两性情感的发展变化。对于异性的刻画，猫腻小说里的女性姓名大多简单柔婉，多用叠音，显示了男频作品中对于女性的传统期待。而天下归元则注重对女性角色的立体多元塑造，从起名开始就煞费苦心。这同样体现在男频和女频小说类型的差异中，男频小说起名大多简单，对于女性名字的涉及大多趋于婉约，而女频作品中，女性的名字则多是经过精心设计的。

2. 架空背景下的虚实交错。一方面，网络小说由于自身固有的娱乐属性，在创作时可以打破传统文学的有限虚构要求，架空、穿越等类型的诞生即是如此，是完全脱离了现实的高度虚构世界，能够产生许多这一世界观下的独有词。虽然猫腻和天下归元故事背景的原型是古代社会，但是架空设定下，他们享有对这一世界的最高解释权。因而，我们一旦接受了作者的预设，即便在他们的小说中出现了许多与世界观似乎并不相符的现当代词汇，比如现实的地名、人名、机构名和量词等，也并不会感到出戏。

另一方面，网络文学的语言非常自由，给予了作者们充分混搭各类元素的可能，加入网络流行语或现当代词汇顺理成章，可以让行文更富有趣味。二人有所区别的是，猫腻在虚构世界中加入现实的内容经常为了表现个人的思考和对现实的反思，而天下归元则更为轻松随意，有时为了幽默或特殊场景的需求，突然使用一些词如"美容院""少先队员"等，让人产生时空错位的滑稽感。

3. **自由环境下的个性表达**。猫腻的文本风格更为简约沉稳、大气规矩。5 部小说的主人公名字非常简单，成语感情色彩较弱，自然环境描写也多为白描，不滥用形容词，喜欢用绝对方位指示位置关系，体现了其崇尚简约和行文的逻辑性、条理性。从语体色彩上看，猫腻双音节词使用频率更高，书面语色彩更浓。

天下归元文本风格则较为自由形象、灵动活泼。形容词、动词、拟声词都使用十分丰富频繁。好用叠音形容词、单音节动词、成语和惯用语等，其中叠音词、成语和惯用语兼具表现感情色彩的功能，描绘人物形象动作灵活生动，表现情感极富张力。同时，天下归元用词中丰富的色彩、形象的比喻、口语化的表达，也让其风格显得更为通俗、幽默。天下归元还好用叠音形容词、叠音量词、叠音副词、四字格成语和短语等，显示了她对于语言音韵美和节奏美的追求。

二人用词体现出的情感也有所差异。虽然他们都倾向于展现正面的形象，但是赞美的形象却不尽相同。猫腻更热衷于对社会秩序、人类品质和宏大壮观景象的赞美，用词风格冷静刚健；而天下归元则侧重对个体优美外貌或灵巧动作的呈现，因而风格细腻柔婉。

网络小说一直以其较低的文学价值而不受主流文学界的认可，但是猫腻和天下归元证明了即便在网络小说中，也可以保有对文学和艺术的期待和追求。

第4章

身体词汇分析：人物形象表现的差异

我们在上一章的分析中发现，在名词和成语类中能够反复看到天下归元使用带有身体部位语素词的频率高于猫腻，比如名词中的"腰""耳朵""鼻子""脸""眸"等，成语中的"眉开眼笑""心花怒放""嗤之以鼻""张牙舞爪""七手八脚"等。天下归元对于这类身体词汇特别是五官词汇的使用更为频繁，这似乎是她与猫腻的写作重要差异之一，我们计划以此为线索开展进一步的研究，希望能够对比猫腻和天下归元身体词汇使用的主要特征，及对其小说风格的整体影响。

本章讨论到的身体词汇主要包括身体名词及由它们和其他动作或形容成分组成的各类动词、形容词和名词等与身体相关的词汇。

4.1 身体名词基本考察

身体名词，顾名思义就是指代表身体的各个部位以及器官的名词，比如"头""手""脚""眼""耳"等。

《易经》中有"近取诸身，远取诸物"，普罗泰戈拉也早在公元前5世纪就提出"人是万物的尺度"。由自己的身体出发去认识外界，由近及远，由具体到抽象符合人类认知的一般规律。身体词汇成为人类认识世界的出发点，这也造成了其词义的不断扩大和变化，比如"头"作名词除了表示人或动物的头部，还可以表示"物体的顶端或末梢""事件的起点或终点"等。[69]1319 同时，国内外诸多学者也从认知角度对身体词汇"一词多义"现象进行了解释，对于人体隐喻也进行了多方面的阐释[105]。还有相当多的研究者探究中日身体词汇差异背后的文化因素。[106-108] 对身体名词的使用也流露着作者不自觉的世界观、价值观。

身体名词与人类的感官密切关联。《老子》有"五色令人目盲，五音令人耳聋，五味令人口爽，驰骋略猎令人心发狂"。目所见即为色，耳所闻即为声，我们的器官、四肢、皮肤都有神经末梢与大脑相连，让人类能够受到外界的刺激，产生不同的感觉，而追求感官的享受几乎是所有生物的本能。因此，小说中出现的身体词汇实际上也传递着作者对于感官的一种态度和追求。网络小说比起严肃文学，更需要依靠快感和爽感收获点击，积累"粉丝"，通过对身体名词的分析讨论，我们能够看到他们是如何在小说的感官刺激这一点上下功夫的。

在文学领域，也早有"身体叙事""身体写作"的研究，文学和身体的关系一直紧密相连，只是在不同的时代、不同的文化背景下，处理和呈现身体的方式各不相同[109]。其中，20 世纪 90 年代中期，中国女性作家的身体写作以突破传统叙事规范的方式对女性的身体欲望和情感经验进行讲述，尖锐地表达了自我，是一种极端的身体叙事[110]。也有学者从身体叙事的角度研究网络文学，认为男频玄幻小说呈现的是游戏化的身体，女频仙侠小说呈现的是审美化的身体[111]。在接下来的分析中，我们将从身体名词入手，以定量和定性结合的方法分析猫腻和天下归元所呈现的身体形象差异。

由于身体名词在语言发展的过程中诞生了多种语义，但是我们主要想了解的是它作本义表示身体部位的含义时的使用情况，以期能看到作者对于真正身体部位的描述，因此如"面"表示"物体的表面"或"部位和方面"[69]903，"手"表示"技能、本领""小巧便于拿的"[69]1201 等含义的词汇不包含在内。

4.1.1 构词方式

构词以考察带有人体部位含义语素的双音节词汇构词方式为主，如含有"身"的词汇有"半身"和"半身像""半身不遂"，但在构词统计中仍然只列入"半身"一词。如与其他语素构成与人体无关的复合词，比如"头"构成"虎头"，"脚"构成"桌脚"，"肚"构成"猪肚"等，因为几乎已经脱离与作者想要呈现的身体形象的关系，因而这类词也不纳入考察。当然，所有虽然带有身体词语素但是其本身已经完全脱离了表示人体或人体相关行为的其他词汇也都被人为去除，比如：

人名地名：徐有容、叶轻眉、何颜、牛头山，等等。

含有身体语素但与身体无关的普通词汇：杀手、挖墙脚、枝头，等等。

在所统计的二人的身体词汇中，我们发现其内部构词方式主要有以下10种：

（1）单纯词或语素：主要是表示身体部位的一些单音节词，如：手、头、脸，等等。

（2）身体语素叠加，如：额头、脸颊、眼眸，等等，还是表示某一身体部位。

（3）身体语素 + 方位语素，如：脸上、身下、眼前，等等，以个人身体为参照系指示方位方向。

（4）区别语素 + 身体语素，如：上臂、下颌、前脚、后腰、小腿，等等，仍表示身体部位，但指示更为明确细致。

（5）身体语素 + 动作语素，如：眼见、耳闻、背负，等等，表示凭借该身体部位进行的某一项动作，与该器官或部位关系紧密，执行的动作往往只是过程，重点是动作以达到的效果或目的。

（6）动作语素 + 身体语素，如：摇头、毁容、眨眼，等等，表示该身体部位进行或被动进行的某一项动作，动作发起处或被动承受处为该部位，动作本身是叙述的重点，因此词类动作搭配更为丰富。

（7）身体语素 + 形容语素，如：头晕、眼花、牙痛，等等，形容语素表示该身体部位当时的状态，且有该状态将持续的含义，动词意味明显。

（8）形容语素 + 身体语素，如：笑脸、欢颜、耀眼，等等，形容语素可由动词性或形容词性语素充当，主要修饰后者，用以展现该身体部位的性质和状态，一般仍为名词。

（9）身体语素＋名词性语素，如：发辫、耳根、眼神，等等，名词性语素既可以是实体的也可以是抽象的，创造出了与原身体部位相关，但又有自身独特含义的一些名词。

（10）名词性语素＋身体语素，如：铁腕、蛾眉、病容，等等，前者用于修饰后者，内部常含有隐喻和转喻。如"蛾眉"取自蚕蛾细长而弯曲的触须，是说美人的眉毛这样的形状，在长期的使用中，本作为喻体的"蛾"也有了本体"眉"的色彩。

另外，根据我们在 3.3.5 小节发现的，身体名词在成语惯用语中的使用非常频繁，但实际上很多成语的结构都为并列式或承接式，前后可拆分成两个双音节词理解，比如"摇头晃脑""眉清目秀""咬牙切齿"等，在实际分类时姑且列入 ABCD 式，以与同样出现较为频繁的 ABAC 式如"轻手轻脚"等相区分。

除此以外，以身体名词作为语素当然还有诸多其他构词法，但一般不太常见，或并不支持本篇需要考察的人体形象呈现，因此不予赘述。可以看到，多种构词方式下诞生了与身体相关的各类名词、形容词和动词等，以下的分析中也将以身体名词为线索，讨论所有与该部位相关的身体词汇，分析并不仅限于名词范围。

4.1.2　单音节身体名词使用情况

根据猫腻和天下归元所使用的身体名词出现的频率，我们首先选定其中频率最高的 30 个单音节身体名词及语素作为考察对象，分别是：手、头、脸、心、身、眼、嘴、脚、腿、唇、腰、眉、肩、胸、耳、目、牙、臂、腹、容、眸、鼻、背、齿、颈、肚、颜、腕、肤、睫。之所以从单音节身体名词入手，是因为它们表示身体部位时语义准确而稳定，其他与身体部位有关联的复合词往往也从包含这些单音节身体词，比如"眉心""腰肢"等，但是复合词的构成是复杂无限的，以单音节词身体词汇建立研究的脉络和框架更为便捷和有效。

这里需要说明的是，我们所使用的分词系统将以上 30 个单音节成分都分为名词,但是实际上其中的"容""颜""臂"等在实际的使用环境中很少单独使用,而多与其他自由语素或黏着语素结合形成词汇,而"头""脸"等则是自由语素,可以单独成词。因此为了严谨起见,这里实际上是探讨的使用最多的 30 个单音节身体名词及表达身体部位含义的语素的使用情况,分词工具在实际分词时也将之分类为名词或名词性语素,讨论它们的运用和组合仍能够反映我们想要研究的二人在描述身体部位时的频率差异和形容变化。

我们统计这 30 个单音节身体名词及语素在猫腻和天下归元 10 个文本中出现的次数,结果如表 4.1 所示。

表 4.1 猫腻、天下归元 10 部作品中身体名词出现频次分布

词	M1	M2	M3	M4	M5	合计	T1	T2	T3	T4	T5	合计
手	2392	1356	2071	1393	1285	8497	1959	2039	2444	3784	3107	13333
头	2875	2025	2128	1126	1076	9230	980	1052	1571	1944	1868	7415
脸	1169	1024	1066	806	973	5038	633	925	1551	1946	1503	6558
心	1403	418	925	622	560	3928	1080	766	1030	1728	1509	6113
身	1627	1312	2521	1560	1254	8274	964	729	910	1339	1036	4978
眼	587	541	652	447	528	2755	727	585	754	1048	970	4084
嘴	446	201	259	157	186	1249	323	273	529	590	538	2253
脚	341	342	571	207	162	1623	269	213	409	530	541	1962
腿	237	542	284	86	122	1271	260	158	500	554	450	1922
唇	352	293	321	116	69	1151	262	290	370	528	322	1772
腰	258	231	500	174	78	1241	195	221	443	515	380	1754
眉	201	427	463	495	387	1973	221	260	240	304	247	1272
肩	55	119	119	101	58	452	144	166	112	202	133	757
胸	144	101	221	65	23	554	113	91	204	220	81	709
耳	155	129	118	93	110	605	114	122	135	160	116	647
目	102	42	53	24	77	298	143	110	91	137	119	600
牙	82	222	85	46	33	468	124	64	105	129	238	660
臂	53	107	79	60	44	343	86	75	102	157	89	509
腹	218	179	329	107	89	922	50	42	97	139	155	483
容	57	14	44	95	15	225	28	48	167	104	96	443

词	M1	M2	M3	M4	M5	合计	T1	T2	T3	T4	T5	合计
眸	31	17	60	29	4	141	58	58	73	130	96	415
鼻	74	34	96	34	19	257	58	40	79	108	102	387
背	23	11	67	50	57	208	44	46	93	94	64	341
齿	24	16	15	4	6	65	72	47	61	73	59	312
颈	78	260	174	134	140	786	43	43	52	97	81	316
肚	137	20	21	6	24	208	47	39	29	71	89	275
颜	90	17	59	23	11	200	44	25	47	81	71	268
腕	38	82	56	37	15	228	29	31	25	67	61	213
肤	10	6	3	2	0	21	31	16	11	27	26	111
睫	2	1	4	0	1	8	23	13	6	6	8	56
总计	13261	10089	13364	8099	7406	52219	9124	8587	12240	16812	14155	60918

如表 4.1 所示，在这 30 个身体名词中，猫腻总计使用 52219 次，天下归元总计使用 60918 次，但是天下归元的文本规模较猫腻更小，这类身体名词的使用却明显较猫腻更多，可见其对于身体部位描述的偏好确实较猫腻更甚。

从表 4.1 中也可以看出，高频身体名词主要包括头部的如：头、脸、眼、嘴、唇、眉、耳、目、牙、齿、容、眸、鼻、颜、睫、颈；躯干部位的如：心、腰、肩、胸、腹、背、肚；四肢部位的如：手、脚、腿、臂、腕；还有全身性的如：身、肤。我们看到承载更多功能，对人类更为重要的器官比如"手""头""脸""心""身""眼"等也是两位作家使用最为频繁的词。

为了更便于对比二人在身体名词上的使用差异，我们计算出以上 30 个身体语素在每部小说中所出现的频率，用出现的次数除以每部小说的总词数，由于 30 个语素的频率都作图表示不便于观察，选取总频次最高的前 15 个语素，绘制这些身体名词及语素在 10 部作品中的频率堆积柱状图，如图 4.1 所示。

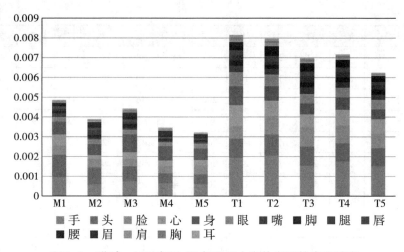

图4.1　猫腻、天下归元10部作品中身体名词的出现频率

图4.1的横坐标代表不同的作品，纵坐标代表出现的频率，在整体身体名词的使用上，天下归元的频率都要比猫腻高出不少。

计算两位作家个人5部作品中每一个身体名词的平均频率，并作对比，可得图4.2。

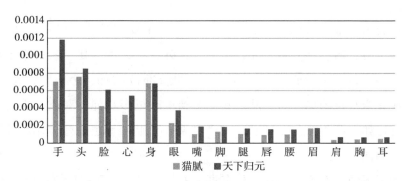

图4.2　猫腻、天下归元身体名词使用频率对比

可以看到，除了"身"以外，天下归元所有身体名词的使用频率都要高于猫腻，且差距都较为明显。

如果对30个身体名词的词频数据归一化处理后进行层次聚类，如图4.3所示，两位作家的作品也完全归为两类，证明了身体名词是能够较好区分二人语言特色的词汇。

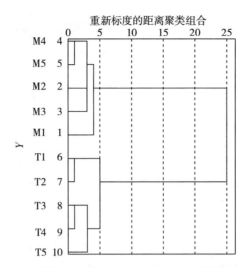

图 4.3　基于猫腻、天下归元 30 个身体名词频率的层次聚类

我们继续判断二人在哪些身体名词的使用上存在差异，先对二人在以上 30 个身体名词的使用频率进行 W 检验，判断二人使用这 30 个词的频率均符合正态分布。而后采用双独立样本 t 检验，对二人在不同身体名词上的使用频率进行差异性检验，结果如表 4.2 所示：

表 4.2　猫腻、天下归元不同身体名词的使用频率、倍率即 t 检验结果

	猫腻	天下归元	天下归元/猫腻	t 检验 p 值	显著差异
睫	6.25×10^{-7}	9.27×10^{-6}	14.816	0.08862	否
肤	1.71×10^{-6}	1.58×10^{-5}	9.247	0.00852	是
齿	5.28×10^{-6}	4.39×10^{-5}	8.311	0.00592	是
眸	1.13×10^{-5}	5.38×10^{-5}	4.779	0.00001	是
目	2.49×10^{-5}	8.63×10^{-5}	3.460	0.01979	是
容	1.90×10^{-5}	5.52×10^{-5}	2.905	0.03857	是
肩	3.78×10^{-5}	1.08×10^{-4}	2.851	0.01046	是
嘴	1.03×10^{-4}	2.93×10^{-4}	2.839	0.00004	是
背	1.75×10^{-5}	4.46×10^{-5}	2.550	0.00227	是
唇	9.32×10^{-5}	2.37×10^{-4}	2.545	0.00162	是
手	7.03×10^{-4}	1.76×10^{-3}	2.504	0.00003	是
心	3.23×10^{-4}	8.05×10^{-4}	2.492	0.00098	是

	猫腻	天下归元	天下归元/猫腻	t 检验 p 值	显著差异
鼻	2.06×10^{-5}	4.94×10^{-5}	2.403	0.00081	是
眼	2.30×10^{-4}	5.49×10^{-4}	2.382	0.00241	是
臂	2.87×10^{-5}	6.82×10^{-5}	2.379	0.00155	是
腿	1.05×10^{-4}	2.41×10^{-4}	2.299	0.01216	是
腰	9.94×10^{-5}	2.24×10^{-4}	2.249	0.00242	是
牙	3.90×10^{-5}	8.58×10^{-5}	2.203	0.04660	是
胸	4.41×10^{-5}	9.47×10^{-5}	2.148	0.02866	是
肚	1.69×10^{-5}	3.61×10^{-5}	2.135	0.11140	否
颜	1.60×10^{-5}	3.41×10^{-5}	2.134	0.02349	是
脸	4.22×10^{-4}	8.34×10^{-4}	1.975	0.00232	是
脚	1.32×10^{-4}	2.50×10^{-4}	1.897	0.00125	是
耳	5.07×10^{-5}	9.03×10^{-5}	1.782	0.02912	是
腕	1.89×10^{-5}	2.73×10^{-5}	1.448	0.16170	否
头	7.59×10^{-4}	9.66×10^{-4}	1.273	0.12838	否
眉	1.67×10^{-4}	1.79×10^{-4}	1.067	0.76311	否
身	6.83×10^{-4}	6.78×10^{-4}	0.992	0.95656	否
腹	7.44×10^{-5}	5.86×10^{-5}	0.787	0.31887	否
颈	6.64×10^{-5}	4.06×10^{-5}	0.612	0.08485	否

可以看到，二人在大多数身体名词的使用上都是有差异的，且多数天下归元平均使用频率达到猫腻的两倍左右。只有在"睫""肚""腕""头""眉""身""腹""颈"上，t 检验结果 p 值大于 0.05，显示没有频率上的显著差异。但是这并不意味着他们在这些词上的使用全无区别，具体情况如何需要通过由这些语素组成的复合词同时回到文本中去探索。

我们对参照语料库中身体名词及语素的使用情况进行上述类似考察，发现男频和女频小说在手、嘴、脚、腿、唇、腰、肩、背、肚、腕 10 个身体名词语素上也有显著的使用频率差异，且都为女频小说的使用频率更高。猫腻和天下归元对于身体名词及语素使用的习惯和特点也将部分展现出男频和女频类型小说的区别。

以排名前 15 的高频率身体名词为线索，我们考察二人不同身体名词的使用频率分布，如图 4.4 所示。

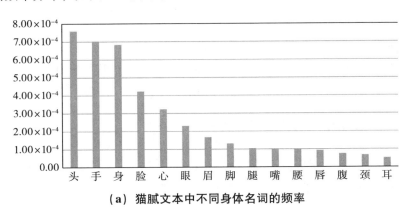

（a）猫腻文本中不同身体名词的频率

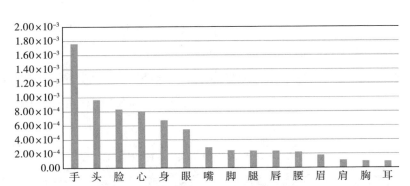

（b）天下归元文本中不同身体名词的频率

图 4.4　猫腻和天下归元文本中不同身体名词的频率对比

　　与之前研究二人身体名词使用频次时发现的一样，猫腻和天下归元使用频率最高的身体名词仍然集中在"头""手""脸""心""身""眼"上。这些名词是人类使用最为频繁，也是接受外界信息最多，自我表现能力最强的词汇。"手"是人类劳动和创造的载体；"头"是大脑所在的部位，也是人类思想、思维的场所，更是多种感觉器官的聚集处；"脸"是每个人所独一无二的标志，人类天生对脸部特征的刺激具有超凡的敏感度，美丑、喜怒和气质等主观评价结果经常是对面部加工后得出的，追求美是人类的本能；"心"则一直是传统认为可以容纳感情感受的器官，可以传递复杂而多样的各类情绪；"身"是指身体，可以对于身体进行整体的描述；"眼"则是心灵的窗户，人类接收世界的大部分信息都必须依靠眼睛。

猫腻和天下归元对这类身体名词使用最多，符合人类的一般认知规律，但对它们的使用又不完全相同，表明二人也存在自己的特性。接下来，我们分不同部位的身体名词，对两位作家的构词和复合词使用进行进一步探讨。

4.2 头部身体名词的具体探讨

4.2.1 "头"

"头"除了表示动物的身体部位以外，还可以有"物体的顶端或末梢"如"山头"，"事情的起点或终点"如"从头到尾"，"头领"，"第一"如"头号"，作量词"一头"，作后缀如"风头"等用法。[69]1319在实际的统计中，我们排除了这类词汇。

考察所有带有身体语素"头"的词汇，根据4.1.1小节中所阐述的构词方式，结合4.1.2小节中总结的特色词表，我们可以列出如下构词情况表（见表4.3）。

表4.3 10部小说中"头"的构词情况

方式	词	M1	M2	M3	M4	M5	T1	T2	T3	T4	T5	备注
	头	2875	2025	2128	1126	1076	980	1052	1571	1944	1868	t
叠加	额头	76	168	125	38	58	61	47	121	149	129	
	头颅	115	47	126	27	53	71	30	21	51	56	
	头皮	4	13	15	2	3	8	7	19	30	29	t
	头骨	1	3	16		2	1		4	1	4	
	头发	110	312	152	57	157	72	79	172	221	198	
	头颈										2	T
动作+	抬头	162	202	450	191	217	229	191	403	713	475	t
	转头	67	67	101	67	82	152	132	239	381	398	t
	低头	283	383	279	126	76	82	117	268	351	334	
	回头	89	121	90	53	54	106	103	234	384	293	t
	点头	134	73	112	70	64	48	67	214	137	142	t
	仰头	6	13	20	3	7	88	92	112	169	94	t

续表

方式	词	M1	M2	M3	M4	M5	T1	T2	T3	T4	T5	备注
动作+	摇头	279	88	313	159	81	64	47	62	95	101	
	探头	4	37	9		3	47	34	79	96	122	t
	扭头	43	22	9	2		51	61	36	41	24	t
	磕头	18	2	12	4	17	29	29	35	29	83	t
	埋头	3	6	8			10	10	12	6	12	t
	梳头	21		7	4	8	7	1	9	15	16	
	缩头	1	1			1	2	5	7	5	8	t
	甩头		1	2			6	1	5	7	8	t
	迎头	1	1	1	1		1	1	1	4	3	t
	露头			1		1		1	1	2	3	
	剃头	2	1				2			2	2	
	挠头	33	73	48	17	14	2	1	1			m
	断头	1	5	3		2		1			1	
	叩头	4	1	1		3						M
+形容	头痛	135	44	23	7	8	15	13	31	33	42	
	头晕	1	1	1	1	1	4	6	14	12	14	t
	头昏	4	3	2		1	6	2	3	11	8	t
	头疼	5	8	2	11	25	5		1	9		
形容+	满头	21	31	27	20	31	24	17	26	39	29	t
	光头	50	33	14		2	8	1	2	5	17	
	秃头		1	1	1	3	2				1	
+名词	头顶	44	97	128	49	61	64	37	95	185	154	t
	头油						1	1	2		1	T
	头饰			1		1			1	1	1	
	头像	2	7	3								M
	头绳	1										M
ABAC	探头探脑		1		1		3	10	16	9	9	t
	贼头贼脑								2			T
	虎头虎脑	1	1	3	1	1						t

方式	词	M1	M2	M3	M4	M5	T1	T2	T3	T4	T5	备注
A B C D	劈头盖脸	1	1	6			10	8	4	13	15	t
	头破血流		15	8	9	2	8	3	5	13	7	
	焦头烂额	12	8	1		2	3	3	6	10	10	
	交头接耳	1	4				4	3	6	1	3	t
	摇头晃脑	3		9	1	2	3	4	5	4	1	
	抛头露面	12	2	1			1	4	2	9	1	
	蓬头垢面			3	8	4		3		3		
	点头哈腰						1	1		1	4	T
	晕头转向								3	3	1	T
	摇头摆尾		2						1	1		
	评头论足		1						1	1		
	当头棒喝			1	1		1					
	出头露面								1			T
	虎头蛇尾											T
	改头换面	1			1	1				1		
	狗血喷头	1										M
	交头接耳	1	4				4	3	6	1	3	t
构词种类		41	41	42	29	35	41	41	45	44	46	59

最后一列"备注"情况是指比对 3.1.2 小节中得出的二人特色词表后，对以上词汇在二人使用频率上的差别进行的标记。其中"M"代表是猫腻独现词，"T"代表天下归元的独现词，"m"代表猫腻使用频率高的共有词，"t"代表天下归元使用频率高的共有词，无标记代表无频率差异的共有词。后续列表中都将按照这一规则进行特色词情况标注，不再说明。

从表 4.3 中可以看到，在秩和检验下，天下归元使用含有身体语素"头"的词汇不论从种类还是数量上、还是每个词的频率上都要高于猫腻。

"头"与动作的搭配最多，且其中天下归元的特色词更多，比如"抬头""转头""回头""点头""仰头""探头""扭头""磕头""埋头""缩头""甩头""迎头"等词。"动作＋头"大多是"头"自发进行的动作，"头"既是动作的发起者，也是动作的承受者，这一组合灵活多变，显示了"头"可以进行的丰富动作。同时，由于"头"承载着人类多种感知器官，"头"的动作往往也意味着注意力的转变，特别是视觉的变化。

例4.1：这一抬头一抹眼，突然发现对面崖上有些不对，隐约间什么东西动了动。（摘自《扶摇皇后》）

例4.2：晋思羽狠狠扭头，一眼看见崖壁上的人影。（摘自《凰权》）

头部的方向转变自然衔接了所见场景的变化，通过人物的动作来进行视角转换，叙述以人物行为推进，行文自然流畅，也可以激发读者的代入感。在人类的一般习惯中，头部的部分动作还作为肢体语言，有一定交流的意义。比如"点头"表示同意，"摇头"表示拒绝等。此外，我们看到在现代社会生活中不常见的"磕头""叩头"也出现在二人的用法里，其中天下归元使用"磕头"频率更高，而猫腻则是使用"叩头"更多，但是总体仍是天下归元使用这一含义的词更为频繁。

例4.3：当即就有不少百姓，不顾地面肮脏焦灰，跪倒砰砰给文臻磕头，一人跪百人跪，瞬间黑压压跪了一片，那头落地有声，实心实意。（摘自《山河盛宴》）

例4.4：就算不以天枢处官职论，我乃是昊天南门第三十四代弟子，您是颜瑟大师传人，按辈分算是我师祖，莫非大人您是想要我跪下来给您叩头？（摘自《将夜》）

二者都是表示旧时代的礼节，讲究尊卑有序，长幼有别，但我们也并不能仅从这一点上说天下归元构建的小说世界比猫腻的更加等级森严，只能说这一礼节的反复出现给予了她的文本更多古代传统社会的色彩。

在"头"和形容词性语素的搭配中，我们发现如果后接形容词基本是表达"头"的负面状态，如"头痛""头晕""头昏""头疼"等。前接形容词如"光头""秃头""满头"，"头"更多以"头发"的含义存在，表示头发的具体情况。

"头"与身体名词的叠加也组成了额头、头皮、头发等多个词汇，大部分仍表示身体的某一个部位，但是指向更为明确。虽然二人在这类词汇上的使用没有明显的差异，但是与之搭配的形容词等描述性成分却大不相同。以其中二人使用频率较高的"额头"和"头发"为例。首先考察与"额头"搭配的形容词以及"的+额头"前的描述性成分，并在表4.4中列出，表中加粗字体为二人在此表中的独有词（后文类似表格同样处理）。

表4.4 猫腻和天下归元小说中"额头"的特点

猫腻	天下归元
宽广、宽大、光滑、黑、冰凉、光洁、**滚烫**、**辣痛**、**发痒**、红肿	洁白、灼热、平滑雪白、火热、光洁、玉白、**青肿**、开阔、流血、光滑、清凉、冰冷、开阔、平整

可以看到，"宽大""开阔""光滑"等都是二人小说中对"额头"的相似描绘；"红肿""发痒""青肿"等都是描述"额头"的异常情况；"额头"的冷热感受也是两位作家喜欢关注的方面。

对比之下，猫腻更偏向于描写额头的宽阔平整，而天下归元在此之外，还喜欢强调额头的颜色，如用"洁白""玉白""雪白"等词；猫腻用于描写额头颜色的只有"黑"。

> 例4.5：烟雨飞云，青青山道，淡淡水雾，少女在勒刻昆仑红字的青石旁伫立，看着一路石阶步伐轻快走来的修长青年，他背双剑，披乌发，洁白的额头上一双眉似要破空飞去，忽然一抬头见了少女，笑道："这位可是九师姐？小弟见礼了。"（摘自《女帝本色》）

> **例 4.6**：裴枢猛力收势，内力反震，"噗"一声喷出一口黑血，他身子向前猛倾，额头险些碰上自己的剑尖，再抬起头来时，玉白的额头已经被凌厉的剑气割了一道血口，一线深红竖立眉间，而双眉竖煞，嘴唇血红，望去竟如嗜血报仇的二郎神。（摘自《女帝本色》）
>
> **例 4.7**：他身子也在微微扭动，幅度不大，却尽显身躯柔软，乌黑的发从床沿流泻，一抹月光亮在雪白的额头。（摘自《凤倾天阙》）
>
> **例 4.8**：李渔摇头轻笑，伸手在桑桑微黑的额头上敲了下。（摘自《将夜》）

天下归元以"白"形容小说中男性的额头，而猫腻则用"黑"形容小说中女性的额头，这是否说明了二者所追求的不同身体形象呢？在天下归元这里来说确乎如此，例 4.5～例 4.7 中都是对不同男性的外貌描写，写到额头都以"白"字凸显。"洁白"干净，"玉白"温润，"雪白"清冷，虽大义相同但又不完全一样，而什么样的男性才会拥有这样美丽的额头？所呈现出的男性形象必是俊俏的少年、青年，这里体现了作者个人的审美趣味。

用"微黑"形容桑桑的"额头"符合猫腻塑造人物的需求。桑桑作为《将夜》的女主角，开头是男主角宁缺的小侍女，黑黑瘦瘦，并不起眼；但她有另一重强大的身份，相当于人世的神灵，在觉醒后，她便变得白皙漂亮了。"微黑的额头"出现在小说的前期，正是起到欲扬先抑的效果，偶尔用这些细节提醒读者她的平凡，在最终蜕变的时候才会产生更明显的对比。

其次考察与"头发"搭配的形容词以及"的 + 头发"前的描述性成分，并在表 4.5 中列出。

表 4.5　猫腻和天下归元小说中"头发"的特点

类型	猫腻	天下归元
质感	乱、凌乱、**杂乱**、蓬、蓬乱、奔拉、披散、乱糟糟、散乱、**缭乱**、枯萎、蓬松、乱蓬蓬、柔顺、平顺、光滑	乱、披散、散乱、乱糟糟、**乱蓬蓬**、**打结**、**纷乱**、湿、蓬乱、**乱七八糟**、凌乱、服服帖帖、柔顺、**滑**、**光亮**、光滑、**柔软**、**干枯**、细软
颜色	花白、**栗色**、紫色、红色、苍白、黑色、**银色**、**淡紫**、灰白、**紫**、苍白、**褐色**、**深褐色**、金色、黄、黑、乌黑、银白、白、**亮丽**、**斑白**、**棕色**、**银**、**锃亮**	乌黑、乌、黑乌乌、花白、灰白、红、白、**漆黑**、黑、黑色、金色、**黄色**、干黄
其他状态	**短**、**长**、**卷**、**湿**、湿漉漉、**稀疏**、**油**、**油腻腻**、**油腻**、**肮脏**、**随意**	长、**长长**、湿漉漉、**稀**、**稀少**

可以看到，猫腻和天下归元对于头发的描述几乎都分为了三个层面，即头发的质感、颜色和其他状态。

其中二人区别较大的一点是猫腻用于描绘头发颜色和色泽的词明显多于天下归元，且其中出现了许多少见的明度和饱和度较高的颜色，比如"紫色""银色"等，而天下归元小说中的头发颜色则主要集中于黑白灰的范围。

例 4.9：不论是她那头时而俏皮，时而柔顺的紫色头发，还是她那双大大的，仿佛会说话的眼眸，还是她在电视剧里所穿着的各个历史时期的战舰指挥官军服，在这几年里，都是联邦公民们茶余饭后，最喜欢谈及的话题。（摘自《间客》）

例 4.10：很快她便从卧室里走了出来，换了一件睡衣，微湿的银色头发随意地散落着，眉眼细美，看着就像是一只白猫。（摘自《大道朝天》）

> **例 4.11：** 景横波眨眨眼睛，再看看另外两人，最年轻的一人身着红袍，就是刚才飞快而优美跳开的那个，一头光可鉴人的漆黑头发，一双同样漆黑，黑到有些发蓝的眼睛，棱角分明的脸，乍一看竟然感觉有点脸熟，景横波转头瞧瞧裴枢，裴枢那脸色，越发鼻子不是鼻子，眼睛不是眼睛。（摘自《女帝本色》）

例 4.9 和例 4.10，"紫色"和"银色"用于少女发色的描绘，衬托出女孩的青春靓丽，俏皮甜美。例 4.11 中的"漆黑"长发则用于形容男性的美丽外表。男性作家和女性作家都把注视的目标放在对立的性别角色身上，于是我们得以看见二人构建的理想异性形象特点。

爱美之心，人皆有之，传统的文学作品中，女性更多是被凝视的对象，而在网络时代，赏评美人不再是男性的专利，"看与被看"的关系被打破，女频作品中往往会有大量针对男性外貌姿色的直接描写，这也是网络小说创作自由、追求快感的体现。

在"头"的构词中，四字格占有很大比重。天下归元使用包含"头"的成语俗语也明显较猫腻更多。从语义上说，这类四字成语前后两部分往往存在并列、承接、因果、目的等关系，其中以并列关系为主，"头"常与"面""脑""耳""腰""尾"等同样表示身体部位的词相连用。比如"劈头盖脸""抛头露面""点头哈腰"等可以拆分成前后两个动宾短语，"蓬头垢面""虎头蛇尾""贼头贼脑"等则为前后并列的偏正短语。在实际的运用中，成语言简意赅、意蕴深长，在恰如其分地表达了内心想法的同时，更可以增添文本的趣味性和感染力。后文中列出其他身体词汇组成的四字格词语也大多遵循这一构词特点，因此后续不再作具体论述。

通过"头"的使用情况研究，我们发现天下归元笔下人物的头部动作更为丰富灵活，更善于通过头部的方向变化进行不同场景的转换，让读者追随人物的动作变化转移注意力，行文更加自然流畅。在具体身体部位的描述上，猫腻喜欢描写宽广开阔的额头，天下归元除此以外强调男性额头的白皙；猫腻笔下女性的头发颜色多种多样，更为靓丽鲜艳，而天下归元则喜欢描写男性美丽的黑色长发。天下归元使用与"头"相关的成语和俗语更频繁，语言的形象性和生动性更胜一筹。

4.2.2 "脸""容""颜"

除了"脸"可以表示头的前部、从额头到下巴，现代汉语中"容"和"颜"也可以表示脸上的神情气色、相貌[69]1106、表情[69]1508等，但后两者通常不可以单独使用，常与其他语素组成复合身体词汇使用。因此，我们在统计二人词表中的包含身体名词的词汇时也将包括"容"和"颜"语素的词汇列入其中。

考察所有带有身体语素"脸""容""颜"的词汇，根据4.1.1小节中所阐述的构词方式，可以得到构词情况表4.6和表4.7，需要说明的是，如果前部出现过由身体语素叠加构成的词，后续研究中将不会重复出现。

表4.6　10部小说中"脸"的构词情况

方式	词	M1	M2	M3	M4	M5	T1	T2	T3	T4	T5	备注
	脸	1169	1024	1066	806	973	633	925	1551	1946	1503	t
叠加	脸颊	131	232	312	52	19	42	43	86	138	104	
	脸皮	45	9	32	17	18	16	9	29	27	47	
	脸庞	57	79	34	24	13	9	4	19	15	14	
	嘴脸	8	3	5	5		1	3	7	14	13	
＋方位	脸上	4	5	7	12	3	1	4	8	8	3	m
＋名词	脸色	448	557	970	885	791	325	438	735	942	703	
	脸部	8	12	2	6	2	4	3	15	21	2	
	脸孔	2	4				2	5	5	10	8	t
	脸蛋	61	39	51	4	2	2	2	5	7	7	
	脸型						2	1		6	6	T
	脸盆	1	1		3			1	3	6	1	
	脸盘						1		1	2		T
	脸谱				1						1	
	脸形				1							M

续表

方式	词	M1	M2	M3	M4	M5	T1	T2	T3	T4	T5	备注
+形容	脸红	10	4	3	2	1	11	15	28	29	30	t
动作+	翻脸	37	9	12	14	10	2	3	7	12	6	t
	变脸	6	2	2			3	2	5	10	3	t
	丢脸	14	38	48	32	33	1	1	4	6	2	m
	赏脸	1	3	1			1	5	1			
	露脸	3	2			1		2	1	6	1	
	变脸		1					1	2	1	1	t
	没脸	3	1			2	1			3	1	
	破脸	3	1		2		1					
名词+	人脸	3	2	5	3	3	1	5	5	17	13	
	鬼脸	4	2	4	2	1	1	3	4	8	2	
形容+	满脸	242	58	55	46	33	15	15	35	44	32	
	黑脸	12	5	19		3	5	4	28	7	22	
	笑脸	15	10	5	1	3	2	9	13	17	25	t
	老脸	8	7	10			1	8	16	11	10	t
	圆脸		2	15	4	2		3	8	9	1	
	红脸	6	4		2		4	3	15	4	3	
	花脸						1		3	2	4	T
ABCD	鼻青脸肿		6	4	3		12	5	4	10	6	t
	嬉皮笑脸	4	2	2					4	4	4	
构词种类		27	30	24	22	20	28	28	30	31	31	35

表 4.7　10 部小说中"容""颜"的构词情况

方式	词	M1	M2	M3	M4	M5	T1	T2	T3	T4	T5	备注
	容	57	14	44	95	15	28	48	167	104	96	t
	颜	90	17	59	23	11	44	25	47	81	71	t
叠加	面容	290	324	193	40	48	15	19	43	39	54	
	容颜	82	125	229	102	97	67	75	29	45	24	

续表

方式	词	M1	M2	M3	M4	M5	T1	T2	T3	T4	T5	备注
叠加	容貌	40	10	17	28	38	30	58	51	81	48	t
	面容	290	324	193	40	48	15	19	43	39	54	
	姿容		2		1		13	5	3	15	5	t
动词+	毁容		1		2		1		3	4	3	
	毁容						2		1		2	T
	动容	57	35	42	34	22	5	5	18	6	7	m
名词+	病容	1					4		3		2	
	仪容	4	14	5	1	1	1			1		m
	汗颜	5	2	1			3	1		2	4	
形容+	美容	1							5	19	9	
	怒容	15	1	13	5	2	2		5	1	1	
	真容	7	10	13	25	21	1	2	1	3	1	m
	愁容	9						1		1		
	笑颜	7		4	2		9	7	8	31	17	t
	红颜	4	1	2	1		9	7	10	12	6	t
	新颜				1					1	1	
	媚颜								1			T
	欢颜	2		1								M
ABCD	容光焕发	2		1				3	5	1	46	
	雍容华贵	1					2	1		1		
	音容笑貌		1							1		
	音容宛在				2							M
	喜笑颜开			2			2	8	6	16	14	t
	笑逐颜开						2			2		T
	和颜悦色	3	2		1		1	1		1		
	奴颜婢膝								1			T
构词种类		20	16	16	16	11	20	17	21	23	21	30

从表4.6和表4.7中可以看到，天下归元使用"脸""容""颜"的频率都要显著高于猫腻，含有这三个身体语素的词汇种类数量也要高于猫腻，显示了女频作家更关注人物的容貌、脸部表情和变化的特点。

二人的脸部名词其实与动作搭配较多，在"动作＋"构词中，"脸"经常表示"面子"的引申义，如"丢脸""赏脸""没脸"等，但是此类不在我们讨论的范围里，因此省略不列。其余多体现人物的情绪变化，如"翻脸""变脸""动容"等，其中"翻脸"和"变脸"表达一种情绪的急剧转变，天下归元使用频率更高；"动容"表示感动则是猫腻使用频率更高。

脸部名词与形容语素搭配构词最多，与动词相似，"形容语素＋身体语素"的构词种类中，多仍以不同的形容语素描述脸部的表情或特征，展现人物的情绪。如"黑脸""笑脸""怒容""愁容"等，可以表示生气、快乐、愤怒等各类情绪。在同样展现喜悦的此类词汇中，我们发现天下归元在"笑脸""笑颜"上使用频率更高，而猫腻则在"欢颜"上使用频率更高。

> **例**4.12：一瞬间沉默后凤知微笑颜如花地答："哎呀殿下天好亮了咱们该想办法离开了。"（摘自《凰权》）
>
> **例**4.13：太史阑站在人群中央，环顾那一张张发自肺腑感激的笑脸，慢慢地，也露出一个浅浅的笑容。（摘自《凤倾天阑》）
>
> **例**4.14：考完出院，他没敢动用夹衣里的小抄，自然做的策论诗赋毫无光采可言，所以也绝了录中的所有念头，只是饮酒作乐，只是听说郭尚书被捕入狱才多了一丝欢颜。（摘自《庆余年》）

例4.12的"笑颜"、例4.13的"笑脸"与例4.14的"欢颜"相比，前两者更通俗，表达的喜悦程度更高，具象化突出，有明显的画面感，整个文段前后也缠绕着快乐的气氛；而后者的"欢颜"[69]567虽然也指快乐的表情——笑容，但是，书面语色彩更浓，更显文雅。相比较来说，天下归元用词更为生动活泼，感染力更强。

脸部名词与名词、其他身体名词的叠加也是包含"脸"等身体语素词的重要构词种类。"庞"[69]978可以表示脸盘，因此"脸"与之连用属于叠加。"叠加"中"脸颊""脸庞""容颜""容貌"等更关注人物的外貌美丽程度，是一种审美追求的体现，而"＋名词"构词中的"脸型""脸蛋""脸孔""脸色"等，则侧重于对脸部具体细节的描绘，对审美表达的要求不高。虽然二人整体均有使用这些词汇，且差异不明显，天下归元的特色词略多，但是二人用以描绘脸部特征的形容性词汇则不尽相同。

我们首先来看二人用于描绘"脸颊"的形容用词，考察与"脸颊"搭配的形容词或"的＋脸颊"前的描述性成分，可以得到表4.8中二人小说中对"脸颊"特点的基本形容，其中加粗的是各自用于描述"脸颊"的独有词。

表4.8　猫腻和天下归元小说中"脸颊"的特点

类型	猫腻	天下归元
颜色	苍白、**惨白**、**黝黑**、**红润**、通红、**黑红**、**淡红**、**黑瘦**、黑、白、红、发红、**雪白**、青、**黯淡**	苍白、**洁白**、**玉白**、白、发红、**粉红**、雪、雪白、通红、**青白**、**嫣红**、**红扑扑**
饱满度	消瘦、瘦削、瘦、**枯瘦**、清瘦、**圆**、**圆圆**、胖、**胖乎乎**、**圆乎乎**、**胖嘟嘟**、**胖胖**	瘦削、清瘦、消瘦、**饱满**
美观度	**美丽**、**清丽**、**完美**、**漂亮**、**秀丽**、**光滑**、娇嫩、**干净**、粉嫩、嫩、**清秀**、**可爱**、**娇美**、**柔嫩**、**秀气**、**稚气**、**稚嫩**、精致、细腻、**英俊**、**迷人**	粉嫩、**光洁**、娇嫩、光滑、**精美**、细腻、**细致**、**明媚**、**温软**、滑
温度	**冷漠**、烫、滚烫、**冰冷**、冷、凉、**淡漠**、温和、湿、滑	**火热**、烫、**热**、**发热**、滚烫
特殊状态	**苍老**、**憔悴**、**恐怖**、**疲倦**、**发痒**、**疲惫**、**痛**、**红肿**、**胀**、**阴沉**、**麻木**	**肿胀**、**湿漉漉**

我们发现，二人均有从颜色、饱满度、美观度、温度、特殊状态等角度对"脸颊"进行描绘。整体而言猫腻使用的词汇种类更多，特别是在描述"脸颊"的多种特殊状态如"憔悴""疲倦"等时，这在天下归元的用法中十分少见，因此猫腻作品中呈现的"脸颊"外观也更为丰富。

在颜色上，猫腻小说中人物的"脸颊"色彩更为多样，包括白、黑、

红、青等，其独有词如"惨白""黝黑""黑红""黑瘦"等，多数为中性的
色彩描绘；天下归元小说中人物的"脸颊"色彩则集中于"红"和"白"，
其独有词如"洁白""玉白""粉红""嫣红"等，都是带有一定正向情感色
彩的颜色词。猫腻小说中的"脸颊"颜色大多比天下归元更深。

> **例4.15**：他那张黝黑的脸颊上没有什么情绪，声音在椭圆办公厅
> 里显得格外低沉。(摘自《间客》)
>
> **例4.16**：睡了一夜微乱的发曳在粉红的脸颊上，像黎明的天色刚
> 刚染上第一抹霞光。(摘自《女色本色》)
>
> **例4.17**：宁弈喝得尤其多些，有些不胜酒力，下巴懒懒搁在交叠
> 的双手上，玉白的脸颊染了酡红，乌发流水般披泻……(摘自《凰
> 权》)

通过例4.15～例4.17的对比，我们可以更加明显地感知到猫腻小说
中写到"脸颊"，往往只重视描述这单一的脸部特征，一般不从审美的角
度考量，"脸颊"的颜色和"脸"的颜色以及皮肤的颜色表达相似，但是
天下归元的小说中"脸颊"是具有审美表达功能的载体，"粉红"的"脸
颊"表现少女的迷人和娇羞，"玉白"的"脸颊"显示男性的美丽容颜。

在"脸颊"的饱满程度上，猫腻用词不论胖瘦均有涉及，天下归元则
只有"瘦削""清瘦""消瘦"和"饱满"，没有表示胖的词汇，这也再一
次印证了"脸颊"在天下归元笔下有审美表达的需求，传递出的是个人对
于美的需求，而这不论在男性和女性角色的塑造上都有体现。猫腻使用的
"圆乎乎"等词，如例B.83，大多不用于女性角色上，在男性群体间使用
也并不具备特殊的审美功能。

但是这并不意味着猫腻不关注"脸颊"传递的审美信号，虽然他没有
在"脸颊"的颜色和胖瘦上着重笔墨，但是却直接使用了丰富多样的形容
词直接描述"脸颊"的美丽，比如：美丽、清丽、完美、漂亮、秀丽、娇
美、柔嫩、秀气、稚气、稚嫩、精致，等等。这类词汇大多用于形容女性

的外貌，也反映了男频作品对女性外表精致美丽的描绘，满足了他们对女性的幻想。

"容颜"同样是二人使用都较多的词汇，相比"脸颊"，"容颜"的词义更为全面和虚化，可以是指人的外表容貌，也可以指面孔，但是一般有较为明显的审美表达意味。我们同样考察猫腻和天下归元小说中描述"容颜"的特点，找出与之搭配的形容词和描述性词汇，加粗为作者独有搭配词，其统计结果如表4.9所示。

表 4.9　猫腻和天下归元小说中"容颜"的特点

使用频次	猫腻	天下归元
≥10	美丽、清丽、苍老、清秀、**秀丽**、美、少女、**清俊**、英俊	
2 ~ 9	**普通**、**完美**、**清稚**、**俊美**、女子、**憔悴**、**寻常**、**稚嫩**、苍老、**媚**、**秀美**、绝世、俊、**真实**、**端庄**、**漠然**、**扭曲**、清雅、**猥琐**、**暴戾**、苍白、**丑陋**、**俊俏**、**可爱**、枯槁、**疲惫**、平静、清纯、温和、**妩媚**、艳丽	女子、平静、苍白、**精致**、清雅、艳丽、姣好、绝世、**俊秀**、老、美丽、**平常**、憔悴、清丽、少年、**艳**、俊
1	**哀戚**、冰冷、**慈爱**、单调、淡、动人、疯癫、干净、**好看**、黑、娇美、娇美、娇媚、娇嫩、娇艳、姣好、骄傲、皎好、静、枯、冷酷、冷漠、丽、美妙、明丽、明媚、明显、模糊、陌生、嫩、宁静、暖和、女孩、女人、女生、疲乏、漂亮、谦和、俏丽、青稚、清冷、清瘦、清爽、柔美、柔媚、熟悉、恬淡、恬静、微笑、温婉、纤小、虚弱	白、冰雪、惨白、风华绝代、疯癫、姑娘、花、娇嫩、娇小、娇艳、皎、皎洁、惊、惊讶、精美、绝妙、枯槁、冷峻、良好、美、美好、美貌、明净、明丽、凄惨、凄厉、清淡、清秀、少女、甜美、颓败、微笑、温和、温柔、温润、温婉、依旧、震惊

可以看到，猫腻用于描述"容颜"的形容词明显多于天下归元，且大多数是对于女性容貌的描写。在他的笔下，女性是清丽、清秀的，男性是英俊、清俊的。而天下归元描述"容颜"所用形容词较少，在高频词中出现最多的是"平静""精致""清雅""艳丽""风情万种"等，同样是表现女性容貌的词汇，但是从同性视角下给予了女性张扬艳丽美的肯定。

这与男频和女频作品中对于异性容貌描写的普遍特征是一致的。当我们考察参照语料库中的男频和女频小说与"容颜"搭配的形容词时，男频小说中用到的包括：清秀、秀美、稚嫩、俊美、英俊、俊俏、娇媚、清瘦、温婉、秀丽、绝世等；而女频小说中与"容貌""脸"等搭配的形容词则在种类上较男频小说要少，包括：俊美、俊秀、俊逸、妖媚、清丽、英俊等。可以看到男频明显更偏向于描写女性的容貌特征，而女频则相反，二者都对异性的形象投入更多的关注。以下我们也将对猫腻和天下归元小说对异性形象的描写进行具体分析。

> **例 4.18**：直到今天上午，他在自家酒店大堂里，在落地窗边看见那名穿着白裙的少女，他看着少女清纯容颜上令人心动的落寞神情，就这样沦陷了下去。（摘自《间客》）
>
> **例 4.19**：脸上斑驳的黄一块块脱落，现出原本的玉似肌肤，肌肤似月光明珠一般，渐渐蜕变，现出一张真正可堪风华绝代的容颜。（摘自《女帝本色》）

如果说猫腻描写女性容颜重点在一个"清"字，比如"清丽""清秀""清稚""清雅""清纯"等，突出女性的纯洁秀美，如例 4.18，男频作品中受欢迎的女性形象经常会是这样穿着白裙子的清纯少女，不谙世事，天真善良；天下归元则除了表现女性清丽的美，同时也赞美了笔下女性容颜的"艳"，如"精致""艳丽""艳""风华绝代""娇艳""精美""明丽"等，是对女性富有攻击性的美丽的描绘，如例 4.19，女性角色可以拥有无与伦比的绝世美貌，"风华绝代"不是亲近的、安全的、可掌控的美丽，而是一种有距离感的、危险的、不可控的极致诱惑。在男性容颜上，对于正面人物的塑造，二人都集中于一个"俊"字。

按照我们之前所论述的，天下归元相比于猫腻是更喜欢使用身体词汇的，在"脸""容""颜"单音节词上的使用频率更高，但是在这里考察"容颜"的搭配时，发现天下归元使用形容词种类和数量大大小于猫腻。一方面的原因，是猫腻在此类双音节词名词上的使用频次更多；另一方面是相比于直接使用形容词对"容颜"进行描述，天下归元表达个人审美趣味的方式更为灵活多样。

> **例4.20**：衣色如血，发若乌木，整个人在日光中似一块肖然千年的血玉，远望去不见容颜，只令人觉得肤色极白，在一色的艳中若霜雪。（摘自《凤倾天阑》）

如例4.20，虽然出现了"容颜"，但是却未直接描写，而是通过颜色的对比突出其极白的肤色和沉稳清冷的气质。但是即便未描写容貌，也可以看出这位男性的俊美，此时无声胜有声，文字已经唤醒读者的美感直觉，留白则全靠个人想象了。

通过"脸""容""颜"的使用，我们发现天下归元使用"脸""容""颜"的频率显著高于猫腻，组成的词汇种类数量也要高于猫腻，显示了女频作家可能更关注人物的脸部细节和容貌特征。在与"脸"搭配成词的动词和形容词性语素上，天下归元在情绪的表达上更为生动活泼，富有感染力。在对"脸颊"和"容颜"搭配词汇的具体研究中，我们发现猫腻使用的各类描述性形容词更为丰富，尤其是对"脸颊"的描写不仅体现了其个人对美的追求，也服务于小说多样化人物的塑造，其功能性作用更强。从体现审美趣味上来说，猫腻倾向于采用形容词直接描绘女性的"容颜"特征，塑造清秀柔美的女性形象，而天下归元能够同时也推崇女性张扬艳丽的美，写出了女性眼中真正优秀的女性呈现的形象。天下归元对于脸部身体词汇的使用总体而言还是更为集中地体现了个人的审美追求，特别是在如"脸颊""容颜"等本身带有一定审美意识的名词上。

4.2.3 "眼""目""眸""睫"

眼睛是人类接收外界信息的主要器官，也在面孔识别中占据重要地位，研究表明，人们在知觉面孔时注意点大多在面孔的上半部分，尤其是眼睛的区域[112]。因此，人们一般对眼部特征的变化更为敏感，眼睛的形态对相貌的影响较大。

在实际统计中，我们排除了"眼"作"小洞；窟窿""事物的关键所在或精彩之处"的解释[69]，与器官含义无关或关系较远的词汇，考察了猫腻和天下归元小说中所有带有身体语素"眼"的词汇，如表4.10所示。

表4.10　10部小说中"眼"的构词情况

方式	词	M1	M2	M3	M4	M5	T1	T2	T3	T4	T5	备注
	眼	587	541	652	447	528	727	585	754	1048	970	t
+ 动作	眼馋	4			2					1	1	
	眼见	16	1	6	5	2	77	26	24	43	27	t
	眼看	145	99	115	107	122	73	96	247	274	314	t
+ 方位	眼底	2	1	5	15	54	171	172	185	440	317	t
+ 名词	眼波	19	6	4	7	3	39	42	33	52	29	t
	眼袋	2								1	2	
	眼福	1			1				6	2	4	
	眼泪	36	47	47	16	15	106	71	73	73	64	t
	眼光	404	214	148	202	81	216	226	203	285	160	
	眼角	121	94	59	24	21	80	129	140	176	104	t
	眼界	5	5	4	2	1	1	3	8	7	15	t
	眼力	19	11	29	10	22	12	9	20	31	36	t
	眼帘	147	88	53	21	22	21	19	9	16	14	
	眼泡	1					1	2			4	
	眼球	3	13	6		2	4	2	1	3	4	
	眼圈	15	12	12	19	2	25	7	35	16	26	t
	眼仁		1	2	2							M
	眼色	44	6	5	7	12	37	56	69	79	94	t
	眼神	350	148	363	598	738	646	752	1236	965	722	
	眼屎	3	1	1		1	1	1	5	5	3	t
	眼窝	23	31	27	3	8	2		1	2	1	m
	眼珠	19	16	24	7	15	59	17	35	71	38	t

方式	词	M1	M2	M3	M4	M5	T1	T2	T3	T4	T5	备注
+ 形容	眼红	5							2	1	2	
	眼花	10	16	11	13	13	11	5	8	23	12	
	眼尖	27	2		1		9	7	15	11	15	
	眼热	1	1									M
	眼生		1				1	1				
	眼熟	19	43	37	49	38	6	9	25	44	35	
叠加	眉眼	78	150	192	224	82	18	18	18	24	38	m
	眼睑	2					1			1	2	
	眼眉	3	1				2			3		
	眼睫	2	2	7	5		27	38	22	51	29	t
	眼睛	1077	2152	1579	1747	1785	478	702	1442	1408	999	
	眼眶	23	25	22	10	11	28	14	32	22	23	t
	眼眸	194	431	517	110	71	123	125	113	267	287	
	眼目	8	7	3	1	1	13	13	6	8	3	t
	眼皮	17	30	6	6	54	30	33	30	41	63	t
动作 +	碍眼	4			3		1	1	7	8	11	
	刺眼	46	55	28	82	52	12	10	21	25	15	
	瞪眼	3	5	1	1	1	4	4	8	6	1	t
	合眼	1		1		1	4	1	4	5	4	t
	阖眼		1	1					2			
	晃眼	2	2		2	1				2	2	
	开眼	6	1	3	1		20	23	19	32	24	t
	瞎眼		2	6	1			1	1	8	13	
	显眼	25	41	21	23	43	5	12	18	45	44	
	眨眼	13	14	31	13	8	38	25	32	126	141	t
	转眼	5	2	4	3	6	20	16	41	100	101	
名词 +	泪眼		1	4			7	4	6	12	10	t
	肉眼	10	65	120	66	86	8		8	18	10	
	贼眼	2					2		1		1	

续表

方式	词	M1	M2	M3	M4	M5	T1	T2	T3	T4	T5	备注
区别 +	双眼	103	42	20	18	1	10	1	2	6	4	
	右眼	4	1	3		2	1	1		4		
	左眼	3	78	3	4	3	2			7		
形容 +	白眼	15	4	9	17	18	27	33	32	64	121	t
	红眼		3	1	2		3	1	1		3	
	碧眼							1				T
	花眼		3	1	1		1	2	1	1	3	t
	慧眼	3	2	11	11		2	2	2	3	2	
	急眼		1	2		1						M
	冷眼	26	7	10	7	6	5	9	13	20	13	
	满眼	9	3	4	8	12	10	13	19	25	25	t
	亲眼	38	77	61	118	76	17	27	41	70	85	
	傻眼	4	8	5				1	13	18	4	
	顺眼	25	17	13	14	14	6	7	20	14	16	
	斜眼	1		1	1		22	21	45	27	33	t
	耀眼	12	25	11	25	35	6	16	7	22	6	
	醉眼	2	4	3		2	6	5	1	8	1	
AB AC	一板一眼	1		1	1	1	1	1	3	1	5	t
AB CD	大开眼界							1		2		T
	丢人现眼	1	5	1	2	1	1	1	2	4	1	
	过眼云烟	1						1				
	横眉竖眼									2		T
	火眼金睛			2	1				1			
	挤眉弄眼	2		3			3	7	4	4	1	t
	望眼欲穿			2								M
	眼花缭乱		4				6	4	3	10	13	t
	眼疾手快						4	5	11	14	8	T
	眼冒金星		1				2		3	1	3	t
	眉开眼笑	25	10	17	5	4	26	15	18	33	14	t
	浓眉大眼		1	1		2			5			

续表

方式	词	M1	M2	M3	M4	M5	T1	T2	T3	T4	T5	备注
AB CD	手疾眼快						3	2	3	1	1	T
	一饱眼福						1	1	2			T
其他	单眼皮		5			1						M
	双眼皮								3	7	4	T
构词种类		65	64	62	52	52	67	64	68	71	69	86

整体而言，天下归元使用含有身体语素"眼"的词汇从种类和频率上大多高于猫腻，这说明女频作家更关注眼部细节的描绘和眼部状态的变化。

从构词方式上看，"眼"与名词、动词和形容词性语素搭配更为频繁，可以组成与眼睛相关的新名词或描述与眼相关的特殊状态。在"眼"与名词性语素构成的词汇中，有与其他实体名词构成与"眼"相关的新的事物或指示更具体的眼睛部位，如"眼泪""眼屎""眼珠""眼角"等；与动作的搭配如"瞪眼""合眼""眨眼"等，表示眼睛的动作变化；与形容语素搭配，组成"白眼""斜眼""傻眼""醉眼"等描述人物眼部状态的词汇。眼睛是心灵的窗户，眼部的不同动作和状态是人物内心世界的折射，作者可以通过描述眼部区域的特点为人物塑造服务。

例4.21：桌子尽头，睡眼蒙眬的考官抬起头来，揉揉满眼的眼屎，一眼看见太史阑，懒洋洋表情一扫而空，眼底爆出惊喜的光。（摘自《凤倾天阑》）

例4.22：周沅芷眨眨眼，一脸无辜地也悄声道："我也没力气啊……"（摘自《山河盛宴》）

例4.23：宁弈喝得尤其多些，有些不胜酒力，下巴懒懒搁在交叠的双手上，玉白的脸颊染了酡红，乌发流水般披泻，衬着那迷离醉眼，像曼陀罗氤氲着花瓣，开在雾气隐隐的夜色里。（摘自《凰权》）

例 4.21 的"眼屎"细节刻画了考官的刚睡醒时的疲惫和困倦, 例 4.22 的"眨眼"则烘托了主人公的无辜与狡黠, 例 4.23 的"醉眼"则全然是对这一段男性角色在醉酒形态下的外貌描摹和魅力展现。眼睛灵活多变, 传递信息能力强, 天下归元频繁使用这类细致的词汇, 正是因为其对眼睛区域的关注和敏感, 同时眼睛作为人们在观察面孔时最先加工的重要器官, 这类细节也可以增强读者对画面的具体感知, 真正让读者能够体会到身临其境的感受。

除了"眼"以外,"目"和"眸"也表示眼睛这一器官, 同是二人使用较多的词汇。"眸子"本指瞳仁, 现在也泛指眼睛。统计包含这两个语素的构词情况, 得到表 4.11。

表 4.11 10 部小说中"目""眸"的构词情况

方式	词	M1	M2	M3	M4	M5	T1	T2	T3	T4	T5	备注
	目	102	42	53	24	77	143	110	91	137	119	t
+ 动作	目睹	4	16	3	7	2	1		5	7	1	
+ 名词	目光	734	884	954	426	58	877	680	623	1263	880	t
+ 形容	目眩	2	2	2		2	2	3		10	9	
叠加	眼目	8	7	3	1	1	13	13	6	8	3	t
动作 +	闭目	70	25	49	28	23	28	34	32	31	22	
	夺目	7	26	28	42	11	6	1	4	1	1	m
	举目	5	3	18	1	4	2	1			5	
	瞑目	7	4	12	4	2	4	6	4	14	4	
	张目	1					1				4	
	瞩目	10	6	9	21	12			3	3		m
	注目	3	5	2		1		8	19	5	4	
形容 +	悦目		3	3	1	2	1			1		
AB CD	璀璨夺目		1	1	1							M

续表

方式	词	M1	M2	M3	M4	M5	T1	T2	T3	T4	T5	备注
AB CD	耳聪目明						1	1	1	9	3	T
	灿烂夺目		2	3								M
	瞠目结舌	62	13	4	6	3	6	1	20	15	30	
	触目惊心	7	21	10	12	4	8	2		6	7	
	慈眉善目	4	6	3	2	1		1		4	7	
	耳目一新			1				1	1			
	耳濡目染		1	2		1		2	1		2	
	刮目相看		1				1	2	2	7	3	t
	光彩夺目	26	17	17	8	2						M
	过目不忘	2		1						1	4	
	举世瞩目				3	3						M
	眉目传情	1									1	
	眉清目秀	6	6	3	1	3			1		2	m
	目不转睛		1	4	1	1	2		6	8	3	
	目瞪口呆	37	37	4	3	1	8	28	27	136	61	t
	鼠目寸光				1		5					
	一目十行							1				T
	一叶障目									1		T
	众目睽睽	5	2	1	2		21	12	28	38	28	t
	眸	31	17	60	29	4	58	58	73	130	96	t
+后缀	眸子	146	24	46	12	21	29	84	161	233	149	t
叠加	眼眸	194	431	517	110	71	123	125	113	267	287	
区别 +	双眸	49	15	8	1	1	3	10	4	10	9	
AB CD	明眸皓齿								2			T
	构词种类	25	28	29	25	25	23	23	24	24	27	38

对比表 4.10 和表 4.11，猫腻在包含"目"语素的多音节词中特色词相对多一些。"目"相比于"眼"，书面语色彩更浓，构成的四字格成语或词语的频率更高。

其中，猫腻特别喜欢使用"夺目"一词，不仅它的使用频率显著高于天下归元，与之相关的"灿烂夺目""璀璨夺目""光彩夺目"全是猫腻小说中的独有词。

> **例 4.24**：锦衣人又笑，这人笑起来异常潇洒干净，漂亮到夺目。（摘自《凤倾天阑》）
>
> **例 4.25**：崖坪间清风徐拂，白塔生于破庙乱檐之间，自不似在朝阳城湖畔被万民敬仰喜爱那般光彩夺目，黯淡无比所以感觉颓败。（摘自《将夜》）
>
> **例 4.26**：可惜的是，这位槐院的少年书生哪怕表现得再如何优异，还是没有办法完全压过某些人的夺目光彩。（摘自《择天记》）

"夺目"指光彩耀眼的样子[69]337，可用于形容人物外貌的魅力，如例 B.84，天下归元的小说中也有此类用法，如例 4.24，但是猫腻特别在"夺目"多有因尊敬、强大而受到瞩目的含义，如例 4.25 的白塔破败不再夺目，例 4.26 少年间因实力强大表现优异而夺目。天下归元则大多仍将之用于外貌和视觉层面的描写，除上例外，还有如"清逸秀雅风姿夺目""艳红夺目""夺目而亮丽"等。相较而言，猫腻更善于挖掘此类身体词汇表现出来的引申义，能够用更形象的手法表现突出主题，天下归元则回归直接的感知体验，这也造成了理解前者要比后者耗费更多的认知资源，但也收获更丰富的阅读体验。

为了考察猫腻和天下归元小说中人物眼睛的特点，我们针对常见且二人使用频率较高的"眼睛"进行分析，统计与之搭配的形容词，观察二人描绘的眼睛有什么样的区别。

由于"眼睛"出现频次较多，涉及词汇较为繁杂，我们直接搜索"的＋眼睛"前所带的形容词进行统计分析，选取其中使用频数大于 1 的词汇，如表 4.12 所示，其中加粗的为作者个人独有搭配词汇。

表 4.12　猫腻和天下归元小说中"眼睛"的特点

使用频次	猫腻	天下归元
≥10	大大、明亮、大、**发涩**	乌黑、细长、大
2~9	**清亮**、浑浊、水汪汪、笑、红、血红、小、清澈、漂亮、**眯**、**苍老**、黑色、乌溜溜、**发酸**、惊恐、无辜、**疲惫**、痛、黑白分明、**冰冷**、发红、圆、天真、**好奇**、妩媚、**恐怖**、**惘然**、**懵懂**、无情、汪汪、**湛然**、秀气、细长、美、茫然、迷惘、酸、黑	乌溜溜、**明媚**、含笑、大大、明亮、漂亮、**闭**、水汪汪、**睁**、美丽、亮、浑浊、清澈、**璀璨**、血红、黑白分明、**充血**、发红、圆、圆溜溜、干燥、**晶亮**、森然、模糊、**涟涟**、熟悉、红色、闪光、闪烁、阴冷、黄色

　　"大""乌黑""明亮""漂亮""清澈"等是二人描写"眼睛"时涉及的共同正向特点。相比之下，天下归元更关注眼睛的外观情况，"闭""睁""充血""红色""黄色"等都是她的独有搭配，刻画眼睛的状态和颜色等。猫腻更善于通过眼睛表达主人公的情绪，且多为负面情绪，如与"疲惫""恐怖""惘然""迷惘"等词搭配直接以眼睛作为情绪的载体，或与"发涩""发酸""酸"等词搭配，侧面表现人物的疲倦，如例 B.85。

　　与"眼睛"相关的比喻更进一步证明了这点，在所有"＋般＋的＋眼睛"的搭配中，猫腻不仅以"柳叶"或"湖水"等词汇形容女性眼睛的美丽，如例 B.86~例 B.87，同样也明确赋予了"眼睛"情感载体的重要地位。

　　例 4.27：她很疲惫，缓缓坐到地面上，苍白的脸颊上，神情依然漠然，过往如星空般的眼睛里。却多了很多惘然与不安。（摘自《将夜》）

　　例 4.28：那双像星湖般的眼睛里，有着无比复杂的情绪，最后渐渐变成悲伤与哀弱。（摘自《择天记》）

　　例 4.29：冥皇黑宝石般的眼睛里出现一抹怀念，然后很快消失。（摘自《大道朝天》）

例 4.27～例 4.29 中，"星空""星湖""黑宝石"都有深邃迷人的特点，突出了"眼睛"蕴含的故事和情绪，惘然、不安、悲伤、怀念在这里都具有了实体，从而形象刻画了此时此刻人物的心情。

> **例 4.30：** 那个正抬头向这边看的刘队正，一抬眼，看见月色下忽然冒出一张脸，雪色肌肤，春水般的眼睛，一抹笑意流溢，风流红唇。（摘自《凤倾天阑》）
>
> **例 4.31：** 他似有一双水晶般的眼睛，或者剔透的心肝，照得见一切暗处的谋划。（摘自《女帝本色》）
>
> **例 4.32：** 他这回在花间小径上站下，鹰隼般的眼睛四处梭巡，发现还是毫无动静，才默然离去。（摘自《凰权》）

天下归元描绘的"眼睛"在情绪表现上作用有限，主要仍以展现本身特质为主，体现主人公的个人形象。如例 4.30 中的少年有一双"春水般的眼睛"，风流爱笑的形象跃然纸上，例 4.31 "水晶般的眼睛"体现人物的睿智玲珑，例 4.32 "鹰隼般的眼睛"表现搜寻者的目光犀利。在她的笔下，"眼睛"的状态和特点对人物形象的塑造十分重要。

"眼眸"相比"眼睛"更具书面语色彩，多用于描写性文字中，我们统计二人小说中"的＋眼眸"前搭配的形容词，除了"明亮"外，发现猫腻使用"平静""幽深""灰暗"的搭配最多，带有一定感情色彩；天下归元的高频词则是"乌黑""紫""黑"等，以直接描摹外观为主，同样证明了猫腻笔下的"眼睛"蕴含着丰富的情感，且这种情感往往是收敛的、深沉的。

仅从对眼睛外观的描写来看，表 4.10 中我们发现"单眼皮"一词只出现在猫腻的文本中，而"双眼皮"则只出现了天下归元的文本中。

例4.33：微湿的海风中，他的眼睛眯了起来，微颤的单眼皮显得格外清爽。（摘自《间客》）

例4.34：玉无色睁开双眼，就看见一张漂亮的脸，玉一样毫无瑕疵的肌肤，浓眉，极深的双眼皮，唇棱角分明，脸上每道线条都是紧凑的，没一分多余的感觉。（摘自《女帝本色》）

有趣的是，"单眼皮"在猫腻的小说中出现了6次，"双眼皮"在天下归元的文本中共出现了14次，二人都将之多用于形容男性的眼睛。例4.33是小说中主角许乐的一个特写，微眯的单眼皮表现了他的机警冷静；例4.34描写了小说中重要角色裴枢的俊美相貌，这里强调双眼皮则大多是证明其外貌的美丽。

这体现了男频和女频作品读者兴趣的差异，男频读者一般不会过分在意男主角的相貌，而是关注其实力强大与否，女性角色则需要承担被凝视和观察的使命，形象上会有目的性地被美化；而女频读者以在作品中体验各种情感故事为主，人物形象特别是男主和女主的美貌程度直接关乎个人的阅读体验，因此往往对人物形象有更高的审美要求。双眼皮、线条优美，突出了相貌的轮廓和深邃感，天下归元给出的是她的也是符合大众审美的答案。

在"眼""目""眸"以外，"睫"由于也是眼部区域的身体名词，我们放在这里讨论。天下归元使用"眼睫""睫""眉睫"的频率都比猫腻高，在与"睫毛"搭配的形容词，天下归元的用词也更为丰富，比如"浓密""乌黑""卷""湿润""细密""密集""浓黑"等都是她的独有搭配词，猫腻笔下的睫毛则是"疏""细长""颤动""无力"的，二者形象差别较大。

例4.35：一念及此，少女美丽的脸颊骤然变得极为苍白，长而疏的睫毛微微颤动，薄薄的嘴唇紧紧抿成了一道红线……（摘自《将夜》）

> **例4.36**：施文生被这突如其来的问话惊得浑身一抖，慌乱地打量易人离面色，然而面前漂亮的少年浓密的睫毛下垂，遮住了眼底的神情。（摘自《山河盛宴》）
>
> **例4.37**：而她长而浓密的睫毛似闪烁星点水光，伴她整个人，在众人眸中发亮。（摘自《女帝本色》）

通过上例可见，猫腻认为睫毛的疏密并不影响女性的美丽，如例4.35，长而疏的睫毛反而体现一种天真无辜；天下归元则认为浓密的睫毛才是美丽的，如例4.36和例4.37所示，笔下无论男女，只要是美人，一般都浓密的睫毛。

眼部区域是人类知觉面孔首要加工的区域，也是人们判断一个人相貌美丑的重心。通过对猫腻和天下归元小说文本中"眼""目""眉""睫"使用的考察，我们发现天下归元在此类身体词汇及其构成的复合词上的使用频率更高，更关注眼部区域的状态和变化，善于通过眼部的细节刻画塑造人物形象。在眼睛的特点上，猫腻笔下的眼睛包含更丰富的情感，是人物内心世界的窗口；天下归元笔下的眼睛则仍是直观展现人物形象的重要方面。在具体审美上，猫腻笔下男性角色的单眼皮体现了智慧和沉着，长而疏的睫毛表现了少女的单纯；而天下归元的笔下则无论男女都必然需要双眼皮和浓密纤长的睫毛以展现美貌，天下归元对于人物形象的塑造更符合大众的审美，体现了女频读者热衷美色消费，对小说人物的外貌要求高的特点。

4.2.4 "眉"

眉毛是影响人相貌表现的重要五官，虽然在之前关于"眉"使用平均频率的 t 检验中，猫腻和天下归元没有体现出差异，但是考察带有身体语素"眉"的词汇，仍然可以发现二人各自的特色之处。表4.13为所统计的包含"眉"的构词情况表。

表4.13　10部小说中"眉"的构词情况

方式	词	M1	M2	M3	M4	M5	T1	T2	T3	T4	T5	备注
	眉	201	427	463	495	387	221	260	240	304	247	
+名词	眉峰						2		1	6	2	T
	眉毛	58	146	66	24	41	50	31	102	75	93	
	眉梢	31	83	83	8	1	21	38	29	24	30	
	眉头	712	580	447	105	40	55	64	129	131	159	
	眉心	68	117	84	104	70	24	23	38	57	37	m
	眉宇		82	50	15	6	3	35	63	30	82	14
动作+	蹙眉	8	73	270	30	22	6	1	4		1	m
	画眉		2	6				1	2	7	6	
	描眉			1				2		1	1	
	皱眉	515	172	180	46	44	135	114	222	168	215	
名词+	娥眉	4					6	3	2	1	1	t
	蛾眉						1			2	1	T
	剑眉	7	5	8	14	9				1	1	m
	柳眉	5	4	6	3	5	4		7	12	14	t
形容+	浓眉	2	49	7	4	7	12	6	29	9	1	
ABCD	愁眉不展	5	1		2	3	6	4			1	
	眉飞色舞	7		9	6	3	11	7	9	16	3	t
	燃眉之急	2			1						1	
	喜上眉梢							1		4		T
	扬眉吐气	4	3		5		3	1	3	4	3	
构词种类		16	14	14	14	14	16	17	15	18	20	21

由表4.13可见，在一般双音节词汇中，天下归元包含身体语素"眉"的词汇整体多于猫腻，猫腻"眉心""蹙眉""剑眉"的使用频率更高；天下归元"眉峰""蛾眉""娥眉""柳眉"的使用频率更高。

"眉心""蹙眉"常和人的心绪相连，如白居易"春入眉心两点愁"，"蹙眉"表示烦闷，同眼部身体词汇讨论的结果一致，猫腻在眼部附近的身体词汇上也寄托了情感表达的需求。

从眉形角度来说，猫腻和天下归元的眉形描绘呈现出差异。"剑眉"天下归元只使用过 2 次；"蛾眉"和"娥眉"猫腻使用的次数也仅有 4 次，且其中 3 次是在《庆余年》中形容皇后娘娘的眉毛形态，在语境中不含感情色彩，仅作中性的描述。猫腻的"剑眉"，天下归元的"娥眉""眉峰""柳眉"等则不同。

> 例 4.38：君陌神情依然漠然，微微挑起的剑眉下，寒星般的眼眸里没有任何情绪，只有坚毅与决心。（摘自《将夜》）
>
> 例 4.39：北齐皇帝两道剑眉依然是那般的直挺，双眼清湛坚毅，任谁也看不出他的衣衫之下是个女儿身。（摘自《庆余年》）
>
> 例 4.40：门开处，湛蓝配绛红的妩媚女子衣带当风的进来，不算绝色，却娥眉修齐，线条柔腻，像逆着金光的瓷器，有种温润柔软的美。（摘自《扶摇皇后》）
>
> 例 4.41：乌黑的药丸捧到景横波面前，她眉峰一聚，露三分煞气。（摘自《女帝本色》）

例 4.38 和例 4.39 的"剑眉"都体现了人物坚毅的形象，例 4.40 的"娥眉"是对女性容颜之美的细节刻画，例 4.41 的"眉峰"一聚，则写出人物生气的状态。

眉毛的形态自古以来便受到人们的关注，早在《诗经》中就有诗歌以"臻首蛾眉"描写美女，之后在不同的历史时期也出现了女性不同的流行眉形，比如汉代的蛾眉、远山眉，隋唐的函烟眉、桂叶眉等[113]。猫腻和天下归元笔下不同的眉形特征也折射出了相异的审美倾向，猫腻使用"剑眉"更多，更强调人物的毅力和刚强；而天下归元使用"娥眉"更多，其实是突出女性的姣好容颜，满足读者想象。

4.2.5 "嘴""唇"

"嘴"既承担着满足人类口腹之欲的职能，又是人们进行对话交流的重要工具，其在现实生活中受到关注的程度较高。考察猫腻和天下归元包含身体语素“嘴”构成的词汇，我们发现都以“动作+嘴”构成某一动作为主，比如较为直接的“噘嘴”“努嘴”“张嘴”，或与说话含义相关的“拌嘴”“插嘴”“顶嘴”等。其中，天下归元的特色词更多，说明她更习惯描写五官中嘴的状态变化或言语交流之间的互动。

唇在现实生活中是体现两性之间引力和魅力的介质，因此在小说文本中表现出的特质，也展现了不同性别读者的偏好和需求。同样，“唇”通常也不单独使用，但在复合词中，其表示唇部。二人带有身体语素“唇”的复合词不多，总体天下归元的使用频率更高。考察二人与“唇”搭配的形容词，包括“唇”前后的形容词和“的+唇”前的形容词性成分，选取出现频次大于1的搭配形容词进行归纳，加粗的为个人独有搭配，可以得到表4.14。

表4.14　猫腻和天下归元小说中“唇”的特点

类别	猫腻	天下归元
颜色	红、朱、苍白、**紫**	红、白、**青**、**粉色**、艳、朱、**樱**、**粉**、**娇艳**、**火红**、**雪**、**鲜艳**、浅、**黑**、**黛**、苍白
厚薄	薄、薄薄、**厚**、厚实、**厚厚**	薄薄、薄
软硬		**柔软**、**温软**、软
温度		凉、**温热**、**温暖**
状态	枯、嫩、**枯干**、干、**翘**、**嫣然**、含笑	笑、**优美**、**花**、**润**、紧、**娇嫩**、含笑、娇、**芳**

可以看到，天下归元笔下的“唇”比猫腻的更加形象具体、美丽动人，同时形态丰富，不论从颜色、厚薄、软硬、温度还是其他状态上都有更多的形容词搭配。“唇”是天下归元重点刻画描绘的意象，这正体现了相比于男性视角，女性对于“唇”的敏感度更高的特点。参照语料库的证据也同样表明了这一点，女频小说中“唇”的特点则是：浓艳、艳红、红、艳，且直接描述“唇”的动作、颜色的地方很多，而男频小说中涉及“唇”的描写则较少。

二人笔下的"唇"的特质展现出了明显的差异。从颜色上看，猫腻小说中的唇色更为简单，正面或中性颜色只有红色；天下归元小说中的唇色则十分多样细致，"樱""雪""火红"等以比喻更形象地写出唇色的美丽，带有正面情感。从厚薄看，猫腻笔下的嘴唇有薄有厚，天下归元则更喜欢薄嘴唇，后者也与追求五官轻量感的当代审美相合。从"唇"的状态看，天下归元笔下的嘴唇是柔软温暖、娇嫩优美的，"唇"作为体现人物性感和魅力的部位被重点描画，但是猫腻并不关注"唇"的特殊功能，他写到"唇"大多仅仅是描述具体状态而已，因此我们可以读到"枯干""干"等特点。

> 例4.42：老僧缓慢抬头微微启唇，那滴水便滴入他干裂的枯唇之中，然后化成老僧枯瘦鬼脸上的一丝笑容，那笑容慈悲从容，令人心折。（摘自《将夜》）
>
> 例4.43：视线再向上延伸，看得见一角精巧雪白的下颌，一瓣轻粉娇嫩的唇，在四面灰沉的背景色彩里，娇柔而又鲜明地亮着。（摘自《凰权》）

例4.42中老僧备受磨难因此嘴唇是干裂的"枯唇"，唇在这里不仅不美，反而要唤起读者心中的无奈疼惜，并非迎合读者兴趣的选择。但是在例4.43中，男主角的视线中出现了一位女性角色"轻粉娇嫩的唇"，读者便有理由联想这位女性角色的温柔美貌，男主角是否已经动心了等，从而满足阅读过程中想象和情感的愉悦体验。

在实际统计过程中，我们还发现天下归元对于"唇色"有异常多的描写，直接提到"唇色"的就有80多处。其中大多形容男性，比如"唇色却如蔷薇""唇色却潋滟如春水""唇色淡如一抹春樱"等，详见附录B例B.88～例B.90。但是在大多数女频作品中，描写的"唇"仍是女性的，这是天下归元所独特的地方。

例4.44：不同于容楚明珠玉润的光辉皎洁，这男人容貌给人的感觉，果然和他的香气一样，是华丽厚重而魅惑的，眉色郁郁青青，唇色艳若玫瑰，侧脸线条精美，一双眸子微微上挑，是传说中飞凤一般的弧度，斜斜一掠时，令人像看见朱栏金殿春风过，万千牡丹盛放。（摘自《凤倾天阑》）

例4.44 中描写男子"唇色艳若玫瑰"，整句亦是极尽文字描写该男性角色的艳丽容貌。而不论是蔷薇、春水、樱花还是玫瑰，在我们的认知中总是美丽且独特的，以花喻唇，也赋予了不同男性不同的气质，但总是漂亮得让读者乐意欣赏并想要了解他的故事。至此，作者便满足了个人的创作兴趣，同时也收获了读者的支持，也更加有创作下去的欲望了。

4.2.6 "耳"

耳朵与人类的听觉和交流息息相关。排除"木耳""耳房"等与身体器官无关的词汇，我们统计了 10 部小说中所有带有身体语素"耳"的词汇，得到表 4.15。

表 4.15　10 部小说中"耳"的构词情况

方式	词	M1	M2	M3	M4	M5	T1	T2	T3	T4	T5	备注
	耳	155	129	118	93	110	114	122	135	160	116	t
+形容	耳聋						1	1	2			T
	耳熟	7	18	5	8	7	1	6	1	4	10	
+动作	耳鸣	1	1	1			1		1	2		
	耳闻	2	1			1	1	2	3		4	
	耳语	2						1	3	2		
+名词	耳垂	10	20	7	9	57	14	28	30	51	25	
	耳朵	119	104	76	26	73	63	45	101	108	101	t
	耳福	1										M
	耳根	4	1		3			8	3	4	4	
	耳鼓									1		T
	耳际						3					T

续表

方式	词	M1	M2	M3	M4	M5	T1	T2	T3	T4	T5	备注
＋名词	耳孔	1	7									M
	耳廓		2	1	1	1	2	1	4	5	4	t
	耳膜	6	29	9	5		3	2	5	21	13	
	耳屎					1						M
动作＋	侧耳	12	6	4	5	3	1	4	4	4	6	
	附耳	2	1	1			4	7	10	8	4	t
	入耳	1	1	4	4	3	1	1	1		4	
区别＋	外耳									1		T
	右耳	1	2		1	1					2	
形容＋	刺耳	13	52	22	41	35	6	7	8	14	18	
	逆耳							1		1		T
	亲耳	1	4			3	2	3	3	4	3	t
	顺耳	1	1					1	2	3	2	
	悦耳	1	10	13	6	24	1		9		8	
ABCD	不堪入耳	1		1	2	1						M
	充耳不闻	1		1				2		1	1	
	耳听八方			1				1	1			
	如雷贯耳				1	1			2	3	5	
	洗耳恭听	3	1	1		1	2	1		1	1	
	言犹在耳						1	3	4	2	2	T
	掩耳盗铃	2		1			4		1	1	1	
	震耳欲聋	2	16	9	6	2	3	1	4	5		
	耳听为虚		1					1	1	1		
	不绝于耳		4	9	12	17	1	1	1		2	
构词种类		24	22	18	18	18	22	23	26	24	22	36

猫腻和天下归元在"耳"的构词种类上差别不大，但是后者在"耳"和"耳朵"上的使用频率更高，相对来说所构成复合词中的个人特色词也更多一些。从搭配上来说，"耳"与名词搭配组成更具体的其他名词的情况最多，比如"耳根""耳廓""耳膜""耳屎"等，包含"耳"的四字格成语或词语也较多，这都属于正常写作的需求，两人在这方面的差异

不大。

考察形容语素与"耳"搭配的情况，天下归元在"耳聋""逆耳"和"亲耳"上的使用频率都更高，猫腻则没有使用频率更高的。为了进一步研究天下归元是否比猫腻更敏感耳朵的状态，我们考察二者小说中"耳朵"具体出现的语境。

> **例**4.45：孟扶摇凝神听着，想着最后那一声"唔"是个什么声音，忽然觉得耳朵一凉，似乎有什么液体突然落入耳中。（摘自《扶摇皇后》）
>
> **例**4.46：凤知微觉得他的唇靠过的地方，都灼灼地烧起来，想来自己耳朵一定红了，赶紧向后一躲，正色道："如果你拉我上车只是为了轻薄，咱们大可以在此分道扬镳。"（摘自《凰权》）
>
> **例**4.47：景横波目光发直，僵硬地坐在那里，她的耳朵一直在嗡嗡响——这个雷太响了！好像就在耳边。（摘自《女帝本色》）
>
> **例**4.48：那阵清幽平和地古琴声，就从桥对面地内院里传了出来，轻轻进入他的耳朵。（摘自《庆余年》）

天下归元确实比猫腻更关注耳朵的感受并进行了更多样的描写，比如例4.45"耳朵一凉"，从听觉转为体感，耳朵的体验受到了很大的重视；例4.46"耳朵一定红了"，以耳朵的颜色变化写出了女孩的害羞，形象动人；例4.47"耳朵一直在嗡嗡响"，以耳朵的异样感受烘托雷声之大。天下归元对于耳朵的感受描绘是多样立体的，并不局限其最基本的听觉，但是猫腻的小说中，耳朵大多数只是作为听觉器官存在，其功能也仅表示"听到"，如例4.48琴声进入"耳朵"，耳朵从来不是描述的主题。因此，我们说天下归元是比猫腻更关注人们本身的身体感受的。

4.2.7 "鼻"

排除与之前身体名词语素叠加出现的词汇，我们统计带有身体语素"鼻"的词汇及其构词方式，其结果如表 4.16 所示。

表 4.16　10 部小说中"鼻"的构词情况

方式	词	M1	M2	M3	M4	M5	T1	T2	T3	T4	T5	备注
	鼻	74	34	96	34	19	58	40	79	108	102	t
＋名词	鼻尖	21	19	10		5	13	7	25	49	40	t
	鼻孔	15	13	8	4	8	17		10	11	8	
	鼻梁	15	85	8	2	6	5	2	5	8	5	
	鼻腔		5	2	1	1	1			3	1	
	鼻涕	18	6	13	1	2	21	14	19	18	12	t
	鼻头	4	1	2		22	2		4	7	9	
	鼻息	1	1	5	12	2	5	5	9	11	6	
	鼻血	4	4	1		1	8	1	20	39	19	t
	鼻翼	4	9	2	6	2		3	9	7	1	
	鼻音		3				2	4	15	25	11	t
＋后缀	鼻子	116	65	50	15	52	141	81	177	241	199	t
动作＋	刺鼻	12	20	15	8	9	2		5	6		m
	扑鼻	6	2	6	2		2		1	7	4	
ABCD	嗤之以鼻	9	3		2	2	8	8	21	27	12	t
构词种类		13	15	13	11	13	14	10	14	15	14	15

可以看到，"鼻"与其他名词性语素构成新名词的情况最多，天下归元在"鼻""鼻子""鼻尖""鼻涕""鼻血""鼻音"上的使用频率都更高，其小说中涉及鼻部位的描述更多。

其中，天下归元"鼻血"的使用频率非常高，考察其使用语境，发现多做戏谑幽默之用，如例 4.49，把飙起的"鼻血"比喻为"彩虹"，用夸张的手法表现场面的滑稽。

例 4.49： 禹公子脸上瞬间开了酱油铺，他仰头倒下的时候，看见自己的鼻血高高飚起，天上划过一道虹。（摘自《女帝本色》）

在与"鼻子"搭配的形容词上，猫腻用到的包括：俏、大、发痒、发红、发酸、可爱、流血、灵敏、红、长；天下归元用到的包括：挺、尖、剧痛、受伤、弯、挺直、火辣辣、痛、红、细长、翘、血、高挺。除了都包括的一些鼻子负面情况的形容，从具体形态上来说，天下归元提及的形容更多也更具体明确，比如"挺""尖""挺直""细长""翘""高挺"等。

例 4.50： 脸色也是那种打磨过的温润的玉色，在日光中莹润着，从她的角度，只看见高挺的鼻子下，唇色和衣色呼应，艳到惊心。（摘自《凤倾天阑》）

例 4.51： 她的眉毛非常细，就像是画出来的一般，鼻子很小巧，嘴唇非常红艳，就像是樱桃。（摘自《大道朝天》）

我们观察到，天下归元写到鼻子的形态时，相当多的情况仍是服务于男性角色的外貌描写，如例 4.50，通过每一处外貌细节的描绘展现角色的美貌外形。而猫腻小说中很少对男性角色的鼻子进行这样的描写，有少部分写到女性理想中的鼻子形态，如例 4.51 所示，是小巧精致的。

在猫腻的笔下，"鼻子"的状态还可能与人物的情绪相连。比如"酸"表示伤心，"红"表示愤怒，用例见例 B.91 ~ 例 B.92。这与之前发现的猫腻笔下的"眼睛"是情感的载体结果一致。

4.3 躯干身体名词的具体探讨

4.3.1 "腰"

"腰"位于人体躯干的中间部位，对于人的肢体动作和形体表现都有明显的影响。天下归元小说中"腰"的使用频率超过猫腻 1 倍多。考察二人文本中所有包含身体语素"腰"的词汇及其构词方式，可得到表 4.17。

表 4.17　10 部小说中"腰"的构词情况

方式	词	M1	M2	M3	M4	M5	T1	T2	T3	T4	T5	备注
	腰	258	231	500	174	78	195	221	443	515	380	t
+ 名词	腰板	2						3	6	3		
	腰部	4	10	5	3	3	2	3	19	36	6	t
	腰杆	7	1	2			1			2	6	
	腰围						1	1	2	1	2	T
	腰眼	1					2	7	2	1	1	
叠加	腰身	7	10	25	9	3	5	1	7	4	5	
	腰肢	5	11	9	3		12	5	6	18	8	t
动作 +	叉腰	3	3			1	9	5	8	16	7	
	撑腰	22	3	4	3	3	2	9	14	16	7	
	哈腰			1			1	1	1	1		t
	弯腰	5	3	9	2	3	18	9	18	23	21	t
	折腰	4	1	2		3			5	3	1	
名词 +	猫腰							2		1	2	T
区别 +	后腰	11	4	1				6	3	11	4	
	构词种类	12	10	10	7	6	12	13	13	15	13	15

天下归元包含"腰"的构词种类明显多于猫腻，同时表 4.17 中的特色词也更多。既可以和名词性语素组成各类"腰部""腰围""腰眼"，也可以在之前加上动作表现"腰"的各种变化。

"腰围""腰肢"是特别强调腰部曲线美感的审美向用词，这里都在天下归元的小说中频率更高，甚至"腰围"在猫腻的文本中没有出现过。我们回到具体语境中考察二人笔下"腰肢"的特点。

　　猫腻描述到"腰肢"的词有：弹软、水桶般、扭曲、柔软、摇曳、摆动、摇展、摇动、伸展、挺动，等。天下归元描述"腰肢"的词则有：不盈一握、丰腴、柔软、紧致、扭、扭动、纤细、纤纤、婉转、细软如柳，等。"腰肢"在二人的笔下都带有一定的情欲色彩，一般是描写女性，二人在描述腰部的柔软方面是类似的，但是猫腻更强调"腰肢"的摆动、伸展等动态动作，而天下归元同时还静态描绘了"腰肢"的纤细。

> 　　例4.52：他的右手不自然地揽着露露柔软的腰肢，指尖隔着薄薄的衣质，细腻地触碰着微热的滑腻，有些僵硬。（摘自《间客》）
>
> 　　例4.53："冤家……"她笑，慢悠悠走回来，此刻步态再不同先前迅捷凌厉，优雅柔曼，步步摇曳生姿，月光照着那影子，腰肢似乎也没怎么扭，姿态似乎也没怎么故意摆，衣服还是太监直统统的青绸袍，不知怎的，那行走间细微的颤动幅度，便奇异地行出无限的风情来。（摘自《凰权》）
>
> 　　例4.54：宫胤垂眼看着她微微耸起的肩骨，纤细的腰肢，隐隐颤动的流水般的长发，静默良久，眼底淡淡怜惜。（摘自《女帝本色》）

　　比较之下，猫腻描写女性的"腰肢"时情欲色彩更重，如例4.52，是由男性角色"揽"而感受到的"柔软"，肢体接触密切带来恍然如真的体验。而天下归元也写"腰肢""扭"和"纤细"，但是如例4.53和例4.54，多是视觉上的感受，且结合前后的景物和心理描写，流露出的是一种对于女性性感或风情的自然欣赏和尊重。

　　在参照语料库中也可以在男频和女频小说对"腰肢"的描述中发现同样的差异。男频小说中用以形容"腰肢"的词汇包括"柔软""纤细""雪白""纤柔""扭动"等，多用于形容女性的外貌特征。而在所选的女频小说中则使用"腰肢"的频率更低，且对于女性"腰"的触觉或视觉描写极少。

　　这是男频和女频读者性别不同所造成的差异，在男频读者视角下，网络小说中的女性是可以满足性幻想的，而在女性读者眼中，小说中的女性人物则是自己被代入的角色，所希望得到的体验自然不同。"腹"的使用特点在这一方面与"腰"相近，因此也不再单独讨论。

4.3.2 "胸"

"胸"是躯干的核心部位，考察猫腻和天下归元含有身体语素"胸"的词汇及其构词方式，发现二人多以"胸"与名词性语素叠加构成"胸部""胸口"等新名词，或与身体语素叠加得到"心胸""胸骨""胸肌""胸脯"等具体身体部位名词。其中，猫腻使用频率更高的有"胸襟""胸怀"，而天下归元使用频率更高的有"胸腔""胸罩""胸膛""胸臆"等。

> **例4.55**：二人回思双剑相合时的感觉，只觉好生畅快，胸襟一片宽广，人生之美妙，莫过于此。（摘自《择天记》）

猫腻笔下人物的"胸襟""胸怀"宽广壮阔、坦荡洒脱，或如无垠大海、或如浩瀚星辰，如例4.55所示，胸襟宽广，心胸开阔，方不会烦愁积塞，方可体验人生美妙，这不仅是猫腻也是普通读者的人生所求。但现实可能总有不如意，便只好在网络文学中寻找慰藉。

天下归元描写笔下人物"胸膛"的用词包括：温暖、光洁、坚实、坚硬、宽厚、赤裸等，一般仍用于描述男性。温暖坚实等特点烘托了人物的强大，能够给予女主人公安全感。"赤裸"一词则重点刻画了男性的野性魅力，如例4.56在特定战斗情境下，刀光映着赤裸的胸膛，画面十分富有张力。"光洁"则是描写外貌之美，如例4.57，是作者刻意为止，大段的关于相貌体态的细节描绘，满足女性读者对异性肉体的想象。

> **例4.56**：就看见黑压压的人头，卷过宫门，卷过甬道，刀剑的寒光映射在赤裸的胸膛，飞溅的鲜血铺满后方的道路。（摘自《女帝本色》）

例 4.57：往前看固然是令人面红耳赤的坚实光洁的胸膛，极其漂亮流畅的身线。（摘自《凰权》）

"胸"除了"胸怀""胸膛"也可以表示女性的胸部，侧重乳房的形态，观察不同作者对其特点的描述可以看出男频和女频视角下对女性胸部的描写和性感魅力的解读。

天下归元笔下女性的胸部或"雪白""丰润""丰满""挺拔""温软"，或"平坦""干瘪""下垂"，她关注的是女性的乳房健康和美观程度。如例 4.58 体现了其对于体态重要性的认知，写出了对于女性身材管理的高要求。

例 4.58：没有雪白的牙齿，就不要大笑；没有挺拔的胸，就不要掐腰；没有平直的肩，就不要偏头。（摘自《女帝本色》）

例 4.59：一边手掌却不由自地在婉儿柔软的胸上揉弄了起来。（摘自《庆余年》）

猫腻笔下女性的胸部是"隆起""柔软""软绵绵""雪白"的，大多描述情色意味较浓，如例 4.59，以对胸部的触感为先，主要为满足男性性幻想的需求。

在参照语料库中男频和女频小说的对比中，我们同样发现男频小说中将"胸"理解为女性胸部的使用频率更高，如"胸前峰峦""大胸""平胸""白玉淑乳"等，用以描述女性的胸部形态，带有情欲色彩。而女频小说中则很少有这类描述，即便是"袒胸露乳"等词也多用于男性身上。

和二人对"腰肢"的描写特点相同，男频读者和女频读者对于女性身体的叙述是迥异的，男频作品中，女性更多是被凝视、消费的对象，而在女频作品中，女性更多是被代入的角色。

4.3.3 "肩""背"

"肩"和"背"组成词汇时经常与责任、信任等含义相关，比如"并肩作战""众任在肩""腹背受敌""芒刺在背"等，在二人的文本中出现的频率相对接近。

结合二人特色词表进行考察，在含有身体语素"肩"的词汇中，我们发现猫腻使用频率更高的有"并肩"，表现具有相同目标的人共同努力，克服困难，如例4.60，"并肩"战斗的基础是彼此之间的信任和友谊，意在刻画友情可贵和团队的力量。

> **例4.60**：两个人并肩，面对隘口处这几百头已经快要被寒冷与饥饿逼疯的雪原巨狼。（摘自《择天记》）

在含有"肩"身体语素的词汇中，天下归元使用频率更高的包括"肩头""肩窝"，能看到还是以体现肩部本身形态为主。这里，我们如同前文一样，探索猫腻和天下归元小说中人物肩部的特点，考察与"肩"搭配的形容词，发现猫腻极少描述肩的外观形态，天下归元则用了较多的笔墨，与之搭配的形容词包括：单薄、清瘦、瘦、直、精致、优美、冰冷、完美、消瘦、玉色、瘦削、稚嫩、窄窄、纤细、细巧、薄弱等。

> **例4.61**：人间悲欢倾轧的华贵香闺锦绣玉帐，瞬间漫漫腾起了绮罗血沉香末，将她单薄的肩淹没。（摘自《扶摇皇后》）
>
> **例4.62**：极其漂亮的倒三角体型，宽肩细腰，平滑光洁瘦不露骨的背，精致的肩骨向下一个优雅的收束……（摘自《女帝本色》）

天下归元在描写肩部的形态时同样在涉及不同性别角色时侧重不同，对于女性角色多是"单薄""消瘦""稚嫩""纤细"，突出一种外表脆弱单纯的形象，如例4.61，女孩在面对突如其来的变化时显得弱小无助。而对于男性角色则多是直接描写肩部优美的线条、色彩、形状，如例4.62是对男性外貌不加掩饰的欣赏。

考察带有身体语素"背"的词汇，发现猫腻的特色词中只有"项背"，他也仅使用过1次。天下归元使用频率更高的词汇则包括"背""背部""背影""脊背"等。与肩部的描写类似，天下归元同样热衷于描写女性角色背部的外观形态，如描写女性"背部肌肤美玉一般"，描写男性"背部光滑"，有"绷紧的肌肉"，满足了读者的完美期待。

两人的小说中同样很多次提到"背影"，不同于实在的"背部"或"脊背"，"背影"展现出来的往往是人物整体的形象，或某一方面的气质，考察二人与"背影"搭配的形容词，主要是"的＋背影"前的形容词，由于两者重复词汇不多，故只列出各自的独有搭配，统计后可以得到表4.18。

表 4.18 猫腻和天下归元小说中"背影"的特点

频次	猫腻	天下归元
≥10		笔直
2～9	萧索、高大、孤单、宽厚、忙碌、佝偻、瘦削、魁梧、佝、娇小、小、普通、模糊、瘦小	纤细、修长、岿然不动、清瘦、利落、单薄、娇、曼妙、玲珑、雪
1	低落、匆忙、厚实、失落、孤独、寂寥、强大、强横、挺拔、消瘦、疲惫、秀气、老态、苍凉、虚弱、颓然	丧气、从容、仓皇、健美、凄惶、刺眼、坚决、坚定、尊贵、急匆匆、懒洋洋、昂扬、暗红、枯瘦、满意、潇洒、灿烂、牛叉、狼狈、疲倦、白、矮、窈窕、精致、美妙、蓝色、行云流水、踉跄、蹦蹦跳跳、轩昂、轻狂、雄壮、颀长、风情万种、飘飘、飞扬、飞舞、高傲、黑乌乌

猫腻笔下的"背影"很多都带有孤独失落感，是表现失意的象征；而天下归元的"背影"或纤细修长、曼妙玲珑，或从容潇洒、轩昂轻狂，大多仍是在表现角色的外貌形象气质等，且给人的整体感受是美丽精致的，少有寂寥颓丧的感觉。

虽然"心"也是二人使用频率极高的一个身体器官名词，但由于"心"在身体内部，以表现各类情绪为主，在外观上没有直接的变化，且在实际使用过程中，其语义逐渐虚化，一般不直接指代"心脏"这一身体器官，因此在具体分析中省略它。

4.4 四肢身体名词的具体探讨

4.4.1 "手""臂"

"手"这十分特殊的身体部位，是大自然进化过程中最完美的工具，是人类能够具有高度智慧的重要器官。猫腻和天下归元的小说中"手"的词频非常高，其中天下归元的使用频率远大于猫腻，但是"手"的含义也在漫长的历史演进中愈发复杂，为了集中我们讨论的焦点——人体形象呈现，我们研究时排除了所有"手"作身体部位以外含义的语素进行组合的复合词，这样二人文本中包含身体语素"手"的词汇仍然数量较多，因此表 4.19 只列出二人使用频率有差异的复合词，排除了数量较多的四字格成语。

表 4.19　10 部小说中"手"的构词情况

方式	词	M1	M2	M3	M4	M5	T1	T2	T3	T4	T5	备注
	手	2392	1356	2071	1393	1285	1959	2039	2444	3784	3107	t
+方位	手里	7	4	6	31	18		5	1	7	7	m
+名词	手背	9	12	14	6	13	11	19	39	69	39	t
	手心	5	2	2	2	2	15	18	19	21	13	t
叠加	手臂	58	213	180	92	92	110	74	147	321	209	t
	手指	279	544	468	293	353	419	494	530	810	611	t
	手肘		4	1			1	15	16	28	21	t
动作+	放手	50	16	20	20	14	9	27	46	46	26	t
	挥手	145	104	114	36	102	68	73	94	176	84	t
	拉手					1						M
	拍手	10	2	4	3	4	6	11	18	19	17	t
	撒手	6					7	19	4	25	14	t
	松手	6		11	7	6	14	12	20	28	27	t
	缩手						17	17	15	24	29	T

方式	词	M1	M2	M3	M4	M5	T1	T2	T3	T4	T5	备注
区别+	左手	156	211	259	160	151	13	17	28	23	27	m
形容+	双手	331	393	521	243	306	68	78	129	288	154	m
构词种类		13	12	13	13	12	14	15	15	15	15	16

可以看到，天下归元的特色词较多，主要以表现手部的动作，如"放手""挥手""拍手"，或更具体相关身体部位，如"手臂""手肘""手指"等为主。相比较而言，天下归元在手部词汇的多样性和生动性上更突出。

我们考察猫腻和天下归元笔下手部形象的差异，统计"的＋手"前的形容词性成分，发现二者重合的描述有很多，挑选出现频次大于1的词汇，其统计结果如表4.20所示，其中加粗的为分别为该作者的独有搭配词。

表4.20　猫腻和天下归元小说中"手"的特点

频次	猫腻	天下归元
≥10	颤抖、**苍老**、枯瘦	**雪白**、冰冷、**修长**
2~9	冰冷、秀气、凉、**嫩**、温暖、温柔、如玉、可怕、纤细、**发红**、**圆乎乎**、洁白、**湿**、**瘦削**、**粗笨**、肮脏、苍白	冰凉、温暖、凉、苍白、枯瘦、洁白、**有力**、肮脏、**优美**、**干净**、**惨白**、**湿淋淋**、**漂亮**、**粗糙**、**精致**、**灼热**、白、细腻、**美妙**、**金色**、雪

我们发现，猫腻笔下的"手"最经常的样子是"颤抖""苍老""枯瘦"的，"颤抖"可能是身体极度虚弱或表达激动的情绪如绝望、不安等。"苍老""枯瘦"等则常是写到年迈之人时用到，如例4.63以手部动作表现悲痛，手的主人可能是主人公也可以是其他配角。

> 例4.63：北宫未央用颤抖的手指着他，唇角同样不停颤抖，悲痛愤怒地大哭说道："你怎么才来！你怎么才来！"（摘自《将夜》）

天下归元笔下的"手"则常是"雪白""冰冷""修长"的，其中"雪白"多用于女性，"修长"多用于书中的主要男性，我们能够体会到在对"手"的外观描写上依然是天下归元更喜欢赋予其符合个人审美的要求。如例5.64"雪白的手"侧面衬托了少女的优雅与灵动，例4.65给予了男主角手部特写，"修长""玉白"等词隐含欣赏之意，满足了读者对于异性的想象。

> 例4.64：她一双保养良好的雪白的手交叠于腹前，姿态优雅，眼眸却还带着几分少女般的灵动，顾盼生姿，明眸善睐，一见便令人觉得可亲。（摘自《凤倾天阑》）
>
> 例4.65：月光从墙头泻下来，照见那一处小巷，巷子死角里，伸出一只修长的手，手指玉白，指间拈花般拈着一朵奇形的五角花。（摘自《扶摇皇后》）

除了"手"之外，在上肢的身体名词中，"臂"和表4.19中的"手臂"也是二人使用频率有差异，是天下归元使用频率更高的词汇。我们考察二人小说中"手臂"的特点，即与"手臂"搭配的形容词，发现与"手"类似，猫腻喜欢使用"颤抖""瘦削""粗壮"等乍看并不雅观的词汇描述手臂，而天下归元则更喜欢使用"雪白""柔软""洁白"等明显是以女性为对象的描述，体现了小说文本中对于女性美丽形象的展现。

4.4.2 "脚""腿"

"脚"在我们的日常生活中扮演了重要的角色，文学作品中对它的形象描写也屡见不鲜。与对"手"的研究相似，考察猫腻和天下归元文本中带有身体语素"脚"的词汇及其构词方式，选取其中二人使用频率有差异的词汇列入表4.21。

表 4.21　10 部小说中"脚"的构词情况

方式	词	M1	M2	M3	M4	M5	T1	T2	T3	T4	T5	备注
	脚	341	342	571	207	162	269	213	409	530	541	t
+ 名词	脚板						8		1		3	T
	脚底		18	11	5	14	28	13	29	60	34	t
叠加	脚跟	11	6	4			1	10	20	19	30	t
	脚骨				1							M
	脚趾	2	4	5	1	2	3	3	11	12	6	t
动作 +	跺脚	4	9	4	6		16	18	30	23	10	t
	垫脚			1			2		2	3	7	t
区别 +	左脚	2	10	7	1	1					1	m
形容 +	赤脚		1		2	3	10	2	13	6	9	t
	大脚	1					1	6	7	14	4	t
AB AC	大手大脚							1				T
	动手动脚						2			10	1	T
	轻手轻脚	1					2	3	14	8	7	t
	缩手缩脚									2		T
AB CD	七手八脚							2		5	9	T
	拳打脚踢	1		1		1	3	3	1	5	1	t
	手忙脚乱	1	8	2	4	2	5	8	12	10	6	t
	指手画脚		1				4	2	2	3	8	t
构词种类		9	9	9	8	7	14	13	13	15	16	19

　　含有身体语素"脚"的复合词中，天下归元构词的种类数量和使用频次是明显更多的，如同对"手"的关注一样，天下归元也很关注"脚"的各种情况，包括细分到"脚板""脚底""脚跟""脚趾"等方方面面。

　　和五官或躯干类的身体词汇不同，"脚"一般来说欣赏价值有限，特别是如"脚板""脚趾"等词尤其显得通俗。但是天下归元的文字风格里正有诙谐幽默，语言通俗、轻松化的特点，如例 4.66 这句与上句"我皮肤黑不显眼"对应，是两人有来有往的趣味对话。例 4.67 则用了时下流行的夸张手法表达了事情的显而易见。

例4.66："我脚板大好走路。"（摘自《山河盛宴》）

例4.67：院内必有埋伏，用脚趾也能想得到。（摘自《女帝本色》）

这类接地气的用词正显示了网络文学和传统文学的相异之处，它们完全没有架子和门槛，用和网民对话的姿态讲故事，天下归元的作品在这点上比猫腻的更接近网络本身。在含有"腿"的构词上也体现了这一特质，"拔腿""撒腿""蹬腿""盘腿"等活泼通俗性词汇上天下归元使用频率都更高，其中前两者是其独有词。

当然，"腿"作为仍然对个人形貌拥有重要影响的身体部位，我们也考察了猫腻和天下归元小说中"腿"的特点。猫腻更注重腿的功能性，用"强悍""残废""痊愈""痛""红肿"等描述腿的状态比较多，而天下归元在此之外仍然关注了腿的美观程度，用"修长""笔直""健壮"等形容男性的腿，如例4.68仍是面向女频受众，作者有意进行的一次男色的细致描写。

例4.68：那淡黄光晕映照下，肌理细腻的修长的腿却突然转了个方向，跨入了浴桶。（摘自《凰权》）

在参照语料库的文本中，仍是男频小说对于"腿"的外观描写更为偏好，而且多描写女性的"腿"，如"美腿""玉腿""光滑""修长"等，写到男性的"腿"时则经常描写其动作，突出力量。女频小说则较少对腿部外观给予描写，特别是对于女性的腿部。

4.5 本章小结

身体名词与人类的感官密切相关，对网络小说中的人物塑造、感情抒发、价值体现也大有影响。本章我们针对猫腻和天下归元小说中出现的身体名词及其用法进行深入研究，试图通过二人在身体名词上的使用情况分析彼此文风上的差异。

4.5.1 身体词汇使用频率的差异

数据统计结果显示，不论是单音节身体名词还是由构成的多音节身体词汇，天下归元使用的种类和频率都要显著高于猫腻的，其构词法也更为丰富和广泛。这可能由于自然和社会历史因素，女性潜意识里喜欢关注外表和身体，正如当女性回归个人写作，全方位强调个人的感性时，便诞生了女性身体写作。

不同的身体部位在天下归元笔下呈现了多样的动作姿态，在形象表现上也更加丰满。比如"头""眼"等与动作搭配，表现该部位的丰富动作；"脸""眉"等与形容词搭配，表现其各种状态。天下归元对于这类身体感受的描写十分细致，不仅依靠该器官本身的功能感受，而且是触觉、视觉和心理感受等多种感官体验的联动，比如"耳朵"可以"凉""红""嗡"。这都显示了天下归元对于身体更为细腻感性的书写风格。

女性对于容貌通常比较关注，我们看到天下归元在"脸""容""颜"及其大部分构词上的使用频率都高于猫腻。在涉及具体身体部位美丑的描绘上，更偏于描绘美丽的形象，比如"精致"的"容颜"，"明媚"的"眼睛"等。当然，她并非不使用形象上的负面词汇，而是整体来看相比于猫腻的用词，正面词汇更多。

天下归元写到身体的不同部位时，更习惯以审美的要求，从颜色、性质、状态和美观程度等方面，描述其外在形貌特征，追求直接的感官和视觉体验，比如"玉白"的"额头""娇艳"的"唇""单薄"的"肩"等。这样有利于对人物本身性格或形象的刻画塑造，但是诸多形容词的堆砌和泛滥的描写也让行文变得冗长。猫腻写到不同身体部位或器官时，并没有非常热衷于展现其美的一面，小说里的美丑善恶、主角配角他都可能对他们的外貌进行描写，所用的词汇也更具体、实在、准确，这类与某些身体词搭配的形容词从种类上说不输天下归元，但是从使用频率上看仍较低。相比之下，天下归元用词空泛、更加追求感官体验。

同时，猫腻也更善于通过身体词汇来展现人物当时的情绪，比如"发涩"的"眼睛"表示难过，"蹙眉"表示担忧等，五官和肢体足以成为其小说人物情感传递的载体。这种情感也多是负面的感情，比如"手"的"颤抖""苍老""枯瘦"；"背影"带有孤独失落感，是表现失意的象征。

4.5.2 异性凝视下的形象差异

前文提到网络小说是高度类型化的文学，其顶层分类即性别。男频文受众大多为男性，女频文受众大多为女性，这造成了两类小说在文本创作风格上的巨大不同。通过本篇男频代表作家猫腻和女频代表作家天下归元对于身体形象的描写，尤其是对异性形象的刻画，我们看到了两类小说在审美趣味和快感来源上的巨大差异。

1. **男频文中的女性形象**。男频小说中对女性外貌形象进行描写往往是为了强调其对于男性的吸引力。从五官所搭配的形容来看，猫腻笔下的少女大多清秀柔美，天真无邪，有一双水汪汪的大眼睛。天下归元笔下的少女则既有娇羞动人、稚气可爱一面，也有艳丽张扬、风华绝代的一面。且天下归元在描写女性形象时用词更为细致，比如"眉"就有"娥眉""眉峰""柳眉"等多种表达。

在能够体现性魅力的女性身体部位，比如"腰""胸"上，猫腻描写时突出触觉，情欲色彩更浓，女性成为激发男性"快感"，满足性幻想的存在。而天下归元则较为含蓄，是对于女性性感或风情的自然欣赏和赞美。女频作品中的女性，尤其是女主角多数情况下是作为读者代入个人的身份角色，因而很少出现如男频作品中那样会让女性感到不适的对情欲和女性躯体的描写。

2. **女频文中的男性形象**。天下归元对于男性外貌的描写比对女性更多，其笔下的男性角色也多为玉树临风的美男子，拥有一头漆黑柔亮的长发，容颜俊美，肤白如玉，眸如春水。猫腻笔下的男性形象则十分多样，少有大篇幅的描写，外貌更没有突出其美，多是对力量或性格的如实刻画，显得更为真实。

天下归元在对于男性形貌的刻画上十分突出其对于女性的吸引力，除了漂亮的外观，还会描写"光洁的胸膛""宽肩细腰""精致的肩骨"等，同样满足女性性幻想，男性作家很少对笔下的男性角色采用这类赏玩一般的手法描写。

3. **"美姿容"的意义**。在传统的文学创作中，男性作家从不吝惜用在女性身上的笔墨，对女性的外貌、衣着、行为和心理等进行着一次又一次的书写，女性形象被反复地塑造和打磨，长时间以来，女性一直是被观察的一方。以往的女性作家却很少直接表达对男性外表同样的品评，又难以摆脱传统两性观念的束缚，作品仍呈现着对男性的精神依赖，女性以寻求男性的宠爱和庇护为目的。

网络女频小说的出现体现了女性意识的崛起，在女频网络小说中，男性成为被观察和娱乐的对象。女性作家依据个人的喜好书写心目中美好男性的形象，花费更多篇幅和笔力浓墨重彩描绘小说中男性人物的外貌躯体、言谈举止和心理感情，以呼应女性读者内心的男色消费欲望和感情消费需求。女性通过构筑男性之"美"的标准这种去政治化的行动颠覆传统的性别秩序。

这种"美"的标准仍脱胎于中国古典的"美男子"形象，不是西方审美下的"健美肌肉型"，而是"银盔银甲的白袍小将""玉树临风的白面书生"[114]，虽看似单薄柔弱却内蕴深藏、才华横溢。对古典"美"的追求和大方展现也显示了中国女性读者对传统文化的自信。

当然，我们也看到一味追求视觉和感官的刺激所带来的文学浅薄化、低俗化。受消费主义的影响，文学的审美范围在发生改变，热衷追求感觉、体验和思想的感官刺激。"在快节奏的城市化生活和消费主义的引领下，人们不再被印刷品中文字蕴含的深邃和抽象吸引，转而沉迷于更直觉的、快感的和当下的视觉感受"[115]86。网络文学更需要警惕这种影响，注重作品质量的提升和圈子良好生态的营造。

4.5.3 如何实现更好的阅读体验？

网络文学是在媒介变革和消费主义下成长起来的新兴文学形态，付费订阅的模式将我们阅读时产生的精神思想上的愉悦商品化，成功的网络小说必须能让读者在不耗费过多认知资源的情况下通过阅读产生超强的快感，比如畅快感、成就感和优越感等。这是一个涉及叙事模式、人物设定、情节设计和环境营造等的复杂机制，但是通过对身体的直接描写制造视觉和感官的刺激无疑是最普通也是最经济的。在本篇对猫腻和天下归元小说中身体名词使用情况的考察中，我们发现了他们在制造网络文学"快感"上的具体表现。

1. **作者的"爽文"意识。**首先"快感"的制造表现为作者有意识地进行刺激点的投放，自觉营造"爽点"。比如天下归元总是不厌其烦地对小说中的男性形象进行细致的外貌描写。其用词部分并非常规的搭配，而是特殊的、强调化的形容，比如"手指玉白""肌理细腻的修长的腿"，给予读者视觉强烈的冲击。如非作者有意，这样的描写其实并不必要。猫腻的小说中这类写法的对象往往是女性。

2. **形象塑造的技巧。**通过分析二人小说中和不同身体部位搭配的形容词，我们发现不论男频还是女频作者都认为美丽的形象特征包括：瘦、肤白细腻、眼睛明亮清澈、鼻子高挺等。在具体的男频和女频作品中又有所不同，比如同样写男性，天下归元喜欢双眼皮而猫腻喜欢单眼皮。虽然审美随着时代的变化一直在改变，但是也有一些"美"的标准一脉相承，在长期以来的审美体验中约定俗成。把握这类"美"的共性，在塑造人物时有所考量，虽然人物形象可能重复或相似，但可以唤起读者精神层面上同样的兴奋和满足。

3. **白日梦的实现。**网络文学的作者们清楚知道读者希望看到的是什么，现实的压力与个人的普通让读者更愿意从小说中获得心理安慰和精神放松。女频小说中所描绘的完美男性形象可以让以女主角身份代入的女性读者幻想与之互动、恋爱的过程，获得极大的精神满足。但是这类形象在现实生活中是难以企及的，网络小说让读者的梦转化为作者的虚构世界，"作家能够使我们享受到自己的白日梦而又不必去自责或害羞"[116]434，这也就是网络小说能够给人带来"快感"的重要原因。

互联网时代来临后，文学渐渐不再是崇高的、精英的、严肃的，而是通俗的、娱乐的、流行的。网络小说从其性质来说，不是不可以经典和严肃，而是要在营造快感的基础上才可以谈更高的文学性和艺术价值。

第 5 章

结　语

　　网络文学是 21 世纪中国文学发展之路上独特而壮丽的一道风景，商业化写作模式下作品男频和女频的分野标志着女性意识的崛起和社会对个体欲求合理化的开放包容，猫腻和天下归元分别是男频和女频作家中的佼佼者，同时也是兼顾了网络文学商业性和文学性的优秀作家。

　　本篇采用定量统计和定性分析相结合的方法，基于计算风格学视角，对猫腻和天下归元网络小说中的语言特征进行研究，分析两位作家在文学风格上的差异，探索男频和女频小说相异的用词习惯和审美倾向，总结网络小说语言表达的共同特点。

　　在研究方法上，我们运用语料库语言学、计算机技术和统计学等多种知识和技术提取语言特征，同时不单纯唯数据论，回到文本和词汇中考察具体使用环境和目标本身特点，从而得出既客观也有深度、有广度、有温度的结论。

　　在对两位作家 10 部小说中的段落、句子、标点、词汇、词性和身体名词等语言特征进行具体分析后，我们既验证了文学研究中的一些既有观点，也有了很多新的发现，结论可以总结为以下三个方面。

5.1　网络小说语言的特点

5.1.1　浅白轻松

网络小说创作的目的是满足读者消遣娱乐的需求，这就造成阅读它的难度必然不能太高，语言要尽可能浅白简单。在基于长度的量化分析中，猫腻和天下归元的平均段长、句长都较短，其中段长和句长十分接近，一句即为一段的情况很常见，这对于读者阅读和理解来说是更方便和简单的。当然，移动端屏幕大小有限同样限制了网络小说的句长和段长。在高频实词和虚词的统计研究中，没有发现二人有复杂词汇和生僻词；在词长的统计中，发现单音节词和双音节词几乎占了纯词总数的97%；在具体身体词汇的构词中，几乎全是常用词，也少见特殊的构词方式。这些同样说明了网络小说在用词上的简单易懂。

5.1.2　通俗口语化

和传统严肃文学相比，网络小说不追求思想性和深刻性，语言通常更为轻松口语化，有时几乎让读者感觉不到和平时说话的区别。在猫腻和天下归元的共有词中存在大量口语色彩较浓的词，特别是大量的语气词和叹词，其类型也异常丰富。即使使用文言或书面色彩更浓的词汇，也多是语气词、助词等较简单的部分，既可以增加小说语言的古典韵味，又不会影响整体平易近人的言语风格。另外，从标点符号使用上看，他们都使用了较多的引号和冒号，小说中的对话居多，也更强化其通俗口语化的特征。在涉及身体部位的具体描写时，二人遣词造句上也较为通俗，给予体貌特征直接具体的描写，而不会进行含蓄隐秘的表达。

5.1.3　自由时尚

网络小说的语言是自由不羁的，能限制作者创作的因素除了创作平台的标准就只有作者本身，因而我们能够在网络小说中看见各种各样类型、风格的作品。体现在语言上便是一种混搭杂糅的艺术。猫腻和天下归元的小说中都不同程度地呈现了这种混杂交融，文言词与白话词，书面语和口语词交替出现；描写古代生活与现当代生活的词汇并行文中；还有外来词、外语和网络流行词频繁出现，制造出一种架空背景下虚实交错，正经叙事略带幽默的神奇体验。

网络小说在情绪描绘上也更直白大胆、热烈鲜明，比如在形容词和动词的使用上，不论对正面还是负面形象和情绪的书写，猫腻和天下归元的用词都体现出了强烈的情绪色彩。

网络流行词的使用同样显示了网络文学作为一种快餐文学与时代和热点的密切关联。诞生于同一片土壤的二者天然拥有更好的相容性。经典的网络流行词以其强大的解释力和独特的精神特质受到网民们的欢迎而得以长盛不衰。

5.2 男频和女频的风格差异

虽然我们主要是对猫腻和天下归元二人的具体文本进行风格的对比和分析，但是在引入参照语料库后，结合其他男频和女频小说的数据表现特点，猫腻和天下归元之间的部分差异也被证明是两种类型小说之间的区别。

5.2.1 主题关注

在名词的使用上，我们发现男频和女频作品的关注主题差异巨大。男频的世界观设定往往完整而复杂，玄幻作品中从古代社会到星际科幻的多种元素都可能有所涉及，存在大量自己独创的世界观相关新名词。女频的世界观设定则往往较为简单，在有限的时空环境中专注于恋爱或女主角的成长，不会突破时空的框架。

在具体用词上，男频偏好军事战争、政治经济、历史文化相关的词汇，对于情感和个体与个体之间的关系发展书写较为粗糙。女频则热衷于描绘人物之间的关系纠葛、感情发展和饮食生活的细节，对于战争、成长和升级等过程则描写较少。

5.2.2 形象表现

在名词、形容词和身体词汇的具体研究中，男频和女频在人物形象的刻画上也大不相同。男频作品聚焦于男性的自我意识，强调他们的能力和品质，书写其成长和强大的过程，对其外貌形象不作过多描述。女频作品则以女性角色为出发点，关注两性情感的发展变化，会细腻刻画女性的外貌，主角大多美丽善良，形象上也更加多元。

在对异性的描写上，男频文中的女性形象扁平刻板，大多清秀柔美、天真无邪，名字用词婉约，符合男权社会下对女性的传统期待。女频文中的男性形象则气质多样，或玉树临风、形貌昳丽，或风流潇洒、温柔多情，但一定是美男子。二者都在对异性的描写中寄托了制造"快感"幻想的目的，但后者体现了女性试图对男性"美"的标准提出要求，是女性意识的崛起。

在形容词和动词的具体使用上，男频作品用词风格更为豪放刚健，重点赞美社会秩序、人类品质和宏大景象；而女频作品用词则更为细腻婉约，呈现对个体优美形象或灵巧动作的精心描绘。女频使用各类形容词和副词也明显较男频更多，因而时有空泛冗余之嫌。

5.2.3　情感抒发

由于受众不同，关注的主题和形象也不同，我们看到男频和女频作品在感情表达上的差异。男频作品更注重理性和逻辑，介词、连词、方位词、量词的使用频率更高，重视构筑外界的时空环境，在对人物形象进行描写时，大多是不掺杂主观色彩的客观描写，在感情表达上冷静而克制，身体虽然可以成为情绪的载体，但在表达感情时也总是隐忍含蓄的。

女频作品则情绪抒发更为强烈，比如语气词、叹词、破折号和感叹号等的使用都远多于男频作品。在具体形容词、副词、成语和惯用语等的使用上也带有更加丰富的感情色彩，使用更多的叠词、褒义词和贬义词。同时女性在各类搭配中使用更多的颜色词，在颜色识别和色彩感知能力上，女性强于男性。

5.3　猫腻和天下归元的个人特色

5.3.1　猫腻：沉稳大气、规矩严肃

虽然网络文学大多浅白简单，但是猫腻仍在他的网络小说创作中努力坚持个人的文学审美和要求。对比大多数网络小说粗浅的文笔、同质化严重的人物形象和极低的文学性，猫腻的小说语言可称得上是沉稳大气、规矩严肃。和天下归元相比，在人名、自然景物描写、身体名词搭配上，猫

腻用词十分简单朴实，重在准确表现当时的情形；在形容词、动词和成语等上的用词感情色彩也较弱，形容词使用数量上较为克制。从语体上看，他双音节词使用频率更高，书面语色彩更浓，讲究典雅、准确。在虚词和成语的使用上，文言词多，古韵更浓。

除了语气词和叹词，猫腻很少在文中使用过于口语化或流行化的词汇，比如网络流行词等，这体现了他对于创作严肃性的坚持，即便是在商业消费主义主导下的网络文学领域，也有自己的坚守。

5.3.2　天下归元：自由形象、生动有趣

天下归元的语言风格比较自由形象、生动有趣。在基于长度的量化分析中，她的最大段长、句长和分句长都远超常规字数，为人物情绪需要，她在创作中无视了传统标点符号的束缚。在破折号和感叹号上，她创新用法，频繁使用，达到了个人表情达意的特殊要求。她小说的词汇丰富度大于猫腻，在形容词、动词、副词、拟声词、各类成语、惯用语的使用频率和种类上也强于猫腻，其中各类叠音词、成语和惯用语兼具表现感情色彩的功能。这都体现了她在用词上的自由大胆，塑造人物细腻形象，表现情感丰富热烈，描写动作灵活生动。同时，我们也在具体的实词分析和身体名词的搭配中看到天下归元十分喜欢使用颜色词和形象的比喻，有利于其更好地表现形象和传递情绪。

天下归元小说口语化色彩更为浓厚。语气词、叹词、各类叠音词、单音节动词的使用频率都较猫腻更高。她拥抱了网络时代，并主动融入消费主义和娱乐精神主导下的文学领域进行创作，热衷使用网络流行词，语言的通俗性和幽默性更强，读之异常轻松。另外，天下归元对于语言的节奏和音乐美有更高的追求，其小说好用叠音形容词、叠音量词、叠音副词、四字格成语和短语，因而韵律感更好，语言具有音乐美。

5.4　评价与展望

网络文学虽然发展了数十年，消费市场逐渐成熟，作品类型渐渐稳定，但它仍是年轻化的，其受众大多是年轻人，作者是年轻人，自身也在

蓬勃发展，充满无限可能。在这一阶段性时刻，网络文学慢慢获得主流文学领域的认可，研究者们也开始探讨网络文学的经典化问题，我们从语言学的角度选择了接近"经典性"的两位网络文学作家的作品进行语言风格的对比和分析，对于更全面研究网络文学的特质，探索其文学性和艺术性的表现和未来前进的方向都很有意义。研究也证明了网络文学有其固有的通俗化、娱乐化的一面，但是在商业化的基础上也可以体现文学性和严肃性，成为作者表达个人价值取向、审美趣味和精神追求的载体。

之前对网络文学的研究大多是理论或宏观层面的，针对具体作家作品的详细研究也局限在早期的部分作家。网络文学已经发展了二十多年，当下流行的网络小说与以前的风格迥异。本篇聚焦于当下流行的优秀网络小说，探索其语言特点，把握当下网络文学的脉搏。

在方法上，之前通常是文学研究，依靠定量分析、统计方法针对具体作者的实证研究较少，而网络小说超大的篇幅和体量让直接的文本研究变得十分困难。本篇通过回到文本，建立语料库，选取语言特征，利用统计分析和计算风格学的方法对网络小说的语言风格进行了更客观的描写，从语言学角度填补了对网络小说风格研究的空白。

同时我们结合时代、社会、性别等因素，探索了网络小说不同类型之间的差异及其走红的原因，让分析不仅停留在分散的冰冷图表和数据上，而是回到个体和类型，得出有温度、有深度的结论。

但是，本篇仍然有一些有待完善之处。例如，仅仅以两位作家的文本作为样本进行研究数据量仍有限，特别是在抽象男频、女频特色及网络小说语言特点时，难以做到全面，但是网络小说个体和种类体量过于庞大，在具体实验中发现目前的普通计算机仍然不能快速处理大批量文本。在身体名词的具体分析中，无法穷尽所有的身体词汇，因为这部分人工搜索和分析的工作较多，不免有损研究的完整性。在研究中主要集中于词汇，对于句子、段落和语法的分析不够全面深入，因为句子、段落层面提取何种有效数据还值得商榷，学界经验较少；而句法、语篇层面的特征提取和分析过程将会十分复杂且目前技术还不够成熟。另外，很多语言特征其实也没有在本篇中讨论，比如各类修辞或描写议论抒情的分类等，因为较难直接通过机器识别。

信息技术给人类社会带来了巨大变革，它让文学走出纸面，也让研究解放双手。网络文学在未来究竟是何模样，在计算机技术不断进步的明天一定可以绘出更完整的画像。

参考文献

［1］冯志伟. 计算语言学基础［M］. 北京：商务印书馆，2001.

［2］祝克懿. 语言风格研究的理论渊源与功能衍化路径［J］. 当代修辞学，2021（1）：59－71.

［3］曾毅平，朱晓进. 计算方法在汉语风格学研究中的应用［J］. 福建师范大学学报（哲学社会科学版），2006（1）：14.

［4］Mosteller F，Wallance D L. Inference and Disputed Authorship：The Federalist［M］. Addison－Wesley，1964.

［5］Neal T，Sundararajan K，Fatima A，et al. Surveying stylometry techniques and applications［J］. ACM Computing Surveys，2017，50（6）：1－36.

［6］桂诗春. 基于语料库的英语语言学语体分析［M］. 北京：外语教学与研究出版社，2009.

［7］李天. 数字人文背景下的文学研究——量化方法在中西文学研究中的比较［J］. 厦门大学学报（哲学社会科学版），2020（5）：153－162.

［8］苏珊·霍基. 人文计算的历史［J］，葛剑钢，译. 文化研究，2013（16）.

［9］Jean Baptiste Michel，Yuan Kui Shen，et al.，"Quantitative Analysis of Culture Using Millions of Digitized Books"，Science，2011，vol. 331.

［10］Franco Moretti. Graphs，Maps，Trees：Abstract Models for Literary History. Verso，2007.

［11］Matthew L. Jockers，Macroanalysis：Digital Methods and Literary History［M］，University of Illinois Press，2013.

［12］ Adam Kirsch， "Technology Is Taking Over English Departments：The False Promise of the Digital Humanities" ［J］，The New Republic 2014，May 2.

［13］欧阳健．数字化与《三国演义》版本研究论 ［J］．东南大学学报（哲学社会科学版），2005（3）．

［14］陈大康．从数理语言学看后四十回的作者——与陈炳藻先生商榷 ［J］．红楼梦学刊，1987（1）：293 - 318.

［15］李贤平．《红楼梦》成书新说 ［J］．复旦学报（社会科学版），1987（5）．

［16］Mendenhall，T. C. The Characteristic Curves of Composition ［J］．Science，1887，214（9）：237 - 249.

［17］Yule，G. U. On Sentence - Length as a Statistical Characteristic of Style in Prose：With Application to Two Cases of Disputed Authorship ［J］．Biometrika，1939，30（3/4）：363 - 390

［18］笪章难，汪蘅．以计算的方法反对计算文学研究 ［J］．山东社会科学，2019（8）：24 - 39.

［19］刘颖，肖天久．金庸与古龙小说计量风格学研究 ［J］．清华大学学报（哲学社会科学版），2014，29（5）：135 - 147，179.

［20］金迪．基于语料库的格非、余华小说计量风格学研究 ［D］．南京师范大学，2018.

［21］余韵．巴金前后期小说的计量风格学研究 ［D］．华中师范大学，2017.

［22］李凯旋．颜歌小说的计量风格学研究 ［D］．四川师范大学，2019.

［23］苗艳艳．基于语料库的毕飞宇、苏童作品风格比较研究 ［D］．南京师范大学，2017.

［24］Douglas Biber. Variation across Speech and Writing ［M］．Cambridge：Cambridge University Press. 1990.

［25］钟敏，汪洋．基于计量风格学的多层次特征在作者识别应用研究［J］．计算机与数字工程，2020，48（5）：1159－1163，1171.

［26］马莉姿．基于平行语料库的芥川龙之介小说汉译本译者风格研究［D］．大连海事大学，2020.

［27］金真星．基于计算风格学的《春香传》中译本研究［D］．南京师范大学，2020.

［28］Grieve, J. Quantitative Authorship Attribution：An Evaluation of Techniques［J］．Literary and Linguistic Computing, 2007, 22（3）：251－270.

［29］陆芸．词汇丰富性测量方法及计算机程序开发：回顾与展望［J］．南京工业大学学报（社会科学版），2012，11（2）：104－108.

［30］Grabchak, M.，Zhang, Z.，Zhang, D. T. Authorship Attribution Using Entropy［J］．Journal of Quantitative Linguistics, 2013, 20（4）：301－313.

［31］Kerner, Y. H.，Margaliot, O. AUTHORSHIP ATTRIBUTION OF RESPONSA USING CLUSTERING［J］．Cybernetics & Systems, 2014, 45（6）：530－545.

［32］涂梦纯，刘颖．余华与莫言长篇小说的计量统计和分析［J］．中文信息学报，2019，33（2）：131－142.

［33］Zheng, R.，Li, J.，Chen, H.，et al. A framework for authorship identification of online messages：Writing－style features and classification techniques［J］．Journal of the American Society for Information Science & Technology, 2006, 57（3）：378－393.

［34］中国网信办．第47次中国互联网络发展状况统计报告［EB/OL］．（2021－02）［2021－02－26］．http：//www. cac. gov. cn/2021－02/03/c_1613 923423079314. htm.

［35］孟隋．作为娱乐产业的网络文学——论国内网络文学发展历程及其启示［J］．文化与诗学，2015（2）：254－268.

［36］欧阳友权．新世纪以来网络文学研究综述［J］．当代文坛，2007（1）：122－124.

［37］邵燕君．网络文学经典解读［M］．北京：北京大学出版社，2016.

［38］欧阳友权．数字媒介与中国文学的转型［J］．中国社会科学，2007（1）：143 – 156，208.

［39］孙乔可．2000—2019 年中国网络文学研究综述［J］．文化学刊，2020（11）：72 – 77.

［40］维佳．游戏、对抗与困境——论中国网络文学的写作形态［J］．贵州民族学院学报（哲学社会科学版），2002（3）：47 – 49.

［41］彭金梅．驰骋于信息时代的"黑马"——从接受美学看中国网络文学的盛行原因［J］．怀化学院学报，2009，28（6）：75 – 77.

［42］胡疆锋．"压弯的树枝"——民族主义视野下的中国网络文学［J］．文学与文化，2014（1）：20 – 26.

［43］刘志权．当代文学转型中的赛伯批评空间——兼谈网络文学的若干特性［J］．南京师范大学报（社会科学版），2003（3）：134 – 140.

［44］欧阳友权．数字媒介与中国文学的转型［J］．中国社会科学，2007（1）：143 – 156，208.

［45］周志雄．网络小说的类型化问题研究［J］．南京社会科学，2014（3）：129 – 135.

［46］唐小娟．网络写作新文类研究［M］．北京：中国社会科学出版社，2018.

［47］郑晓锋．媒介生态与百年中国文学语言变革研究［D］．山东大学，2020.

［48］陈定家．网络时代的文学转向［M］．北京：中国社会科学出版社，2020.

［49］范周．网络文学批评［M］．北京：知识产权出版社，2019.

［50］宋玉霞．网络女性小说研究［D］．兰州大学，2012.

［51］刘芊玥．作为实验性文化文本的耽美小说及其女性阅读空间［D］．复旦大学，2012.

［52］张鑫佩．网络玄幻小说研究［D］．苏州大学，2020．

［53］齐丽霞．网络文学中的女性写作叙事研究［D］．青岛大学，2013．

［54］黄佩佩．网络女性小说的电视剧改编研究［D］．苏州大学，2016．

［55］刘锡峰，武帅，曾桢，等．基于主题模型和知识图谱的网络文学文本挖掘研究——以《雪中悍刀行》为例［J］．信息技术与信息化，2020（12）：115－120．

［56］郭晓丹．基于网络原创小说抽样语料库的词语定量研究［D］．山东大学，2015．

［57］李艳丽，李宛蓉，廖欣，等．基于计量风格学的小说质量分析［J］．计算机与现代化，2019（5）：19－24，107．

［58］高寒凝．网络文学研究中的数字人文视野——以晋江文学城积分榜单及"清穿文"为例［J］．中国现代文学研究丛刊，2020（8）：201－212．

［59］邵燕君．网络文学的"网络性"与"经典性"［J］．北京大学学报（哲学社会科学版），2015，52（1）：143－152．

［60］邵燕君．网络文学的"断代史"与"传统网文"的经典化［J］．中国现代文学研究丛刊，2019（2）：1－18．

［61］包明明．网络小说创作困境与自我突围［D］．山东师范大学，2020．

［62］袁秀佳．论数字时代玄幻小说的书写与传播［D］．浙江大学，2018．

［63］盛瑾萱．当代中国网络穿越小说的写作艺术［D］．湖南师范大学，2016．

［64］Joanes，D. N．，Gill，C. A. Comparing measures of sample skewness and kurtosis［J］．Journal of the Royal Statistical Society，1998，47（1）：183－189．

［65］刘颖．统计语言学．北京：清华大学出版社，2014．

［66］Fisher Box，Joan. Guinness，Gosset，Fisher，and Small Samples. Statistical Science. 1987，2（1）：45 – 52.

［67］张谊生．现代汉语列举助词探微［J］．语言教学与研究，2001（6）：35 – 44.

［68］丁素杰．韩国留学生动态助词"了""着"习得考察［D］．黑龙江大学，2018．

［69］中国社会科学院语言研究所．现代汉语词典［M］.7 版．北京：商务印书馆，2016．

［70］徐复，等．古代汉语大词典［M］．上海：上海辞书出版社，2007．

［71］张斌．现代汉语虚词词典［M］．北京：商务印书馆，2001．

［72］王力．语言学词典［M］．济南：山东教育出版社，1995．

［73］毛帅梅，罗晓语．现代汉语副词性语素论析［J］．湖南科技大学学报（社会科学版），2014，17（3）：121 – 127.

［74］冯胜利．从韵律看汉语"词""语"分流之大界［J］．中国语文，2001（1）：27 – 37.

［75］郑尔君．现代汉语副词重叠研究［J］．黑龙江教育学院学报，2017，36（7）：115 – 117.

［76］谭汝为．人名的语言文化阐析［J］．文学与文化，2016（1）：57 – 65.

［77］周有斌．叠音人名的考察与分析［J］．语言文字应用，2012（4）：48 – 55.

［78］王剑引，等．古汉语大词典［M］．上海：上海辞书出版社，2000．

［79］薛秋宁，肖元珍．对应的单、双音节动词的非对应性［J］．广西社会科学，2004（11）：134 – 135，138.

［80］张国宪．单双音节动作动词充当句法成分功能差异考察［J］．

淮北煤师院学报（社会科学版），1989（3）：116－123.

［81］唐青海，高再兰．单双音节动词"帮""帮助"对比分析［J］．湘南学院学报，2020，41（6）：77－82.

［82］居红．汉语趋向动词及动趋短语的语义和语法特点［J］．世界汉语教学，1992（4）：276－282.

［83］马玉汴．趋向动词的认知分析［J］．汉语学习，2005（6）：34－39.

［84］沈家煊．"名动词"的反思：问题和对策［J］．世界汉语教学，2012，26（1）：3－17.

［85］李佳，夏云．形式动词"进行"的语法化［J］．现代语文，2019（9）：33－38.

［86］徐时仪．汉语词汇双音化的内在原因考探［J］．语言教学与研究，2005（2）：68－76.

［87］朱德熙．语法讲义［M］．北京：商务印书馆，1982.

［88］张国宪．状态形容词的界定和语法特征描述［J］．语言科学，2007（1）：3－14.

［89］张其春，蔡文萦．谈选词的作用［J］．语文学习，1957（2）：34－36.

［90］刘小莉．人体器官名词作为临时名量词的认知研究［J］．长江丛刊，2021（3）：138－139.

［91］金昌吉．方位词的语法功能及其语义分析［J］．内蒙古民族师院学报（哲学社会科学版），1994（3）：22－26.

［92］陈瑶．方位词研究五十年［J］．深圳大学学报（人文社会科学版），2003（2）：111－116.

［93］张大红．方位词"上""中""下"的综合考察及认知解释［D］．华中师范大学，2004.

［94］尹海良．现代汉语方位类后缀"－头"和"－面"的认知考察［J］．东南大学学报（哲学社会科学版），2008（4）：120－122，125，128.

［95］刘坚，曹广顺，吴福祥．论诱发汉语词汇语法化的若干因素［J］．中国语文，1995（3）：161－169．

［96］侯德云．后缀"头"语法化过程考察［D］．华南师范大学，2007．

［97］邵敬敏．拟声词的修辞特色［J］．当代修辞学，1984（4）：47－48，9．

［98］钱理．现代汉语惯用语研究［D］．苏州大学，2005．

［99］商务印书馆辞书研究中心．新华成语大词典［M］．北京：商务印书馆，2013．

［100］多功能成语大词典［M］．北京：外文出版社．2011．

［101］王旗，张瑜，彭光源．成语的重要来源：古代典籍与文学作品［J］．大众文艺，2019（12）：243－244．

［102］温端正，吴建生，等．中国惯用语大辞典［M］．上海：上海辞书出版社，2011．

［103］朱曦．网络词汇使用情况研究［D］．南京大学，2015．

［104］刘珍，肖倩．网络语言中的词汇变异［J］．开封教育学院学报，2019，39（12）：52－53．

［105］刘志成．英汉人体词一词多义认知对比研究［D］．上海外国语大学，2014．

［106］李晶．身体词汇惯用语的中日对比研究［J］．日语学习与研究，2005（S1）：48－52．

［107］吴钰．谈中日身体词汇的文化性［J］．日语学习与研究，2003（3）：79－85．

［108］刘珏，李冬松．浅谈日本人对日语惯用句中身体词汇的理解［J］．广东工业大学学报（社会科学版），2002（3）：76－78．

［109］陶东风，罗靖．身体叙事：前先锋、先锋、后先锋［J］．文艺研究，2005（10）：25－37，166．

［110］向荣．戳破镜像：女性文学的身体写作及其文化想象［J］．西

南民族学院学报（哲学社会科学版），2003（3）：188－199.

［111］杨琨．网络小说中的身体书写研究［D］．湖南大学，2019.

［112］张蘅．眼睛优势：面孔搜索和面孔整体加工中的区域特异性［D］．浙江理工大学，2020.

［113］徐梅．中国古代女性眉妆审美研究［J］．牡丹江大学学报，2019，28（5）：108－110，138.

［114］邵燕君．再见"美丰仪"与"腐女文化"的逆袭——一场静悄悄发生的性别革命［J］．南方文坛，2016（2）：55－58.

［115］杨晓峰，王君玲．消费主义与媒介文化［M］．兰州：甘肃文化出版社，2010：86.

［116］弗洛伊德．弗洛伊德文集［M］．长春：长春出版社，2004.

［117］杨新敏．网络文学刍议［J］．文学评论，2000（5）：87－95.

附录 A ICTPOS 3.0（中科院计算所词性标注体系）

标记	词性	标记	词性	标记	词性
n	名词	bl	区别词性惯用语	udeng	等、等等、云云
nr	人名	z	状态词	uyy	一样、一般、似的、般
nr1	汉语姓氏	r	代词	udh	的话
nr2	汉语名字	rr	人称代词	uls	来讲、来说、而言、说来
nrj	日语人名	rz	指示代词	uzhi	之
nrf	音译人名	rzt	时间指示代词	ulian	连
ns	地名	rzs	处所指示代词	e	叹词
nsf	音译地名	rzv	谓词性指示代词	y	语气词
nt	机构团体名	ry	疑问代词	o	拟声词
nz	其他专名	ryt	时间疑问代词	h	前缀
nl	名词性惯用语	rys	处所疑问代词	k	后缀
ng	名词性语素	ryv	谓词性疑问代词	x	字符串
t	时间词	rg	代词性语素	xe	E-mail 字符串
tg	时间词性语素	m	数词	xs	微博会话分隔符
s	处所词	mq	数量词	xm	表情符号
f	方位词	q	量词	xu	网址 URL
v	动词	qv	动量词	w	标点符号
vd	副动词	qt	时量词	wkz	左括号
vn	名动词	d	副词	wky	右括号
vshi	动词"是"	p	介词	wyz	左引号
vyou	动词"有"	pba	介词"把"	wyy	右引号
vf	趋向动词	pbei	介词"被"	wj	句号
vx	形式动词	c	连词	ww	问号
vi	不及物动词	cc	并列连词	wt	叹号
vl	动词性惯用语	u	助词	wd	逗号
vg	动词性语素	uzhe	着	wf	分号
a	形容词	ule	了、喽	wn	顿号
ad	副形词	uguo	过	wm	冒号
an	名形词	ude1	的、底	ws	省略号

标记	词性	标记	词性	标记	词性
ag	形容词性语素	ude2	地	wp	破折号
al	形容词性惯用语	ude3	得	wb	百分号、千分号
b	区别词	usuo	所	wh	单位符号

附录 B　例句

例 B.1：门关上不过一刻，吱呀一声再开，众人脖子齐齐一伸。（摘自《凤倾天阑》）

例 B.2：人相顾失色，乔雨润说得客气，意思再明白不过，这不就是软禁？（摘自《凤倾天阑》）

例 B.3：众臣眨巴着眼睛，不明白这样神奇的节奏——刚才太后还阴沉着脸，唇枪舌剑来着，怎么一眨眼，就笑得这么温柔可亲了？（摘自《凤倾天阑》）

例 B.4：这道光丝的材料如金似玉，给人感觉应该很沉重，实际上却很轻，随着溪面上的微风不停摇摆，仿佛在舞蹈，想要轻触那只木盆，却又瞬间收回。（摘自《择天记》）

例 B.5：他没有变得虚弱，除了有些容易犯困之外，看着极为健康，根本不像个早夭之人，他甚至开始怀疑师傅的判断。（摘自《择天记》）

例 B.6：现在，白衣少年切出来的蓑衣黄瓜可以拉到两尺长，每片的厚薄完全一致，至于砍出来的柴，更是漂亮得无法形容。（摘自《大道朝天》）

例 B.7：范闲看着假山下的那些人着急的脸色，不由叹口气，老老实实地爬了下来："只是运动运动，着什么急呢？"（摘自《庆余年》）

例 B.8："不过，"他淡然一笑，"刚才那番试探，我终于确定了她不是齐寻意的人。"（摘自《扶摇皇后》）

例 B.9：面对死亡如此平静，如此风轻云淡，虽则这位议员是个不可饶恕的家伙，可依然让他生出了些许感慨。（摘自《间客》）

例 B.10：陈长生哪里敢回头看，不然定然心软，连连摆手，逃也似的

跑了。(摘自《择天记》)

例 B.11：当然，若非他展示强大武力和保护太史阑的莫大决心，她绝不会这么好说话，她会笑吟吟先杀了太史阑，再来问他这颗美人头是不是比活着的时候好看些。(摘自《凤倾天阑》)

例 B.12：而像范闲这样的初学者，不但没有走火入魔，反而比那些强者们更容易体会到那种玄妙的感觉，则要归功于他的身世和运气。(摘自《庆余年》)

例 B.13：且不说世间究竟有没有这样的道理，但要说到贱之一字，实在是很难找到人胜过他。(摘自《择天记》)

例 B.14：已经数年时间，对方的剑道修为非但没有落下，甚至更加纯熟，如果当初他留在青山继续学剑，不知现在已经到了哪一步。(摘自《大道朝天》)

例 B.15：只是那一霎间，不仅废了对方手腕，还齐齐整整割了一截衣袖。(摘自《扶摇皇后》)

例 B.16："如果他真的是昭明太子，我想，现在应该有很多人想他死，虽然那些人可能已经知道他可能快要死了，但您应该很清楚，他们的身家性命乃至于家族千世都依托在您的身上，他们不会冒任何风险，不会允许他再多活一天。"(摘自《庆余年》)

例 B.17：慕丹佩悻悻地瞧着太史阑，诚然是她输了，可这输得也太不服气了。(摘自《凤倾天阑》)

例 B.18：孟扶摇对他露齿一笑，"菜鸟就是用来给老鸟蹂躏的，别磨蹭，快点，赶着把这个墓给搞定，今年我评教授职称的论文就有料了。"(摘自《扶摇皇后》)

例 B.19：凤知微抱着臂，无奈的叹了口气，运气真差啊……忍气吞声这么多年，好容易逮着个机会第一次杀人，居然就被人抓个正着，真是流年不利。(摘自《凰权》)

例 B.20：右国师大人也卜卦问天，列出了转世女王的所在……哇，大燕！北斗七星勺斗处，再南行百里。其时天降霹雳、地陷大坑，宝石遍

地，飞盘悬空，有女一人，赤身黑丝自天崩地裂处生……（摘自《女帝本色》）

例 B.21："哎呀，那还等什么？赶紧挖呀！"（摘自《女帝本色》）

例 B.22："咦，大娘你不是一直都知道我不是真真吗？"（摘自《山河盛宴》）

例 B.23：闻老太太眉头一挑，一霎间那双蒙昧的眸子都似乎迸散厉色，但随即散去，只淡淡道，"不要便罢，那是她技不如人。但在此之前，你闻家该做什么，需要我老婆子提醒吗？"（摘自《山河盛宴》）

例 B.24：这一霎心中既憋屈又恼恨，今夜所遇，何其冤枉乃尔？偏偏遇上这胡搅蛮缠的韶宁！（摘自《凰权》）

例 B.25：新强者诞生，也算五洲大陆武者共主，各国都开始铸强者令牌，准备在九霄莅临时送上，拉拉关系，如果可能的话，聘请为护国国师之类的那自然更好，虽然到目前为止，闲云野鹤的十强者接受聘请的不多，但是和强者保持良好关系有利无害嘛。（摘自《扶摇皇后》）

例 B.26：哎呀，被看光就得嫁人，可这么多人你嫁给谁呢？（摘自《女帝本色》）

例 B.27：伊柒声音无比懊恼，"我要刚才不救她，直接奔过来，她就是我的了啊啊啊啊……"（摘自《女帝本色》）

例 B.28：孟扶摇吹了声口哨，笑眯眯来摸长孙无极的脸："生我者我不知道也，知我者长孙无极也！"

例 B.29：绯罗眼波流动，"小女子对老牌世家倾慕已久，惜乎一直没有机会和诸位同行，小女子也算薄有能力，未必对两位没有任何帮助。镜老，岂不闻多一个朋友，总胜于多一个敌人？又或还有一说，敌人的敌人，便是朋友？"（摘自《女帝本色》）

例 B.30：满堂寂静，众人原以为，太史阑在这种状告亲王的大案中出头，已经是悍不畏死的莫大勇气，没想到她不做则已，一做，予人予己都不留退路，连折子都早已写好，要请三公代为上奏！（摘自《凤倾天阑》）

例 B.31：司空昱站起身，一手从怀里摸出个烟花，一边仰头笑道：

"各位，今日我可见识到了，这流云别院真是非同凡响，设计精妙，山重水复，这吊篮上崖更是神来之笔，只是康王殿下也太小气，藏着掖着不肯给本世子瞧瞧，难道怕本世子偷学不成？"（摘自《凤倾天阑》）

例 B.32：不行！不成！我只是对你有点兴趣！我没打算背叛宜王殿下！（摘自《山河盛宴》）

例 B.33：翠姐默不作声地接受了她的帮助，走的时候还顺手拿走了景横波薄胎珐琅瓷碗，景横波也不过一笑而已。（摘自《女帝本色》）

例 B.34：韩芳音一缩，赵公子脸色一变，韩芳音已经在他耳边低笑娇声道："这么多人瞧着呢。你堂堂男儿，怎可这般拘泥于小节。"（摘自《山河盛宴》）

例 B.35："那……姚队长，你上次不是说，咱们这里有个密牢来着！"（摘自《凤倾天阑》）

例 B.36：通天丸是昊天道门最宝贵的灵药，即便是西陵神殿都没有这种灵药虽然不能真的帮助世人打通天人之隔，羽化成仙，但如果普通人服用可以增十年寿元，而最关键的是通天丸可以帮助修行者破境！（摘自《将夜》）

例 B.37：天下第一修行大派青山宗便在此间，普通人极难一睹真容。（摘自《大道朝天》）

例 B.38：他先前便想不明白清河郡的底气，此时更想不明白清河郡的用意，然而警惕的情绪却是越来越深，甚至渐要变成瘦湖畔的弱柳，缚住他的身躯，让他呼吸都变得沉重艰难起来。（摘自《将夜》）

例 B.39：来到神末峰前，环境愈发安静，气氛也就变得更加诡异。（摘自《大道朝天》）

例 B.40：燕绥立在一边，看着依着巨犬的娇小的少女，粉扑扑的脸簇着那狗长而柔软的白毛，毛尖盈盈一点银蓝之色在暗色中幽幽生光，越发映得她眸光流动，而笑意漾然，似水似蜜。（摘自《山河盛宴》）

例 B.41：内厅里郗柏也在，和郗夫人一样衣冠齐整地坐在上头，桌上菜肴齐整，热气已失，小姐媳妇们却没有坐在桌边，而是按序坐在堂下，

一个个腰背挺直，目光灼灼，尤以邰世薇表情最为兴奋，虽眼睛红肿，但一脸跃跃欲试。（摘自《凤倾天阑》）

例 B.42：太史阑眼神微软，抬手，隔空拍了拍。（摘自《凤倾天阑》）

例 B.43：是，我想通了，没资质没关系，人品最重要，像你这么玉树临风矫矫不群坚定勇毅光芒万丈风采无限天生领袖的人才，我老曹烧了八辈子高香才遇上，便是抛头颅洒热血从此绝后，也万万不能错过的！（摘自《凤倾天阑》）

例 B.44：二十一岁年纪，毕竟正当好年华，就算天生冷感，有些事从未在意，但这般酒气氤氲里温柔挑拨，时间久了，也难免微微起了些骚动，像山风吹过了冰湖，携来山外的桃花春色，又或者坚冷雪白山石，被霞光照射，现一抹淡淡殷红。（摘自《凤倾天阑》）

例 B.45：闻近纯对闻试勺的赞许，并无得色，只转头久久凝视燕绥远去的马车，弯唇一笑。（摘自《山河盛宴》）

例 B.46：比如限制林擎的成长，又打压当时的军方中流砥柱封家，导致东堂虽有名将，却在军事上无法震慑四方，仅能自保，还年年遭受西番的骚扰。（摘自《山河盛宴》）

例 B.47：这样的国家格局，和大荒当初建国时的特殊情形有关，但先太祖皇帝在这样的劣势中，形成这样相互牵制的格局，并安稳维持数百年至今，其间布局掌控，已近天人之境。（摘自《女帝本色》）

例 B.48：拥雪父亲曾做过厨子，后来病死，母亲为了抚养弟弟，将她卖入青楼。她自小和父亲学厨艺，六岁就开始烧饭照顾母亲和弟弟，家务杂事，一把好手。（摘自《女帝本色》）

例 B.49：元昭诩抬眼，定定地看着她，因素来刚强勇烈的孟扶摇在危机一霎间露出这样的眼神而心弦一颤，他笑意淡了几分，目色里却多了几分缱绻柔和。（摘自《扶摇皇后》）

例 B.50：历来管闲事的都没好下场，她想了想，伸出两只手，喃喃道，"猜拳，猜赢了我就去管闲事……"（摘自《扶摇皇后》）

例 B.51：我才逐渐明白，如果说观主在我身上还能找到某些与众不同的地方，那便是我对这个世界已无眷恋，所以我可以对世间一切骄傲，又可以没有任何骄傲，我可以抛弃一切，所以我最有机会成为最强大的那个人。（摘自《将夜》）

例 B.52：隆庆脸上流露出震惊的神情，旋即这些神情尽数化作冷酷和狠辣。（摘自《将夜》）

例 B.53：晨光洒落青山的那瞬间，陈长生身上的异香骤然敛没，再也闻不到丝毫，他回复了从前的模样，青山里的万千奇兽还有云后那道恐怖的身影，也不知何时离去。（摘自《择天记》）

例 B.54：光明没有变得更盛，却仿佛变成了某种实质的存在，就像先前的那片云层一般，黏稠至极。圣光天使的身影遽然变慢。（摘自《择天记》）

例 B.55："少爷可是咱们安州第一神童，哪用得着像其余少爷一样临时抱佛脚。"他身边一个侍女抿唇娇笑。（摘自《凤倾天阑》）

例 B.56：景横波换上那双豹纹细带十寸高跟鞋，巧笑嫣然抬头，"是不是啊小乖乖?"（摘自《女帝本色》）

例 B.57：半晌她轻笑一声，又一声。（摘自《山河盛宴》）

例 B.58：花寻欢喜道："正好三个人，咱们一人一个，得来全不费功夫!"（摘自《凤倾天阑》）

例 B.59：终于有人忍不住道："三娘子，你弄这许多，也吃不掉，何不给大家伙儿分一些? 你钱也不要，物也不要，你说你到底要啥!"（摘自《山河盛宴》）

例 B.60：没办法啊，这位置太高了啊，人家一仰头，什么都看见了啊。（摘自《凰权》）

例 B.61：姚太尉阿嚏一声，惊天动地喷嚏声后，高声道："去青州!"（摘自《山河盛宴》）

例 B.62：他沉默的跪下来，咚咚咚磕了几个头，转身离开。（摘自《扶摇皇后》）

例 B.63：不远处流水潺潺，也不知道宁弈伤了脚，是怎么将她这大好

少女给弄到这里的。（摘自《凰权》）

例 B.64：血泉猛飙，交错弹射，淡青月色下簌簌下了一阵桃花雨。（摘自《女帝本色》）

例 B.65：可惜顾南衣和宁澄都是当世数一数二的高手，两人全力施为之下，小船如箭一般飞射出去，如刀锋在海面上掠开一道纯白的波浪，砰砰乒乓之声不绝，那些箭都失了准头，落在船尾上。（摘自《凰权》）

例 B.66：底下密疆行省那些彪悍学生，立即拍桌站起，佩刀撞得桌子咣当响，对面丽京总营那些学生不甘示弱，也哗啦一下站起，怒目而视。（摘自《凤倾天阑》）

例 B.67：刘嫔流泪的力气都没了，趴在地下，心里隐隐怨恨，却不敢面上表露，听得皇后步声橐橐，似是要离开院子，不由心中一松，却见皇后悠悠踱了一圈，又慢条斯理站下，道："哎呀，正事没办。"（摘自《扶摇皇后》）

例 B.68：一桌子的人顿时附和，连车夫都说了几句今年日子比往年好过，郇世涛听得眉飞色舞，与有荣焉，忍不住回头看太史阑，她正躺在这家唯一的躺椅上喝银耳汤，面无表情，灯光暗影落在她半边脸上，那脸瞬间瘦了许多，颧骨都似微微突出。（摘自《凤倾天阑》）

例 B.69：满堂震惊，瞠目结舌，不敢相信她连这样的话都讲了出来。（摘自《女帝本色》）

例 B.70：古凌风睁开眼，将那属下尸体扔在地下，想起那笑声里的轻鄙之意，不由更加恼羞成怒，一回首对着怔怔看着自己的属下怒吼，"看什么看，追啊！"（摘自《扶摇皇后》）

例 B.71：他坐在树下，便是一道山脉，其根深植于地壳之间，其峰高耸入云。（摘自《将夜》）

例 B.72：四面八方不时响起一些零星的枪声，无论是隐匿于冰川间的帝国远征军，还是因为意外被伏击的青龙山部队，似乎都被严寒冻住了呐喊与热血，只是单调枯燥地扣动着扳机，向前方射出子弹，击溅一地冰雪或是击倒一个敌人，没有人注意到西南方向陡峭的冰峰侧腰处，有两台雪

白色的联邦机甲安静地半伏深雪之中。（摘自《间客》）

例 B.73：凤知微从浑浑噩噩中惊醒，在大门外望着自己陷入火海的宅子目瞪口呆，一张雪白的脸上乌漆抹黑看不清五官，只看见一双眼睛愕然连连眨动，可笑得很。（摘自《凰权》）

例 B.74：常大贵热泪盈眶，一众属下浑身颤抖，其余军众触景伤情，面色戚然。（摘自《凤倾天阑》）

例 B.75："好？"景横波一股怒气上涌，冷笑一声，咬牙切齿又道，"好？是好！"（摘自《女帝本色》）

例 B.76：另一个声音在她心底叫嚣——他万里驱驰，他心急如焚，他护卫带得极少，而从时间来计算，他此刻能到万州，说明是在日夜赶路，着急、焦虑、缺少人手日夜兼行，他没有时间去提前探路去步步关防，而一线绝崖上早已埋伏多日的千斤炸药，为什么不能是致他死命的撒手锏？（摘自《扶摇皇后》）

例 B.77：老鸨喜笑颜开上台谢幕，介绍说是新来的姑娘，几乎立刻，台下就开始嚎叫，竞争渡夜权。（摘自《女帝本色》）

例 B.78：男侍者嘲讽着说道，看似无所谓，实际上话语里依然满是愤愤不平之意，片刻后他挠了挠头，感慨说道："不过……像今天这种场面还真少见，我操，几百个啤酒瓶在天上飞，真他妈的壮观。"（摘自《间客》）

例 B.79：对普通的内门弟子来说，在剑峰里行走是非常困难的事情，哪怕是那些已经成功取剑的弟子，每每想到在剑峰上的感受，也还是心有余悸，但对井九来说，剑峰与别处一样，没有任何特殊的地方。（摘自《大道朝天》）

例 B.80：像这种不从内库宫中线上走的额外差使，往往是主事太监大捞油水的好机会，单单是回扣和孝敬，只怕都要抵上绣布价格的三成，出一趟宫，轻轻松松便能收几千两银票进袖中。（摘自《庆余年》）

例 B.81：叫你别来你非要来，这下好了，拖后腿！（摘自《凰权》）

例 B.82：孟扶摇指着自己鼻子欲哭无泪，真是天大的误会啊，她什么

时候爱管闲事了？（摘自《扶摇皇后》）

例 B.83：在叛军最前方的那座大辇里，曹云平揉了揉圆乎乎的脸颊，看着相王笑眯眯地问道。（摘自《择天记》）

例 B.84：当年的她谈不上绝世美丽，但可称夺目，不管是在黑山怒河间，还是在繁华人世里，只需一眼便能记住。（摘自《大道朝天》）

例 B.85：陈长生揉了揉有些发酸的眼睛，闭着眼睛休息了会儿，起身准备午饭，这时候才发现，竟是没有一个人回来。（摘自《择天记》）

例 B.86：桑桑眯起眼睛，柳叶般的眼睛显得很明亮。（摘自《将夜》）

例 B.87：海棠轻轻划动着双桨，一双明亮若湖水般的眼睛，注意着范闲的指尖……（摘自《庆余年》）

例 B.88：容楚却已经闭上眼睛，单手搁在额头，一线日光下肌肤白到透明，唇色却如蔷薇。（摘自《凤倾天阑》）

例 B.89：此时已将黎明，这是天盛长熙十五年的第一天，日光尚未升起，城外茫茫一片的雪色背景里，黑底金字的大旗招摇铺展，旗下那人眸色和发色比旗色更黑，唇色却激滟如春水，深黑色大氅迎风飞舞，淡金色曼陀罗花因此分外妖艳葳蕤。（摘自《凰权》）

例 B.90：怀中的男子唇色淡如一抹春樱。（摘自《女帝本色》）

例 B.91：听着他的回答，桑桑鼻子一酸，伤心说道："西荒和瓦山之间要横穿整个大陆，隔这么远，怎么可能一眨眼便到？我们是不是已经死了，这里是不是冥界？我们都已经死了，宁缺你怎么还喜欢骗我呢？"（摘自《将夜》）

例 B.92：说话的矮瘦老者鼻子很红，但与寒冷无关，可能是愤怒。（摘自《大道朝天》）

第二篇

茅盾文学奖作品的计量统计和分析

　　潜在狄力克雷分配（Latent Dirichlet Allocation，LDA）模型是一种广泛应用的概率主题模型，作为一种无监督学习的模型，它在捕捉语料中词汇的共现关系，表达文档的潜在语义方面具有强大的能力。基于 LDA 模型应用的有效性和广泛性，该模型已成为文本数据分析的一个研究重点，在信息检索、推荐系统、自动文摘、文本聚类、相似度分析、情感分析和主题演化等领域取得了重要的研究成果。

有关研究表明，LDA 模型在长文本语料处理分析方面更具优势，但是有关应用 LDA 模型在文学作品特征和风格方面的研究，目前还没有看到相关报道。

本篇以中国文学作品的代表和权威作品——茅盾文学奖 43 部获奖作品，2335 万字的文档文本作为语料研究对象，通过设定参数，应用 Gibbs 抽样算法，对全部作品整体和特定样本作品做了多方面、多角度的方案设计，对作品文本进行一遍又一遍的迭代采样，获取参数的估计值，实现文本主题特征的降维和文本内容的语义信息提取，在文学作品的整体主题辨识、主题特征相似度、主题特色评价分析、三部曲作品的主题词汇演化分析，以及文学作品高频主题词分析方面，取得了以下研究成果：（1）应用 LDA 模型开展文学作品题材辨识的应用研究，在历史、战争题材作品取得了准确的识别结果。（2）通过对文档－主题概率强度值分布按行抽取，构成一组文档的主题强度向量，对这组向量进行相似度计算，分析相关作品主题特征的相似度，合理解释了作品相似度的计算结果。（3）将作品按届合并为九个文档，通过 LDA 计算分析，在整体文档中发现了一些体现文学创作共同观念的文学主题词汇特征和个体文档，发现该文档独自关注的主题特征。（4）选取当代、战争、历史题材小说各四部，采用六种层次聚类方法进行聚类，都准确地按题材形成了归类，体现了 LDA 主题模型形成的文档主题分布数据对文本聚类具有准确、良好的效果。（5）将文学三部曲作品的各章拆分为独立文档，通过 LDA 的文档－主题概率分析，研究确定了三部曲作品章节按部归属的准确性和敏感性。（6）以《茶人三部曲》为例，按照章节切分文档，再按部形成三个时间段，进行主题词汇演化分析，发现了通过茶相关主题词汇与文化、行业、商业、活动的社会背景和时代变迁特征，主题词汇体现的作品着力强调的重要人物关系等。

上述研究表明，LDA 模型的文档－主题分布数据准确反映了文档对主题的影响程度，是文学作品研究的一个重要工具。

第 1 章

绪 论

1.1 选题背景

随着计算机和网络技术的迅猛发展，全球信息化"大数据时代"的到来正在改变着人们的工作、生活和思维方式，"大数据"也正在为人类社会创造更大的价值。与此同时，如何更好地利用"大数据"来为人民服务，便利人类生活，便成了当下科技工作者十分关注的焦点问题之一。从20世纪80年代开始，数据挖掘和文本挖掘这一需求逐渐发展。直到21世纪的今天，我们更应该倡导"数字人文"，通过对大量的文学作品的文字信息进行文本挖掘、文本分类管理、特征提取、对话识别和情感分析等，将"数字科技"与"人文"进行结合，并试图从中发现其多种可行性，让人文教育更贴近群众生活，渗入到人们生活的方方面面。

作为一个历史悠久的文明古国，中国是世界上唯一文化传统不曾中断的国家，其长期沉淀下来的文化创作之多、文学素养之高，令全世界汉文化爱好者都争相前往中国学习"华夏文明"。当代汉语文学通俗易懂的特性可以更加贴近现在人们的日常生活，更便于研究，故选取中国当代文学作品分析作为主要研究方向。

对来华留学生进行调查，结果显示在学习汉语的过程中，对课文的理解有助于他们进行更好的语言记忆，就如同人们会主动选择自己感兴趣的内容进行阅读，也许词汇并不只是文档的最基本组成元素，在词汇与文档之间还有一层隐含的关系，我们称之为主题（Topic），也就是文章的核心之处。若从文学作品角度，也可以理解为这篇文章所要关注的话题。根据主题特征，可以在信息检索、推荐系统、自动文摘、文本聚类、图像分类、情感分析和主题演化等领域进行广泛的应用。通过对主题模型研究方法的对比，选取 LDA 主题模型对文学作品分析，关于 LDA 主题模型的内容详见本篇 2.2 节。

1.2 语料对象的选择

中国当代文学作品百花齐放、百家争鸣，自新中国成立以来，就出现了一系列诸如"茅盾文学奖""鲁迅文学奖""老舍文学奖""冯牧文学奖""曹禺戏剧文学奖"等种类繁多的文学奖项，其中"茅盾文学奖"的作品可以说是中国当代文学的"标杆"。1981 年，茅盾先生在遗嘱中提出为奖励每年"最优秀"的长篇小说而成立的"茅盾文学奖"[1]，其严格的甄别和遴选，让许多社会性、人文性和艺术性价值极高的文学作品走入普罗大众的视线中，推出了许多妙笔生花的新秀作家。"茅盾文学奖"自 1982 年首次评奖以来经过了三十余年的时间，历经九届评奖，共评出 43 部作品（含两部荣誉奖作品），其参选作品必须为长篇小说，字数均须在 13 万字以上。因此，以"茅盾文学奖"其庞大的文本量作为文本分析语料进行机器分析，具有权威性和代表性。

通过对既有文献的回顾与分析，发现目前针对茅盾文学奖的研究主要有以下两大类：

第一类是从评选制度的角度以获奖作品为案例进行分析或批判，主要代表性的文章有山西师范大学岳亚光的硕士论文（2014）[2]，文中主要以茅盾文学奖的设立背景和评选指标以及历届的获奖作品作为基本材料，具体探讨了两个问题：

（1）作为由政府主导的文学评奖体制，具有何种特色以及怎样的设立过程。

（2）在诸多作品的评选过程中是如何将经典的文学价值观与现实主义

思想合理地结合在一起的。

最后作者指出"文革"后时代的文学作品，现实主义思想和功利主义观念正逐渐成为茅盾文学奖的主流审美，由此产生了角色在设计上的单一且不具备任何情感，从而导致作品结构上的失衡。

此外，四川大学文学与新闻学院范国英（2006）[3]从多元角度论证了很多新观点。例如，作者从历史层面分析了文学评选制度的建立是中国推行文学制度现代化的一次重大尝试，而茅盾文学奖是其历史条件下必然产生的文学制度的代表性奖励。另外，作者还将历届的文学奖与各个时代的主流思想结合分析，理清各届文学奖所具有的时代环境特点，以及在各场景之间的历史演变。得出的结论使读者在文学评选制度中起到了"文学场"的作用，并且茅盾文学奖和"文学场"之间的平衡作用是不能忽略的重要因素。

江西师范大学的李虹（2011）[4]则梳理了从第一届至第七届共7届的茅盾文学奖的评选过程，从中以作品水平的争议案例，以及历届评选制度的改进来探析茅盾文学奖评奖的利与弊。作者从"内"与"外"两种角度分析了评奖过程中受到的影响：从自身的角度去分析，获奖作品可能不具有优秀文学价值的可能性，在评选基准上受到不具备合理性以及科学性的怀疑，或在评选过程中在细节上的不完善。从外部即外在环境的角度去分析，当今社会正逐渐向功利化和商业化的转型过程，茅盾文学奖的权威力度有显著下降的迹象。另外，在文学评判界出现了诸多问题，例如在文学评价上出现平庸化、商业化的倾向，或者批评中心思想的缺失等现实问题。但作者在总结中指出，茅盾文学奖目前所产生的问题也正体现了文学自由的特点，这是文学评选制度在独立自主的发展过程中必然会产生的客观因素。

第二类则是从定性上，从文学角度去解析茅盾文学奖。其中，中国海洋大学王世锋[5]主要以发生学和文案研究以及归纳总结的研究方法，选择具有经典性、代表性的作品进行了分析，由此探究茅盾文学奖获奖作品中的文学"主旋律"意识以及在各个时代背景下的演变。作者通过结合各个时代背景的分析，发现在 20 世纪 80 年代，由于受主流意识形态的影响，其获奖作品在写作风格上以及中心思想上都非常统一。而到了 20 世纪 90 年代，意识形态的影响开始变弱，大众文化开始成为新的"主旋律"，其文学作品变得更加多元化，文学自由得到了极大的提升。除此之外作者对"主旋律"进行了语境考察，发现"主旋律"在现代文学新时期是一种全新的描述方略，传统的文学审美标准成为茅盾文学奖的运作方针。另外，作者从文学奖本身的文学体制进行了探析，具体深入到整体的运行机制以及物质载体等方面，得出了"主旋律"意识对茅盾文学奖起到强化的推动作用，也在文学场的"主旋律"意识上起到了引导作用。

此外，衡阳师范学院中文系副教授任美衡针对茅盾文学奖有诸多深入的分析。他在《论茅盾文学奖的乡土意识》（2011）[6]中重点以"乡土文学题材"作为切入点进行分析。任美衡指出，在茅盾文学奖中形成了一股独具特色的乡土思想，主要特点有浮躁的现代化幻想以及不安稳的社会情绪变化，还有茅盾的价值观和家族观，将其中国整整三十年的农村意识变化，再到整个社会的精神价值观的转变都十分完美地表现出来。另外，在任美衡的另一文章《历史呈现于茅盾文学奖》（2010）[7]中，将获奖作品的题材类型以地点与事件、时间与形象这四种要素分开进行分析。其中"地点"类型是以相同文化认知的空间地域来划分文学题材的，并非地理意义上的分类。如此包括了西方题材、香港题材、都市题材或农村题材等划分。而"事件"类型代表的是人类历史上所发生的集体或个体行为。集体行为包括战争与和平、反抗与改革等历史题材。个体行为事件则包括了爱恨情仇、职场生涯等个体内容题材。任教授指出，在早期以重大历史作为题材的小说曾得到公众媒体的大力宣传，而以个体内容作为题材的作品往往不受关注并会遭到批判，称不符合国家意识形态。而进入新时期后，文字自由思想开始萌生，使得在文学选材上不再受到太明显的引导，变得更加自由。在"时间"类型上，主要是指事物本体在时间轴上的运动轨迹，就是从过去到现在，再到未来的一个连贯持续的时间过程。而此题材则包括了现代题材、古代题材以及未来题材等。

除以上两大类以外，在学术界还有诸多以独特的视角探寻茅盾文学奖存在的问题。例如，任美衡在 2009 年发表的文章中，将茅盾文学奖与诺贝尔文学奖进行了对比分析[8]。任美衡指出，茅奖与诺奖相比，前者更重视作品内容，而后者更重视作家本人。但如此一来，作为四年一届的茅奖在确定年度最佳作品时反而会出现更大的问题，中国国内部分作品往往在刚发布时因题材与社会主流思想不合等问题，导致其无法立刻产生社会影响力，最终将出现被读者无视掉的尴尬局面。而在四年甚至经过更长的时间后，却反而受到了极大的关注，获得了肯定的评价。王蒙①所著的《活动变人形》②这部作品则是典型的案例，此作品出版于 1987 年，但由于种种原因与当届的茅奖擦肩而过。而随着时间的推移，人们逐渐了解了作品所表达的思想，肯定了其在文学史上的地位，之后又参与了后几届的评选活动。但是往往这种形式会遭到评委的反对，称这是不平等规则，会影响新一代文学作家的创作欲望。而对诺贝尔文学奖来说，比起作品内容的精彩，会更重视一位作家一生的文学成就，其要点在于"是否经得起时间的考验？"诺奖考虑一位作者的作品一开始并不会被身处同一时代的人所认同，但或许经过几十年的时间将会被世人重新认可。因此，诺奖的获得者是经过多年时间的考验后受到国家乃至国际上的读者和社会的认可。因为诺奖更加注重空间与时间，以及文学的影响力，所以相对而言更具有一定的权威性。任美衡又指出，近几届的茅盾文学奖已开始不断地完善自己的评审机制，借鉴学习海外如诺贝尔文学奖等机构的经验，在注重作品质量的同时也力求看重作家个人整体的文学影响力。

综上所述，可看出当前的学术界主要以"制度"和"文学层面"两个角度来剖析茅盾文学奖。作为一个文学奖项，我们不难看出与之相关的研究内容大多围绕其评奖制度、评奖规范、出版传播和作品评析等方向，多

---

①　王蒙(1934—　)，当代作家。河北南皮人，生于北平。

②　《活动变人形》：王蒙 1986 年所著的长篇小说，描述了中国 20 世纪的一个大学教师的命运遭际，从中西文化冲撞与融合的角度，把握和审视他父辈一代中国知识分子的命运。这篇小说是中国当代"家族文学"的开山扛鼎之作，也给当代中国"寻根文学"提供了宝贵的启示。

是作者主观的分析统计。对于其获奖作品整体的统计分析还没有较完善的相关研究，目前为止还没有以统计分析的研究方法，通过公式计算建立统计模型对茅盾文学奖展开更前沿的分析，因此我们试图通过自然语言处理、统计语言学的研究方法对茅盾文学奖获奖作品从整体上进行定量分析。

1.3 主要研究内容和组织结构

通过多种文本聚类方法进行对比，确立了基于 LDA 模型的文学主题分析方向。LDA 主题模型擅长文本数据分析，其研究对象目前主要集中在互联网社交文本信息（微博、推特、Facebook 这类 SNS 即时通信网络等）、同时在情报检索、专利分类、疾病疫情趋势演化的文本信息方面前人也做了不少研究，其研究方向主要集中于文本聚类、情感分析和主题演化几个方面。有关 LDA 应用于文学长篇小说作品作为研究对象，开展相应的定量分析研究，目前还没有看到相关报道。

本篇以中国文学创作的标志性代表作品——茅盾文学奖，从创办起截至最近的第九届共 43 部获奖作品（含荣誉奖两部）的文档文本作为语料分析的研究对象，应用 LDA 计算分析工具，对全部作品和特定作品做了多方面、多角度的研究，重点开展了以下工作，主要贡献有：

（1）应用 LDA 模型开展文学作品题材聚类的应用研究，对历史题材、军事战争题材作品取得了准确的聚类辨识结果。

（2）通过对文档 – 主题强度值的分布按行抽取，构成一组文档的主题强度向量，对这组向量进行相似度计算，分析相关作品主题（词汇）的相似度，合理解释了作品相似度的计算结果。

（3）将一组文学作品文档，按设计的规则分类合并（如第 5 章按届合并为九个文档），进行 LDA 计算分析，在整体文档中发现了一些体现文学创作观念具有共同的文学主题词汇特征，通过文档主题强度异常较大的个体文档，发现该文档独自关注的主题特征。选取不同题材小说，采用六种层次聚类方法进行聚类，都能准确地按题材形成归类，体现了 LDA 主题模型形成的文档主题分布数据对文本题材聚类具有准确、良好的效果。

（4）将文学三部曲作品各章拆分为独立文档，通过 LDA 聚类分析，确定了三部曲作品章节按部属聚类的准确性和敏感性。

（5）以《茶人三部曲》按照章节切分为 93 篇文档，按部形成三个时间段，进行主题词汇演化分析，发现通过与茶相关主题词汇推断的，与文化、行业、商业、人物、活动的时代变迁、主题内涵的关系，每个时间段主题词汇体现的社会背景和时代特征，主题词汇体现的作品着力强调的重要人物关系等。

围绕上述研究内容，全篇共分为七章，其结构安排如下：

第 1 章绪论。首先介绍了选题背景和茅盾文学奖概况，提出了文学作品数字化分析的必要性，介绍了文学作品文本分析的研究现状，由此引入本篇研究的主要内容，说明了其组织结构。

第 2 章文本聚类与 LDA 的理论基础。详细介绍了本篇研究涉及的数学统计概念、方法和相关模型，重点分析对比了各类聚类模型的特点，为本篇的研究提供坚实的理论依据。

第 3 章语料库建设及文本处理。探究了文学作品数据的语料特征，基于这些特征，为适应 LDA 的分析要求，去除干扰因素，提出了文学作品原始文本的预处理方案，包括分词处理、去停用词等。

第 4 章 LDA 模型的文学作品题材辨识与主题特征聚类分析。考察了LDA 实验中无意义的主题词汇生成原因，提出了主题词汇表生成改进的方法。根据不同分析要求设计了茅盾文学奖 43 部作品各类数据组织和实验方案，进行了题材聚类分析、作品主题风格相似度分析，九届获奖作品按届整体评价的文学创作价值与评价标准的研究。

第 5 章基于 LDA 的小说主题演化研究。开展文学三部曲作品的主题演化研究，将三部曲作品按章节拆分为独立文档，通过聚类分析研究各章文档的部属特性和文档 – 主题强度的趋势分析。以《茶人三部曲》为例，将93 章文档按部属形成三个时间段，考察不同时间段下，主题词汇表内的相关词汇的演化关系，分析了词汇的延续特征、概括了作品时代特征和场景的词汇演变、作品重要人物关系的表述等。

第6章基于统计分析与 LDA 的文学风格的比较研究。

第7章结论与展望。总结了本篇完成的工作和取得的相关成果，探讨了今后进一步开展研究的工作方向和路线。

第 2 章

文本聚类与 LDA 的理论基础

本章内容是后续工作的理论基础。本章所做的茅盾文学奖作品特征和风格的研究，通常需要对作品原始文本做相应的预处理和特征选取，然后运用 LDA 主题模型方法对作品在三个层面上开展研究：

1. 对全部 43 部作品题材进行文本聚类的分析研究；

2. 对全部作品按每届作品做评价共性风格分析；

3. 对多部集作品，如三部曲做章节的部属聚类分析和按部的主题演化分析。

本章介绍开展上述研究工作所用到的文本聚类的相关知识、LDA 主题模型的数学概念、算法思想以及在聚类分析和主题演化方面的应用方法。

2.1 文本聚类概述

文本聚类（Text Clustering）是一种无监督的学习方法，它可以不经过训练过程，不进行事先标注文档类别，在文本信息处理中具有很强的灵活性和处理能力，是有效组织、摘要和导航文本信息的重要手段。

聚类分析是指遵循"物以类聚"的原则，将数据对象划分为多个簇类的过程，划分为同一类的对象其相似程度较高，在不同类中对象之间的差异尽可能地大。聚类可应用于多个领域，如数据分析、信息检索、图像处理、模式识别甚至市场分析等。其中文本聚类是文学作品研究的一个主要应用方向。

2.1.1　文本聚类的定义

文本聚类是根据文本数据的内容，将文本对象划分为多个簇类，划分为同一类的文本特征具有较高的相似程度，不同类的文本特征相似度较低。

文本聚类分析具有以下两个典型特征：

1. 文本聚类适用于没有先验信息的分类，文本聚类时往往对文本没有事先经验和类别标准。仅需要选取服务于聚类目的的特征信息，应用聚类分析对文本进行相对科学的划分。

2. 文本聚类适用于多个特征决定的分类，要求对于特征之间差异较大，文本反映的内容明显不同时，在总体上考察相关特征在不同文本中的差异效果明显。

2.1.2　文本聚类的处理过程

文本聚类的方法和过程如图2.1所示。

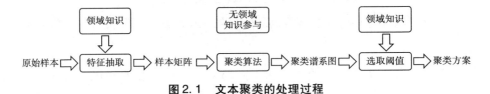

图2.1　文本聚类的处理过程

1. 原始文本数据的预处理

对于采集的原始文本数据，根据语料规模应对文本做切分或合并处理，中文文本必须做分词处理以及文本词汇的词性标注工作。

2. 文本特征抽取

特征抽取即确定对文本聚类的特征项。在语言研究和风格分析中，通常采用标点符号、词类、高频词、特殊虚词，以及主题模型中主题词汇作为聚类的特征项。

3. 生成样本矩阵

确定聚类文本的特征后，需要将相关特征在文本中的相关数据，如出现次数、分布概率等统计出来；同时根据不同文本的语料规模，为使文本语料取得的数据具有统一性和可比性，要对数据进行归一化处理；将归一化的数据分别进行两两对象的相似度计算，通过距离度量计算文本间的相似度，通过相似系数度量特征间的相似度。

4. 文本聚类算法的选择

实际应用中，要根据聚类对象的特点和聚类结果的要求选择合适的聚类方法，确定聚类后产生的类的个数。文本聚类常用的方法有五类：（1）层次聚类方法，（2）基于划分方法，（3）基于密度方法，（4）网格方法，（5）基于模型方法。采用基于 LDA 主题模型的方法进行聚类分析是本章的主要研究内容之一。

5. 聚类的表示与分析

聚类结果可采用树状图、散点图和聚类表等方式呈现和描述，并结合背景知识、环境知识和语言知识等对聚类结果进行分析和解释。

2.2 LDA 主题模型

在自然语言处理中，LDA 模型是一种生成统计模型，由 J. K. Pritchard，M. Stephens 和 P. Donnelly 于 2000 年提出。LDA 在 2003 年由 David Blei，Andrew Ng 和 Michael I. Jordan 应用于机器学习。该模型允许观察集被未观察到的数据集解释为什么数据的某些部分是相似的。如果观察结果是收集到文档中的单词，那么它假定每个文档都是少量主题的混合，每个单词的出现都可以归因于文档的某个主题。LDA 模型是一种广泛应用的主题模型，它在捕捉语料中词汇的共现关系，表达文档的潜在语义方面具有强大的能力。LDA 模型通过将"文档—词汇"的高维空间映射到"文档—主题"与"主题—词汇"的低维空间，实现了强大的降维能力。在文本信息处理中具有广泛的应用。

在 LDA 中，每个文档都可以被看作是各种主题的混合体，其中每个文档都被认为具有一组通过 LDA 分配给它的主题。这与概率潜在语义分析（probabilistic Latent Semantic Analysis，pLSA）相同，除了在 LDA 中主题分布被假定具有一个稀疏的 Dirichlet 先验。稀疏的 Dirichlet 先验编码了这样一种直觉，即文档只涉及一小部分主题，并且主题只频繁地使用一小部分单词。在实践中，这可以更好地消除单词的歧义，更精确地分配文档的主题。LDA 是 pLSA 模型的推广，等价于均匀 Dirichlet 先验分布下的 LDA。

例如，LDA 模型具有可以分类为与猫或狗相关的主题。一个主题有可能产生各种各样的单词，如牛奶、喵喵和小猫，用户可以将这些单词分类并解释为"与猫相关"，在这个主题下，"猫"一词本身的可能性很高。与狗相关的主题同样具有生成每个单词的概率：小狗、狗叫和骨头可能具有很高的概率。主题既没有在语义上也没有在认识论上明确定义，它是根据自动检测术语共现的可能性来识别的。一个词可能会以不同的概率出现在几个主题中，但是在每个主题中有不同的典型相邻词集。每个文档都假定有一组特定的主题。这类似于标准的词袋（bag of words）模型假设，并使各个单词可以互换。

本节将介绍 LDA 的产生背景、数学基础、模型结构等基础理论和我们在文学作品分析中的研究方法。

2.2.1　LDA 模型的产生

文本聚类实现的前提是要把没有结构的自然语言文本转变为可处理的特征向量。向量空间模型（Vector Space Model）[9] 给出了使用文档特征词汇向量来表示文本的方法。

以向量空间模型为基础，词频—逆文件频率（TF－IDF）对特征词汇做了加权处理，文本表示是通过文本中每个词的权重向量来实现的。TF－IDF 算法存在向量维数过大，数据过于稀疏的问题，同时 TF－IDF 也存在处理不了同义词和多义词的问题。

考虑到上述的缺陷，1990 年迪业·维斯特[10] 提出了潜在语义分析（Latent Semantic Analysis，LSA）模型，被应用于发现文档与词语之间潜在的隐含语义关联，使用该算法解决了同义词的部分问题，但同时带来了算法复杂程度高的问题。

霍夫曼在 1999 年[11] 将 LSA 进行了概率统计学的延伸，提出了概率潜在语义分析（pLSA）模型。通过概率模型 pLSA 去掉了复杂的奇异值分解

（Singular Value Decomposition，SVD）计算过程，不过 pLSA 概率模型在文档数目增加和文档单词数目连续增加时，模型将演化得非常庞大，这是其不够完备之处。

贝勒[12]等人于 2003 年在 pLSA 的基础上提出了 LDA 模型，用贝叶斯方法改善了 pLSA 模型的不足，LDA 模型对主题与对应的特征单词增添了先验分布。LDA 模型引进了文本主题的概率分布，大幅度有效地减少了数据的维数，而且 LDA 模型的参数空间大小是确定的，与文本文档集合自身的规模大小无关，所以非常适用于大规模文本文档集合的信息处理。

LDA 模型在信息检索、推荐系统、自动文摘、文本聚类、图像分类、情感分析和主题演化等领域取得了非常成功的应用。

2.2.2　狄力克雷分布

狄力克雷（Dirichlet）分布作为 LDA 主题模型的数学理论基础，是关于多项式分布的共轭先验概率分布，即它是多项式分布之上的一种形式分布。为了纪念数学家狄力克雷而将该分布命名为狄力克雷分布。理论上说，狄力克雷分布是多参量的连续概率分布，是多参量泛化的贝塔分布[13]。狄力克雷分布常用于贝叶斯方法的先验概率。当狄力克雷分布的维数趋近无穷大时，就变成狄力克雷过程。狄力克雷分布在自然语言处理的相关领域，如层次狄力克雷过程（Hierarchical Dirichlet Process，HDP）中应用广泛，尤其在 LDA 主题模型（Topic Model）的应用研究中具有重要作用，是狄力克雷过程的基础。

K 阶狄力克雷分布的概率密度函数为：

$$f(x,\alpha) = \mathrm{Dir}(x \mid \alpha) = \frac{\prod_{i=1}^{k} r(\alpha_i)}{r(\sum_{i=1}^{k} \alpha_i)} \prod_{i=1}^{k} x_i^{\alpha_i-1} = \frac{1}{\beta(\alpha)} \prod_{i=1}^{k} x_i^{\alpha_i-1} \quad (2.1)$$

其中：$X = (X_1, X_2, \cdots, X_k)$，$X_i > 0$（$i = 1, 2\cdots, K$），且 $X_1 + X_2 + \cdots + X_k = 1$；$\alpha = (\alpha_1, \alpha_2, \cdots, \alpha_k)$，$\alpha$ 为狄力克雷分布的参数向量，通常以经验值来设置此参数，默认此向量参数中的每一项等值。关于 α 的贝塔函数 $\beta(\alpha)$，可将式（2.1）表达为伽马的函数。

2.2.3　LDA 主题模型

LDA 是一个三层的贝叶斯模型，描述了文档—主题—词汇间的关系，把每篇文档表达为每个主题的概率分布，把每个主题表示为各词的概率分布。其拓扑结构如图 2.2 所示。

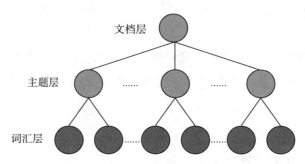

图 2.2　LDA 主题模型的拓扑结构

LDA 模型不考虑词汇顺序对语义的影响，采用的是词袋模型。对一篇文档假设为单词的无序组合，且词与词之间是相互独立的。

LDA 的图示模型如图 2.3 所示，其中 θ 表示"文档—主题"的分布，ϕ 表示"主题—词汇"的分布，它们都是多项式分布；α 为 θ 的超级参数，β 为 ϕ 的超级参数，α 和 ϕ 都是狄力克雷分布；w 表示一个词，$w_{m,n}$ 表示文档 m 中的第 n 个词；z 表示词 w 所属的主题，$z_{m,n}$ 表示文档 m 中第 n 个词的主题索引，表示某个主题 k；K 表示选择确定的主题数目，M 为文档的数目，N 为词 w 所属文档的词汇数目。

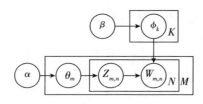

图 2.3　LDA 的图示模型

依据 LDA 模型，产生一篇文档的过程可简单描述为如下算法 [12]：

1. 输入参数 α，β，K；

2. 对每个主题 k，$k \in [1, K]$，通过狄力克雷分布 Dir (β) 采样获得

单词的关于该主题的分布 ϕ_k；

3. 对各文档 m，$m \in [1, M]$，通过狄力克雷分布 Dir（α）采样获得该文档的主题分布向量 θ_m；

4. 对各文档 m 中的每个单词 w，根据 θ_m 采样获得一个主题 $z_{m,n}$；

5. 根据主题 z 的采样获得一个单词 $w_{m,n}$；

6. 输出"文档 – 主题"的概率分布 和"主题 – 词汇"的概率分布。

这里以 $W_m = \{W_{m,n} \mid n = 1, 2, \cdots, N_m\}$ 表示一文档 m，以 $z_m = \{z_{m,n} \mid n = 1, 2, \cdots, N_m\}$ 表示文档 m 中的每个单词相对应的主题（topic），根据上述 LDA 的生成流程，LDA 主题模型的每个变量之间的概率分布可描述为：

$$p(w_m \mid \alpha, \beta) = \iint p(\theta_m \mid \alpha) p(\phi \mid \beta) \prod_{n=1}^{N_m} p(w_{m,n} \mid \theta_m, \phi) \, \mathrm{d}\phi \mathrm{d}\, \theta_m \quad (2.2)$$

对于单个文档 w_m，可由以下公式计算其概率值：

$$p(w_m, z_m, \theta_m, \phi \mid \alpha, \beta) = p(\phi \mid \beta) \prod_{n=1}^{N_m} p(w_{m,n} \mid \theta_{z_{m,n}}) p(z_{m,n} \mid \theta_m) p(\theta_m \mid \alpha)$$

$$(2.3)$$

整个文档集 $W = \{w_m \mid m = 1, 2, \cdots, M\}$ 的生成概率按如下公式计算：

$$p(w \mid \alpha, \beta) = \prod_{m=1}^{M} p(w_m \mid \alpha, \beta) \quad (2.4)$$

上述三个公式构成了 LDA 主题模型的主要理论基础。

计算过程中文档集合与每篇文档中所属的单词是已知的，通过用户收集处理后文档形成计算语料数据，然后根据 LDA 的基础理论来求解"文档—主题"矩阵中的未知变量 θ_m 和"主题—词汇"矩阵中的未知变量 ϕ_k，然后通过公式（2.4）生成整个文档集的概率值。

2.2.4 LDA 模型的参数估计方法——吉贝斯抽样

吉贝斯抽样（Gibbs Sampling）是一种常用的参数估计方法，这种方法常用于主题模型中的参数计算估计[14]。吉贝斯抽样是马尔科夫链蒙特卡洛

（Markov Chain Monte Carlo，MCMC）的一种特定处理算法[15]，是用来取得一系列近似指定多维联合分布概率观察样本的方法。

LDA 模型通过公式（2.4）中的全部文档集合生成的矩阵元素值，是进行 LDA 参数估计的重要求解方式，但是借助直接计算得到最大似然估计是行不通的，通常要采用近似参数估计的方法，如变分方法（Variational methods）[14]、期望传播（Expectation Propagation）[15]和吉贝斯抽样（Gibbs Sampling）[14]等方法，其中吉贝斯抽样是最常使用的方法。

我们的主要工作是通过应用 LDA 主题模型和吉贝斯抽样方法完成的。

吉贝斯抽样的算法思想可描述为：每次择选概率向量中某个维度的数据值，通过赋予其他维度值来抽样计算当前维度值，经过反复多次的迭代，达到收敛状态时输出待估参数 θ_m 与 ϕ_k。吉贝斯抽样的工作流程如图 2.4 所示。

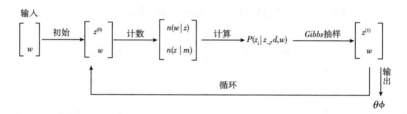

图 2.4　吉贝斯抽样的工作流程

在 LDA 模型中，吉贝斯抽样过程认为，当前某个主题的单词分配会受到其他主题的单词分配的影响，所以要求对主题 z_i 实施抽样，具体过程如下：

计算开始时，随机地给文档中的各单词配置主题 $z^{[0]}$，然后统计每个主题 z 下出现的特征单词数量和每个文档 m 下出现在主题 z 中的特征单词数量，计算每一轮的 $P(z_i \mid z\neg i, d, w)$，即滤掉当前单词的主题配置，依据其他每个单词的主题配置来评价当前单词配置的每个主题的概率。当取得当前单词属于每个主题 z 的概率分布值后，根据此分布数值为该单词抽取一个随机新主题 z。

用相同的方法持续更新处理每个单词的主题，直到发现全部文档下的

主题分布 θ_m 与所有主题下特征单词的分布 ϕ_k 达到收敛状态为止，算法结束，得到待评价的矩阵参数 θ_m 和 ϕ_k，同时也获得最后所有词汇的主题 z_{mn}。

在计算过程中可根据需要来设定迭代的最大次数。

每次计算处理的公式 $P\ (z_i\ |\ z¬\ i,\ d,\ w)$ 表示文档 m 中的某个特定词对应的主题分布的更新规则，称为吉贝斯更新规则（Gibbs Up – Dating Rule）。其计算公式可表示为：

$$p(z_i = k\,|\,z_{¬\,i},w) = \frac{n_{k,¬\,i}^{(t)} + \beta_t}{[\sum\limits_{v=1}^{V} n_k^{(v)} + \beta_v] - 1} \frac{n_{m,¬\,i}^{(k)} + \alpha_k}{[\sum\limits_{j=1}^{k} n_m^{(j)} + \alpha_j] - 1} \qquad (2.5)$$

上述公式中，符号"¬"表示滤掉当前单词，$n_{k,¬\,i}^{(t)}$ 表示滤掉当前分配的单词 i 后词汇 t 分配给主题 k 的次数，$n_{m,¬\,i}^{k}$ 表示在文档 m 中滤掉当前分配的第 i 个单词后分配给主题 k 的总单词数目，$\sum\limits_{v=1}^{V} n_k^{(v)} - 1$ 表示滤掉当前单词后分配给每个主题的全部单词的总数目，$\sum\limits_{j=1}^{K} n_m^{(j)} - 1$ 表示文档 m 中滤掉当前单词 t 后的全部单词的总数目。

当吉贝斯抽样趋向收敛后，可以通过最后文档集合中每个单词的主题分布求出两个矩阵 $\boldsymbol{\theta}$ 和 $\boldsymbol{\phi}$，矩阵元素值的计算可按以下公式进行：

$$\theta_{m,k} = \frac{n_m^{(k)} + \alpha_k}{\sum\limits_{j=1}^{k} n_m^{(j)} + \alpha_j} \qquad (2.6)$$

$$\phi_{k,t} = \frac{n_k^{(t)} + \beta_t}{\sum\limits_{v=1}^{V} n_k^{(v)} + \beta_v} \qquad (2.7)$$

2.3　基于 LDA 模型研究文学作品的方法

2.3.1　文学作品的信息处理应用概述

LDA 主题模型是应用最为广泛的概率主题模型，在自然语言处理（NLP）、数据挖掘与分析和 AI 领域也都具有广泛的应用。LDA 模型对应的处理对象可以是文本数据，也可以是语音数据和图像数据，基于 LDA 模型应用的有效性和广泛性，该模型已成为文本信息处理领域的一个研究重点，在网络舆情演化分析、文本聚类、专利信息检索、推荐系统、自动文摘、文本相似度分析和文本情感分析等方面取得了一系列的成果。

长篇小说作为一种特殊的文本，具有作者不一、题材广泛、风格迥异，以及总体文本量巨大等特点，其表现方式、语言风格与其他文本具有明显的差异，所以目前文学作品的自然语言处理研究主要关注从不同作品的词汇词性、词频等统计信息进行对比，研究作品的聚类、分类和人物关系方面的内容。

有关应用 LDA 概率主题模型在文学作品特征和风格方面的研究，目前还未见相关报道。

本章在文学作品研究中首次引入了 LDA 模型的主题概念，以茅盾文学奖 43 部长篇小说作为实验语料，通过设定参数，应用 Gibbs 抽样算法，对作品集进行一遍又一遍的迭代采样，获取参数的估计值，实现文本主题的降维和文本内容的语义信息提取，在文学作品的整体主题聚类与作品主题相似度、作品主题特色评价分析方面，单部作品章节按部属进行聚类分析、三部曲作品进行主题词汇演化分析，以及文学作品进行高频主题词的分析方面取得了一系列重要成果。

2.3.2　LDA 模型研究文学作品的过程

应用 LDA 模型研究文学作品一般分 4 个步骤：

1. 文学作品的选择

文学作品集的选择要考虑作品的代表性、题材的广泛性，以及表现风格的多样性等。茅盾文学奖自 1982 年设立以来，共评选出九届 43 部长篇小说，作品题材广泛，风格多样，体现了各时期中国文学作品创作的最高水平，是文学作品进行机器分析的权威性和代表性的语料。

茅盾文学奖的电子文本数据可以从学校的线上文学数据库获得；或者从电子书销售的电商，如亚马逊、京东等进行下载解包；或者从文学网站直接爬虫截取等多种方式获得相关文学作品的文本文件。

2. 文本预处理

获取的文本数据通常不是直接可以应用的数据，需要对数据进行处理，将数据处理成一定的格式。一般需要分词，去除停用词。分词是将文本按照一定标准以词语为单位进行分割，不同的分词工具分词的结果不同。停用词是文档中无用的词，对文本分析没有影响，例如标点符号等。去除停用词可以缩减文本的内容，减轻工具处理的压力，加快处理的速度。

3. LDA 模型的文本计算处理

以茅盾文学奖 43 部获奖作品预处理后的文档作为实验语料，根据不同的研究目标，设计文档的选用策略和组织方式，然后采用 LDA 主题模型的分析工具，通过设定参数，应用 Gibbs 抽样算法，对作品文档集进行一遍又一遍的迭代采样，最终获取如下实验数据：

（1）实验的所有主题的主题词汇集；

（2）每篇文档对应概率最大的主题；

（3）文档—主题的概率强度分布矩阵的参数估计值；

（4）主题—词汇的概率强度分布矩阵的参数估计值。

4. 文本运行数据分析

按照设定的研究目标对第（3）步处理获得的实验数据进行整理、分析，用于开展文学作品的题材聚类检测、文本相似度计算、作品创作风格和评价标准等方面的研究。

2.3.3　研究目标与方案设计

应用 LDA 模型对茅盾文学奖作品开展了以下研究：

1. 文学作品整体考察的分析研究

将 43 部长篇小说每篇作为一个独立的文档，形成 43 篇文本集合，设计以下研究方案：

（1）文学作品题材的聚类分析

选定少量主题数目，如取 5 个，通过分析运行日志中文档—主题对应最大强度的数据，可以得到准确的题材聚类结果。

（2）文学作品的相似度分析

选定较大的主题数目，如取 10 个以上，通过运行 LDA 模型输出一个

m 行 n 列的文档—主题概率强度分布矩阵，每行向量表示一篇文档在每个主题下的强度影响估计值。任取两篇文档的特征向量通过计算向量的余弦夹角等方式，可分析出作品对于主题的相似程度。

2. 文学作品按届考察的分析研究

将43部长篇小说按照作品获奖的届别，把每届的全部作品合并形成一个文档，九届生成九个文档的文本集合，选定若干个主题数，通过运行LDA模型输出一个文档—主题概率强度分布矩阵。

将文档—主题分布矩阵的每个行向量作一个折线图，进行叠加分析，通过某个主题强度相近，数值较高可以找到每届评委、每个作家、每篇作品关注的共性主题（话题），体现了文学创作共同的价值追求。

3. 三部曲作品的主题演化的分析研究

规模宏大的文学作品，在布局谋篇上往往使用三部曲的表现形式呈现。通常三部作品在表现形式上既自成体系、互相独立，又脉络清晰、互相联系，在文学表现手法上具有明显的时代环境、用语标签的特征，同时又体现作品文学风格的统一性。

采用两种设计方案，应用 LDA 方法研究一部具体文学作品的主题演化。

（1）三部曲作品部属聚类研究

选取一部茅盾文学奖三部曲作品作为考察对象，按章次拆分为各章独立的文档，甚至通过变更文档文件名打乱文档的排列顺序，然后运行 LDA 程序生成文档—主题强度分布数据，分析评价各部作品的主题聚类效果和主题强度演化趋势，为了避免一部作品聚类结果的偶然巧合，本章采用了两部作品做同一实验交互印证，取得了精确的章节—部属的聚类结果。

（2）三部曲作品的主题演化研究

采用时间段的主题演化趋势，将各部作品的每个章节作为独立文档按部别分为三个文件夹存放，每部形成一个时间段，运行 LDA 模型的时间段程序，将运行结果中各时间段的主题词汇表按时间顺序排列，考察主题词汇的顺序变化、用词变化，分析作品的情感、时代、行业和家族等方面的演化趋势。

2.4　本章小结

介绍了自然语言处理中文本聚类的相关知识、基本理论和实现方法，重点讨论了文本聚类在主题挖掘、多文档主题共享、主题演化等方面具有重要应用的狄力克雷（Dirichlet）分配、隐含狄力克雷分配的文档主题生成模型 LDA 的思想、方法和算法过程，提出了 LDA 模型应用于文学作品的研究方法、过程和技术路线，是开展本研究工作的理论基础和技术指导。

1. 概述了文本聚类常用的思想、算法，分析了若干方法的原理和特点。

2. 讨论了狄力克雷分布和基于隐含狄力克雷分配的文档主题生成模型 LDA 的思想、方法和算法过程。

3. 提出了应用 LDA 模型的主题概念，以长篇小说作为实验语料，通过文本预处理、规划研究目标、制定方案，以及设定参数等过程，运行 LDA 输出获取文档—主题的主题词汇集合与概率强度分布值矩阵的技术路线，用于对文学作品的整体题材聚类、主题相似度计算、主题特色评价、三部曲作品的章节—部属聚类、主题词汇演化和高频主题词等方面做了全方位的考察、研究和分析。

第 3 章

语料库建设及文本处理

3.1 语料库建设

本章的研究对象为茅盾文学奖第一届（1982 年）至第九届（2015 年）共 43 部长篇小说（含荣誉奖）。茅盾文学奖自首届评奖起至今已有三十余年的历史，其作者不一、题材广泛、风格迥异、总体文本量巨大等特点，笔者认为非常适合作为文学作品分析的样本。

自然语言处理（NLP）的应用十分广泛，需研制可展示语言能力及应用的模型，构建计算架构使语言模型得以实现，从而进行相应方法的持续改进的语言模型，按有关的语言模型设计出各类实用算法，探讨有关实用评测技术体系。伴随网络科技的迅猛发展及普及，使得自然语言处理的研究获得长足的进步。

文本挖掘常用于自然语言处理领域，它是对文本进行处理、分析和判断，从而提取出有用的信息。一般分 4 个步骤来进行。

1. 数据获取。对文本进行分析，首先要获取数据，根据目的的不同，需要有针对性、有鉴别地对数据进行相应的选择。例如，进行网络舆情分析，就需要从网络媒体、SNS 即时通信平台，如微博、微信进行舆情信息的采集；进行文本情感分析、小说分析，就需要从线上文学数据库获取文本，或者通过电子书销售商，如亚马逊、京东等进行下载解包，或者从文学网站直接通过爬虫截取等多种方式获得文学作品的文本文件。

2. 文本预处理。获取的文本数据通常不是直接可以应用的数据，需要对数据进行预处理，将数据处理成一定的格式。一般需要分词，去除停用词。分词是将文本按照一定的标准以词语为单位进行分割，不同的分词工具分词的结果不同。目前，常用的分词工具有：jieba 分词、哈工大的 LTP、THULAC、NLPIR 等。停用词是文档中无用的词，对文本分析没有影响，例如标点符号等。去除停用词可以缩减文本的内容，减轻工具处理的压力，加快处理的速度。

3. 文本处理。若应用有监督算法，需要对预处理后的数据根据一定的规则进行标注，对标注过的文本进行机器学习，机器就可以根据输入文本输出分类结果。若应用无监督算法，则不需要进行文本类别的数据标注，如聚类算法。若所用工具不能识别文本数据，只能识别向量化的数据，如 SVM，需要将文本转换成向量的形式，使用工具进行处理。

4. 文本分析。对计算结果进行测试分析，如进行文本相似度的计算等，可以从统计角度对文学作品进行内容或主题相似性的比较。文本分析可以应用于不同文档的情感分析、网络舆情分析和主题演变等。根据不同的具体应用，选择合适的模型和算法进行实验。

3.1.1 文本挖掘与采集

不同于新闻、微博、购物评价等其他常用于文本分析的语料，因文学作品的特殊性，前期的文本采集需要投入一定的人工作业。本研究的茅盾文学奖获奖作品数量众多，网络下载电子书籍来源不一，常有文本断篇、缺失等情况出现。为完整体现获奖作品的全部内容，保证实验的准确率，经笔者一个多月的精心筛查，通过直接下载文本、编写爬虫数据抓取网页文本，以及拆包电子图书文件等多种方法获取全部作品，并仔细校勘，形成完整、纯净的 txt 文本数据，为本研究打下良好的基础。

以下是经过仔细查阅、勘校后的茅盾文学奖历届各部作品的基本概况，如表 3.1 所示。

表 3.1　茅盾文学奖历届各部作品的基本概况

获奖届数	获奖作品	作家	字数	词数	段落数	行数
第一届	李自成	姚雪垠	2831508	1736777	33673	94758
	芙蓉镇	古华	137421	83107	1040	4034
	东方	魏巍	627140	381118	11269	33075
	将军吟	莫应丰	377708	225540	6188	13052
	冬天里的春天	李国文	491931	295218	7628	16529
	许茂和他的女儿们	周克芹	178429	107894	2640	5983
第二届	钟鼓楼	刘心武	265418	162995	2321	10174
	沉重的翅膀	张洁	210847	126243	2898	6957
	黄河东流去	李準	427588	272719	6427	14580
第三届	平凡的世界	路遥	795891	496998	10145	35641
	少年天子	凌力	406589	254474	2517	13932
	第二个太阳	刘白羽	249492	151784	4446	8862
	穆斯林的葬礼	霍达	438923	259696	5398	13750
	都市风流	孙力、余小惠	311348	186406	4914	10451
	浴血罗霄	萧克	183509	107151	3226	6561
	金瓯缺	徐兴业	844776	534521	7605	32925
第四届	白鹿原	陈忠实	458761	298679	1554	13838
	白门柳	刘斯奋	1096104	673372	11283	44392
	骚动之秋	刘玉民	211272	130070	3519	10574
	战争和人	王火	1393523	834898	13181	42604
第五届	尘埃落定	阿来	240660	152343	3593	11534
	长恨歌	王安忆	267123	170177	540	7540
	抉择	张平	352239	214531	4500	15699
	茶人三部曲	王旭烽	1021326	650283	11702	43374
第六届	张居正	熊召政	1095171	685658	18767	56672
	无字	张洁	616227	380821	8947	20043
	历史的天空	徐贵祥	380939	229970	4491	16352
	英雄时代	柳建伟	446439	265903	2466	14921
	东藏记	宗璞	233299	144374	1777	8535

获奖届数	获奖作品	作家	字数	词数	段落数	行数
第七届	暗算	麦家	213121	131197	2277	9064
	秦腔	贾平凹	418840	277315	908	11821
	额尔古纳河右岸	迟子建	167548	108387	1158	5973
	湖光山色	周大新	193694	132158	1877	5870
第八届	你在高原	张炜	3404843	2132055	37180	150729
	天行者	刘醒龙	195869	121791	6259	14313
	推拿	毕飞宇	189059	115392	1542	7152
	蛙	莫言	188456	116970	2654	8944
	一句顶一万句	刘震云	264122	166358	3297	12098
第九届	江南三部曲	格非	636961	397541	9369	20623
	这边风景	王蒙	49940	355986	606	2264
	生命册	李佩甫	273743	172903	3472	8778
	繁花	金宇澄	344190	204544	1066	9119
	黄雀记	苏童	220702	138322	1302	7577

3.2　文本的预处理

文本预处理过程，需要对文本进行各种净化达到最好的效果，具体操作：去除文本中的网络格式标记、英文字母的大小写转换、过滤无效的、非法的错误字符、去除不必要的停用词和稀有词、英文单词需进行词干化、词性还原等处理；不同于英语这种以词为基本组成单位的语言，由于中文文本的特殊性，中文文本处理通常还包括中文分词、词性标注等处理。

3.2.1　删除 HTML 文本格式标签

文本处理中，大部分实验所用文本均为网页方式存储。因为网页文件其储存的格式为超文本的标记类语言，也就是 HTML 类的格式文件。一般 HTML 的文件中，可显示格式的有关的信息标记（TAG）很多。文本处理，按对其内容和信息所做的统计分析，此类格式的标记属于没有任何意义的干扰类信息。因此做聚类处理前，通常需去掉格式的标记，即去掉语料库中有关的格式，提取出文本中的有用内容，并最终转成文本聚类所需的格式及内容。

3.2.2　过滤非法无效错误的字符

非法、无效、错误的字符，是指文本的聚类分类过程中无须进行处理的字符，例如文本中的标点、连字符或罗马数字等字符，得到纯文本后，通常并不期望文本特征词中涵盖以上的字符，所以需要预先将其滤除。通常，英语字母的大小写对于语义并无影响，为便于处置，在预处理时把英文字母都变为大写（或者小写），本研究的对象暂时不考虑英文字母转换的情况。

3.3　对语料进行分词、词性标注

3.3.1　中文分词

中文分词（Chinese Word Segmentation）情况错综复杂，这种特点让中文的自然语言处理变得格外困难，可以说，分词的复杂性是中文自然语言处理落后于英文自然语言处理的主要原因，一直以来也是一个难以突破的瓶颈。即使这些年自然语言处理已经取得一定成果，如何更好地对中文进行分词，仍是大家关注的热点话题。随着计算语言学研究的迅速发展，各类分词工具层出不穷，作为文本聚类、分类的最基础的工作——分词，其质量直接影响到后续的词性标注、汉语句法分析、文本聚类、文本分类、情感分析、主题演化等研究步骤的准确性。所以说，如何选择一个快速、准确、方便、好用的分词器，对任何需要研究并应用自然语言处理的使用者来说都是非常重要的。

本章选择的是 NLPIR 分词系统，其前身是由中科院计算所的张华平博士于 2000 年出品的 ICTCLAS 汉语词法分析系统，目前最新的版本是 ICT-CLAS2016，又名为 NLPIR 分词系统。优点是有独立的运行程序，使用界面对没有编程背景的人非常友好，适合初学者。除此之外，也可以在 C/C++/C#/Java 编译语言环境下运行，如果想在 Python 下运行，可以采用调用 C 库的方式使用，本章使用 Java 编译语言运行。

3.3.2　汉语词性标注

汉语词性标注在中文信息处理中十分关键，被广泛应用于机器学习、自动文摘、文本聚类、文本分类、文本校对和语音识别等方面。词性标注的任务是在具体的语言环境中正确地标注一个词的确切词性。若词性的标注出现问题，可影响后面所有句法及语义的分析，严重的可能引发错误的自然语言理解。因此，汉语语料库的词性标注，对机器翻译和大规模文本集合的信息处理具有非常重要的意义。

3.3.3　数据结果

调用 Java 语言的 NLPIR2016，依次对 43 部长篇小说文本进行分词，使用预先设置好的用户字典，可以更加精准地针对本实验对象进行分词，同时加载停用词表，对文本进行去除停用词的处理，为更好地得到精确、有效的实验结果，对繁多的需要进行分析的文本同时进行了词性标注。

经过分词、词性标注，分别统计实词与虚词词类在各部小说中出现的词频，选择实词中使用最高的六类词——名词（n）、动词（v）、形容词（a）、代词（r）、数词（m）、量词（q）以及全部虚词——副词（d）、介词（p）、连词（c）、助词（u）、语气词（y）作为特征项。

由此得到茅盾文学奖获奖作品各词类使用频次数据，如表 3.2 所示。

表 3.2　茅盾文学奖获奖作品各词类使用频次

	n	v	a	r	m	q	d	p	u	c	y
李自成	370727	464227	74328	114376	65302	42556	169228	79589	108399	43048	15699
芙蓉镇	19237	20547	4098	6160	3199	3053	7232	2695	7158	1177	1283
东方	70352	98763	19559	35675	15327	11530	37583	14237	35879	5368	8726
将军吟	40805	65444	10575	24161	7061	5242	22117	8761	18654	3052	6641
冬天里的春天	53875	76352	13948	28554	9362	8723	27053	12173	30365	7175	7501
许茂和他的女儿们	20290	26661	5792	10355	4611	2996	9549	3845	10877	1935	3178
钟鼓楼	31974	40078	7482	15154	5872	5005	15688	6245	13712	3640	2532
沉重的翅膀	23652	32903	5875	13166	4310	3807	12652	4633	12421	2567	2575
黄河东流去	54515	71552	12487	27005	12035	11359	22813	9877	22201	3153	6040

	n	v	a	r	m	q	d	p	u	c	y
平凡的世界	99372	117183	23371	47439	19255	16769	46270	20532	46517	11995	7824
少年天子	55540	61608	13488	16095	8874	7252	23450	7974	19649	4184	4179
第二个太阳	33204	37248	8018	13137	6477	4321	12274	6425	12333	2834	2481
穆斯林的葬礼	49830	64409	11946	25660	6982	6477	25218	9412	27137	4665	7035
都市风流	36804	48655	8562	20828	6733	5959	16847	6841	16315	3487	3309
浴血罗霄	22414	28369	4817	8192	4475	3305	9926	4221	8200	2621	2002
金瓯缺	104350	135258	22278	39458	19159	15880	49365	22169	48396	11791	4082
白鹿原	63484	79174	14959	20795	11307	9304	24511	10913	26291	4076	4798
白门柳	115685	177871	31497	45681	22605	17869	79156	24390	57707	18436	8127
骚动之秋	29112	32530	6101	9918	5650	4976	10630	4432	11742	2577	2276
战争和人	185118	224454	41599	60371	25249	21863	71383	31604	68603	13783	17555
尘埃落定	27976	38506	5650	19098	4686	3756	13523	6674	14167	2763	4206
长恨歌	31588	46049	8060	13829	6280	5066	19224	5031	17564	3073	2349
抉择	34752	53296	9656	24528	8296	5204	27693	7908	21464	6048	3604
茶人三部曲	115375	168681	27325	65647	22061	17354	65059	22802	62732	11593	15545
张居正	146726	177492	28381	46583	29465	26260	62379	22001	48031	12236	6399
无字	73780	99888	15963	33689	12818	10271	40910	16240	34365	10082	4094
历史的天空	51104	58268	9871	17809	8845	7234	21841	8594	20508	5134	4267
英雄时代	57197	68849	12564	26683	11053	8788	23613	8481	22192	3568	6625
东藏记	29957	40521	6939	11467	5814	4351	13473	4758	10135	2163	2627
暗算	20549	34982	6292	16906	4707	3803	13013	5233	11861	3444	1748
秦腔	53784	75996	8675	25866	10471	8217	25204	9874	21476	3292	8727
额尔古纳河右岸	21479	27293	3691	11004	3280	2933	8330	5080	11776	2517	2315
湖光山色	22280	39582	6267	12877	4285	4405	12098	4682	11433	1856	2253
你在高原	329828	531711	111398	260736	94318	67110	211636	79129	202292	40862	43903
天行者	26689	33054	4917	7841	6868	4209	12543	4535	9387	1817	1744
推拿	21017	28653	6917	9574	4640	2810	13308	3958	12170	2135	3815
蛙	25901	29059	5306	12877	4054	3418	8358	4543	10660	2017	2060
一句顶一万句	38249	44307	7609	9729	7615	6028	16407	6573	10957	3409	2926
江南三部曲	73576	100531	15438	37715	15595	12973	39063	16362	39316	6183	6349
这边风景	70518	88660	17245	32512	11497	8106	29910	12132	39759	8811	7157

	n	v	a	r	m	q	d	p	u	c	y
生命册	32314	43676	6939	18688	7900	6067	15764	6163	15928	1984	4955
繁花	52274	59976	12163	9690	9720	7447	15515	2338	7449	1550	5441
黄雀记	27982	36502	6467	14898	5056	4338	10653	4814	13727	1399	3196

以上工作完成后，就可以对文本进行特征统计和数据归一化处理。

3.4　特征统计、数据归一化处理

3.4.1　标准化变换

若一个二维矩阵向量 $X = [x(i, j)]$，$i = 1, 2, \cdots, n$；$j = 1, 2, \cdots, p$。标准化变换计算公式如下：

$$x'(i, j) = [x(i, j) - E(j)] / S[j] \tag{3.1}$$

其中：$E(j) = (x(1, j) + x(2, j) + \ldots + x(n, j)) / n$ 为第 j 列特征向量的均值，$S[j] = \sqrt{(((x(1, j) - E(j))^2 + (x(2, j) - E(j))^2 + \ldots + (x(n, j) - E(j))^2) / (n-1))}$ 为第 j 列的标准差。即 $x(i, j)$ 减去第 j 列的均值再除以第 j 列的标准差，$\sqrt{}$ 为开根运算。

其矩阵形式：$X' = [X - E(X)] / S(X)$。

将上述作品的各部词性、词数进行标准化变换得到标准变换后的数据。

3.4.2　向量归一化

向量归一化是将每个对象的 P 个特征视为该对象在 P 维向量空间中的值，使用原始数据除以该对象 P 个特征值的平方和开方后的值，即为归一化的数据。若 P 维向量 $X = \{x_1, x_2, \cdots, x_p\}$，其模为 $|X| = \sqrt{(x_1^2 + x_2^2 + \cdots + x_p^2)}$，则其归一化向量为：

$$X_0 = X / |X| = (x_1, x_2, \ldots, x_p) / \sqrt{(x_1^2 + x_2^2 + \cdots + x_p^2)} \tag{3.2}$$

其中：$\sqrt{}$ 为开根运算，标准化变换是对特征数据进行变换，向量归一化是对文本中的各特征值进行归一化处理。

3.4.3　文本相似距离的计算

距离是文本聚类中常用的度量文本之间相似程度的统计量。本研究使用的是欧氏（Euclid）距离，也是计算文本相似距离时常用的距离。计算公式如下：

$$d_{ij}(2) = ||X_i - X_j||_2 = \sqrt{\sum_{k=1}^{p} (x_{ik} - x_{jk})^2} \qquad (3.3)$$

公式（3.3）表示两个 p 维向量 $X_i = (x_{i1}, x_{i2}, \cdots, x_{ip})$ 与 $X_j = (x_{j1}, x_{j2}, \cdots, x_{jp})$ 间的欧氏距离。

3.5　本章小结

介绍了语料库建设和文本预处理的相关方法，为开展 LDA 模型的文学作品研究提供工作基础。这里以茅盾文学奖全部作品为研究对象，主要讨论以下内容：

1. 讨论了茅盾文学奖文本文档的数据采集、文本净化、建立语料库的过程和方法。

2. 讨论了文本预处理的重要环节——中文分词和词性标注。

3. 讨论了文本特征选择、数据变换的相关方法和过程。

以上工作是开展文学作品的 LDA 应用研究必须进行的先期基础性工作。

第 4 章

LDA 模型的文学作品题材辨识与主题特征聚类分析

茅盾文学奖自 1982 年设立以来至 2015 年共评选出九届 43 部长篇小说，作品题材广泛、风格多样，体现了各个时期中国文学作品创作的最高水平，是文学作品进行机器分析的权威性和代表性的研究语料。

本章以茅盾文学奖 43 部获奖作品为实验语料，采用 LDA 主题模型分析工具，通过设定参数，应用 Gibbs 抽样算法，对作品文档集进行一遍又一遍的迭代采样，获取参数的估计值，用于开展文学作品的题材聚类检测、作品创作风格和评价标准等方面的研究。

4.1 茅盾文学奖作品的 LDA 题材辨识分析

茅盾文学奖获奖作品题材广泛，每种题材在词汇用语、时代背景，以及人物关系称呼上有明显不同的表现特征。将 43 部获奖作品作为文档集，应用 LDA 主题模型算法，进行文本的迭代抽样，生成主题词汇表，获取文档—主题的强度值分布，通过分析主题词汇和强度分布，可得到文学作品的题材特征和主题词汇特征。

4.1.1 文档的数据组织与实验方案

将茅盾文学奖 43 部作品每部形成一个文档，分别按上文提出的方法进行文档数据的分词、词性标注，去停用词，去除不必要的词性，并进行文本筛除等预处理工作，形成符合 LDA 算法要求的文档，形成实验输入数据。

为了检验 LDA 算法文档—主题强度对文学作品题材的辨识，首先要确定生成主题的数目。如果主题数目过多，则主题内容分散，容易出现多个主题相似度高、词汇雷同的状况；如果主题数目太少，则主题涵盖内容太多，主题类别不明晰。为了准确体现作品题材类别，文本主题数目设定不宜过多，经过多次实验检验，主题数目宜为 4~6 个。

4.1.2　文学作品题材辨识的实验结果整理

设定主题数为 5 个，每个主题 30 个词汇，迭代 500 次，运行得到以下数据结果：

1. 从运行日志文件中主题—词汇部分可得到如下 5 个主题的词汇集，如表 4.1 所示。

表 4.1　文学作品题材聚类 5 个主题的关键词集

Topic 0	Topic 1	Topic 2	Topic 3	Topic 4
敌人 同志 部队	眼睛 父亲 孩子	问题 工作 生活	皇上 夫人 皇帝	先生 夏天 上海
革命 情况 战争	发现 时间 声音	领导 女人 书记	太后 朝廷 大人	校长 爸爸 中国
战士 政委 声音	母亲 女人 老人	干部 男人 家里	官军 太监 人马	儿子 学生 老师
胜利 战斗 人民	离开 姑娘 朋友	公司 小姐 电话	百姓 眼睛 先生	学校 高兴 女人
报告 参加 成为	目光 男人 喜欢	儿子 孩子 女儿	银子 天下 官员	吃饭 家里 媳妇
注意 命令 告诉	日子 妈妈 故事	工人 妻子 大夫	皇后 老爷 老营	院子 县长 房子
任务 生活 工作	头发 城市 奇怪	时间 主任 姑姑	娘子 亲兵 弟兄	太太 老婆 香港
斗争 队伍 思想	家伙 衣服 屋里	需要 情况 市长	大臣 将士 骑兵	生意 英才 眼泪
军队 母亲 行动	身边 特别 先生	社会 父亲 姑娘	衙门 公子 义军	抗战 眼睛 同学
眼睛 前线 指挥	城里 害怕 世界	公社 结婚 国家	贵妃 公公 内阁	村长 感情 见面

2. 结合茅盾文学奖文本语料，整理运行日志文件中文档—主题对应最大强度数据部分，可得到文档—主题最大强度对照表 4.2。

表 4.2　茅盾文学奖作品文档—最大强度主题对照表

届　数	文档号	作品名	作者	文档最强主题
第一届	0	李自成	姚雪垠	doc：0 Topic：3
	1	东方	魏　巍	doc：1 Topic：0
	2	许茂和他的女儿们	周克芹	doc：2 Topic：2
	3	将军吟	莫应丰	doc：3 Topic：0
	4	冬天里的春天	李国文	doc：4 Topic：0
	5	芙蓉镇	古　华	doc：5 Topic：2
第二届	6	黄河东流去	李　准	doc：6 Topic：0
	7	沉重的翅膀	张　洁	doc：7 Topic：2
	8	钟鼓楼	刘心武	doc：8 Topic：2
第三届	9	平凡的世界	路　遥	doc：9 Topic：2
	10	少年天子	凌　力	doc：10 Topic：3
	11	第二个太阳	刘白羽	doc：11 Topic：0
	12	穆斯林的葬礼	霍　达	doc：12 Topic：2
	13	都市风流	孙力、余小惠	doc：13 Topic：2
	14	金瓯缺	徐兴业	doc：14 Topic：3
	15	浴血罗霄	萧　克	doc：15 Topic：0
第四届	16	白门柳	刘斯奋	doc：16 Topic：3
	17	战争和人	王　火	doc：17 Topic：0
	18	骚动之秋	刘玉民	doc：18 Topic：4
	19	白鹿原	陈忠实	doc：19 Topic：4
第五届	20	长恨歌	王安忆	doc：20 Topic：2
	21	抉择	张　平	doc：21 Topic：4
	22	尘埃落定	阿　来	doc：22 Topic：1
	23	茶人三部曲	王旭烽	doc：23 Topic：2
第六届	24	历史的天空	徐贵祥	doc：24 Topic：0
	25	英雄时代	柳建伟	doc：25 Topic：4
	26	东藏记	宗　璞	doc：26 Topic：0
	27	无字	张　洁	doc：27 Topic：2
	28	张居正	熊召政	doc：28 Topic：3

续表

届 数	文档号	作品名	作者	文档最强主题
第七届	29	秦腔	贾平凹	doc：29 Topic：4
	30	额尔古纳河右岸	迟子建	doc：30 Topic：1
	31	湖光山色	周大新	doc：31 Topic：4
	32	暗算	麦 家	doc：32 Topic：1
第八届	33	推拿	毕飞宇	doc：33 Topic：2
	34	一句顶一万句	刘震云	doc：34 Topic：2
	35	天行者	刘醒龙	doc：35 Topic：4
	36	蛙	莫言	doc：36 Topic：2
	37	你在高原	张炜	doc：37 Topic：1
第九届	38	生命册	李佩甫	doc：38 Topic：2
	39	江南三部曲	格非	doc：39 Topic：2
	40	繁花	金宇澄	doc：40 Topic：4
	41	这边风景	王蒙	doc：41 Topic：2
	42	黄雀记	苏童	doc：42 Topic：2

4.1.3　文学作品题材辨识的研究分析

表 4.2 的文档对应的最强主题也可以从文档目录中打开文档－主题强度分布文件，读取文档对应的每个主题的强度数据表中最大值的主题编号，与运行日志文件一致。

1　历史题材作品的辨识分析

通过过滤，取表 4.1 中 Topic 3 对应的文档项可得到表 4.3 的结果。

表 4.3　茅盾文学奖作品文档—最大强度主题 3 对照表

届 次	文档号	作品名	作者	文档最强主题
第一届	0	李自成	姚雪垠	doc：0 Topic：3
第三届	10	少年天子	凌 力	doc：10 Topic：3
第三届	14	金瓯缺	徐兴业	doc：14 Topic：3
第四届	16	白门柳	刘斯奋	doc：16 Topic：3
第六届	28	张居正	熊召政	doc：28 Topic：3

考察表 4.1 和表 4.2，表 4.3 中的数据显示，Topic 3 强度最大值对应

的文档，均为历史题材的长篇小说。同时根据表 4.2 的数据显示，除了表 4.2 所列作品，其他作品均为现当代题材。

考察 4.1.2 小节 Topic 3 的词汇集合 {皇上，夫人，皇帝，太后，朝廷，大人，官军，太监，人马，百姓，眼睛，先生，银子，天下，官员，皇后，老爷，老营，娘子，亲兵，弟兄，大臣，将士，骑兵，衙门，公子，义军，贵妃，公公，内阁}，确实验证了表 4.3 作品历史题材特征的主题属性。

2 军事战争题材作品的辨识分析

通过过滤，取表 4.1 中 Topic 0 对应的文档项得到表 4.4 的结果。

表 4.4 茅盾文学奖作品文档—最大强度主题 0 对照表

届　　次	文档号	作品名	作者	文档最强主题
第一届	1	东方	魏 巍	doc：1 Topic：0
第一届	3	将军吟	莫应丰	doc：3 Topic：0
第一届	4	冬天里的春天	李国文	doc：4 Topic：0
第二届	6	黄河东流去	李 准	doc：6 Topic：0
第三届	11	第二个太阳	刘白羽	doc：11 Topic：0
第三届	15	浴血罗霄	萧 克	doc：15 Topic：0
第四届	17	战争和人	王 火	doc：17 Topic：0
第六届	24	历史的天空	徐贵祥	doc：24 Topic：0
第六届	26	东藏记	宗 璞	doc：26 Topic：0

考察表 4.1 和表 4.2，表 4.4 中的数据显示，Topic 0 强度最大值对应的文档，均为军事战争题材或具有战乱背景的长篇小说。同时根据表 4.1 的数据显示，除了表 4.1 所列作品，其他作品涉猎军事战争内容相对较少。

考察 4.1.2 小节 Topic 0 的词汇集合 {敌人，同志，部队，革命，情况，战争，战士，政委，声音，胜利，战斗，人民，报告，参加，成为，注意，命令，告诉，任务，生活，工作，斗争，队伍，思想，军队，母亲，行动，眼睛，前线，指挥}，确实验证了表 4.4 所列作品具有明显军事战争题材特征的主题属性。

4.2　茅盾文学奖作品主题特征的相似度分析

虽然茅盾文学奖作品风格多样、题材广泛、表现手法各异，但是不同作家受同样经历环境、地域风情、题材限制、读书教育和社会价值等因素的影响，一些同区域、同题材、同时代以及气氛格调的作品，在 LDA 主题模型聚类分析中表现有明显的相似性。本节通过对 43 部获奖作品经过预处理后形成的文档集，应用 LDA 主题模型算法，运行生成主题词汇表，获取文档—主题的强度值分布，对文档—主题强度分布值进行作品的主题相似度分析。

4.2.1　作品文档—主题的强度分布

在作品相似度分析中，主题数目的设定与 4.1 节题材辨识分析不同，为了提高相似度分析的客观性、准确性，宜于设定较多主题，形成基于作品文档的大维度主题向量，进行相应作品风格的相似度分析。

本节实验，设定主题数为 10 个，每个主题 20 个词汇，迭代 500 次，运行 LDA 后，在文档目录中打开系统运行生成的文档—主题强度分布文件，整理该数据文件得出表 4.5。其中，第 i 行第 j 列数值表示第 i 篇文档对第 j 个主题的影响概率值。

表 4.5　43 部获奖作品文档—主题强度分布表（仅取小数点后三位）

文档名	主题 1	主题 2	主题 3	主题 4	主题 5	主题 6	主题 7	主题 8	主题 9	主题 10
D01	0.086	0.011	0.001	0.003	0.001	0.049	0.094	0.023	0.013	0.719
D02	0.025	0.595	0.009	0.022	0.008	0.120	0.148	0.000	0.063	0.010
D03	0.021	0.336	0.037	0.029	0.054	0.247	0.217	0.001	0.058	0.000
D04	0.025	0.445	0.030	0.025	0.021	0.217	0.183	0.000	0.052	0.003
D05	0.048	0.273	0.036	0.027	0.016	0.344	0.176	0.004	0.069	0.007
D06	0.032	0.342	0.072	0.013	0.127	0.195	0.155	0.016	0.045	0.004
D07	0.009	0.112	0.028	0.312	0.088	0.100	0.263	0.003	0.067	0.018
D08	0.018	0.116	0.303	0.019	0.028	0.325	0.137	0.001	0.052	0.001
D09	0.051	0.198	0.081	0.053	0.094	0.282	0.173	0.017	0.046	0.005
D10	0.009	0.083	0.103	0.313	0.024	0.218	0.186	0.001	0.064	0.000
D11	0.144	0.014	0.002	0.012	0.009	0.130	0.194	0.334	0.045	0.116

续表

文档名	主题 1	主题 2	主题 3	主题 4	主题 5	主题 6	主题 7	主题 8	主题 9	主题 10
D12	0.070	0.383	0.002	0.039	0.002	0.188	0.200	0.002	0.098	0.016
D13	0.039	0.054	0.023	0.057	0.023	0.479	0.235	0.010	0.071	0.009
D14	0.026	0.093	0.316	0.030	0.024	0.290	0.164	0.003	0.053	0.001
D15	0.558	0.034	0.002	0.003	0.002	0.187	0.068	0.029	0.017	0.101
D16	0.057	0.566	0.007	0.052	0.007	0.099	0.125	0.004	0.027	0.056
D17	0.542	0.007	0.001	0.003	0.002	0.102	0.151	0.073	0.036	0.085
D18	0.060	0.045	0.006	0.542	0.011	0.141	0.141	0.008	0.033	0.015
D19	0.052	0.103	0.339	0.019	0.022	0.180	0.166	0.012	0.101	0.007
D20	0.044	0.382	0.032	0.022	0.042	0.120	0.222	0.026	0.088	0.022
D21	0.042	0.018	0.011	0.061	0.215	0.279	0.298	0.007	0.069	0.000
D22	0.032	0.026	0.580	0.007	0.004	0.244	0.082	0.002	0.023	0.000
D23	0.017	0.050	0.004	0.008	0.007	0.150	0.606	0.007	0.131	0.022
D24	0.053	0.046	0.246	0.048	0.021	0.209	0.283	0.018	0.065	0.011
D25	0.067	0.387	0.021	0.022	0.008	0.206	0.130	0.102	0.040	0.016
D26	0.024	0.041	0.443	0.025	0.031	0.237	0.138	0.010	0.047	0.003
D27	0.044	0.067	0.008	0.292	0.034	0.185	0.260	0.008	0.075	0.027
D28	0.048	0.078	0.048	0.060	0.041	0.474	0.171	0.009	0.064	0.008
D29	0.082	0.008	0.010	0.005	0.006	0.086	0.135	0.603	0.024	0.042
D30	0.004	0.038	0.549	0.013	0.084	0.054	0.202	0.005	0.049	0.002
D31	0.009	0.035	0.008	0.009	0.020	0.175	0.308	0.000	0.429	0.008
D32	0.021	0.031	0.107	0.014	0.386	0.110	0.232	0.006	0.082	0.010
D33	0.031	0.074	0.073	0.038	0.023	0.300	0.369	0.006	0.086	0.001
D34	0.012	0.021	0.036	0.018	0.071	0.538	0.219	0.006	0.079	0.000
D35	0.008	0.015	0.022	0.013	0.615	0.079	0.197	0.009	0.039	0.005
D36	0.014	0.036	0.076	0.347	0.046	0.161	0.257	0.007	0.058	0.000
D37	0.017	0.079	0.052	0.017	0.289	0.189	0.224	0.013	0.114	0.005
D38	0.016	0.029	0.010	0.006	0.008	0.229	0.122	0.003	0.574	0.004
D39	0.008	0.041	0.099	0.025	0.371	0.161	0.190	0.007	0.098	0.000
D40	0.027	0.035	0.046	0.025	0.068	0.141	0.559	0.012	0.085	0.003
D41	0.020	0.022	0.015	0.051	0.672	0.091	0.089	0.009	0.028	0.003
D42	0.033	0.198	0.032	0.014	0.247	0.262	0.149	0.000	0.063	0.002

文档名	主题1	主题2	主题3	主题4	主题5	主题6	主题7	主题8	主题9	主题10
D43	0.015	0.028	0.034	0.016	0.264	0.212	0.315	0.001	0.114	0.000

4.2.2　基于向量余弦的获奖作品的文本相似度分析

将表4.5每行对应文档的10个主题强度值组成一个10维向量，可得到43部获奖作品的文档—主题强度向量：

$$D_i = (dt_{i1}, dt_{i2}, \cdots, dt_{i10}) \quad i = 1, 2, \cdots, 43$$

其中：dt_{ij}为第 i 篇文档在第 j 个主题的强度。

任意两个文档 D_i 和 D_j （$i, j = 1, 2, \cdots, 43$）的相似度可按向量的余弦公式计算：

$$\text{sim}(D_i, D_j) = \cos(\theta) = D_i * D_j / |D_i||D_j|$$

$$其中：D_i * D_j = \sum_{k=1}^{10} dt_{ik} dt_{jk}, \quad |D_i| = \sum_{k=1}^{10} dt_{ik}^2,$$

$$|D_j| = \sum_{k=1}^{10} dt_{jk}^2, \ i, j = 1, 2, \cdots, 43$$

经过对43部作品文档向量任意两两组合，进行文档—主题强度的相似度计算，可得到一个 43×43 的文档—主题强度相似度矩阵，在矩阵中筛选出相似度值大于0.985的组合，结合表4.1，可整理得出表4.6。

表4.6　文档—主题强度高相似度作品

文档 i	文档 j	作品 i	作品 j	相似度
16	2	《浴血罗霄》	《东方》	0.991716
28	13	《无字》	《穆斯林的葬礼》	0.990875
34	13	《推拿》	《穆斯林的葬礼》	0.988204
39	32	《生命册》	《湖光山色》	0.988542

主题（Topic）高相似度的结果分析和解释：

1. 《浴血罗霄》与《东方》属于相近时期军事战争题材，作者萧克和魏巍都是战争年代成长起来的部队作家和干部。

2. 《无字》《推拿》与《穆斯林的葬礼》三部作品虽然时代不同，角色各异，但是它们在文学风格、表现手法、用词习惯、人生命运主题的诠释方面有相近之处。张洁和霍达都是北京地区的女作家，毕飞宇被誉为"最了解女性的男性作家"。题材表现追求真爱和坎坷人生，展现人类精神的光明。

3.《生命册》与《湖光山色》的作者李佩甫和周大新均为河南豫南地区作家，作品相当大的篇幅表现了城市和乡村时代变迁的轨迹，及漫长艰辛的人生道路。

4.3 茅盾文学奖每届作品风格的 LDA 主题特征分析

前面两节将 43 部获奖作品每部形成独立文档，研究具体作品的聚类、相似度分析，本节以每届获奖作品整体为考察对象研究九届作品各届的整体特征。

4.3.1 基于 LDA 的按届评价实验方案与运行结果

前面的计算分析过程中，LDA 处理的文本对象是以作品为单位形成 43 个文档，统一存放在一个目录下，进行主题聚类计算分析。这种分析突出了作品的主题特征，但忽略了作品评奖三十余年来，社会的变迁，评委的变化，评价标准的变化对每届作品评选价值取向的影响。同时考察茅盾文学奖 43 部获奖作品小说，我们发现作品的篇幅、题材、写作出版时期差异巨大，一些作品篇幅长、权重较大，干扰了整体的分析结果，也削弱了每届作品的特色评价。

将 43 部作品按届合并，每届获奖的全部作品合并成一个文档，共生成的九个文档，统一存放到指定的文件夹，作为 LDA 主题模型的计算分析对象。

本节实验中，设定主题数为 10 个，每个主题 30 个词汇，迭代 500 次，运行 LDA 后，在文档目录中打开系统运行生成的文档—主题强度分布文件日志，整理该数据文件可得出历届获奖作品的主题强度分布表，如表 4.7 所示。

表 4.7 历届获奖作品的主题强度分布

届 数	主题 1	主题 2	主题 3	主题 4	主题 5	主题 6	主题 7	主题 8	主题 9	主题 10
第一届	0.470	0.107	0.170	0.021	0.015	0.023	0.006	0.111	0.055	0.021
第二届	0.014	0.425	0.117	0.033	0.032	0.046	0.046	0.144	0.124	0.019

续表

届　　数	主题1	主题2	主题3	主题4	主题5	主题6	主题7	主题8	主题9	主题10
第三届	0.042	0.148	0.166	0.033	0.024	0.306	0.008	0.162	0.088	0.025
第四届	0.042	0.124	0.117	0.030	0.336	0.026	0.010	0.210	0.082	0.024
第五届	0.007	0.217	0.086	0.057	0.027	0.021	0.019	0.133	0.417	0.016
第六届	0.029	0.161	0.124	0.038	0.045	0.024	0.014	0.131	0.127	0.307
第七届	0.004	0.228	0.074	0.069	0.012	0.010	0.365	0.133	0.095	0.010
第八届	0.004	0.251	0.052	0.430	0.006	0.012	0.012	0.171	0.054	0.008
第九届	0.005	0.222	0.083	0.058	0.027	0.022	0.299	0.147	0.121	0.015

4.3.2　历届获奖作品的主题特征分析

由表4.7可得出历届作品文档—主题强度值的分布，如图4.1所示。

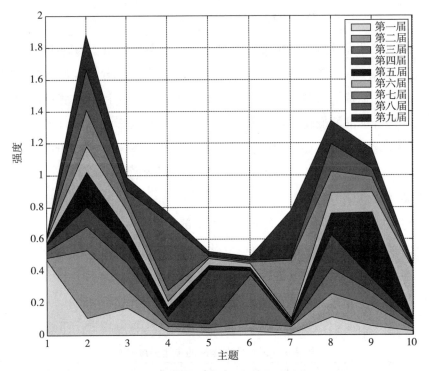

图4.1　历届获奖作品主题强度分布

从文档目录中打开系统运行生成的主题—词汇文件 Topic.csv，整理该数据文件，得出历届获奖作品的主题—词汇表，如表4.8所示。

表 4.8　历届获奖作品的主题—词汇表

Topic 1	Topic 2	Topic 3	Topic 4	Topic 5
夫人 官军 朝廷	眼睛 父亲 声音	女人 问题 男人	校长 孩子 生活	敌人 同志 部队
百姓 娘子 人马	母亲 儿子 姑娘	工作 时间 关系	学校 主任 老师	政委 战士 革命
老营 战争 消息	土司 女人 喜欢	电话 需要 肯定	儿子 父亲 书记	大妈 司令 人民
弟兄 东京 军事	太太 相信 哥哥	生活 骆驼 姑姑	英才 学生 村长	红军 工作 主席
亲兵 皇后 洛阳	日子 世界 痛苦	北京 秋水 公司	医院 同学 站长	准备 命令 人们
公子 义军 率领	感觉 眼前 露出	中国 清楚 希望	小学 村里 时间	斗争 任务 首长
将士 骑兵 大军	脑袋 永远 命运	领导 社会 机会	公社 汽车 院子	部长 干部 指挥
前线 敌人 部队	失去 发现 笑容	感觉 相信 家里	祖父 衣服 干部	军队 孩子 朝鲜
将领 药师 将军	神情 客人 心头	结婚 决定 儿子	喜鹊 母亲 师傅	连长 战争 团长
作战 皇帝 军队	阳光 目光 少爷	革命 日子 组织	娃娃 回家 离开	师长 飞机 队伍

Topic 6	Topic 7	Topic 8	Topic 9	Topic 10
问题 干部 书记	上海 爸爸 先生	眼泪 兄弟 朋友	孩子 时间 老人	皇上 太后 皇帝
市长 大夫 领导	中国 小姐 南京	家里 希望 大哥	发现 眼睛 父亲	大人 先生 官员
工人 工作 生活	重庆 香港 女人	县长 人家 媳妇	告诉 妈妈 离开	银子 太监 老爷
大队 队长 情况	老师 情况 舅舅	回来 老婆 离开	家伙 声音 朋友	衙门 贵妃 朝廷
孩子 姑娘 同志	感情 同学 房间	院子 孩子 走到	故事 城市 男人	天下 大臣 内阁
公司 妻子 市委	太太 学生 阿姨	女人 清风 豆腐	目光 奇怪 平原	大侠 公公 皇后
社员 公社 群众	汽车 美国 中央	儿子 天亮 眼睛	可怕 姑娘 仍然	奴才 京城 南京
大家 国家 伊犁	抗日 学校 喜欢	衣服 屋里 馒头	头发 女人 喜欢	万岁 隆庆 江南
组长 意见 人民	希望 飞机 吃饭	城里 男人 粮食	对方 生活 屋里	折子 娘娘 尚书
家里 分子 运动	客厅 朋友 生活	爷爷 县城 生意	母亲 先生 衣服	眼睛 和尚 北京

下面结合图 4.1 和表 4.8 分析历届获奖作品的主题特征。

1. 图 4.1 所示 10 个主题的九届获奖作品每届形成一条强度曲线，这九条曲线在每个主题位置除 1～2 个点强度突出，其他点是拟合在一起的。说明某个主题词汇受某届其中一个作品的影响巨大的扰动，导致该届作品文档对应的该主题强度明显高于其他届主题强度。例如，第一届主题 1 的强度达到 0.47，由表 4.8 考察主题 1 的词汇集 { 夫人，官军，朝廷，百姓，娘子，人马，老营，战争，消息，弟兄，东京，军事，亲兵，皇后，洛阳，公子 义军，率领，将士，骑兵，大军，前线，敌人，部队，将领，药师，将军，作战，皇帝，军队 }，由此可以确认第一届主题强度受作品《李自成》影响巨大，其他几届该主题强度近乎为 0。

2. 图 4.1 所示主题 1、4、5、6、7、10 除某届主题强度值较高外，其他届主题强度接近 0，说明这个主题不是评奖标准和文学创作追求的普遍主题

（话题）。

3. 尤其引人注意的是，九届文档—主题强度曲线在主题 8 和主题 2 各点强度相近（图 4.1），有的处于较高的水平，说明该主题是每届评委、每个作家、每篇作品共同关注的主题（话题），体现了文学创作共同的价值追求。以主题 8 为例，由表 4.8 考察主题 8 的词汇集 ｛眼泪，兄弟，朋友，家里，希望，大哥，县长，人家，媳妇，回来，老婆，离开，院子，孩子，走到，女人，清风，豆腐，儿子，天亮，眼睛，衣服，屋里，馒头，城里，男人，粮食，爷爷，县城，生意｝，将词汇进一步归类，则有观察、表达、活动、人物等几个类别，体现了文学创作的价值追求和评委的评价标准。

4.4 部分获奖作品的 LDA 主题特征的聚类分析

本节采用层次聚类的方法，对表 4.5 中的 43 部作品选择部分作品进行聚类分析。

4.4.1 层次聚类算法简介

本节使用的层次聚类是通过自下而上的顺序进行凝结式（Agglomerative）的聚类。步骤如下：

1. 初始时每个文本单成一类，两两计算文本之间的距离，把两个最小距离的文本汇聚成一类。

2. 重新计算新生成的类与其他类之间的距离，继续将两个距离最小的类进行汇聚凝结。

3. 反复执行步骤 2，直到全部文本都汇聚成一个大类。

层次聚类先要计算文本之间的距离，然后计算类与类之间的距离。文本之间的距离通常采用点对点之间的欧氏距离进行计算。在 R 语言中应用函数 dist（x，method = "euclidean"）实现。类与类之间的距离计算有六种方法，R 语言中定义类与类之间的距离有：最短距离法（"single"）、最长距离法（"complete"）、中间距离法（"median"）、类平均法（"average"）、离差平方和法（"ward"）、质心法（"centroid"），通过 hclust（）函数实现。例如，对文本集合做欧氏距离计算，然后进行最长距离法聚类，可通过调用执行如下语句完成：

hclust（dist（x，method = "euclidean"），method = "complete"）；

算法思想在文献[21]中有详细论述。

4.4.2 聚类部分获奖作品的文本选择

在表 4.5 中的 43 部作品中我们选择了 12 部作品样本，包括：4 部历史题材作品（《金瓯缺》《白门柳》《少年天子》《张居正》）、4 部战争题材作品（《东方》《浴血罗霄》《第二个太阳》《历史的天空》）和 4 部当代题材作品（《湖光山色》《生命册》《一句顶一万句》《繁花》）。形成如表 4.9 所示的 12 部作品文档—主题概率分布。

表 4.9 部分获奖作品文档—主题概率分布

作品	T01	T02	T03	T04	T05	T06	T07	T08	T09	T10
东方	0.025	0.595	0.009	0.022	0.008	0.120	0.148	0.000	0.063	0.010
少年天子	0.144	0.014	0.002	0.012	0.009	0.130	0.194	0.334	0.045	0.116
第二个太阳	0.070	0.383	0.002	0.039	0.002	0.188	0.200	0.002	0.098	0.016
金瓯缺	0.558	0.034	0.002	0.003	0.002	0.187	0.068	0.029	0.017	0.101
浴血罗霄	0.057	0.566	0.007	0.052	0.007	0.099	0.125	0.004	0.027	0.056
白门柳	0.542	0.007	0.001	0.003	0.002	0.102	0.151	0.073	0.036	0.085
历史的天空	0.067	0.387	0.021	0.022	0.008	0.206	0.130	0.102	0.040	0.016
张居正	0.082	0.008	0.010	0.005	0.006	0.086	0.135	0.603	0.024	0.042
湖光山色	0.021	0.031	0.107	0.014	0.386	0.110	0.232	0.006	0.082	0.010
一句顶一万句	0.008	0.015	0.022	0.013	0.615	0.079	0.197	0.009	0.039	0.005
生命册	0.008	0.041	0.099	0.025	0.371	0.161	0.190	0.007	0.098	0.000
繁花	0.020	0.022	0.015	0.051	0.672	0.091	0.089	0.009	0.028	0.003

4.4.3 部分获奖作品的聚类结果与分析

利用表 4.9 中的数据，根据文档—主题特征概率的分布值，按照 4.4.1 小节给出层次聚类的六种方法分别聚类，取得相关的聚类结果如下：

1. 最短距离法的聚类结果

根据表 4.9 的数据，使用欧氏距离法、最短距离法对茅盾文学奖中的 12 部作品进行聚类分析，得到结果如图 4.2 所示。

部分获奖作品主题特征聚类

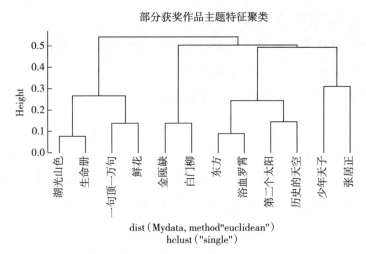

dist（Mydata, method"euclidean"）
hclust（"single"）

图4.2　茅盾文学奖部分作品最短距离法的聚类结果

从图4.2中可以看出，历史题材作品《金瓯缺》和《白门柳》自成一类，当代题材作品自成一类。战争题材作品自成一类，与历史题材作品《少年天子》《张居正》组成一个较大的类，与当代题材作品距离较远。

2. 最长距离法的聚类结果

根据表4.9的数据，文本使用欧氏距离法、类间距离度量采用最长距离法对茅盾文学奖中的12部作品进行聚类分析，得到结果如图4.3所示。

部分获奖作品主题特征聚类

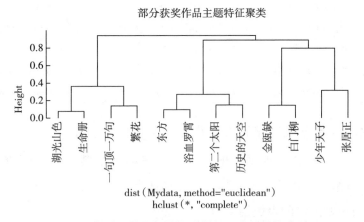

dist（Mydata, method="euclidean"）
hclust（*, "complete"）

图4.3　茅盾文学奖部分作品最长距离法的聚类结果

从图4.3中可以看出，用最长距离法，当代题材四部作品自成一类，战争题材四部作品自成一类，历史题材四部作品自成一类，而且战争题材作品与历史题材作品距离较近。

3. 中间距离法聚类结果

类间距离度量使用中间距离法对 12 部作品进行聚类，得到结果如图 4.4 所示：

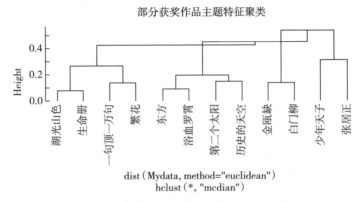

部分获奖作品主题特征聚类

dist（Mydata, method="euclidean"）
hclust（*, "mcdian"）

图 4.4　茅盾文学奖部分作品中间距离法聚类结果

从图 4.4 中可以看出，用中间距离法聚类，当代题材四部作品自成一类，战争题材四部作品自成一类，历史题材四部作品自成一类，而且当代题材作品与历史题材作品距离较远。

需要指出的是，从图 4.4 中可以发现，中间距离法呈现非单调性，所以类间聚合会产生颠倒现象。当代题材四部作品形成的小类与战争题材四部作品形成的小类之间的距离小于历史题材中《金瓯缺》和《白门柳》形成的小类与《少年天子》和《张居正》形成的小类的距离。战争题材四部作品形成的小类与历史题材四部作品形成的小类之间的距离小于《少年天子》和《张居正》两个文本之间的距离。

4. 类平均法的聚类结果

根据表 4.9 数据，文本距离度量使用欧氏距离法、类间距离度量采用类平均法对茅盾文学奖中的 12 部作品进行聚类分析，得到结果如图 4.5 所示。

从图 4.5 中可以看出，用类平均法聚类，当代题材四部作品自成一类，战争题材四部作品自成一类，历史题材四部作品自成一类，即三类题材作

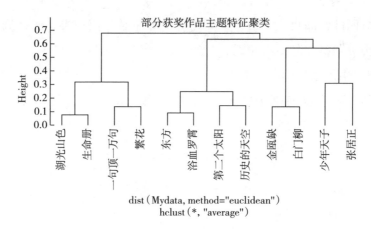

图4.5　茅盾文学奖部分作品类平均法聚类结果

品各自自成一类，而且战争题材作品与历史题材作品距离较近。

5. 离差平方和法的聚类结果

根据表4.9数据，文本距离度量使用欧氏距离法、类间距离采用离差平方和法对茅盾文学奖中的12部作品进行聚类分析，得到结果如图4.6所示。

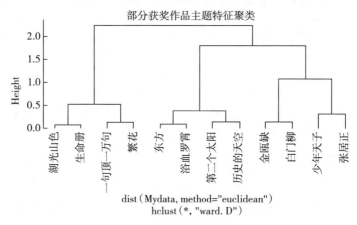

图4.6　茅盾文学奖部分作品离差平方和法聚类结果

从图4.6中可以看出，用离差平方和法，当代题材、战争题材、历史题材各自自成一类，而且战争题材作品与历史题材作品距离较近。

6. 质心法聚类结果

根据表4.9的数据，文本、类间距离分别使用欧氏距离法、采用质心法对茅盾文学奖中的 12 部作品进行聚类分析，得到结果如图 4.7 所示。

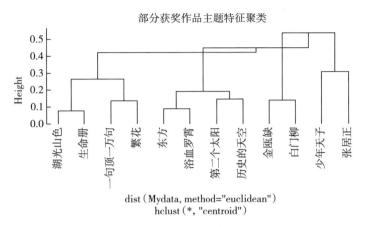

图 4.7　茅盾文学奖部分作品质心法聚类结果

从图 4.7 中可以看出，用质心法距离，当代题材四部作品自成一类，战争题材四部作品自成一类，历史题材四部作品自成一类，而且当代题材作品与历史题材作品距离较远。

需要指出的是，从图 4.7 中可以发现，质心法也呈现非单调性，所以会产生颠倒现象。其结果与中间距离法类似。

4.4.4　层次聚类结果讨论

在 4.4.3 小节中应用六种聚类方法分别对茅盾文学奖 12 部作品进行聚类分析，其结果对比如表 4.10 所示。

表 4.10　六种聚类方法的聚类结果对比

聚类方法	聚类数	是否混淆	是否单调
最短距离法	3	有	是
最长距离法	3	无	是
中间距离法	3	无	否
类平均法	3	无	是
离差平方和法	3	无	是
质心法	3	无	否

应用六种聚类方法，在茅盾文学奖选择的 12 部作品的主题特征聚类的

过程中，六种聚类方法除最短距离法之外都能准确进行分类，体现了 LDA 主题模型形成的文档主题分布数据对文本题材聚类具有准确、良好的效果。

在聚类过程中，中间距离法和质心法虽然也准确地实现了文本聚类，但是也呈现出了非单调性，发生了两次颠倒，这提示我们在实际应用中可以多使用几种距离，多尝试几种方法，经过分析比较选择一个合适的聚类结果。

4.5　本章小结

本章通过对茅盾文学奖 43 部作品进行文本处理、方案设计，应用 LDA 主题模型分析工具，在以下几个方面取得了良好的研究成果：

1. LDA 主题模型在分析文学作品题材辨识方面有很好的应用效果，尤其在历史题材、军事战争题材具有准确的辨识能力。

2. LDA 主题模型分析通过对文档—主题强度分布按行抽取，构成一组文档的主题强度向量，对这组向量进行相似度计算，可分析相关作品主题（词汇）的相似度。

3. 将一组文学作品文档，按设计的规则分类合并（如本章按届合并为九个文档），再进行 LDA 计算分析，发现整体共同的文学主题特征，也能获得某类文档独自关注的主题特征。

4. 根据文档—主题概率分布数据，选取当代、战争、历史题材小说各四部，采用六种层次聚类方法进行聚类分析，除最短距离法之外都能准确地按题材形成归类，体现了 LDA 主题模型形成的文档主题分布数据对文本题材聚类具有准确、良好的效果。

第 5 章

基于 LDA 的小说主题演化研究

5.1 主题演化的研究现状

主题演化是对文本内现在若干事件的数据做出分析预测的一个推演过程。通过掌控主题演化的趋向，对主题做有效预测，为决策者提供方便的借鉴作用。在国外的相关研究中，如在 1996—1997 年，由 DARPA（Defense Advanced Research Project Agency，美国国防部高级研究计划局）做专项资助和美国国家标准与技术研究院（National Institute of Standards and Technology，NIST）出资捐助主持的话题检测与追踪的系列项目[16]、IBM Almaden 研究中心采用博客等数据在主题演化方面做了很多实证探究，通过把话题分成闲谈式、突发式两种，给出了两种话题构造特性的描述和按统计方法进行显著性差别话题的判定算法[17]；Zhou 等人[18]把话题变换看作一个马尔科夫过程，经马尔科夫的转移矩阵对话题演化构造模型，主要话题的演化在后台所隐含的用户实体之间互相作用；伊利诺伊的 Zhai C X 给出了内容及强度的演化模式定义[19]，应用有关的文本挖掘技术获得了混合的模型[20]。

国内有关话题的演变理论探究仍处于萌芽期。哈工大、中科院计算所以及国防科技大学等多家单位均开展了有关研究。如于满泉等人探究了层次化的话题甄别技术，并结合自然语言处理方法及信息检索相关技术，指出单粒度的话题辨识方式及按多层的聚类而实现的 MLCS（multi – layered clusteving）算法，对于话题的展开进行了层次化的组织[21]。王永恒等人对汉语短文话题进行甄别做了很多研究工作[22]。张立等人[23]借助分析某网论坛中的数据，证实此网络度的强度分布是幂律的分布，同时具备显著的无标度特点。胡勇等人将意见领袖形成的模型进行了定量研究，建立了意见领袖属性模型矩阵[24]。

演化是指生物在各时代间称之为"进化"的差异状况。进化是通过各时代之间存在的差异予以解释此类现象相关的理论。生物可遗传的变异和对于环境适应及物种之间的竞争情况是演化主要的机理。如物竞天择法则可以让物种特点在环境的改变过程中得到保留抑或被淘汰，严重的可导致新的物种出现或者老的物种消失。

对生物的演化规律进行参照，可知主题的演化一样具备主题的遗传及变异的特点。"主题的遗传"是指主题具备相当的继承性，而"主题的变异"是指主题具备相应的差异特征。崔凯等人[25]通过构建在线 LDA 模型取得系列化的主题、词概率及文档—主题的概率分布等，按两个概率的分布测得主题的传播情况，主题的遗传及变异改变的情况。用 KL 类似性距离（Kullback – Leibler Divergence）度量出标准的刻画主题—词的概率分布间的相似情况，检测其主题变化的规律。

有关 LDA 主题模型应用于主题词汇演化的研究在一些文献中已有不少成果，这些研究主要应用于网络微博、舆情演化、情报、专利文献趋势的演化和疾病防疫趋势的演化研究。

LDA 主题词汇演化研究的基本思想是：将某个领域的语料按不同时期（单位可能是天、周、月或年）存放在不同文件夹下，作为 LDA 处理的时间段单位。每个时间段可看作一个完整的 LDA 处理单元体系，运行 LDA 模块函数，生成该时间段的主题词汇表、文档—主题强度分布图和分布数据表。将不同时间段生成的主题词汇表，做整体考察，分析主题、词汇随着时间的推进所发生的词汇在主题中情感强度（顺序）、用词变化，以分析研究主题的演化趋势。

LDA 应用于文学作品的演化分析研究目前还没有看到相关的报道。

规模宏大的文学作品，在布局谋篇上往往使用上、下两部，三部曲，甚至四部以上来呈现，其中三部曲是一个主要的表现形式。通常三部作品在表现形式上既自成体系、互相独立，又脉络清晰、互相联系，表现几个时代数十年甚至百余年的时代演变、行业变迁和家族兴衰。在文学表现手法上具有明显的不同时代环境、用语标签的特征，同时又体现作品的文学风格的统一性。

本章采用两种技术路线，应用 LDA 方法研究一部具体文学作品的主题演化。

（1）5.2 节选取一部茅盾文学奖三部曲作品作为考察对象，按章次拆分为各章独立文档，甚至通过变更文档文件名打乱文档排列顺序，然后运行 LDA 程序生成文档—主题强度分布数据，分析评价各部作品的主题聚类效果和主题强度演化趋势，取得了一致的聚类结果。

（2）5.3 节采用时间段的主题演化趋势，将各部作品的每个章节独立文档按部别分为三个文件夹存放，运行自写的主题演化的 LDA 时间段函数 lda_time（），将运行结果中各时间段的主题词汇表按时间顺序排列，考察主题词汇的顺序变化，用词变化，分析作品的情感、时代、行业和家族的演化趋势。

5.2 基于 LDA 的单一作品主题特征的聚类研究

选取茅盾文学奖第九届获奖作品《江南三部曲》和第五届获奖作品《茶人三部曲》作为考察对象将作品按章次拆分，各章独立形成文档，通过运行 LDA 程序，运行结果按部、章—主题概率分布做聚类分析，取得了理想的结果。

5.2.1 以《江南三部曲》为例的 LDA 部章主题特征数据分析

格非的《江南三部曲》分为第一部《人面桃花》、第二部《山河入梦》、第三部《春尽江南》，总共三部书籍，每部作品分为 4 章，总共 12 章。首先将作品按部、按章拆分为 12 个文档，再对其分别进行数据预处理，形成实验输入数据。为了检验主题对三部作品的敏感性，预设主题数为 3，每个主题 40 个词，迭代 1000 次，将得到的结果整理成表 5.1。

表 5.1　《江南三部曲》文档—主题强度

部数	章节	主题 0	主题 1	主题 2
第一部	第 1 章	0.05223	0.25685	0.69092
	第 2 章	0.06137	0.25221	0.68642
	第 3 章	0.05699	0.2323	0.7107
	第 4 章	0.099	0.23954	0.66146
第二部	第 1 章	0.08118	0.69298	0.22583
	第 2 章	0.08647	0.69806	0.21547
	第 3 章	0.10754	0.6722	0.22026
	第 4 章	0.18825	0.57283	0.23893
第三部	第 1 章	0.58436	0.25419	0.16144
	第 2 章	0.56703	0.27957	0.1534
	第 3 章	0.56298	0.28746	0.14956
	第 4 章	0.6186	0.23117	0.15023

根据表 5.1，可生成如图 5.1 所示的文档—主题强度分布图。

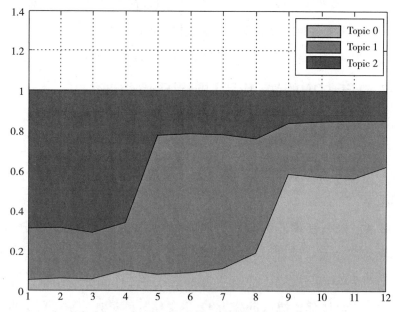

图 5.1　《江南三部曲》的文档—主题强度分布
（横坐标的 1～4 分别为第一部的第 1～4 章，5～8 分别为第二部的第 1～4 章，
9～12 分别为第三部的第 1～4 章）

运行日志文件，得出三个主题的词汇表，如表 5.2 所示。

表 5.2 《江南三部曲》3 个主题的关键词汇

Topic 0	Topic 1	Topic 2
端午 儿子 电话 房子 世界 时间 问题 离开 妻子 感觉 老师 喜欢 声音 母亲 哥哥 医院 女孩 包皮 担心 社会 鹦鹉 小区 公司 学校 法律 希望 意思 诗人 身体 大夫 离婚 事实 生活 主任 客厅 意识 手机 最近 中国 律师	县长 手里 眼睛 办公室 孩子 工作 包皮 脑袋 脸上 姑妈 很快 麻子 对方 时间 吃饭 意思 嘴里 身边 样子 脑子 昨天 脸色 秘书 愿意 电话 脖子 妈妈 打算 家里 门口 心思 明天 公社 任何 递给 老头 决定 女人 干部 上班	喜鹊 老虎 母亲 父亲 夫人 孩子 婆婆 先生 嘴里 普济 眼睛 声音 校长 阁楼 家中 院子 脸上 身体 离开 手里 屋里 姑娘 老头 竟然 村里 革命 担心 老爷 身子 出去 日子 告诉 棉花 丫头 学堂 奇怪 女人 脖子 村庄 手指

对表 5.1 和图 5.1 的内容进行数据分析，得出如下结果：

《江南三部曲》第一部《人面桃花》的第 1 章至第 4 章的主题强度值其主题 2 的强度值均在 0.65 以上，远远大于该文档的其他主题的强度值；

《江南三部曲》第二部《山河入梦》的第 1 章至第 4 章的主题强度值其主题 1 的强度值均在 0.57 以上，远远大于该文档的其他主题的强度值；

同时，《江南三部曲》第三部《春尽江南》的第 1 章至第 4 章的主题强度值其主题 0 的强度值均在 0.56 以上，也远远大于该文档的其他主题的强度值。

由此得出结论，三部作品的各章文档全部准确地归类到相关部属。

5.2.2 《江南三部曲》的 LDA 部章主题特征聚类分析

采用第 4 章层次聚类的六种类间距离度量方法，文本间主题特征距离的度量采用欧氏距离法，对表 5.1《江南三部曲》按部、按章拆分的 12 个文档分别进行聚类分析，可以得到图 5.2 至图 5.7 所示的聚类结果。

通过考察图 5.2 至图 5.7，可以得出如下结论：

1. 六种方法都准确地划分到三个大类，每个大类表示作品中的一部，大类下面准确聚合了该部的全部章节，每种方法均未产生混淆。

2. 在三个大类中，第一、二部各章节文本的距离按 1、2、3、4 章节号依次递增，第三部各章节文本的距离，第 2 章文本与第 3 章文本距离最近，其组成的类与第 4 章文本距离最远。

3. 六种方法聚类得到的三个类，拓扑结构完全一致。

4. 本次聚类再次证明中间距离法和质心法不具有单调性。

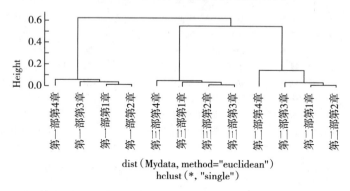

图 5.2　最短距离法聚类结果

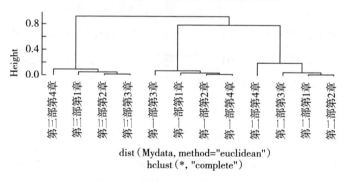

图 5.3　最长距离法聚类结果

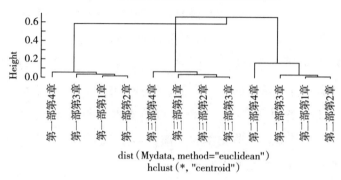

图 5.4　中间距离法聚类结果

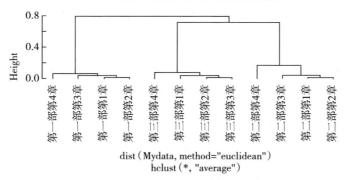

图5.5 类平均法聚类结果

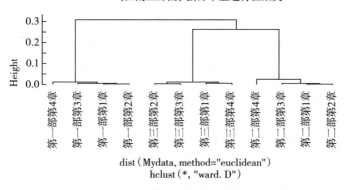

图5.6 离差平方和法聚类结果

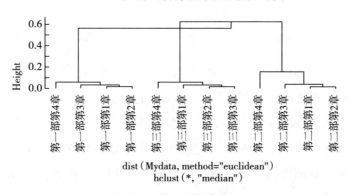

图5.7 质心法聚类结果

5. 两次聚类结果表明：LDA 主题模型下生成的文档——主题概率分布矩阵值，准确地反映了文档对每个主题的影响强度，体现了作家对每个主题的关注和表达的倾向性。

5.2.3 《茶人三部曲》的 LDA 主题强度演化分析

王旭峰的《茶人三部曲》分别是第一部《南方有嘉木》、第二部《不夜之侯》、第三部《筑草为城》。首先将作品按部、按章拆分为第一部 33 个文档、第二部 30 个文档、第三部 30 个文档（实为 29 章加上尾声共 30 章）共计 93 个文档，之后分别进行数据预处理，存放在同一文件夹，形成实验输入数据。

为了检验主题对三部作品的归属主题的演化进程，设定主题数为 3 个，每个主题 40 个词汇，迭代 1000 次，计算得到文档强度分布的数据表，分别绘制如下三个主题强度的分布图，可明显看到主题强度的演化过程。

结合运行结果主题强度值分布表的数据绘制出图 5.8。

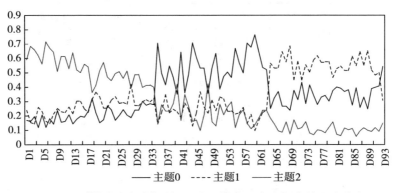

图 5.8　《茶人三部曲》的 93 个文档在三个主题内的强度分布

可以看出，即使在第一部的 28 章，第二部的 40、48 章和第三部的 93 章，强度最大值主题与本部其他章的强度主题值不一致，但差值很小，完全体现了按部各章的文档主题对应关系的敏感度。

从图 5.9 中可以明显看出，主题 2 的强度在各章文档的演化中从第一部文档初期的强烈展现，随着时代的变迁，文档情节的递进逐渐衰减，直至新时代的隐现乃至消失。

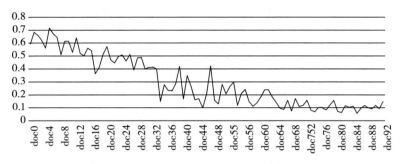

图 5.9　《茶人三部曲》中主题 2 强度分布

图 5.10 体现出主题 0 的强度在各章文档的演化中从第一部文档初期的产生，在第二部相关章节中高潮迭现。在第三部相关章节中，随着时代的变迁有所弱化，同时在最后四章强度回升，体现一种主题话题的观念和价值回归。

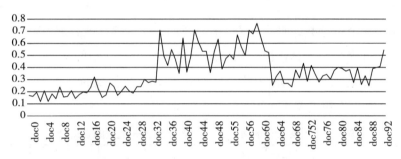

图 5.10　《茶人三部曲》中主题 0 强度分布

图 5.11 体现出主题 1 的强度在各章文档的演化中从第一部、第二部相关章节文档中平缓推进，波澜不惊。在第三部相关章节中，强度突然跃升到 0.6，明显体现出话题的时代特征，同时在最后四章强度回落，与主题 0 交叉，展示了不同主题的演化趋势。

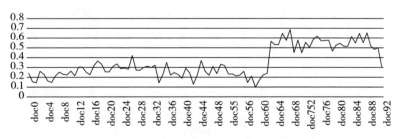

图 5.11　《茶人三部曲》中主题 1 强度分布

值得注意的是，三部曲作品 93 个文档，每个文档的三个主题中任何一个主题的强度均大概率地大于 0.1，说明每个主题的词汇集合中都包含着与茶关联的若干词汇，同时每篇文档也不断表现与茶相关的词汇、文化，形成了文档—词汇—主题的关联和映射。

图 5.11 展现的第三部对应主题 1 在文本 doc93 处概率值明显下降，甚至低于第二部对应主题 0 的概率值，通过人工检测发现 doc92、doc93 的章节标题为"尾声"和"再尾声"，体现了作者对三部作品的主题、时代、风格的回顾、概括和升华。

5.2.4 《茶人三部曲》的 LDA 多主题特征分析

本节设计将主题数扩大到 5 个，检验文档主题的强度分布特征和演化趋势。

预设 5 个主题数，每个主题 40 个词汇，迭代 500 次，将 93 个文档放入同一文件夹中，计算输出结果。结合运行日志文件中的文档—主题最大强度数据和文档目录中的文档—主题强度分布数据文件，经整理后得到表 5.3、表 5.4 和表 5.5。

表 5.3 《茶人三部曲》第一部各章文档—主题的强度分布

部别	章节	文档名（.txt）	文档号（doc）	T0 权重	T1 权重	T2 权重	T3 权重	T4 权重	主题
第一部《南方有嘉木》	C01	101	0	0.08	0.244	0.316	0.116	0.244	2
	C02	102	1	0.053	0.368	0.164	0.043	0.371	4
	C03	103	2	0.088	0.219	0.2	0.067	0.426	4
	C04	104	3	0.093	0.362	0.244	0.07	0.231	1
	C05	105	4	0.149	0.34	0.226	0.061	0.225	1
	C06	106	5	0.067	0.243	0.211	0.042	0.437	4
	C07	107	6	0.081	0.301	0.363	0.045	0.211	2

部别	章节	文档名 （.txt）	文档号 （doc）	T0 权重	T1 权重	T2 权重	T3 权重	T4 权重	主题
	C08	108	7	0.062	0.471	0.254	0.048	0.165	1
	C09	109	8	0.137	0.366	0.284	0.061	0.152	1
	C10	110	9	0.104	0.345	0.222	0.079	0.25	1
	C11	111	10	0.077	0.225	0.151	0.065	0.483	4
	C12	112	11	0.138	0.298	0.194	0.07	0.301	4
	C13	113	12	0.069	0.168	0.202	0.052	0.509	4
	C14	114	13	0.119	0.255	0.349	0.092	0.184	2
	C15	115	14	0.126	0.215	0.363	0.116	0.18	2
	C16	116	15	0.107	0.217	0.397	0.085	0.194	2
	C17	117	16	0.157	0.169	0.445	0.098	0.13	2
	C18	118	17	0.092	0.234	0.459	0.099	0.117	2
	C19	119	18	0.169	0.32	0.204	0.119	0.187	1
第一部 《南方有嘉木》	C20	120	19	0.125	0.235	0.278	0.101	0.262	2
	C21	121	20	0.111	0.231	0.28	0.068	0.311	4
	C22	122	21	0.142	0.267	0.308	0.116	0.168	2
	C23	123	22	0.194	0.235	0.207	0.091	0.272	4
	C24	124	23	0.138	0.244	0.29	0.118	0.209	2
	C25	125	24	0.127	0.154	0.181	0.193	0.345	4
	C26	126	25	0.125	0.12	0.224	0.165	0.366	4
	C27	127	26	0.099	0.133	0.216	0.13	0.422	4
	C28	128	27	0.151	0.173	0.166	0.202	0.308	4
	C29	129	28	0.128	0.152	0.236	0.118	0.367	4
	C30	130	29	0.117	0.205	0.288	0.21	0.18	2
	C31	131	30	0.223	0.238	0.187	0.143	0.21	1
	C32	132	31	0.203	0.162	0.199	0.247	0.189	3
	C33	133	32	0.168	0.315	0.206	0.204	0.108	1

表 5.4 《茶人三部曲》第二部各章文档—主题的强度分布

部别	章节	文档名 (.txt)	文档号 (doc)	T0 权重	T1 权重	T2 权重	T3 权重	T4 权重	主题
	C34	201	33	0.158	0.185	0.286	0.133	0.239	2
	C35	202	34	0.503	0.297	0.05	0.087	0.063	0
	C36	203	35	0.339	0.303	0.141	0.114	0.104	0
	C37	204	36	0.303	0.256	0.136	0.175	0.13	0
	C38	205	37	0.36	0.203	0.126	0.181	0.13	0
	C39	206	38	0.311	0.257	0.247	0.098	0.087	0
	C40	207	39	0.198	0.377	0.207	0.099	0.119	1
	C41	208	40	0.4	0.329	0.153	0.088	0.03	0
	C42	209	41	0.227	0.293	0.344	0.068	0.068	2
	C43	210	42	0.253	0.169	0.404	0.102	0.072	2
	C44	211	43	0.596	0.171	0.087	0.052	0.094	0
	C45	212	44	0.3	0.196	0.085	0.147	0.272	0
	C46	213	45	0.382	0.174	0.114	0.232	0.098	0
	C47	214	46	0.356	0.123	0.299	0.123	0.1	0
第二部 《不夜之侯》	C48	215	47	0.238	0.17	0.403	0.087	0.103	2
	C49	216	48	0.356	0.222	0.216	0.132	0.074	0
	C50	217	49	0.27	0.157	0.352	0.156	0.064	2
	C51	218	50	0.233	0.147	0.32	0.156	0.145	2
	C52	219	51	0.291	0.106	0.177	0.28	0.146	0
	C53	220	52	0.309	0.221	0.24	0.129	0.101	0
	C54	221	53	0.23	0.184	0.228	0.139	0.219	0
	C55	222	54	0.563	0.09	0.061	0.165	0.121	0
	C56	223	55	0.324	0.139	0.116	0.149	0.273	0
	C57	224	56	0.295	0.182	0.144	0.157	0.222	0
	C58	225	57	0.58	0.097	0.097	0.051	0.176	0
	C59	226	58	0.537	0.167	0.098	0.124	0.075	0
	C60	227	59	0.524	0.138	0.095	0.089	0.155	0
	C61	228	60	0.483	0.124	0.097	0.149	0.146	2
	C62	229	61	0.283	0.213	0.227	0.139	0.138	0
	C63	230	62	0.298	0.275	0.257	0.11	0.06	0

表5.5 《茶人三部曲》第三部各章文档—主题的强度分布

部别	章节	文档名 (. txt)	文档号 (doc)	T0 权重	T1 权重	T2 权重	T3 权重	T4 权重	主题
	C64	301	63	0.257	0.122	0.115	0.383	0.123	3
	C65	302	64	0.237	0.106	0.145	0.387	0.125	3
	C66	303	65	0.206	0.133	0.086	0.482	0.093	3
	C67	304	66	0.176	0.068	0.119	0.495	0.141	3
	C68	305	67	0.198	0.154	0.134	0.381	0.133	3
	C69	306	68	0.257	0.119	0.112	0.415	0.096	3
	C70	307	69	0.342	0.196	0.111	0.185	0.165	0
	C71	308	70	0.238	0.109	0.103	0.414	0.136	3
	C72	309	71	0.297	0.114	0.069	0.31	0.211	3
	C73	310	72	0.18	0.1	0.248	0.384	0.088	3
	C74	311	73	0.224	0.13	0.114	0.461	0.071	3
	C75	312	74	0.263	0.105	0.112	0.42	0.1	3
	C76	313	75	0.231	0.125	0.045	0.503	0.096	3
	C77	314	76	0.288	0.144	0.087	0.374	0.107	3
第三部 《筑草为城》	C78	315	77	0.265	0.071	0.072	0.455	0.137	3
	C79	316	78	0.213	0.151	0.107	0.437	0.092	3
	C80	317	79	0.244	0.17	0.093	0.401	0.092	3
	C81	318	80	0.255	0.15	0.076	0.453	0.066	3
	C82	319	81	0.297	0.143	0.101	0.382	0.076	3
	C83	320	82	0.354	0.155	0.093	0.304	0.094	0
	C84	321	83	0.33	0.149	0.092	0.33	0.099	0
	C85	322	84	0.247	0.165	0.073	0.432	0.082	3
	C86	323	85	0.327	0.094	0.11	0.384	0.084	3
	C87	324	86	0.197	0.227	0.206	0.297	0.072	3
	C88	325	87	0.267	0.201	0.099	0.369	0.064	3
	C89	326	88	0.176	0.145	0.067	0.483	0.129	3
	C90	327	89	0.271	0.192	0.058	0.419	0.061	3
	C91	328	90	0.214	0.175	0.084	0.415	0.112	3
	C92	329	91	0.308	0.17	0.089	0.358	0.075	3
	C93	330	92	0.226	0.217	0.109	0.275	0.174	3

通过分析表 5.3 的实验数据，可得到如下结论：

1. 在第一部《南方有嘉木》的 33 章中，文档对应的最大强度主题 Topic 4 经统计共出现 13 次，主题 Topic 2 出现 11 次，其他三个主题出现 9 次，表明在第一部 33 篇文档中既突出体现了主题 4 的文学表征，也充分体现了主题 2 的风格特征。

结合图 5.12 的《茶人三部曲》全篇各章主题 4 的强度分布，其中横坐标轴为章，纵坐标轴为主题值强度。发现该主题在第一部强度的权重远大于其他 4 个主题平均值，说明第一部文档整体归属于主题 4 的聚类效果。同时主题 4 的强度在第一部之后各文档中低于其他 4 个主题的平均值，呈平缓衰减之势。

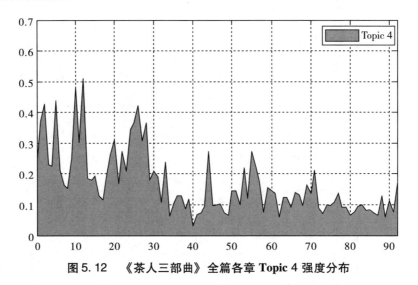

图 5.12　《茶人三部曲》全篇各章 Topic 4 强度分布

2. 在第二部《不夜之侯》的 30 章中，最大强度列主题 0 经统计共出现 23 次，主题 2 出现 6 次，其他主题出现 1 次，表明在第二部的 30 篇文档中鲜明突出了主题 0 的文学表征，也兼具体现了主题 2 的风格特征。

结合图 5.13《茶人三部曲》全篇各章 Topic 0 强度分布来看，其中横坐标轴为章，纵坐标轴为主题值强度。发现：主题 0 在第二部强度权重远大于其他 4 个主题平均值，说明第二部文档整体归属于主题 0 的聚类效果。同时文档—主题强度值在第二部各文档中整体明显高于其他两部文档—主题强度。

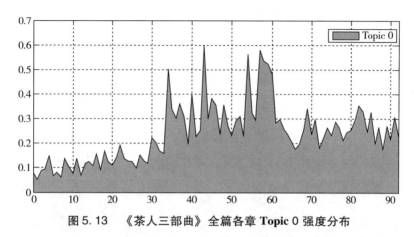

图 5. 13　《茶人三部曲》全篇各章 **Topic** 0 强度分布

3. 第三部《筑草为城》的 30 章中，文档对应最大强度主题 3 出现 27
次，主题 0 出现 3 次，其他三个主题未出现，表明在第三部 30 篇文档中绝
对突出体现了主题 3 的文学表征和作品风格特征。

结合图 5. 14 主题 3 的强度分布，其中横坐标轴为章，纵坐标轴为主题
值强度。发现主题 3 总体呈递进推高状况，在第三部文档中除少量文档外，
文档—主题强度权重远大于其他 4 个主题平均值，说明了第三部文档整体
归属于主题 3 的聚类效果异常明显。

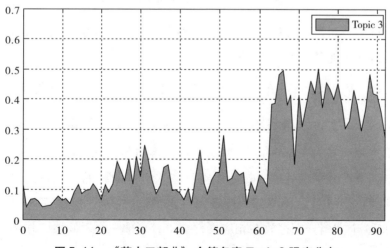

图 5. 14　《茶人三部曲》全篇各章 **Topic** 3 强度分布

4. 将 5 个主题强度分布叠加形成图 5.15，其中横坐标轴为章，纵坐标轴为主题值强度。可明显看出主题 4 在第一部文档中，主题 0 在第二部文档中。主题 3 在第三部文档中具有明显的概率强度主导地位，体现了文档与主题的对应特征。

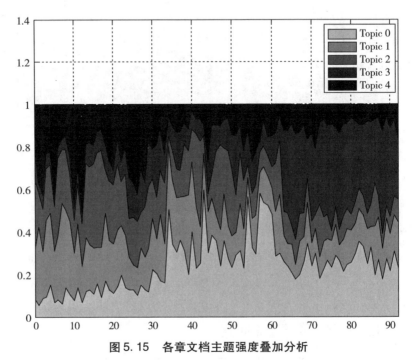

图 5.15　各章文档主题强度叠加分析

通过本节讨论，我们得出结论，即使设定主题数相对大于对应项数，其作品特征也能基本准确体现文档的一个主题类别。

5.3　基于 LDA 的单一文学作品的主题—词汇演化研究

5.3.1　文学作品 LDA 主题—词汇演化的实验方案

本节以《茶人三部曲》为实验语料，将作品按部、按章拆分为 93 个文档分别进行数据预处理。然后建立《茶人三部曲》的一级目录，在该目录下建立三个子目录，按部、按章第一部 33 个文档，第二部 30 个文档，第三部 30 个文档分别存放在相应文件夹下，形成三个时间段，作为实验输入数据。

5.3.2 基于《茶人三部曲》主题—词汇的演变分析

作为考察主题词汇的演化关系，主题项数宜设置较大数目，经多次试验，确定 10 个主题数，每个主题采集前 20 个词，迭代 500 次。将得到的结果整理成表，取得如表 5.6 至表 5.8 所示的主题—词汇集合。

表 5.6 《茶人三部曲》第一部的主题—词汇

Topic0	Topic1	Topic2	Topic3	Topic4	Topic5	Topic6	Topic7	Topic8	Topic9
眼睛	先生	事情	杭州	女人	小姐	中国	老板	日本	少爷
儿子	龙井	晓得	革命	男人	女子	父亲	杭州	大哥	夫人
母亲	城里	人家	媳妇	婆婆	生活	儿子	茶叶	中国	茶楼
身上	伯伯	声音	娘子	孩子	世界	孩子	生意	茶叶	西湖
父亲	上海	回去	小心	大烟	女儿	大哥	眼睛	女儿	东洋
手里	少年	目光	辫子	丈夫	同志	杭州	伙计	先生	老板娘
脸上	记得	出去	进来	老婆	社会	日本	大爷	妹妹	喜欢
眼泪	眼睛	眼前	皇帝	媳妇	采茶	学生	茶馆	革命	秋千
相信	茶园	丈夫	火车	茶叶	伤心	兄弟	女人	孩子	胡子
样子	龙井茶	从前	今日	声音	主张	浙江	茶楼	国民党	来回
哥哥	天下	奇怪	桌上	烛光	嫂子	国家	宝贝	女婿	姑娘
头发	朋友	发现	洋人	姨娘	西湖	时代	徽州	喜欢	船上
肩膀	将来	妻子	杀头	脖子	改造	反对	红茶	文化	公子
干爹	成功	家里	夫人	浑身	新村	北京	主意	共产党	双手
神情	心思	院子	话音	黑暗	主义	弟弟	祖宗	开枪	教训
屋里	留下	生气	太平	手里	军阀	罢市	新娘	美国	天上
身边	和尚	门口	杀人	房间	汽车	少女	厅堂	流血	嘴里
面孔	英雄	日子	老人	鸦片	同学	铁路	书院	和平	身影
兄弟	父子	时间	清醒	嘴里	教育	读书	出口	将军	茶馆
生意	模样	意思	绍兴	害怕	人生	历史	太师椅	茶会	立夏

表 5.7 《茶人三部曲》第二部的主题—词汇

Topic0	Topic1	Topic2	Topic3	Topic4	Topic5	Topic6	Topic7	Topic8	Topic9
日本	叶子	日本	日本	声音	姑娘	马帮	茶叶	杭州	孩子
中国	眼睛	母亲	中国	发现	杭州	云南	中国	西湖	天目
生意	父亲	女儿	女人	离开	抗日	男人	大哥	先生	茶叶

续表

Topic0	Topic1	Topic2	Topic3	Topic4	Topic5	Topic6	Topic7	Topic8	Topic9
城里	东西	杭州	杭州	眼前	青年	强盗	重庆	茶楼	茶树
大院	喜欢	人家	年轻	手里	妈妈	普洱	茶馆	女人	飞机
儿子	身边	意思	眼睛	发生	组织	石头	儿子	老板	哥哥
女子	时间	门口	日军	茶树	东北	缅甸	女人	樱花	美国
大哥	相信	家里	今日	回去	口琴	普洱茶	喜欢	汉奸	共产党
老师	战争	曾经	茶园	大家	队长	黑暗	父亲	同学	平原
耳光	愿意	回答	士兵	目光	抗战	老汉	滇红	教授	师父
太君	连忙	样子	儿子	喝茶	胜利	女人	工作	孔庙	金华
先生	伯父	宪兵	天空	重新	姑妈	媳妇	出口	桃花	真理
日子	完全	爸爸	鱼儿	非常	决定	战争	江南	人物	浙江
孔庙	准备	感觉	和尚	发出	小姐	性命	贸易	记得	姨妈
上帝	汉奸	妹妹	轻声	孩子	黑暗	江南	检验	大声	阿弥陀佛
关系	告诉	目光	脖子	生气	部队	香气	公司	博览会	轰炸
家人	夜里	大门	杀人	神情	男人	老酒	国家	父亲	怀里
姑娘	放心	打开	军官	敌人	年轻人	师长	姑妈	下棋	兴奋
四爷	实在	忘记	龙井茶	放下	爱情	专门	大学	文人	将来
日语	奇怪	侄儿	天下	听见	爷爷	交易	码头	教育	西洋

表5.8　《茶人三部曲》第三部的主题—词汇

Topic0	Topic1	Topic2	Topic3	Topic4	Topic5	Topic6	Topic7	Topic8	Topic9
爷爷	茶叶	革命	叶子	爸爸	姑娘	声音	少年	父亲	爷爷
事情	茶树	妈妈	女人	眼睛	采茶	男人	学校	采茶	父亲
生活	老师	造反	奶奶	夜里	城里	电话	目光	孩子	茶叶
发现	伯父	红卫兵	感觉	表叔	喜欢	茶园	奶奶	门口	女儿
历史	皇帝	儿子	喜欢	医院	主席	老人	湖州	相信	孙子
眼睛	先生	院子	天竺	本来	杭州	叶子	哥哥	革命	杭州
关系	单位	声音	中国	事件	女人	永远	吃惊	北京	年轻人
杭州	山下	运动	办法	名字	总理	消息	大学	政治	中国
感觉	国家	反动	大衣	西湖	灵隐寺	房间	相片	青年	家人
世界	中国	眼睛	吃惊	露出	房子	家里	真理	主席	队长
实在	意见	脸上	交代	重新	结婚	姑婆	思想	标语	天目

Topic0	Topic1	Topic2	Topic3	Topic4	Topic5	Topic6	Topic7	Topic8	Topic9
激动	大学生	分子	狂热	离开	茶树	年轻	姑娘	精神	茶园
回答	和尚	杭州	丈夫	传单	工作	神情	家族	同学	队伍
江南	丈夫	母亲	屋子	耳朵	大舅	头发	文化	痛苦	龙井茶
进行	小将	眼泪	年代	抓住	自行车	脸上	漂亮	认识	采摘
感情	山上	反革命	离婚	小姑娘	戒指	力量	理论	造反派	日本
结婚	日本	造反派	万岁	参加	原来	兄弟	母亲	答应	发展
研究	出国	口号	台下	棺材	鼻子	明天	子弟	灵魂	生产
朋友	通缉令	头脑	干净	人物	农民	反而	资产阶级	口袋	召开
解释	长叹	人民	微笑	工人	流氓	黑暗	夏天	结果	祖坟

《茶人三部曲》主题词汇演化分析：

1. 《茶人三部曲》被称为"中国第一部反映茶文化的长篇小说"，其中"茶文化"主题贯穿每部作品，且成为作品最突出主题。三部作品中各个主题密集地出现与"茶"相关的词汇：

第一部《南方有嘉木》主题—词汇表中与茶相关词汇有｛茶园，龙井茶，茶叶，采茶，茶馆，茶楼，红茶，茶会｝；

第二部《不夜之侯》主题—词汇表中与茶相关词汇有｛龙井茶，茶树，喝茶，普洱茶，茶叶，茶馆，滇红，茶楼，茶树｝；

第三部《筑草为城》主题—词汇表中与茶相关词汇有｛茶叶，茶树，采茶，茶园，龙井茶，采摘｝。

与茶相关的词汇出现在主题中的靠前位置。

从三部曲的作品主题中观察与茶相关词汇的数量、位置，似乎能够感觉到作者在不同部分，描写与茶相关的文化、行业、商业、人物、场景、活动的文字描述密度、时代变迁和主题内涵。

2. 主题词汇表概括了每部作品的时代特征和场景。

第一部主题—词汇表中体现时代特征的相关词汇有：｛皇帝，洋人，辫子，杀头，军阀，书院，老板娘，革命，铁路，大烟，太师椅，火车｝等，反映了清末民初的社会特征和时代背景。

第二部主题—词汇表中体现时代特征的相关词汇有：｛太君，抗日，部队，飞机，队长，宪兵，汉奸，轰炸，西洋，战争｝等，体现了抗日战争时期的社会特征和时代背景。

第三部主题—词汇表中体现时代特征的相关词汇有：｛革命，造反，历史，红卫兵，主席，运动，反动，交代，传单，反革命，灵魂，资产阶级｝等，体现了"文革"前后的社会特征和时代背景。

3. 重要人物关系是作品着力描写的主题。每部作品的多数主题中都准确地捕捉到并排序靠前地出现过：｛母亲，父亲，儿子，女儿，爷爷，奶奶，孩子，大哥｝等描述人物亲属关系、称呼的词汇，体现出"亲情"在本部作品中的重要性。

由此可见，以 LDA 模型作为文学作品的分析工具，对于概括分析作品的时代背景、社会变迁和情感表达强度，提炼人物关系以及形成作品摘要等具有重要的作用。

5.4 本章小结

尽管 LDA 是一种无监督的计算分析工具，但从不同角度做各种实验时，得到一个重大发现：无论是第 4 章的基于茅盾文学奖 43 部作品的题材聚类、基于文档—主题强度的作品相似度分析等主题综合考察，还是对单部作品的按部聚类分析、主题强度趋势分析和基于时间段的主题词汇演化分析等，前后几十项实验，在几乎每次生成的主题词汇表中都会在靠前排序的位置出现一个重要而永恒的词汇：眼睛。

这从机器分析角度验证了："眼睛"已成为文学作品描写的一个永恒话语词，体现了"眼睛"描写在文学表现手法中的重要性。

本章使用 LDA 作为分析工具开展独立的文学三部曲作品为研究对象，取得了如下研究结果：

1. 将各部作品拆分为独立章作为文档，以各章文档作为一个整体对象开展文学三部曲作品的章节部属的特征分析，用层次聚类的六种方法对《江南三部曲》全部 12 章通过 LDA 文档－主题概率分布值实现了各章部属的准确聚类。对更大规模的93篇（章）文档的《茶人三部曲》通过 LDA 文档－主题概率分布数据分析，考察分析了文档－主题的分布曲线，分析了三部曲作品中各部、章文档对相关主题的强度走势。

2. 将《茶人三部曲》93 个文档，按部属归类分别存储在三个文件夹，形成 LDA 的主题演化分析的三个时间段，通过每个时间段的主题词汇表（集），进行主题词汇的演化分析，得到了如下结果：（1）与茶相关的词汇贯穿三部作品的整个过程，从与茶相关词汇的数量、位置似乎能够推断出作者在不同部分，描写与茶相关的文化、行业、商业、人物、场景，以及活动的文字描述密度、时代变迁和主题内涵。（2）每个时间段（每部作品）主题词汇的社会背景和时代特征明显。（3）重要人物关系是作品着力强调的主题词汇。

3. 几乎每次文学作品的各类 LDA 主题模型分析实验中，主题词汇表中均出现一个重要词"眼睛"，体现了"眼睛"描写在文学表现手法中的重要性。

第 6 章

基于统计分析与 LDA 的文学风格的比较研究

6.1 研究对象概述

将被称为"陕西三大家"的茅盾文学奖陕西籍获奖作家：路遥、陈忠实、贾平凹的作品作为研究对象，结合文本的计算语言统计分析以及 LDA 主题模型进行比较研究。

路遥、陈忠实和贾平凹，三者都身为陕西籍作家，但从地域和叙述角度上分析，依然存在不同之处，在此对三位作家以及选取文本的基本情况进行介绍：

路遥（1949—1992），本名王卫国，陕西清涧人。1970 年开始写作，《优胜红旗》是路遥的第一篇小说，最初发表在《山花》第七期。1973 年作为工农兵大学生入延安大学中文系学习。1986 年后，推出长篇小说《平凡的世界》第一、二部。

路遥的小说多为农村题材，描写农村和城市之间发生的人和事。作品有中篇小说《惊心动魄的一幕》（1980 年获第一届全国优秀中篇小说奖）、《人生》（第二届全国优秀中篇小说奖，并被改编成同名电影），短篇小说《姐姐》《风雪蜡梅》等，以及长篇小说《平凡的世界》（1991 年获第三届茅盾文学奖）。

路遥主写陕北地区文化，更看重广阔的社会空间叙事构成模式，以人性的伟大和高尚为主，形成了一种雄壮之美。

本章选择的中篇小说 4 篇《惊心动魄的一幕》《人生》《在困难的日子里》《黄叶在秋风中飘落》，均属于路遥比较广为人知的作品，加上第三届茅盾文学奖获奖长篇小说《平凡的世界》共 5 篇小说进行分析比较，基本情况统计如表 6.1 所示。

表 6.1　路遥作品文本语料库的基本情况

作家	编号	作品名称	字数	词数	标点
路遥	L1	惊心动魄的一幕	48405	29228	5867
	L2	人生	109055	68304	13138
	L3	在困难的日子里	41561	26077	4540
	L4	黄叶在秋风中飘落	57079	35222	6473
	L5	平凡的世界	797515	490101	87376
	合计		1053615	648932	117394

陈忠实（1942—2016），陕西西安人。1965 年开始创作散文，1979 年加入中国作家协会，曾任陕西省作家协会主席、中国作家协会副主席。

1993 年以《白鹿原》一书一举成名，此外还著有短篇小说集《乡村》《到老白杨树背后去》，中篇小说集《初夏》《四妹子》，《陈忠实小说自选集》（3 卷），《陈忠实文集》（5 卷），散文集《告别白鸽》等。短篇小说《信任》获 1979 年全国优秀作品奖、《立身篇》获 1980 年《飞天》文学奖，中篇小说《康家小院》获上海首届《小说界》文学奖、《初夏》获 1984 年《当代》文学奖、《十八岁的哥哥》获 1985 年《长城》文学奖，报告文学《渭北高原，关于一个人的记忆》获全国 1990—1991 年报告文学奖，长篇小说《白鹿原》获 1993 年陕西双五文学奖、1996 年人民文学出版社炎黄杯文学奖、第四届茅盾文学奖。

陈忠实主写关中地区文化，更看重的是体现出儒家和农耕文化的道德之美，且追求与现实生活结合，产生出人性当中质朴和坚毅的特点。

陈忠实在文学体裁上涉猎面广，著有散文和报告文学，短篇和中篇长度的小说数量也不少，但他一生仅写过《白鹿原》一部长篇小说，因此本章选择其中篇小说 4 篇《初夏》《夭折》《蓝袍先生》《四妹子》和第四届茅盾文学奖获奖长篇小说《白鹿原》进行分析比较，基本情况统计如

表6.2 所示。

表6.2 陈忠实作品文本语料库的基本情况

作家	编号	作品名称	字数	词数	标点
陈忠实	C1	初夏	94442	57515	13366
	C2	夭折	44726	27193	6060
	C3	蓝袍先生	69567	43236	9236
	C4	四妹子	73522	46161	9272
	C5	白鹿原	458793	294993	50356
	合计		741050	469098	88290

贾平凹（1952—   ），原名贾平娃，陕西商洛人。1974 年开始发表作品。1975 年，毕业于西北大学中文系。1983 年，开始就职西安市文联，专职作家，从事专业创作。20 世纪 90 年代，贾平凹的小说创作开始从对社会政治、历史文化层面的关注转入对生命本体层面的思考与探求。

1978 年凭借《满月儿》，获得首届全国优秀短篇小说奖。1982 年发表作品《鬼城》《二月杏》。1993 年创作《废都》。2008 年凭借《秦腔》，获得第七届茅盾文学奖。2011 年凭借《古炉》，获得施耐庵文学奖 。

贾平凹主写陕南地区文化，更实际地表现出对农村建设的忧虑之情，他更擅长从精神层面上探索情感、生命以及对生活的热爱。

由于贾平凹的中篇小说网络资源比较有限，本章选择其长篇小说《废都》《高老庄》《白夜》《带灯》，第七届茅盾文学奖获奖长篇小说《秦腔》进行分析比较，基本情况统计如表 6.3 所示。

表6.3 贾平凹作品文本语料库的基本情况

作家	编号	作品名称	字数	词数	标点
贾平凹	J1	废都	365241	240835	42873
	J2	高老庄	275915	223297	50655
	J3	秦腔	418735	273745	66620
	J4	白夜	299961	192697	44829
	J5	带灯	151997	112200	19537
	合计		1511849	1042774	224514

本节所选研究语料的题材均为小说，其中包含长篇小说和中篇小说（陈忠实仅出版过一部长篇小说《白鹿原》，贾平凹的作品多为长篇小说），以作品知名程度与网络上是否方便获取电子文本为基本条件，尽量选择作家之间出版年代相近的作品，并按照作家—作品出版的时间排列顺序进行编号。为了下文图表更加直观地表达，路遥的五部作品依序称为 L1 ~ L5，陈忠实的五部作品依序称为 C1 ~ C5，贾平凹的五部作品依序称为 J1 ~ J5。

表 6.1 ~ 表 6.3 中的字数由编程统计汉字字数而得，其中并不包含标点符号，词数和标点符号由 NLPIR2016 分词软件分词后统计得出，其中词数部分已减去标点符号的数目，标点符号由中科院计算所词性标注体系表 ICIPOS3.0 符号标注统计得出。

基于以上准备工作，进行路遥、陈忠实、贾平凹三位茅盾文学奖陕西籍获奖作家之间的文学风格和主题的分析比较。

6.2 基于文学作品文本长度的统计分析对比

6.2.1 以段落和句子长度进行分析

前文以章节作为单位进行了文学作品单篇目主题演化分析，由于本次实验是基于计算机宏观统计而非人工统计，选择段落作为分析对象。本节段落选择的依据是文本的自然段，自然段是构成作品除词语和句子之外的最小组织单位，在文章中标识为换行符。作者在进行写作时的分段不受制任何语法规则的限制，因此如何分段极大地体现了文学创作的自由度，可以较好地看出不同作家文学风格的差异。经过段落统计三位作家共 15 部小说的段数、平均段长、最大值汇总于表 6.4。

表 6.4 路遥、陈忠实、贾平凹小说的段落统计数据

路遥				陈忠实				贾平凹			
编号	段数	平均段长	最大值	编号	段数	平均段长	最大值	编号	段数	平均段长	最大值
L1	432	112.04	805	C1	1169	80.79	474	J1	639	571.58	3842

路遥				陈忠实				贾平凹			
编号	段数	平均段长	最大值	编号	段数	平均段长	最大值	编号	段数	平均段长	最大值
L2	1100	99.14	690	C2	539	82.98	461	J2	459	601.12	3153
L3	350	118.75	519	C3	910	76.45	494	J3	754	397.83	3386
L4	703	81.19	504	C4	758	96.99	652	J4	771	197.14	2761
L5	9955	80.11	970	C5	1547	296.57	1122	J5	953	439.39	1024
合计	12540	98.248		合计	4923	126.76		合计	3576	441.41	

由于选择的文学作品的段落最小值为1，因此仅列出段落长度最大值的数据。将表6.4做成更直观的折线图来观察，图6.1~图6.3的纵坐标表示为长度，单位为字，横坐标的1~5为文学作品编号，对应小说题目请参照表6.1~表6.3。

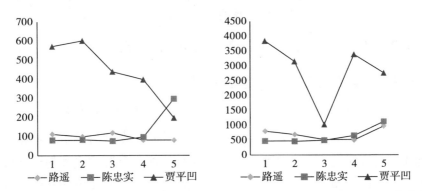

图6.1 路遥、陈忠实、贾平凹作品平均段长　　图6.2 路遥、陈忠实、贾平凹作品最大段长

可以看出贾平凹的平均段长最为突出，即他的文本段落字数要远超于路遥和陈忠实，但是他的平均段长呈现一个逐年递减的现象，笔者认为这和现在出版业的排版有些关联。陈忠实在C5《白鹿原》中平均段长有明显增长，这与小说整体篇幅长度有关，他的前四部作品都是中篇小说。路遥的平均段长没有明显的变化。

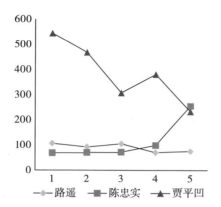

图 6.3　路遥、陈忠实、贾平凹作品段长的离散度

表 6.5　路遥、陈忠实、贾平凹小说的句子统计数据

路遥				陈忠实				贾平凹			
编号	句数	平均句长	最大值	编号	句数	平均句长	最大值	编号	句数	平均句长	最大值
L1	2014	23.00	135	C1	4242	21.28	149	J1	12544	28.08	253
L2	4880	21.37	122	C2	1828	23.49	174	J2	8370	31.91	250
L3	1641	24.30	130	C3	2870	23.29	176	J3	9990	29.00	250
L4	2575	21.12	97	C4	2696	26.29	215	J4	5111	28.74	169
L5	32739	23.34	190	C5	14895	29.80	325	J5	15292	26.36	401
合计	43849	22.62		合计	26531	24.83		合计	51307	28.82	

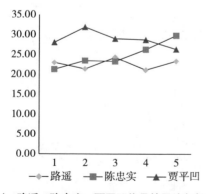

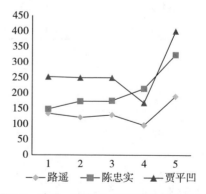

图6.4　路遥、陈忠实、贾平凹作品的平均句长　　**图6.5　路遥、陈忠实、贾平凹作品的最大句长**

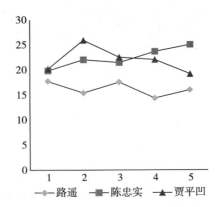

图 6.6　路遥、陈忠实、贾平凹作品句长的离散度

三位作家在句子的长度基本上都呈现平缓增长的趋势，句子长度：路遥＜陈忠实＜贾平凹。

表 6.6　路遥、陈忠实、贾平凹小说的分句统计数据

路遥				陈忠实				贾平凹			
编号	分句数	均分句长	最大值	编号	分句数	均分句长	最大值	编号	分句数	均分句长	最大值
L1	4726	9.22	46	C1	10457	8.04	50	J1	41370	7.82	116
L2	11136	8.80	38	C2	4888	8.16	34	J2	32045	7.60	46
L3	3912	9.61	47	C3	7715	8.03	33	J3	50108	7.35	42
L4	5510	9.34	41	C4	7971	8.23	37	J4	34912	7.58	57
L5	74219	9.74	83	C5	39338	10.66	55	J5	17049	7.91	46
合计	99503	9.34		合计	70369	8.62		合计	175484	7.65	

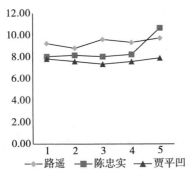 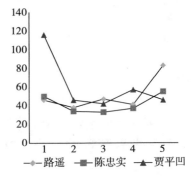

图6.7　路遥、陈忠实、贾平凹作品的平均分句长　　图6.8　路遥、陈忠实、贾平凹作品的最大句长

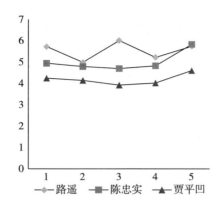

图 6.9　路遥、陈忠实、贾平凹作品分句长的离散度

分句同句长整体走势情况较为类似，但是分句长度的排序变为贾平凹 < 陈忠实 < 路遥。

6.2.2　词汇长度的分析

词汇的运用非常能够体现作者的个人风格，本小节将通过词汇长度对不同作家的用词长度习惯做简单分析。将研究语料进行文本分词、词性标注等预处理操作之后，统计得到如表 6.7 所示的结果。

表 6.7　路遥、陈忠实、贾平凹小说的词长统计数据

编号	总词数	标点数	1	2	3	4	5	6	7	8	最大值
L1	29228	5867	18355	9803	1068	268	13	1	1	0	7
L2	68304	13134	44892	21668	1948	412	4	1	1	0	7
L3	26077	4540	16694	8910	549	189	3	0	1	0	7
L4	35222	6473	22140	12046	1123	229	4	0	0	0	5
L5	490101	87377	306276	170496	14922	3976	109	16	21	3	10
C1	57515	13366	37004	19473	1128	411	7	0	0	0	5
C2	27193	6060	17344	9479	429	244	7	0	1	0	7
C3	43236	9236	28371	14174	709	357	3	0	1	0	7
C4	46161	9272	30806	14694	919	314	0	0	0	0	4
C5	294993	50356	197873	90758	7100	1900	3	0	1	0	7
J1	240835	42873	169920	62420	8858	979	38	17	2	0	7
J2	223297	50655	165320	55825	2870	721	43	12	2	4	9

编号	总词数	标点数	1	2	3	4	5	6	7	8	最大值
J3	273745	66620	204905	65711	4161	742	42	8	2	2	8
J4	192697	44829	136332	52852	3778	861	17	9	3	3	8
J5	112200	19537	78440	31251	3248	324	14	3	0	0	6

在计算机分词处理的同时会将标点符号进行词性标注（具体标点符号的标注内容参见附录 B），因此文本的总词汇量也包含了标点符号的数量，经过统计可得出标点符号的数量（见表 6.7 中的列 3），表 6.7 中的列 2 所示总词数是减去了标点数量之后的结果。

表 6.7 标题行中的数字是指字符数，下列数据是指在该字符数情况下出现的次数。因为大于 8 个字符的情况并不多见，故不列出大于 8 个字符的情况，仅在最后一列显示最大词长的字符数。本次考察的 15 篇文本中，最大的字符长度是 10 字符，出现在 L5（《平凡的世界》）当中，共有两个词：中国人民政治协商会议（专有名词）和 республика（俄语单词，意为共和国）。除了外来词语和专有名词字符长度较长之外，还有熟语出现情况也比较多。

例 6.1：聪明反被聪明误。（摘自《废都》）

由于单音节词和双音节词出现频率最高，将表 6.7 制作成直方图，如图 6.10 所示。

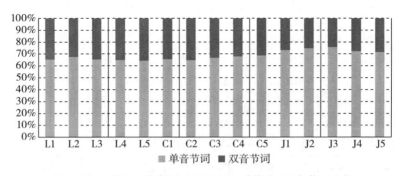

图 6.10　路遥、陈忠实、贾平凹小说的单/双音节词比例

从图 6.10 可见，三位作家单音节词都略微超过双音节词，这在贾平凹

小说中最为突出，整体来看使用习惯上没有特别明显的差异。

将之前在表 6.1 统计得出的字数除去表 6.7 中的总词数（已经去除了标点符号数的纯词），可以得到三位作家的平均词长，其中路遥的五部作品总平均词长为 1.62 字，陈忠实的五部作品总平均词长为 1.61 字，贾平凹的五部作品总平均词长为 1.48 字。由上述数据我们可以得到图 6.11。

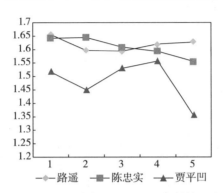

图 6.11　路遥、陈忠实、贾平凹小说的平均词长

6.3　基于 LDA 主题词汇特征比较异同

将三位陕西籍作家的各五部作品分别放入文件夹中，对其进行 LDA 主题构建，预设主题数为 3 个，抽取每个主题 20 个词汇，迭代 500 次，将得到的结果整理成表 6.8。

表 6.8　三位陕西籍作家的主题词汇

路遥			陈忠实			贾平凹		
Topic0	Topic1	Topic2	Topic0	Topic1	Topic2	Topic0	Topic1	Topic2
家里	学校	书记	女人	妹子	父亲	夏天	老师	人家
生活	孩子	主任	白鹿原	媳妇	老汉	书记	老太太	女人
父亲	老汉	农民	县长	儿子	工作	镇长	老婆	孩子
工作	痛苦	窑洞	祠堂	院子	儿子	哑巴	市长	媳妇
公社	精神	公社	弟兄	完全	干部	媳妇	妇人	镇政府
儿子	眼睛	革命	革命	屋里	人家	武林	人家	镇长
省委	工作	丈夫	儿媳	门口	书记	孩子	电话	派出所
领导	县城	医院	眼睛	晚上	母亲	院子	男人	婆娘

续表

路遥			陈忠实			贾平凹		
Topic0	Topic1	Topic2	Topic0	Topic1	Topic2	Topic0	Topic1	Topic2
世界	母亲	同志	共产党	人家	声音	秦腔	认识	喝酒
村里	同学	青年	书院	女人	老人	乡政府	门口	晨堂
女儿	老师	永远	土匪	孩子	眼睛	乡长	街上	厕所
院子	儿子	眼睛	军长	手里	河川	领导	房子	老板
城市	感情	紧张	兄弟	村子	奶奶	干部	老头	言语
汽车	爸爸	问题	人们	家庭	庄稼人	工作	朋友	男人
煤矿	泪水	黑暗	城里	老公公	公社	儿子	院子	厂长
劳动	声音	粮食	发生	粮食	乡村	乡长	文章	所长
妹妹	学生	衣服	窑洞	胳膊	农村	纸烟	孩子	省城
大队	心情	眼下	政委	女子	无法	眼睛	家里	厨房
农村	考虑	批判	农协	娃子	姑娘	干事	时间	和尚
结婚	困难	省城	团长	长工	老师	乡政府	眼睛	堂屋

三位陕西籍作家的作品都有关于对乡村方面的描写，例如共现主题词汇｛乡村，农村，乡长，乡政府，庄稼人｝等。

也有一些属于作家专有的词汇，比如陈忠实小说在 Topic0 中出现作品名称主题词｛白鹿原｝，贾平凹小说在 Topic0 出现作品名称主题词｛秦腔｝，这两个词都出现在较为靠前的位置，也说明了文本内容主题和小说题目的紧密贴合。

在路遥和陈忠实的小说中，都提到了｛窑洞｝这一西北地区特有的建筑风格，充分体现了地域特色，然而在贾平凹的主题词汇中并未见此词，因此也可以看出，虽然同为陕西籍作家，在小说内容上是存在差异的。

6.4 本章小结

本章从多角度对三位作家在写作习惯、选材内容和用词上的部分差异进行了分析，如有机会可以延续探讨更多不同的情况，例如词性使用差异，具体实词、虚词使用差异，作家特有的使用习惯，等等。

第 7 章

结论与展望

7.1 结论

LDA 主题模型是应用最为广泛的概率主题模型之一，同时该模型也在自然语言处理、数据挖掘与分析，以及人工智能领域都具有广泛的应用。在当前大数据时代，LDA 模型对应的处理对象不仅可以是文本数据，也可以是语音数据和图像数据，基于 LDA 模型应用的有效性和广泛性，该模型已成为许多领域的研究重点。本篇在文学作品研究中首次引入了 LDA 模型的主题概念，以茅盾文学奖 43 部长篇小说作为实验语料，通过设定参数，应用 Gibbs 抽样算法，对作品文档集进行一遍又一遍的迭代采样，获取参数的估计值，实现主题特征的降维和文本内容的语义信息提取，在文学作品的整体主题聚类与作品主题相似度、作品主题特色评价分析方面，单部作品章节按部属的聚类分析、三部曲作品的主题词汇演化分析以及文学作品主题高频词分析方面均取得了较好的结果。

本篇完成的具体工作和相关成果如下：

1. 研究背景、理论基础与数据准备。介绍了茅盾文学奖获奖作品概况，文本分析的方法、内容和应用领域，以及本研究内容的意义。介绍了 LDA 主题模型的相关理论和算法，以 43 部获奖作品作为研究对象，讨论了这些文本数据的基础处理方法和过程，用传统分析方法做聚类分析，为本课题的研究打下了良好的基础。

2. 应用 LDA 主题模型对茅盾文学奖 43 部获奖作品进行了题材聚类分析和作品风格研究。通过对 43 部文学作品的数据处理，应用 LDA 主题模型分析工具对文学作品进行题材聚类研究取得了良好的效果，尤其在历史题材、军事战争题材具有准确的辨识能力；通过对文档—主题强度分布值按行抽取，构成一组文档的主题强度向量，对这组向量进行相似度计算，取得了一组理想的作品主题相似度结果；将文学作品按设计的规则分类合并（如按届合并为九个文档），通过 LDA 计算分析，对发现整体共同的文学主题特征和某类文档独自关注的主题特征具有重要作用；根据文档—主题概率分布数据，选取当代、战争、历史题材小说各四部，采用六种层次聚类方法进行聚类分析，基本准确地按题材形成了归类，体现了 LDA 主题模型得到的文档—主题分布数据对题材聚类具有准确、良好的效果。

3. 使用 LDA 作为分析工具以文学三部曲作品为研究对象开展主题演化研究。将各部作品拆分为独立的章，以各章文档作为整体对象开展文学三部曲作品的章节部属的聚类分析，确定了三部曲作品中《江南三部曲》文档—主题按部属聚类的正确性和敏感性；将《茶人三部曲》93 篇文档，按部属归类形成 LDA 的主题演化分析的三个时间段，通过考察每个时间段的主题词汇表（集），进行主题词汇的演化分析，得到如下结果：

（1）与茶相关的词汇贯穿三部作品的整个过程，从与茶相关词汇的数量、位置似乎能够推断出作者在不同部分，描写与茶相关的文化、行业、商业、人物、场景、活动的文字描述密度、时代变迁和主题内涵。

（2）每个时间段（每部作品）主题词汇的社会背景和时代特征明显。

（3）重要人物关系是作品着力强调的主题词汇。

4. 在文学作品的各类 LDA 主题模型分析的每个 LDA 实验中，词"眼睛"经常出现在主题词汇表中，且排序靠前。体现了"眼睛"描写在表现文学主题和手法中的重要性。

7.2 工作展望

本研究证明，以 LDA 主题模型作为文学作品的分析工具，有效地获得作品题材聚类、作品主题文本相似度、作品共性主题特征、作品不同部属不同章节主题词汇演化等一系列成果，同时为了提高作品的分析能力，需要进一步完善以下相关工作。

1. 主题词汇抽取质量需要进一步提高。分析每次 LDA 的实验结果，发现主题词汇表（集）中仍会出现一些意义不明确，不重要的词汇，可能这些词汇在文档中频度较高，但是对于主题分析研究意义不大，例如：也就、只好、也不、又有等，将来将这些词放入停用词表中。需要在实验中多收集整理，建立各功能词汇库，文本数据预处理的质量，对 LDA 计算主题词汇表的准确性也有影响。

2. 文档篇幅差异的均衡处理。本研究的 43 部文学作品，不同作品在篇幅上差异巨大，如《芙蓉镇》只有 16 万字，而《你在高原》则有 450 万字，将语料规模不同的作品放在一起计算、考察和分析，则会出现部分作品权重过大、主导某个主题生成、扰动主题词汇整体的客观性等问题。因此需要考虑采用什么策略将长篇幅作品剪裁出代表性内容，实现文档对象语料规模的均衡、一致，保证实验数据、结果的准确、客观。

3. 应用 LDA 分析工具研究文学作品，可在题材聚类、相似度分析、主题风格特征、主题词汇演化等方面取得良好的成果。今后开展图书作品分类、内容摘要生成、作者辨识、共性价值、主题（话题）认知，以及文学辅助创作等应用方面的研究具有重要的意义。

参考文献

［1］徐民和，胡颖. 巨匠的遗愿——茅盾在最后的日子里［J］. 瞭望，1981（2）：16－17.

［2］岳亚光. 从茅盾文学奖透视当代文学评奖制度的价值取向［D］. 山西师范大学，2014.

［3］范国英. 茅盾文学奖的文学制度研究［D］. 四川大学，2006.

［4］李虹. 茅盾文学奖评奖问题研究［D］. 江西师范大学，2011.

［5］王世锋. 茅盾文学奖“主旋律”意识研究［D］. 中国海洋大学，2010.

［6］任美衡. 论茅盾文学奖的乡土意识［J］. 当代文坛，2011（3）：46－49.

［7］任美衡. 历史呈现于茅盾文学奖［J］. 西南民族大学学报，2010（3）：68－74.

［8］任美衡. 茅盾文学奖与诺贝尔文学奖比较研究［J］. 艺术广角，2009（6）.

［9］G. Salton. A vector space model for automatic indexing［J］. Communications of the Acm，1974，18（11）：613－620.

［10］Deerwester S. Indexing by latent semantic analysis［J］. Journal of the American Society for Information Science，2010，41（6）：391－407.

［11］Thomas Hofmann. Unsupervised Learning by Probabilistic Latent Semantic Analysis［J］. Machine Learning. 2001，42（1）：177－196.

［12］Blei D M，Ng A Y，Jordan M I. Latent dirichlet allocation［J］. J Machine Learning Research Archive，2003，3：993－1022.

［13］ Dirichlet Distribution . ［EB/OL］ baike. baidu. com/view/11768549. html.

［14］ Minka T, Lafferty J. Expectation – propagation for the generative aspect model ［C］//Proceedings of the Eighteenth conference on Uncertainty in artificial intelligence. Morgan Kaufmann Publishers Inc. , 2002；352 – 359.

［15］ Griffiths T L, Steyvers M. Finding scientific topics ［J］. Proceedings of the National academy of Sciences, 2004, 101（suppl 1）：5228 – 5235.

［16］ Allan J. Topic Detection and Tracking Pilot Study ：Final Report ［C］// Proc. DARPA Broadcast News Transcription and Understanding Workshop. 1998：194 – 218.

［17］ Gruhl D, Guha R, Liben – Nowell D, et al. Information diffusion through blogspace ［C］// International Conference on World Wide Web. ACM, 2004：491 – 501.

［18］ Zhou D, Ji X, Zha H, et al. Topic evolution and social interactions：how authors effect research ［C］// Acm International Conference on Information & Knowledge Management. DBLP, 2006：248 – 257.

［19］ Mei Q, Zhai C X. Discovering evolutionary theme patterns from text：an exploration of temporal text mining ［J］. Proc. ACM KDD, 2005, 2005：198 – 207.

［20］ Mei Q, Zhai C X. A mixture model for contextual text mining ［C］// ACM SIGKDD International Conference on Knowledge Discovery and Data Mining. ACM, 2006：649 – 655.

［21］ 于满泉, 骆卫华, 许洪波, 等. 话题识别与跟踪中的层次化话题识别技术研究 ［J］. 计算机研究与发展, 2006, 43（3）：489 – 495.

［22］ 王永恒, 贾焰, 杨树强. 面向汉语短文的话题识别系统研究 ［C］// 中国数据库学术会议, 2004.

［23］ 张立, 刘云. 网络舆论传播的无标度特性及其衰减模型的研究 ［J］. 北京交通大学学报, 2008, 32（2）：67 – 70.

［24］ 胡勇, 张翀斌, 王祯学, 等. 网络舆论形成过程中意见领袖形成

模型研究 [J]. 四川大学学报（自然科学版），2008，45（2）：347 – 351.

[25] 崔凯，周斌，贾焰，等. 一种基于 LDA 的在线主题演化挖掘模型 [J]. 计算机科学，2010，37（11）：156 – 159.

[26] Heinrich G. Parameter Estimation for Text Analysis [J]. Technical Rcport，2005.

[27] 张明慧，王红玲，周国栋. 基于 LDA 主题特征的自动文摘方法 [J]. 计算机应用与软件，2011（10）：215.

[28] 江铭虎. 自然语言处理 [M]. 北京：高等教育出版社，2007.

[29] Mingzhe Jin, Minghu Jiang, Text Clustering on Authorship Attribution Based on Features of Punctuation Usage in Chinese. Information：an International Interdisciplinary Journal，2013，16（7B）：4983 – 4990.

[30] Renkui Hou, Minghu Jiang. Analysis on Chinese quantitative stylistic features based on text mining. Digital Scholarship in the Humanities，Doi：10.1093/llc/fqu067，31（2）：357 – 367. June，2016.

[31] Renkui Hou, Jiang Yang, Minghu Jiang. A Study on Chinese Quantitative Stylistic Features and Relation among Different Styles Based on Text Clustering. Journal of Quantitative Linguistics，2014，21（3）：246 – 280.

附录A　主要符号术语对照表

LDA 潜在狄力克雷分布（Latent Dirichlet Allocation）

NLP 自然语言处理（Natural Language Processing）

Gibbs 吉贝斯抽样算法

VSM 向量空间模型

TF – IDF 词频—逆文本频率（Term Frequency – Inverse Document Frequency）相似度算法

LSA 隐性语义分析模型（Latent Semantic Analysis）

pLSA 概率语义分析模型（probabilistic Latent Semantic Analysis）

SVM 支持向量机分类器（Support Vector Machine）

SVD 奇异值分解（Singular Value Decomposition）

f 概率分布密度函数

Dir(...)　狄力克雷分布

DP 狄力克雷过程（Dirichlet Process）

HDP 层次狄力克雷过程（Hierarchical Dirichlet Process）

α 文档主题分布参数，狄力克雷分布的参数向量

$\beta(\alpha)$　关于 α 的贝塔函数

$\Gamma(...)$　伽马（Gamma）函数

θ 关于文档—主题的多项式分布

ϕ 关于主题—词汇的多项式分布

k 某个主题

K 主题数目

m 文档序号

M 文本数目

θ_m 关于文档 m 的主题分布向量

w 文本 m 中的某个词汇

w_m 第 m 篇文档

$w_{m,n}$ 第 m 篇文档的第 n 个词汇

z_m 第 m 篇文档对应的主题向量

$z_{m,n}$ 第 m 篇文档的第 n 个词汇对应的主题

p 概率值

N_m 第 m 篇文档的词汇数目

W 文档集合

ϕ_k 主题词汇分布矩阵

t 一个词汇

$\neg$ 排除指定词汇

$\theta_{m,k}$ 第 m 个文本 – 第 k 个主题的概率值

$\phi_{k,t}$ 第 k 个主题 – 第 t 个词汇的概率值

X_{ij} 文本向量矩阵第 i 行第 j 列元素值，n 为行数，p 为列数

$\bar{X}_j$ 第 j 列元素平均值

X_{ij}^* 标准变换或向量归一化后矩阵的第 i 行第 j 列元素

X_i 第 i 个文本向量

sim 文本相似度

D_i 第 i 个文本 – 主题向量

d_{ij} 第 i 个文本 – 主题向量的第 j 个分量

附录 B　茅盾文学奖历届获奖情况

第一届茅盾文学奖获奖篇目（1977—1981）

姚雪垠．李自成（第二卷）［M］．北京：中国青年出版社，1977.

魏巍．东方［M］．北京：人民文学出版社，1978.

周克芹．许茂和他的女儿们［M］．天津：百花文艺出版社，1980.

莫应丰．将军吟［M］．北京：人民文学出版社，1980.

李国文．冬天里的春天［M］．北京：人民文学出版社，1981.

古华．芙蓉镇［M］．北京：人民文学出版社，1981.

第二届茅盾文学奖获奖篇目（1982—1984）

李准．黄河东流去（上、下）［M］．北京：北京出版社，1979/1985.

张洁．沉重的翅膀（修订本）［M］．北京：人民文学出版社，1981.

刘心武．钟鼓楼［M］．北京：人民文学出版社，1985.

第三届茅盾文学奖获奖篇目（1985—1988）

路遥．平凡的世界（共三部）［M］．北京：中国文联出版公司，1986.

凌力．少年天子［M］．北京：北京十月文艺出版社，1987.

刘白羽．第二个太阳［M］．北京：人民文学出版社，1987.

霍达．穆斯林的葬礼［M］．北京：北京十月文艺出版社，1988.

孙力，余小惠．都市风流［M］．杭州：浙江文艺出版社，1989.

荣　誉　奖

徐兴业．金瓯缺［M］．福州：福建人民出版社，1980.

萧克．浴血罗霄［M］．北京：解放军文艺出版社，1988.

第四届茅盾文学奖获奖篇目（1989—1994）

刘斯奋．白门柳（一、二）［M］．北京：中国文联出版公司，1984/1991.

王　火．战争和人（三部曲）［M］．北京：人民文学出版社，1987/
1989/1992.

刘玉民．骚动之秋［M］．北京：人民文学出版社，1990.

陈忠实．白鹿原（初版）［M］．北京：人民文学出版社，1993.

第五届茅盾文学奖获奖篇目（1995—1998）

王安忆．长恨歌［M］．北京：作家出版社，1996.

张平．抉择［M］．北京：群众出版社，1997.

阿来．尘埃落定［M］．北京：人民文学出版社，1998.

王旭烽．茶人三部曲［M］．杭州：浙江文艺出版社，1995/1998.

第六届茅盾文学奖获奖篇目（1999—2002）

徐贵祥．历史的天空［M］．北京：人民文学出版社，2000.

柳建伟．英雄时代［M］．北京：人民文学出版社，2001.

宗璞．东藏记［M］．北京：人民文学出版社，2001.

张洁．无字［M］．北京：北京十月文艺出版社，2002.

熊召政．张居正［M］．北京：长江文艺出版社，2002.

第七届茅盾文学奖获奖篇目（2003—2006）

贾平凹．秦腔［M］．北京：作家出版社，2005.

迟子建．额尔古纳河右岸［M］．北京：北京十月文艺出版社，2005.

周大新．湖光山色［M］．北京：作家出版社，2006.

麦家．暗算［M］．北京：人民文学出版社，2006.

第八届茅盾文学奖获奖篇目（2007—2011）

毕飞宇．推拿［M］．北京：人民文学出版社，2008.

刘震云．一句顶一万句［M］．北京：长江文艺出版社，2009.

刘醒龙．天行者［M］．北京：人民文学出版社，2009.

莫言．蛙［M］．上海：上海文艺出版社，2009.

张炜．你在高原［M］．北京：作家出版社，2010.

第九届茅盾文学奖获奖篇目（2011—2014）

李佩甫．生命册［M］．北京：作家出版社，2012.

格非．江南三部曲［M］．上海：上海文艺出版社，2012.

金宇澄．繁花［M］．上海：上海文艺出版社，2013.

王蒙．这边风景［M］．广州：花城出版社，2013.

苏童．黄雀记［M］．北京：作家出版社，2013.

第三篇

日本近代文学小说计算风格分析与比较

　　日本文学的历史源远流长，以明治维新为阶段性标志，日本文学受到西方文化的冲击，并在文学史上写下了变革的篇章，经过不断发展和演变，为如今的近代文学做了铺垫。其中，不得不提的是以夏目漱石、宫泽贤治、森鸥外为代表的三位作家。这三位作家不仅在日本近代文学史上"如雷贯耳"，其巨大的影响力更是贯穿后世文学中的创作和风格。因此，研究这三位作家的作品及语言风格，不仅对近代文学，更是对近现代文学的分析提供了巨大的参考价值。由此，本篇选择这三位作家的作品作为分析和研究的主要对象。

我们通过先行研究发现，以往的研究主要针对夏目漱石、宫泽贤治、森鸥外三者的写作及作品风格，更多采用相对主观性的定性分析方法，比较与研究也侧重于文学的角度。然而，运用作品的统计数量特征，通过相对客观且直接的"计算风格学"来对三者进行的比较和分析的定量研究，则少之又少。因此，运用量化的手段进行"日本近代文学文豪"的作品分析则具有重要的理论意义和实际应用价值。

本篇研究主要通过量化的手段，运用语言学的知识对三位作家的作品抽取适宜的语言学特征，采用语料库统计、文本聚类和主成分分析等统计学方法。然后使用神经网络模型 Word2vec 分析了词与词间的关系，采用卷积神经网络 CNN 进行文本分类，结合数据和语言本体的知识对计算结果进行了分析讨论。

将夏目漱石、宫泽贤治、森鸥外三位作家的作品风格进行了对比和分析，从中发现了三者的异同点，分析了各自的特点。研究发现：宫泽贤治小说作品的篇幅长度较短，体现出他对短篇小说的写作偏爱。从逗号比率可以发现，夏目漱石与森鸥外的文章在叙述描写上风格相似。通过文本聚类的分析可以看出，三位作家的长篇作品特色在于名词、助动词和感动词，三位作家的短篇作品特色在于名词、动词和助动词。神经网络的文本分类表明，夏目漱石无论长篇作品还是短篇作品均有同样的词语运用。在长篇作品中，夏目漱石与宫泽贤治的作品比较相似，但在短篇作品中宫泽贤治的风格并不接近夏目漱石，且宫泽贤治以"短篇巨匠"著称，其短篇作品的风格比较明显。另外，森鸥外与夏目漱石是反自然主义派的两大巨匠，但他们的作品风格并不相同。

第1章

绪　论

1.1　研究背景

1.1.1　研究意义

日本文学的历史源远流长，以明治维新为阶段性标志，日本文学受到西方文化的冲击，并在文学史上写下了变革的篇章，经过不断发展和演变，为如今的近代文学的发展做了铺垫。

其中，不得不提的是以夏目漱石、宫泽贤治和森鸥外为代表的三位作家。他们在日本近代文学篇章中写下了浓墨重彩的一页，在日本近代文学史上占有重要地位，对今后文学的发展具有重大影响。夏目漱石（なつめそうせき，1867—1916）在日本享有"国民作家"之誉，其作品《心》（こころ）堪称新潮文库最畅销书籍，处女作《我是一只猫》（吾辈は猫である）更是荣登中国的语文教材，以介绍日本文学的特色风格。宫泽贤治（みやざわ けんじ，1896 —1933）是浪漫主义的文学巨匠，他创作的许多童话都以其独特的视角和奇幻的风格著称，其短篇作品《不怕风雨》（雨ニモマケズ）更是传遍日本的大街小巷，他的脍炙人口的诗歌，日本TBS电视台的《重版出来》曾再现了该诗篇的画面，感动了无数国民。森鸥外（もり おうがい，1862 —1922）被称为"日本近代浪漫主义的文学先驱"，他的高雅而浪漫的文学风格作品《舞姬》（まいひめ）取得了极大的文学成就，此外文学素养极高的森鸥外还有许多翻译之作享誉世界。

日本文京区的森鸥外纪念馆依然保留着文豪当年的许多手稿。因此，本篇选择这三位具有代表性作家的作品作为分析研究的主要对象。

1.1.2　风格及计算风格学

本研究所指的风格，并非仅限于作家的某些个别作品，而是综合地概指该作家在其整个写作生涯中所表现出的语言使用以及文学创作特点。因此，本篇所指的风格，具有较大的代表性，可以折射出该作者的语言写作习惯以及文学创作风格。

本研究所运用的计算风格学，是研究语言风格的专业学科，隶属数理语言学。就风格学的演变来讲，传统的风格学主要以研究者"内省"的方式侧重于读者的主观感受。比如对文章中的某个词语、句子、段落甚至整篇文章进行主观性的分析、归纳和整理，并在此基础上进行更加概括性的总结和提炼，来达到分析作者风格的目的。然而现代计算风格学则并不以研究者的相对主观的归纳和整理作为基础，而是采用相对客观的定量方式，应用作品中量化的语言结构特征作为研究和分析的基础，来分析作家的创作风格和语言的使用习惯，以减少研究者的主观因素对作品研究的客观性和可信度的影响。

该分析方法的理论基础为，作家作品中的语言结构特征反映了该作家在作品创作中的语言使用特征，可以"不自觉"地表现该作家的作品风格，而这些特征可以通过统计数量特征进行描述和刻画。

计算风格学的研究方法应用甚广，不仅局限于对创作风格的分析，该方法通过定量性的语言特征，还可用于作品原作者的识别，著作权归属的判决，为作品风格的预测等多种领域实现效用。随着计量风格学理论的不断发展，越来越多的统计分析方法也随之应用于该研究方法之中。

1.2　研究现状

1.2.1　计算风格学文献综述

被认为是计算风格学鼻祖的英国数学家、逻辑学家奥古斯都·德·摩根（Augustus de Morgan，1806—1871），最先提出可以通过计量学的方法，通过分析作品的词汇长度来解决作品的著作权归属问题，由此开启了计算风格学的理论先河[1]。德·摩根的这一假设得到了地球物理学家门登霍尔（Thomas Corwin Mendenhall，1841—1924）的证实[2]。门登霍尔通过比较研究弗朗西斯·培根（Francis Bacon，1561—1626）、威廉·莎士比亚（William Shakespeare，1564—1616）和克里斯托弗·马洛（Christopher Marlowe，1564—1593）的作品后提出，这一方法可以帮助发现克里斯托弗·马洛与威廉·莎士比亚作品风格上的相似性[3]。

此后，被称为文献计量学三大定律之一的"齐普夫定律"被提出，该定律认为，文章中词语出现的频次和该词语在文章中的等级（即按文章中的出现频次为词语排列等级）的乘积为常数，或者说二者成反比。即单词在文章中出现的频次越高代表该单词的等级排名越靠前。由此表明，体现作者风格的词汇，可以依靠作品中的词频分布进行考察，为计算风格学中语言结构特征的定位提供了理论依据。

除了词汇以外，语句也可以作为语言结构特征的一部分。尤尔（Yule，1871—1951）[4]认为利用文本的句长可以追踪作品的原创者，并将之应用于《师主篇：效法基督》的研究中。这一应用中较著名的事件为堪称俄国文学作品经典的《静静的顿河》的原作者之争。《静静的顿河》为俄国作家米哈依尔·亚历山大维奇·肖洛霍夫（Михаил А Шолохов，1905—1984）斩获了 1965 年的诺贝尔文学奖，然而小说出版后抄袭的质疑也此起彼伏。捷泽等学者[5]结合时代背景，并利用以"句子平均长度"为代表的语言特征进行考察和分析，最终证实了肖洛霍夫的清白，解决了原作者之争。

除了上文所阐述的词汇与句子外，标点符号、段落、语义和语法等被归纳为可以量化的语言特征。此外，在语言特征的选择上以量化的可能性及出现的稳定性为主要条件和要求。如果该语言特征不能被量化或者该特征的出现具有跳跃性，则不能纳入被研究的对象之中。本篇将依据该原则进行考察和分析。不仅如此，统计方法和数学模型的选择也会对写作风格的分析结果产生影响。因此本篇也将对此进行慎重选择。

1.2.2 关于夏目漱石、宫泽贤治及森鸥外的小说文献综述

夏目漱石（なつめそうせき，1867—1916）的本名为夏目金之助，生于日本的江户时代，为家中的末子。综观夏目漱石的作品，无论是小说《哥儿》，还是《心》等，都通过塑造诸如"哥儿""先生"与"我"等鲜活的知识分子形象，来反映现实生活与时代特征。因此，夏目漱石的创作特征和倾向虽复杂，但基本倾向于现实主义。

此外，20世纪初期，日本文学流行"自然主义派"，即摒弃技巧，一切按照事物本来自然的样子来进行创作。然而夏目漱石却认为，自然主义派的写作方式只是"实际生活的照片"，而文学中所描述的现实生活，可以是作者按照自身想法所塑造出来的。

以夏目漱石小说为研究对象的先行研究，主要集中在《心》（こころ）、《我是猫》（吾輩は猫である）、《哥儿》（坊っちゃん）、《三四郎》（さんしろう）等中日知名度较高的作品。例如，I. Hiroshi 认为在作品《三四郎》中，夏目漱石使用了"造型艺术"的写作方式，将艺术要素反映到作品当中。Y. Seiichi 也曾以历史背景为基础分析了夏目漱石与森鸥外的写作风格异同。但一些知名度相对较低的作品却少有涉及，比如本篇中所列举的《童贞》（しょじょさくついかいだん）、《我的旧时光》（僕の昔）、《奇怪的声音》（変な音）等。

宫泽贤治（みやざわ けんじ，1896—1933）是日本著名的文学家。因自身家庭出身低微，从小生活受社会层次较低环境的感染，因此对劳动人民抱有同情之心。他自幼身体素质较差，体弱多病，37岁时由于过度操劳染上肺病，不幸英年早逝。宫泽贤治生前虽未取得太多名誉，却怀有恻隐之心，在死后取到了文学界的认可。

宫泽贤治是浪漫主义的文学巨匠，其作品风格浪漫而又富有奇幻的想象，使人如醉如痴。他的经典之作《银河铁道之夜》（銀河鉄道の夜）、《渡过雪原》等童话作品，及《不怕风雨》（雨にも負けず）等诗歌。T. M. Elena[6]表明宫泽贤治作品中的自然描写不仅局限于写生，还充分反映了作者的心境。此外，O. Noboru[7]曾阐述宫泽贤治的作品风格受到宗教

成分的影响。宫泽贤治的成长环境脱离不开宗教氛围的充斥，这与其作品中的宗教元素息息相关，也是其作品中值得流连忘返的"灵魂部分"。宫泽贤治的《不怕风雨》更是传遍了日本的大街小巷，成为脍炙人口的"国民诗歌"。近几十年来，关于宫泽贤治的研究也一直盛行，日本著名文学研究杂志《国文学·解释和鉴赏》为研究其作品所推出的专集数也超过以往作家，显示出其不凡的研究价值和不朽的文学地位。

森鸥外（もりおうがい，1862—1922）的本名为森林太郎，是日本明治时期的文学家、翻译家，享有"日本近代浪漫主义文学先驱"之誉。森鸥外在年少时曾历经"文明开化"，也曾赴海外留学，接触过西方的人文主义和民主主义，因此在其作品中也可以看到西方文学的浪漫情怀对其创作的影响。比如，S. Nobuyoshi[8]就曾着眼于其留学背景，对其翻译作品与其自创作品进行了对比，提出了森鸥外风格与德国文学风格相似性的假设。

在写作理念上，森鸥外主要宣扬描写理想和理念的"理想主义"，反对只对事实的平铺直叙的"写实主义"文学。在语言运用上，森鸥外将其独特的"口语体"应用于其作品的人物形象之中，使得人物鲜活而又具有冲击力。

因为本篇所界定的"风格"并不仅限于作家的某些作品，而是将作家的整个写作生涯中的创作风格作为研究对象。因此，以往的先行研究缺乏全面性、历时性，本研究试图运用涉猎较广的青空文库来对三位作家的作品进行较为全面的分析，以弥补先行研究中涉及作品数量和范围而导致的不足。

1.3　本研究的主要内容

1.3.1　研究方法

通过总结以上的先行研究可以发现，以往的研究主要以三者小说语言风格的主观性判断为基础，使用统计计量方法进行的研究仍比较少见。因此本研究主要分为两个阶段。

第一，运用语言学的知识对三位作家的作品抽取适宜的语言特征，采用语料库统计、文本聚类和主成分分析等统计学方法。第二，使用神经网络模型 Word2vec（Google 于 2013 年推出的自然语言处理工具，其特点是将所有的词向量化，这样，词与词之间就可定量度量其关系，挖掘词之间的联系）分析词与词的关系，采用卷积神经网络（Convolutional Neural Network，CNN）分类文本，结合统计数据和语言本体的知识说明三者小说的语言风格，并进行差异性比较。

1.3.2　软件与工具

本篇主要使用的软件和工具有：

1. R

数据分析处理软件 R 是一款强大的数据存储和处理工具，它拥有优秀的数据处理能力并能够实现连续的统计分析，此外还可以进行数据量的统计制图。

此外，R 的特点是分析自由而灵活，用户可以自行编写程序进行数据分析。因此，本篇主要通过调用 R 中的函数并编写相应程序，根据特征完成对夏目漱石、宫泽贤治和森鸥外的文学作品的聚类和分类分析，以及主成分分析等统计聚类分析的工作。

2. Mecab 日文分词工具

Mecab 日文分词工具是一款具有高性能、高解析速度的语法分析开放源代码引擎。该引擎主要依据条件随机场（Conditional Random Field，CRF）模型进行参数估计，而不局限于某个词典和语料库。

本篇主要使用该软件对夏目漱石、宫泽贤治和森鸥外小说语料进行词语切分和词性标注。

1.3.3　本篇的组织结构

本篇共分为五章，具体内容如下：

第 1 章：绪论。主要介绍本研究的选题意义，国内外计算风格学的研究现状，以及日本国内对于夏目漱石、宫泽贤治和森鸥外小说的研究概况。同时，还阐述了本研究的创新点、研究方法以及涉及的软件工具等。

第2章：基本语料的统计分析。对本研究所使用的作品语料库来源、规模、预处理的各种方法进行介绍。采用基于统计学的方法来分析三位作家作品的篇幅长度、平均逗号数、读音数量比率等。

第3章：文本聚类的统计分析。基于文本聚类对词类特征进行统计分析。该章使用层次聚类、k均值聚类和主成分分析，详细分析了三位作家的文学风格。

第4章：基于神经网络模型分析。基于神经网络模型 Word2vec 分析了三位作家作品的相似性。采用卷积神经网络分类文本，结合统计数据和语言本体的知识说明三者小说的语言风格的差异性。

第5章：结论。总结讨论了研究中所涉及的问题。

第 2 章

基本语料的统计分析

2.1　语料来源与预处理

文本的预处理主要包括对文本的校对、整理、字符编码的转换、分词和词性标注。

本研究使用的语料包括夏目漱石的 74 篇文学作品的文本，宫泽贤治的 188 篇文学作品的文本，以及森鸥外的 116 篇文学作品的文本（见表 2.1）。这些电子文本均来自网上电子图书馆青空文库（Aozora Bunko，https：//www. aozora. gr. jp/）。青空文库是将日本国内已经不涉及著作权问题可以公开的文学作品，收集、整理，并公之于众的网上电子图书馆。

表 2.1　语料概况

本文代码	小说篇名：中文书名（日文书名）
N000	明暗（明暗）
N001	我是猫（吾輩は猫である）
N002	行人（行人）
N003	虞美人草（虞美人草）
N004	彼岸过后（彼岸過迄）
N005	然后（それから）
N006	三四郎（三四郎）
N007	思想（こころ）
N008	道草（道草）
N009	矿工（坑夫）

本文代码	小说篇名：中文书名（日文书名）
N010	门（門）
N011	野人（野分）
N012	男孩（坊っちゃん）
N013	草枕头（草枕）
N014	满洲里和朝鲜的其他地区（満韓ところどころ）
N015	创作者的态度（創作家の態度）
N016	要记住的事情（思い出す事など）
N017	玻璃门内（硝子戸の中）
N018	永恒之日作品（永日小品）
N019	文学艺术的哲学基础（文芸の哲学的基礎）
N020	品味传承（趣味の遺伝）
N021	210 天（二百十日）
N022	我的个人主义（私の個人主義）
N023	幻觉之盾（幻影の盾）
N024	古筝的索拉声（琴のそら音）
N025	模仿与独立（模倣と独立）
N026	酸甜苦辣的路线（薤露行）
N027	伦敦新闻（倫敦消息）
N028	现代日本的发展（現代日本の開化）
N029	爱好和职业（道楽と職業）
N030	文学艺术与道德（文芸と道徳）
N031	十夜的梦（夢十夜）
N032	伦敦塔（倫敦塔）
N033	内容和形式（中味と形式）
N034	腾博会娱乐平台（点頭録）
N035	信件（手紙）
N036	一群鸟（文鳥）
N037	自行车日记（自転車日記）
N038	教育与文学（教育と文芸）
N039	卡莱尔博物馆（カーライル博物館）
N040	农作物评论（作物の批評）

续表

本文代码	小说篇名：中文书名（日文书名）
N041	过夜（一夜）
N042	无题（無題）
N043	一句话的草图（写生文）
N044	文学专员是做什么的？（文芸委員は何をするか）
N045	我的学生时代（私の経過した学生時代）
N046	医生的问题，默多克医生和我（博士問題とマードック先生と余）
N047	我和长谷川（長谷川君と余）
N048	失败（落第）
N049	傍晚时分的京都（京に着ける夕）
N050	奇怪的声音（変な音）
N051	生活（人生）
N052	文人的生活（文士の生活）
N053	亲爱的虚子（虚子君へ）
N054	处女作回忆（処女作追懐談）
N055	正冈志贵（正岡子規）
N056	我的旧时光（僕の昔）
N057	卡贝尔先生（ケーベル先生）
N058	默多克博士的《日本历史》（マードック先生の『日本歴史』）
N059	读"额之人"有感（「額の男」を読む）
N060	文学艺术不足以成为一个男孩终生的事业（文芸は男子一生の事業とするに足らざる乎）
N061	文学界的趋势（文壇の趨勢）
N062	我和一支钢笔（余と万年筆）
N063	我想画的作品（予の描かんと欲する作品）
N064	被虚子君问到明治座的感想时（明治座の所感を虚子君に問れて）
N065	《传奇时代》序言（『伝説の時代』序）
N066	我的新工作（入社の辞）
N067	"烟尘和烟雾"简介（『煤煙』の序）
N068	《东方艺术插图目录》（『東洋美術図譜』）
N069	学者与荣誉（学者と名誉）
N070	三山居士（三山居士）

本文代码	小说篇名：中文书名（日文书名）
N071	文学艺术与英雄主义（文芸とヒロイック）
N072	初秋的一天（初秋の一日）
N073	船长的遗书和指挥官的诗篇（艇長の遺書と中佐の詩）
K000	《春与修罗》第二卷（春と修羅 第二集）
K001	《春与修罗》（『春と修羅』）
K002	波拉诺广场（ポラーノの広場）
K003	银河铁路之夜（銀河鉄道の夜）
K004	游客节（ビジテリアン大祭）
K005	风之松三郎（風の又三郎）
K006	彭年宁的传记（ペンネンネンネンネン・ネネムの伝記）
K007	诗歌笔记（詩ノート）
K008	古斯科－布多里的传记（グスコーブドリの伝記）
K009	《春与修罗》第三卷（春と修羅 第三集）
K010	楢木大学士的露宿（楢ノ木大学士の野宿）
K011	光明的赤脚（ひかりの素足）
K012	二十六夜（二十六夜）
K013	税务局长的历险记（税務署長の冒険）
K014	文学诗词手稿：百首诗词（文語詩稿 一百篇）
K015	贝壳之火（貝の火）
K016	茨海小学（茨海小学校）
K017	大提琴家高斯（セロ弾きのゴーシュ）
K018	弗兰登农业学校的猪（フランドン農学校の豚）
K019	信号和信号灯（シグナルとシグナレス）
K020	双子之星（双子の星）
K021	英国海岸（イギリス海岸）
K022	一个农业学生的日记（或る農学生の日誌）
K023	贝古里将军和三兄弟医生（北守将軍と三人兄弟の医者）
K024	土神与狐狸（土神ときつね）
K025	地神与狐狸（土神と狐）
K026	开罗领导人（カイロ団長）
K027	洞熊学校的三名毕业生（洞熊学校を卒業した三人）

续表

本文代码	小说篇名：中文书名（日文书名）
K028	彩虹漆盘（天力金刚石）（虹の絵の具皿（十力の金剛石））
K029	雁之童子（雁の童子）
K030	黄色番茄（黄いろのトマト）
K031	蜘蛛、树懒和狸猫（蜘蛛となめくじと狸）
K032	柏林之夜（かしわばやしの夜）
K033	种山原（種山ヶ原）
K034	台川（台川）
K035	青蛙胶鞋（蛙のゴム靴）
K036	饥饿阵营一幕（饑餓陣営 一幕）
K037	荔枝山上的熊（なめとこ山の熊）
K038	文学诗歌手稿，五十首诗歌（文語詩稿 五十篇）
K039	雪地穿越（雪渡り）
K040	植物医生乡土喜剧（植物医師 郷土喜劇）
K041	毒蛾（毒蛾）
K042	橡子和山猫（どんぐりと山猫）
K043	猫的办公室（猫の事務所）
K044	鹿舞的开始（鹿踊りのはじまり）
K045	冰川鼠的毛皮（氷河鼠の毛皮）
K046	郁金香的错觉（チュウリップの幻術）
K047	学者阿拉姆－哈拉德看到的和服（学者アラムハラドの見た着物）
K048	奥图贝尔和大象（オッベルと象）
K049	水仙花的四天（水仙月の四日）
K050	库鼠（クねずみ）
K051	山里人的四月（山男の四月）
K052	森林之底（林の底）
K053	狼林、笹森和盗林（狼森と笊森，盗森）
K054	众多订单的餐厅（注文の多い料理店）
K055	西池深渊（さいかち淵）
K056	化妖场（化物丁場）
K057	夜晚的星星（よだかの星）
K058	病中（疾中）

续表

本文代码	小说篇名：中文书名（日文书名）
K059	两名官员（二人の役人）
K060	塔内瑞似乎每天都在咬牙坚持（タネリはたしかにいちにち噛んでいたようだった）
K061	彭州森林公园（虔十公園林）
K062	谢氏小鼠（ツェねずみ）
K063	乌鸦的北斗七星（烏の北斗七星）
K064	10 月底（十月の末）
K065	矮树笔（みじかい木ぺん）
K066	关于紫蓝色的染料（紫紺染について）
K067	月夜下的幽灵（月夜のけだもの）
K068	山谷（谷）
K069	月夜下的电线杆（月夜のでんしんばしら）
K070	捕鸟的柳树（鳥をとるやなぎ）
K071	桧木和桧木（ひのきとひなげし）
K072	萨加伦和八月（サガレンと八月）
K073	波兰广场（ポランの広場）
K074	16 日（十六日）
K075	不错的火山弹（気のいい火山弾）
K076	猴头（さるのこしかけ）
K077	虎头虎尾（とっこべとら子）
K078	好药与良药（よく利く薬とえらい薬）
K079	庆典之夜（祭の晩）
K080	因陀罗网（インドラの網）
K081	鸟巢老师和福鼠（鳥箱先生とフウねずみ）
K082	葡萄水（葡萄水）
K083	幼树精神（若い木霊）
K084	冰与余辉（氷と後光）
K085	耕作钟（耕耘部の時計）
K086	冲绳草（おきなぐさ）
K087	柳泽（柳沢）
K088	皮箱（革トランク）

本文代码	小说篇名：中文书名（日文书名）
K089	喜欢毒杉的酋长（毒もみのすきな署長さん）
K090	有喷泉的人家（泉ある家）
K091	车（車）
K092	白玉兰树（マグノリアの木）
K093	曼努埃尔和达莉亚（まなづるとダァリヤ）
K094	伊哈托沃农业学校的春天（イーハトーボ農学校の春）
K095	农民艺术概论（農民芸術概論綱要）
K096	四叶百合（四又の百合）
K097	山脊（山地の稜）
K098	山梨（やまなし）
K099	银杏果（いちょうの実）
K100	盲点和彩虹（めくらぶどうと虹）
K101	伊蒂弗的果实（いてふの実）
K102	龙与诗人（龍と詩人）
K103	马里夫隆和女孩（マリヴロンと少女）
K104	巴基蒂的作品（バキチの仕事）
K105	黑布道（黒ぶだう）
K106	场地的边缘（畑のへり）
K107	疑似恐怖组织的刺客（疑獄元兇）
K108	明方（あけがた）
K109	菜花（花椰菜）
K110	座敷童子的故事（ざしき童子のはなし）
K111	第四封信（手紙四）
K112	秋田公路（秋田街道）
K113	农民艺术的兴起（農民芸術の興隆）
K114	花坛工作（花壇工作）
K115	有时（ありときのこ）
K116	早上的童话故事构图（朝に就ての童話的構図）
K117	电车（電車）
K118	理发店（床屋）
K119	第一封信（手紙一）

本文代码	小说篇名：中文书名（日文书名）
K120	隆重仪式性服装的特殊效果（大礼服の例外的効果）
K121	积云（うろこ雲）
K122	第二封信（手紙 二）
K123	沼泽森林（沼森）
K124	坎坎港的春天夜景（函館港春夜光景）
K125	第三封信（手紙 三）
K126	潘诺德现在不在这里，她去拿太阳上形成的黑色荆棘（ペンネンノルデはいまはいないよ 太陽にできた黒い棘をとりに行ったよ）
K127	镭射大雁（ラジュウムの雁）
K128	父权制（家長制度）
K129	两名刚果当地人对斯坦利探险队的讲话（スタンレー探検隊に対する二人のコンゴー土人の演説）
K130	图书馆错觉（図書館幻想）
K131	大豆［2］（宗谷〔二〕）
K132	讲座结束后（講後）
K133	加道夫的百合花（ガドルフの百合）
K134	月亮天堂的赞歌（伪古典主义风格）（月天讃歌（擬古調））
K135	坦多格瓦【"父权制"的先驱者】（丹藤川〔「家長制度」先駆形〕）
K136	猫（猫）
K137	错觉（幻想）
K138	盛宴（饗宴）
K139	乌鸦百态（烏百態）
K140	黄泉路四十八号（四八 黄泉路）
K141	八户（八戸）
K142	山丘（丘）
K143	农村迷信（田園迷信）
K144	对饮（対酌）
K145	挖掘百合花（百合を掘る）
K146	花卷农业学校精神之歌（花巻農学校精神歌）
K147	女士（女）
K148	隼人（隼人）

续表

本文代码	小说篇名：中文书名（日文书名）
K149	被打败的男孩之歌（敗れし少年の歌へる）
K150	佛光菩萨（不軽菩薩）
K151	员工室（職員室）
K152	游乐园工艺品（遊園地工作）
K153	农校之歌（農学校歌）
K154	国家支柱协会（国柱会）
K155	未探索区域（秘境）
K156	小夜曲情歌（セレナーデ 恋歌）
K157	站长（駅長）
K158	星空之歌（星めぐりの歌）
K159	指导（訓導）
K160	小神社（小祠）
K161	从釜石返回（釜石よりの帰り）
K162	宴会日［2］（祭日〔二〕）
K163	学校操场（校庭）
K164	隅田川（隅田川）
K165	大豆［1］（宗谷〔一〕）
K166	开垦新土地（開墾）
K167	中尊寺［2］（中尊寺〔二〕）
K168	疾病中的幻觉（病中幻想）
K169	杨林（楊林）
K170	水务局线路（水部の線）
K171	冰雹云炮手（雹雲砲手）
K172	煤磨坊（製炭小屋）
K173	走过火场（火渡り）
K174	树木园（樹園）
K175	僧人花园（僧園）
K176	机会（機会）
K177	雪山峡谷（雪峡）
K178	春章的中画幅（春章作中判）
K179	河马之路（こゝろ）

续表

本文代码	小说篇名：中文书名（日文书名）
K180	爱（恋）
K181	火之岛（火の島）
K182	县道（県道）
K183	开垦土地（開墾地）
K184	送青柳老师（青柳教諭を送る）
K185	会计科（会計課）
K186	顽固性疾病（看痾）
K187	住宅用地（宅地）
M000	井泽兰研（伊沢蘭軒）
M001	浮士德（ファウスト）
M002	即兴诗人（即興詩人）
M003	涩江书斋（渋江抽斎）
M004	青年（青年）
M005	野鹅（雁）
M006	栅栏草纸上的山胞纸（柵草紙の山房論文）
M007	Eta 性爱 爱丽丝（ヰタ・セクスアリス）
M008	帕特尔·塞尔吉乌斯（パアテル・セルギウス）
M009	大须平八郎（大塩平八郎）
M010	卡拉夫托越狱日记（樺太脱獄記）
M011	鳄鱼（鰐）
M012	寿光的信（寿阿弥の手紙）
M013	家常茶饭/补充现代思想（家常茶飯 附・現代思想）
M014	横町医院杀人犯（病院横町の殺人犯）
M015	安倍家族（阿部一族）
M016	仿佛（かのように）
M017	细木香织（細木香以）
M018	津下四郎左卫门（津下四郎左衛門）
M019	山椒大酱（山椒大夫）
M020	复仇（復讐）
M021	御所原的敌对行动（護持院原の敵討）
M022	乌苏所（うづしほ）

续表

本文代码	小说篇名：中文书名（日文书名）
M023	假名使用中的意见（仮名遣意見）
M024	鸡（鶏）
M025	栗山大泉（栗山大膳）
M026	农村（田舎）
M027	坂井事件（堺事件）
M028	死亡（死）
M029	半天时间（半日）
M030	左右为难（板ばさみ）
M031	舞姬（舞姫）
M032	歌方的笔记（うたかたの記）
M033	圣尼古拉斯之夜（聖ニコラウスの夜）
M034	写作（文づかい）
M035	错觉（妄想）
M036	写作句子（文づかひ）
M037	一百个故事（百物語）
M038	微笑（笑）
M039	恋人和死亡（痴人と死と）
M040	两个朋友（二人の友）
M041	安井夫人（安井夫人）
M043	世界巡回演唱会（世界漫遊）
M043	山西（クサンチス）
M044	播放（あそび）
M045	鱼玄机（魚玄機）
M046	来自一个旧笔记本（古い手帳から）
M047	最后一句话（最後の一句）
M048	单身汉（独身）
M049	女人的战斗（女の決闘）
M050	卡苏斯蒂卡（カズイスチカ）
M051	在我心里（心中）
M052	高瀬船（高瀬舟）
M053	罪人（罪人）

本文代码	小说篇名：中文书名（日文书名）
M054	节假日（祭日）
M055	日本杉木田间用品（椙原品）
M056	老鼠坡（鼠坂）
M057	13 点（十三時）
M058	乌鸦（鴉）
M059	米其林（みちの記）
M060	堕落之门的升天（破落戸の昇天）
M061	冬之王（冬の王）
M062	独奏舞台（一人舞台）
M063	某种程度上说（そめちがへ）
M064	衣领（襟）
M065	金五郎佐桥（佐橋甚五郎）
M066	弗洛鲁斯和小偷（フロルスと賊と）
M067	坎山皮卡（寒山拾得）
M068	尼姑（尼）
M069	谁是鸥外捕鱼史？（鴎外漁史とは誰ぞ）
M070	食堂（食堂）
M071	沉默之塔（沈黙の塔）
M072	关于翻译的《浮士德》一书（訳本ファウストについて）
M073	长谷川辰之助（長谷川辰之助）
M074	祖母和祖父（ぢいさんばあさん）
M075	安德烈亚斯－泰尔迈尔的最后遗嘱和遗言（アンドレアス・タアマイエルが遺書）
M076	祖母和祖父（じいさんばあさん）
M077	街头马车（辻馬車）
M078	狗（犬）
M079	森图阿曼尼（センツアマニ）
M080	蔷薇（薔薇）
M081	白色（白）
M082	不可能的理论（不可説）
M083	猴（猿）

本文代码	小说篇名：中文书名（日文书名）
M084	鲁滨逊漂流记（代言人对话）（ロビンソン・クルソオ（序に代ふる会話））
M085	花童（花子）
M086	失败和逃跑（駆落）
M087	冲津雅子门的遗嘱（初稿）（興津弥五右衛門の遺書（初稿））
M088	正在建设中（普請中）
M089	芋头芽和不动的眼睛（里芋の芽と不動の目）
M090	驱除恶灵（追儺）
M091	最后的下午（最終の午後）
M092	混乱（混沌）
M093	不愉快的谈话（不苦心談）
M094	娱乐（余興）
M095	桥下（橋の下）
M096	消防水龙头（防火栓）
M097	当前的比较语言学（当流比較言語学）
M098	历史的本来面目和历史的分离（歴史其儘と歴史離れ）
M099	木质精神（木精）
M100	能久亲王的统治年谱（能久親王年譜）
M101	杯子（杯）
M102	藏红花（サフラン）
M103	空车（空車）
M104	辞职论（Resignation の説）
M105	老人（老人）
M106	丁贤博士（鼎軒先生）
M107	牛肉砂锅（牛鍋）
M108	中隔墙（なかじきり）
M109	关于翻译（翻訳に就いて）
M110	高濑船的兴起（高瀬舟縁起）
M111	当我十四五岁时（私が十四五歳の時）
M112	什么叫俳句（俳句と云ふもの）
M113	钓鱼（釣）
M114	文学原则（文芸の主義）
M115	关山积木的历史（寒山拾得縁起）

以字母 N 开头的编号 000 至 073 代表夏目漱石的 74 篇文学作品的文本，字母 N 取自夏目漱石的日语名［なつめ そうせき，Natsume Soseki］中姓的首字母。以字母 K 开头的编号 000 至 187 代表宫泽贤治的 188 篇文学作品的文本，字母 K 取自宫泽贤治的日语名［みやざわ けんじ，Miyaza-wa Kenji］中名的首字母。以字母 M 开头的编号 000 至 115 代表森鸥外的 116 篇文学作品的文本，字母 M 取自森鸥外的日语名［もり おうがい，Mori Ogai］中姓的首字母。

夏目漱石小说的语料规模为 3254882 个日文字，宫泽贤治小说的语料规模为 955322 个日文字，森鸥外小说的语料规模为 2610179 个日文字。

2.2 篇幅长度比较

篇幅长度，指每篇文本的文字数量，通过测算篇幅长度可以将小说划分为长篇小说与短篇小说两类篇幅。

表 2.2 三位作者的篇幅长度

	夏目漱石	宫泽贤治	森鸥外
最大值	320413	42598	479539
最小值	1680	400	1056
平均	43984.89	5081.5	22501.54
语料规模	3254882	955322	2610179

根据表 2.2 的数据分析可以发现，在夏目漱石的作品与森鸥外的作品中，最长的小说文字数量长达 30 万~50 万个日文字，而在宫泽贤治的作品中最长的小说文字数量却只有 42598 个日文字。根据分析文字数量的结果表明宫泽贤治的小说作品篇幅长度无论是最小值、最大值还是平均值都小于夏目漱石作品与森鸥外作品的篇幅长度。表明宫泽贤治小说作品的篇幅长度较短，因此体现出他对短篇小说的写作偏爱。

2.3 基于逗号比率分析

标点符号对于文章来说具有非常重要的意义。尤其是逗号，通常一篇文章中逗号占有的比例是最高的，也是使用频率最多的标点符号。它对作者的文体具有十分重要的影响。比如，在逗号居多的情况下，读者通常认为文章语句散乱；而在没有逗号的情况下，读者通常认为文章难懂。这说明逗号的用法具有影响文体的印象，通过统计逗号的使用数量与比例，在一定程度上可以反映文章的易读性。

从这些观点，我们着眼于逗号的统计分析。以下显示逗号数比率的算法公式。

$$逗号数比率 = \frac{有\,n\,个逗号的文章总数}{文章总数}$$

统计每个作品里从句号到下一个句号中有多少逗号，计算出每位作家平均使用逗号数量的比率。

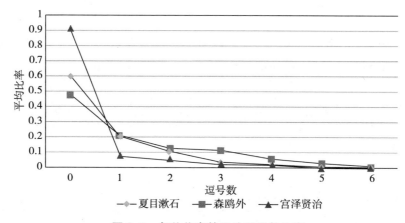

图2.1　每位作者的平均逗号数比率

从图2.1的数据可以发现，夏目漱石的文章与森鸥外的文章具有相似的逗号使用特征。根据数据分析，显示出两位作家文章句型中逗号的使用频率相对较少，都有着不怎么使用逗号或者只使用一个逗号的写作方式。也体现了夏目漱石的文章与森鸥外的文章外在叙述描写上具有相似的风格。将两位作家相比较，在宫泽贤治的文章中逗号使用方法则比较特别。在他的文章写作方式上，其逗号的使用频率大部分在零。这表明宫泽贤治与夏目漱石和森鸥外相比，宫泽贤治的文章有着独特的逗号使用方式。

2.4 基于读音数量分析

在日语中，文章写出来的文字数量与读出来的文字数量一般是不一样的。这是因为日语中的汉字有很多种读音方式，而那些汉字不一定只有一个读音。

比如"成人"这个词用中文发音的话，"cheng ren"两个汉字配于两个读音。但是用日文读音的话，"せいじん（se i ji n）"两个汉字匹配于四个读音。因此，虽然是完全一样的文章，但是看文章的长度与读文章的长度却不一样。

中文：我 是 成 人……（4 个词）

中文读音：wo shi cheng ren……（4 个词）

~~~~~~~~~~~~~~~~~~~~~~~~~~~~~~~~~~~~~~

日文：私 は 成 人 です……（6 个词）

日文读音：わ た し は せ い じ ん で す

Wa ta shi ha se I ji n de su……（10 个词）

由此可见，日文文章长度与中文文章长度的读法不同。一般来说，读日文文章的文字数量比看到的文字数量要多。而中文文章看到的文字数量与读出的文字数量是一致的。

一般来说，作者在写作时，首先脑海里要构思组成文章的语句，接着把这些语句串联起来写成文章。脑海里的语句是置换成文字之前的构想，具有作者喜爱的自由长度。在写小说的情况之下，作者对于事件的明确程度也有着清晰或者略微带过的表达方式，而这种表达方式也会决定文章语句的长短。并且文章的长度不会像论文或者新闻的文章那样受文章题材的影响。因此，文学作家可以自由判断逗号的使用方法。在此，本研究将统计汉字训读的文字数量，抽出作者实际的文章长度。这对于分析作者的文体印象具有十分重要的作用。

以下显示读音数量的算法。

原日文『彼らは未成年ですが，私は成人です。何か御用ですか。』（他们是未成年人，但我是一个成年人，我可以帮你吗?）

~~~~~~~~~~~~~~~~~~~~~~~~~~~~~~~~~~~~~~
~~~~

1 彼らは未成年ですが（他们是未成年人，但）

→かれらはみせいねんですが（他们是未成年人，但）

→Ka re ra ha mi se I ne n de su ga……（12 个词）

2 私は成人です（我是一个成年人，）

→わたしはせいじんです（我是一个成年人，）

→Wa ta shi ha se I ji n de su……（10 个词）

3 何か御用ですか（我可以帮你吗?）

→なにかごようですか（我可以帮你吗?）

→na ni ka go yo u de su ka……（9 个词）

统计每个作品里从句号或者逗号到下一个句号或者逗号中有多少读音，计算出每位作家的长篇作品与短篇作品的平均读音数量的比率，如图2.2所示。

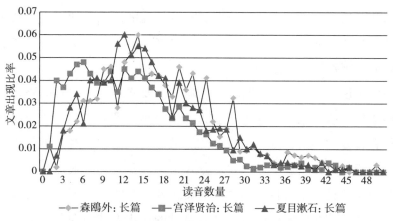

图2.2　三位作家长篇作品读音数量与文章出现比率

从图2.2的数据可以发现，宫泽贤治的文章出现比率高峰很明显。数据中表现出宫泽贤治比较爱用 2 ~ 7 个词的读音数量文章。

原日文『ああ，どうか。もう涼しいからね。』（汉语译文 "啊，拜托，已经很凉快了。"）宫泽贤治，银河铁路之夜（银河鉄道の夜）

~ ~

1ああ（啊）

→ああ（啊）

→A a……（2 个词）

2どうか（请，拜托）

→どうか（请，拜托）

→Do u ka……（3 个词）

3もう涼しいからね（已经很凉快了）

→もうすずしいからね（已经很凉快了）

→Mo u su zu shi I ka ra ne……（9 个词）

除了这些读音数量的文章以外，其他读音数量的文章出现比率不怎么高。在长篇作品当中，对宫泽贤治来说，2~7 个词的读音数量是他独特的文章长度，并且这些文章长度组成了他的文章唯一的节奏感特征。

另外，夏目漱石与森鸥外的长篇作品有相似的特征。在长篇作品当中，夏目漱石与森鸥外偏向于用 11~15 个词的读音数量文章。

原日文『おりから門の格子がチリン，チリン，チリリリリンと鳴る。大方来客であろう』（汉语译文 "这时，大门上的格子门铃发出叮当、叮当、叮当的响声，估计是有客人来了。"）夏目漱石，我是猫（吾輩は猫である）

~ ~

1おりから門の格子がチリン（这时大门的格子门铃发出叮铃铃的响声）

→おりからもんのこうしがちりん（这时大门的格子门铃发出叮铃铃的响声）

→O ri ka ra mo n no ko u shi ga ti ri n……（14 个词）

2チリン（叮当）

→ちりん

→Ti ri n……（3 个词）

3チリリリリンと鳴る（叮当、叮当）

→ちりりりりんとなる（叮当、叮当）

→Ti ri ri ri ri n to na ru……（9 个词）

4大方来客であろう（估计是有客人来了）

→おおかたらいきゃくであろう（估计是有客人来了）

→O o ka ta ra I kya ku de a ro u……（12 个词）

原日文『あの人はもうわたしに恋をしたのだ，惚れたのだ。さうだ。たしかに惚れたのだ。』（汉语译文"他已经爱上我了，爱上我了。是的，他确实爱上我了。"）森鸥外，帕特尔·塞尔吉乌斯（パアテル·セルギウス）
～～～～～～～～～～～～～～～～～～～～～～～～～～～～～～～～～～

①あの人はもうわたしに恋をしたのだ（他已经爱上我了）

→あのひとはもうわたしにこいをしたのだ（他已经爱上我了）

→A no hi to ha mo u wa ta shi ni ko I wo shi ta no da……（18 个词）

②惚れたのだ（爱上我了）

→ほれたのだ（爱上我了）

→Ho re ta no da……（5 个词）

③さうだ（是的，没错）

→そうだ（是的，没错）

→So u da……（3 个词）

④たしかに惚れたのだ（他确实爱上我了）

→たしかにほれたのだ（他确实爱上我了）

→Ta shi ka ni ho re ta no da……（9 个词）

虽然夏目漱石的文章与森鸥外的文章出现比率没有宫泽贤治的文章那么明显，不过可以发现夏目漱石与森鸥外的文章特点是 10～15 个词的语句，用比较长的语句来写成文章，如图 2.3 所示。这体现出了夏目漱石与森鸥外的文体风格。

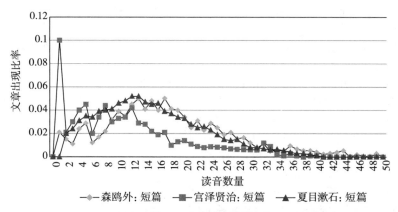

图 2.3　三位作家短篇作品的平均读音数量与文章出现比率

在短篇作品当中，宫泽贤治使用的读音数量的确很有特点。可以发现有 1 个词的读音数量的文章出现率十分高。这说明宫泽贤治在长篇小说与短篇小说中使用感叹词较多。

原日文『「ああ」「地球は遠いですね」「ええ」』（汉语译文"'哦'，'地球离我们很远'，'是的'"）宫泽贤治，信号和信号灯（シグナルとシグナレス）

~~~~~~

①ああ（哦）
→ああ（哦）
→A a……（2 个词）
②地球は遠いですね（地球离我们很远）
→ちきゅうはとおいですね（地球离我们很远）
→Ti kyu u ha to o I de su ne……（10 个词）
③ええ（是的）
→ええ（是的）
→E e……（2 个词）

夏目漱石与森鸥外的短篇作品也有着与他们的长篇作品同样的特征。在短篇作品中，夏目漱石与森鸥外也爱用 11~15 个词的读音数量文章。从这一结果可以发现，夏目漱石与森鸥外写出的文章，无论作品的长短，还是作品的风格，都有着相同的特征。

原日文『未だかつて「如何にして」とか「何故に」とか不審を打った試しがない』（汉语译文"我还没有试着问过'怎么了''为什么'之类的问题。"）夏目漱石，默多克博士的《日本历史》（マードック先生の『日本歴史』）

~~~~~~

①未だかつて（到目前为止）
→いまだかつて（到目前为止）
→I ma da ka tu te……（6 个词）
②如何にして（怎么了）
→いかにして（怎么了）
→I ka ni shi te……（5 个词）
④とか（和）
→とか（和）
→To ka……（2 个词）
⑤何故に（为什么）
→なにゆえに（为什么）
→Na ni yu e ni……（5 个词）
⑥とか不審を打った試しがない（我没有尝试过任何可疑的事情）
→とかふしんをうったためしがない（我没有尝试过任何可疑的事情）
→To ka hu shi n wo u ltu ta ta me shi ga na i……（15 个词）

原日文『これが過去である。そして現在はなにをしているか。わたくしはなにもしていない。一閑人として生存している。』（汉语译文 "这是过去。那么现在在做什么呢？我什么也没做，作为一个闲人活着。"）森鸥外，中隔墙（なかじきり）

~~~~~~~~~~~~~~~~~~~~~~~~~~~~~~~~~~~~~~~

①これが過去である（这是过去）

→これがかこである（这是过去）

→Ko re ga ka ko de a ru……（8 个词）

②そして現在はなにをしているか（那么现在在做什么呢）

→そしてげんざいはなにをしているか（那么现在在做什么呢）

→So shi te ge n za I na ni wo si te I ru ka……（15 个词）

③わたくしはなにもしていない（我什么也没做）

→わたくしはなにもしていない（我什么也没做）

→Wa ta ku shi ha na ni mo shi te I na i……（13 个词）

④一閑人として生存している（作为一个闲人活着）

→いちかんじんとしてせいぞんしている（作为一个闲人活着）

→I ti ka n ji n to shi te se I zo n shi te I ru……（17 个词）

　　图 2.4 数据排列表示的是整合图 2.2 长篇作品的平均读音数量比率和图 2.3 短篇作品的平均读音数量比率的结果。从整体来看，长篇作品与短篇作品的读音数量并没有那么大的差距，但从读音数量的特征上可以区分出宫泽贤治与夏目漱石和森鸥外这两位作家的作品。宫泽贤治一贯比较喜爱 2~7 个词的读音数量来写文章。而夏目漱石和森鸥外一贯比较喜爱 10~22 个词的读音数量来写文章。

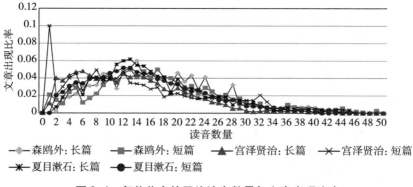

图 2.4　每位作者的平均读音数量与文章出现比率

　　从这些结果可以发现，宫泽贤治有其独特的文章节奏感，与宫泽贤治相比较而言，夏目漱石与森鸥外在行文时则是使用比较广泛的文章节奏。

文本聚类的统计分析

3.1 基于文本聚类方法的语言风格分析

聚类是对分析对象进行归纳与分类的分析过程，但因划分的类别未知，聚类又被看作是一个"无监督的学习"过程。文本聚类在研究作品风格分析中有着重要的作用，是聚类分析技术在文本处理领域中的应用。文本聚类要求将文本的集合分类整理，从而实现相同类别中相似性的最大化和不同类别中差异性的最大化，最终清晰地观察到不同类别文本中的差异和显著特征。文本聚类的流程如图3.1所示。

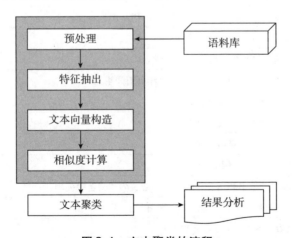

图3.1 文本聚类的流程

本研究将利用数据分析处理软件 R 实现对三位作家小说作品的文本聚

类和主成分分析等工作。

3.2 预处理

本分析使用的语料库包括夏目漱石的 20 篇文学作品的文本，宫泽贤治的 20 篇文学作品的文本以及森鸥外的 20 篇文学作品的文本（见表 3.1）。每位作家的长篇作品与短篇作品各 10 篇。

表 3.1 语料概况

本文代码	小说篇名：中文书名（日文书名）
N000	明暗（明暗）
N001	我是猫（吾輩は猫である）
N002	行人（行人）
N003	虞美人草（虞美人草）
N004	彼岸过后（彼岸過迄）
N005	然后（それから）
N006	三四郎（三四郎）
N007	思想（こころ）
N008	道草（道草）
N009	矿工（坑夫）
N064	被虚子君问到明治座的感想时（明治座の所感を虚子君に問れて）
N065	《传奇时代》序言（『伝説の時代』序）
N066	我的新工作（入社の辞）
N067	"烟尘和烟雾"简介（『煤煙』の序）
N068	《东方艺术插图目录》（『東洋美術図譜』）
N069	学者与荣誉（学者と名誉）
N070	三山居士（三山居士）
N071	文学艺术与英雄主义（文芸とヒロイック）
N072	初秋的一天（初秋の一日）
N073	船长的遗书和指挥官的诗篇（艇長の遺書と中佐の詩）
K000	《春与修罗》第二卷（春と修羅 第二集）
K001	《春与修罗》（『春と修羅』）
K002	波拉诺广场（ポラーノの広場）
K003	银河铁路之夜（銀河鉄道の夜）

本文代码	小说篇名：中文书名（日文书名）
K004	游客节（ビジテリアン大祭）
K005	风之松三郎（風の又三郎）
K006	彭年宁的传记（ペンネンネンネンネン・ネネムの伝記）
K007	诗歌笔记（詩ノート）
K008	古斯科－布多里的传记（グスコーブドリの伝記）
K009	《春与修罗》第三卷（春と修羅 第三集）
K178	春章的中画幅（春章作中判）
K179	河马之路（こゝろ）
K180	爱（恋）
K181	火之岛（火の島）
K182	县道（県道）
K183	开垦土地（開墾地）
K184	送青柳老师（青柳教諭を送る）
K185	会计科（会計課）
K186	顽固性疾病（看痾）
K187	住宅用地（宅地）
M000	井泽兰研（伊沢蘭軒）
M001	浮士德（ファウスト）
M002	即兴诗人（即興詩人）
M003	涩江书斋（渋江抽斎）
M004	青年（青年）
M005	野鹅（雁）
M006	栅栏草纸上的山胞纸（柵草紙の山房論文）
M007	Eta 性爱 爱丽丝（ヰタ・セクスアリス）
M008	帕特尔・塞尔吉乌斯（パアテル・セルギウス）
M009	大须平八郎（大塩平八郎）
M106	丁贤博士（鼎軒先生）
M107	牛肉砂锅（牛鍋）
M108	中隔墙（なかじきり）
M109	关于翻译（翻訳に就いて）
M110	高濑船的兴起（高瀬舟縁起）

续表

本文代码	小说篇名：中文书名（日文书名）
M111	当我十四五岁时（私が十四五歳の時）
M112	什么叫俳句（俳句と云ふもの）
M113	钓鱼（釣）
M114	文学原则（文芸の主義）
M115	关山积木的历史（寒山拾得縁起）

以字母 N 开头的编号 000 ~ 009 与 064 ~ 073 为夏目漱石的 20 篇文学作品的文本，字母 N 取自夏目漱石的日语名［なつめ そうせき，Natsume Soseki］中姓的首字母。以字母 K 开头的编号 000 ~ 009 与 178 ~ 187 代表宫泽贤治的 20 篇文学作品的文本，字母 K 取自宫泽贤治的日语名［みやざわ けんじ，Miyazawa Kenji］中名的首字母。以字母 M 开头的编号 000 ~ 009 与 106 ~ 115 代表森鸥外的 20 篇文学作品的文本，字母 M 取自森鸥外的日语名［もり おうがい，Mori Ogai］中姓的首字母。表3.2 为长篇作品与短篇作品的发布时期。考虑每位作者的各自写作时期，分类为前期、中期和后期。

表 3.2　长篇与短篇作品的发布时期

	本文代码	时期	本文代码	时期	本文代码	时期
长篇作品	N000	后期	K000	后期	M000	后期
	N001	初期	K001	初期	M001	后期
	N002	中期	K002	中期	M002	初期
	N003	初期	K003	中期	M003	后期
	N004	中期	K004	初期	M004	中期
	N005	中期	K005	初期	M005	中期
	N006	初期	K006	后期	M006	初期
	N007	后期	K007	后期	M007	中期
	N008	后期	K008	初期	M008	后期
	N009	初期	K009	初期	M009	后期

	本文代码	时期	本文代码	时期	本文代码	时期
	N064	中期	K178	中期	M106	中期
	N065	后期	K179	后期	M107	后期
	N066	初期	K180	中期	M108	初期
	N067	中期	K181	后期	M109	初期
短篇作品	N068	中期	K182	后期	M110	后期
	N069	中期	K183	初期	M111	后期
	N070	中期	K184	初期	M112	后期
	N071	中期	K185	后期	M113	中期
	N072	后期	K186	初期	M114	中期
	N073	初期	K187	中期	M115	后期

本分析总共 60 篇小说语料，以词类为特征。表 3.3 显示每位作家的长篇作品词类的概况。

表 3.3　长篇作品的词类概况

	夏目漱石	宫泽贤治	森鸥外
名词	371135	69711	269523
动词	190536	28351	102919
形容词	24050	9244	11588
副词	41572	4722	13789
助词	389566	56086	207749
助动词	141214	12986	48274
接续词	12767	1844	4345
接头词	9814	1248	6520
连体词	14458	2477	8659
感动词	3041	1669	995
记号	162336	28235	97231

在进行文本聚类之前，对这些语料库进行特征向量的归一化处理。

3.2.1　特征向量的归一化处理

特征向量的归一化是指将每个研究对象的 n 个特征看作该对象在 n 维

向量空间的值，用原始数据除以该对象 n 个特征值的平方和开方后的值就可得出归一化的数据。通过特征向量的归一化可以将由诸多特征组成的空间向量转变为单位向量，以实现数据的格式化，保证数据的收敛性。

本研究使用如下公式对语料库进行向量的归一化处理。

$$X_{ai}^* = \frac{X_{ai}}{\sqrt{\sum_{i=1}^{n} X_{ai}^2}} \qquad (3.1)$$

其中：X_{ai}^* 表示 特征向量归一化处理后的数据；X_{ai} 表示 第 a 个文本在第 i 维空间中的原始数据；$\sum_{i=1}^{n} X_{ai}^2$ 表示 在 n 维空间中的所有特征值的平方和。

图 3.2 和图 3.3 分别表示向量归一化后的各作家作品的平均词类比率。

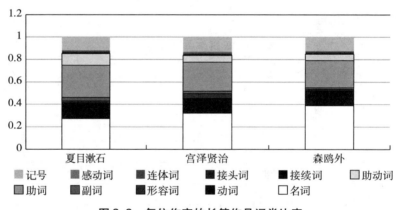

图 3.2　每位作家的长篇作品词类比率

图 3.2 表示每位作家的长篇作品的词类比率。可以发现每位作家的词类特点。比较明显的是森鸥外的名词比率和夏目漱石的助动词比率较高。

图 3.3 表示每位作家的短篇作品的词类比率。在短篇小说中，宫泽贤治作品中的名词比率比较高。而对于森鸥外作品中的名词比率来说，长篇小说的名词比率比短篇小说高。并且可以看出夏目漱石的助动词比率在长篇小说与短篇小说中都比较高。

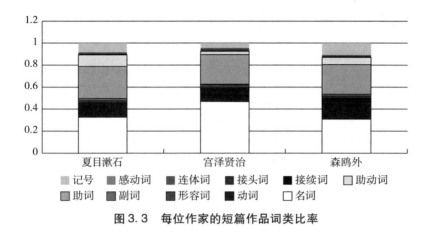

图 3.3　每位作家的短篇作品词类比率

3.3　文本聚类

代表性的文本聚类方法包括层次聚类、划分聚类、基于密度聚类、基于网格聚类和基于模型聚类。

本研究主要使用较常见的层次聚类方法与划分聚类方法。

层次聚类是按照特定标准对一组对象进行层次分解的方法。该聚类方法由分解层次聚类与凝聚层次聚类组成。

分解层次聚类是按自上而下的方式进行，其基本思路是：聚类开始阶段，每个对象自成一类。其后用任意的方法计算对象与对象之间的相似度。然后把最相似的对象聚成一类。接下来，度量剩余对象和小类间的相似程度，并将当前最近的对象与小类聚成一类。

凝聚层次聚类是按自下而上的方式进行，其基本思路是：聚类开始阶段，将所有对象视为一个大类，然后对已有的类不断分解，直至每个对象都自成一类，抑或达到某个簇数或簇间距大于某个阈值。

划分聚类算法由 k 均值聚类（k – means Clustering）算法与 k 中心点聚类（k – medoids Clustering）算法构成。k 聚类算法采用距离作为类别相似性的评价指标，两个对象的距离越近，其相似度就越大，聚类的簇由距离相近的对象组成，将得到紧凑且独立的簇作为最终的聚类目标。

图 3.4 显示划分聚类的流程。

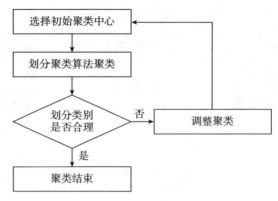

图 3.4　划分聚类的流程

本研究主要使用 k 均值聚类算法来进行分析聚类。

3.3.1　欧氏距离

本研究以文本特征向量之间的距离（文本距离）为文本的相似度进行度量。文本距离为欧氏距离（Euclidean Distance）。

欧式距离计算文本间的距离公式为：

$$\text{Eucliddistance}_{xy} = \left[\sum_{i=1}^{n} (k_{xi} - k_{yi})^2 \right]^{\frac{1}{2}}, (x,y = 1,2,\cdots,m) \quad (3.2)$$

k_{xi}, k_{yi} 的残差平方和是指第 x 和第 y 个文本的欧式距离。计算欧氏空间中两个语料 x 和 y，

$$a(k_{x1}, k_{x2}, \cdots, k_{xn},)^{\text{T}}, b(k_{y1}, k_{y2}, \cdots, k_{yn},)^{\text{T}} \quad (3.3)$$

之间的距离。常见距离法包括：最短距离法、最长距离法、中间距离法、类平均法、离差平方和（Sum of Squares of Deviations）法、质心法等。其中，离差平方和是各项与平均项之差的平方的总和。

本研究主要使用离差平方和法来进行文本聚类。

3.3.2　文本的层次聚类

本研究以凝聚层次聚类为主要文本聚类方法进行统计分析。

以词类比率为特征量，利用向量归一化的数据进行聚类。图 3.5 和图 3.6 分别显示了三位作家的长篇作品与短篇作品的词类聚类结果。

1. 长篇作品

从图 3.5 可见，夏目漱石（N）与宫泽贤治（K）和森鸥外（M）的聚类都很成功。根据图 3.2 可以推测，这是由夏目漱石与森鸥外作品中的名词和助动词的比率差距较大导致的结果。

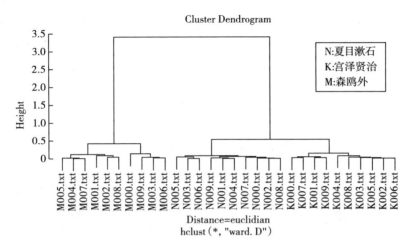

图 3.5　三位作家的长篇作品词类聚类

2. 短篇作品

图 3.6 表明在短篇作品中三位作家的词类比率的聚类效果。

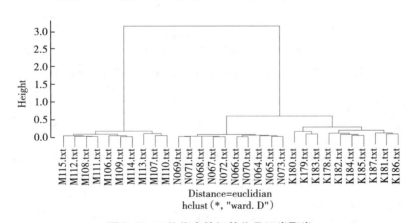

图 3.6　三位作家的短篇作品词类聚类

长篇作品与短篇作品的词类聚类都很成功。于是为了调查哪个词类对聚类有效果需再进行 k 均值聚类的分析研究。

3.3.3　k 均值聚类

k 均值聚类是较基础的划分聚类，即在所有小说中随机抽选 k 类小说构成聚类中心后，将其余小说划分给距之较近的中心所属的类别；并重取各类小说的平均值构成新的聚类中心后按以上规则进行再分配，按此原则循环往复直至聚类中心稳定，从而达到类内小说的相似性与类间小说的差异性最大。

图3.7 显示了三位作家长篇作品的 k 均值聚类结果。

1. 长篇作品

根据层次文本聚类结果进行 k 均值聚类。

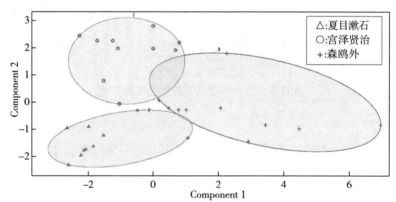

These two components explain 67.58% of the point variability.

图3.7　三位作家长篇作品的词类聚类（k 均值聚类，$k = 3$）

聚类结果如下：

聚类1

"K000. txt" "K001. txt" "K002. txt" "K003. txt" "K004. txt"

"K005. txt" "K006. txt" "K007. txt" "K008. txt" "K009. txt"

聚类2

"N000. txt" "N001. txt" "N002. txt" "N003. txt" "N004. txt"

"N005. txt" "N006. txt" "N007. txt" "N008. txt" "N009. txt"

聚类 3

"M000. txt" "M001. txt" "M002. txt" "M003. txt" "M004. txt"

"M005. txt" "M006. txt" "M007. txt" "M008. txt" "M009. txt"

宫泽贤治的作品分布在聚类 1，夏目漱石的作品分布在聚类 2，森鸥外作品的分布在聚类 3。从该结果可见，在长篇作品中夏目漱石的作品与宫泽贤治的作品分布比较集中，且此两种聚类与作品的发布时期无甚关系。

长篇作品与短篇作品的词类层次聚类都取得成功。于是调查哪种词类将对聚类产生较大影响。

图 3.8 显示了三位作家的长篇作品的词类分布，三种符号分别代表三位作家， +代表夏目漱石，○代表宫泽贤治，△代表森鸥外。从中可以看出名词、助动词与感动词的分布聚类较明显。因此在长篇作品中，名词、助动词与感动词对聚类有较大的影响。

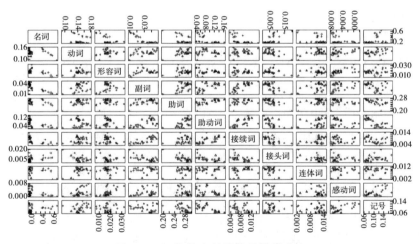

图 3.8 三位作家长篇作品聚类分布

2. 短篇作品

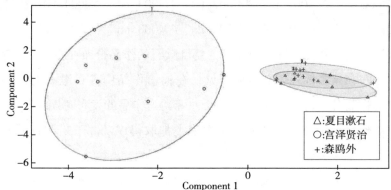

These two components explain 55.84% of the point variability.

图3.9 三位作家短篇作品的词类聚类（$k=3$）

聚类结果如下：

聚类1

"K178. txt""K179. txt""K180. txt""K181. txt""K182. txt"

"K183. txt""K184. txt""K185. txt""K186. txt""K187. txt"

聚类2

"M106. txt""M107. txt""M108. txt""M109. txt""M110. txt"

"M111. txt""M112. txt""M113. txt""M114. txt""M115. txt"

聚类3

"N064. txt""N065. txt""N066. txt""N067. txt""N068. txt"

"N069. txt""N070. txt""N071. txt""N072. txt""N073. txt"

宫泽贤治的作品大概分布在聚类1，森鸥外的作品大概分布在聚类2，夏目漱石的作品大概分布在聚类3。虽然聚类2和聚类3的有些聚类范围有重合的部分，但从图3.6的层次聚类结果可见各作家的作品是完全正确分类的。从整体上看，短篇作品聚类与作品的发布时期无甚关系。宫泽贤治的作品分布范围较广。

图3.10显示哪种词类对聚类有效果，三种符号分别代表三位作家，＋代表夏目漱石，○代表宫泽贤治，△代表森鸥外。从中可以发现名词、动

词与助动词对短篇作品聚类影响较大。

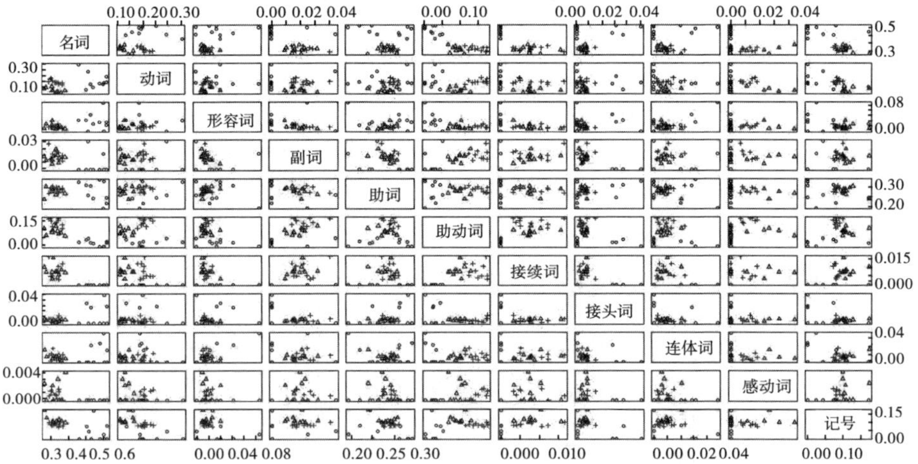

图 3.10　三位作家的短篇作品的聚类分布

3.3.4　主成分分析

主成分分析是统计分析方法的一种。主要作用是利用降维，提取主要特征进行统计分析。它将高维变量转换成较少维度的变量，降低观测空间的维数，从而得到最关键的特征数据。

表 3.4 显示了主成分的分析结果。

表 3.4　长篇作品的主成分分析方差贡献率

	PC1	PC2	PC3	PC4	PC5	PC6	PC7	PC8	PC9	PC10	PC11
标准差 Standard deviation	2.4	1.4	1.2	0.7	0.6	0.5	0.4	0.3	0.2	0.1	0
方差贡献率 Proportion of Variance	0.5	0.2	0.1	0	0	0	0	0	0	0	0
累积方差贡献率 Cumulative Proportion	0.5	0.7	0.9	0.9	0.9	1	1	1	1	1	1

1. 长篇作品

根据层次文本聚类与 k 均值聚类的结果，对夏目漱石与森鸥外的长篇作品进行了主成分分析。

从表 3.4 可知，主成分 1 到 主成分 2（PC 1 到 PC 2）的累积贡献率超过了 70%，代表了原文本 72.3% 的信息。根据以上结果，选取这两个主成分来作二维图表示三位作家的词类特征，如图 3.11 所示。

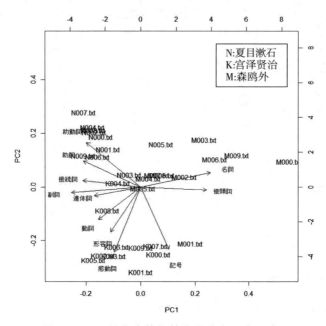

图 3.11　三位作家的长篇作品分布（全词类）

由图 3.11 可见各个作品的词类使用特点。森鸥外的长篇作品在词类特征上有比较明显的名词特点。夏目漱石则在助词与助动词的使用上特点明显。此外，还可以发现在动词、形容词与感动词特征上，宫泽贤治很有特色。

根据 k 均值聚类结果显示，名词、感动词与助动词在三位作家的长篇作品中特点较明显。于是选取名词、感动词与助动词进行主成分分析，如表 3.5 所示。

表 3.5　长篇作品的主成分分析方差贡献率（名词、感动词与助动词）

	PC1	PC2	PC3
标准差 Standard deviation	1.64	0.48	0.3
方差贡献率 Proportion of Variance	0.89	0.08	0.03
累积方差贡献率 Cumulative Proportion	0.89	0.97	1

选取主成分 PC 1 与主成分 PC 2 制作二维图表示三位作家的名词、感动词与助动词特征，如图 3.12 所示。

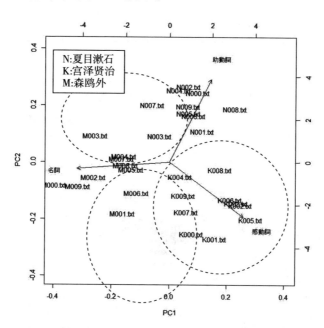

图 3.12　三位作家的长篇作品分布（名词、感动词与助动词）

从图 3.12 可以看出，三位作家的主成分分类清晰且显而易见。因此，从名词、感动词与助动词的使用比率可以看出三位作家长篇作品的写作风格。

2. 短篇作品

表 3.6 和图 3.13 显示了使用词类特征的短篇作品主成分分析方差贡献率与二维图结果。

表 3.6　短篇作品的主成分分析方差贡献率

	PC1	PC2	PC3	PC4	PC5	PC6	PC7	PC8	PC9	PC10	PC11
标准差 Standard deviation	1.9	1.5	1.1	1	1	0.9	0.7	0.6	0.5	0.5	0.1
方差贡献率 Proportion of Variance	0.3	0.2	0.1	0.1	0.1	0.1	0	0	0	0	0

续表

	PC1	PC2	PC3	PC4	PC5	PC6	PC7	PC8	PC9	PC10	PC11
累积方差贡献率 Cumulative Proportion	0.3	0.5	0.6	0.7	0.8	0.9	0.9	1	1	1	1

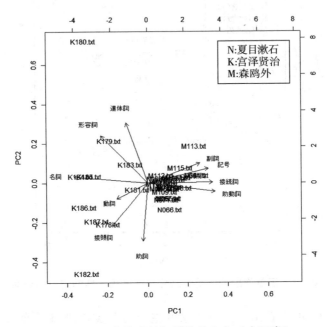

图 3.13　三位作家的短篇作品分布（全词类）

从图 3.13 可以发现夏目漱石的作品集中在一个区域，说明夏目漱石的短篇作品皆使用类似的词类比率。同时也可以看出，与夏目漱石的风格不同的是，在宫泽贤治的短篇作品中，形容词、动词与名词的使用比率较高，且其作品中的词类使用比率一贯性较低。由此可知，宫泽贤治偏向于在每篇作品使用不同的词类比率。

根据 k 均值聚类的结果，名词、动词与助动词对三位作家短篇作品聚类有较大的效果。于是用名词、动词与助动词进行主成分分析，如表 3 - 7 所示。

表 3.7　短篇作品的主成分分析方差贡献率（名词、动词与助动词）

	PC1	PC2	PC3
标准差 Standard deviation	1.44	0.9	0.36
方差贡献率 Proportion of Variance	0.69	0.27	0.04
累积方差贡献率 Cumulative Proportion	0.69	0.96	1

选取主成分 PC1 与主成分 PC2 制作二维图表示三位作家的名词、动词和助动词特征，如图 3.14 所示。

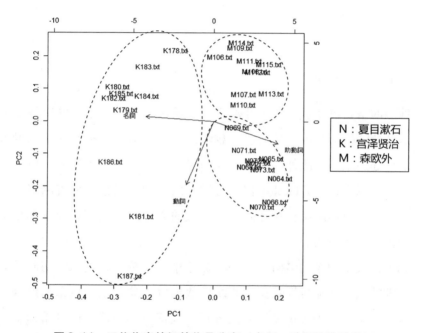

图 3.14　三位作家的短篇作品分布（名词、动词和助动词）

由图 3.14 可以识别出每位作家的作品。在长篇作品中森鸥外的名词特征比较明显，但在短篇作品中则是宫泽贤治的名词特征很有特色。并且森鸥外在短篇作品中动词特征很明显。说明森鸥外的长篇作品与短篇作品有不同的词类风格。

夏目漱石的短篇作品也在助动词特征上具有特色。且由图 3.12 可见，夏目漱石的长篇作品也有助动词特色，因此夏目漱石的助动词使用特点在长篇作品和短篇作品中都可体现。

第4章

基于神经网络模型分析

4.1 神经网络模型

神经网络是机器学习的一种模型，以模仿大脑神经系统的网络结构和神经活动功能作为基础。从而通过数学模型模拟出人脑神经元活动的人工智能信息处理系统。此外，人工神经网络每层含有多个神经元，可分为单层与多层，每个神经元间都由权重可调节的有向弧连接。随着网络学习的不断深入，可以逐渐调整神经元维系权重的方法以实现信息处理和模拟输入、输出关系的目的。

此外，人工神经网络由于所需参数适中，对输入、输出的明确关系不做要求等特点，在随机性数据、非线性数据以及非确定性数据的处理上具有优势，尤其适用于大规模的数据分析，或信息不明确，信息结构复杂时的数据处理。

4.1.1 Word2vec

Word2vec 是一组用于生成词嵌入的相关模型，是由 Google 的托马斯·米科洛夫（Tomas Mikolov）的研究小组于 2013 年创建发布的，是通过浅层的两层神经网络，经过训练可以重建单词的语言环境。与早期的潜在语义分析（Latent Semantic Analysis，LSA）算法相比，使用 Word2vec 算法创建的嵌入向量具有一些优势。Word2vec 将大量文本作为输入，产生一个通常具有几百维的向量空间，并且该语料库中的每个唯一单词都将在该空间中分配一个对应的向量。词向量位于向量空间中，以便在语料库中共享公共上下文的词在空间中彼此靠近。而高频词经常提供很少的信息，频率高于特定阈值的单词可以进行二次采样以提高训练速度。

Word2vec 可以利用两种模型架构中的任何一种来生成单词的分布式表示：连续词袋（CBOW）或连续跳转文法（skip - gram）。连续词袋模型从周围上下文词的窗口中预测当前词。上下文词的顺序不影响预测（词袋假设）。连续跳转文法模型使用当前单词来预测上下文单词的周围窗口。跳转文法比较远的上下文单词对附近上下文词的权重更大。连续词袋速度更快，而跳转文法速度更慢，但对不常见的单词有更好的效果。

可以使用分层 softmax 和/或负采样来训练 Word2vec 模型。为了近似模型所寻求的最大条件对数似然，分层 softmax 方法使用霍夫曼树来减少计算。负采样方法通过最小化采样的负实例的对数似然来解决最大化问题。分层 softmax 更适合于不常见的单词，负抽样更适合于常用词和低维向量。

Goldberg 和 Levy 指出，Word2vec 目标函数使得出现在相似上下文中的单词具有相似的嵌入（余弦相似性），表明 Word2vec 或类似嵌入在下游任务中的卓越性能并不是模型本身的结果，而是特定超参数的选择结果。词嵌入方法能够捕获词之间的多个不同的相似度，语义和句法模式可以使用向量算法进行复制。通过对这些单词的矢量表示进行代数运算来生成诸如"男人对女人，兄弟对姐妹一样"的模式，从而使"兄弟 - 男人 + 女人"的矢量表示产生最接近的结果到模型中"姐妹"的向量表示。可以针对一系列语义关系（例如"国家—首都"）以及句法关系（例如，现在时—过去时）生成此类关系。

2013 年 Mikolov 等人开发了一种评估 Word2vec 模型质量的方法，借鉴语义和句法模式，开发了一组 8869 个语义关系和 10675 个句法关系，作为测试模型准确性的基准。使用不同的模型参数和不同的语料库大小会极大地影响 Word2vec 模型的质量。可以通过多种方式提高准确性，包括选择模型架构（连续词袋或跳转文法）、增加训练数据集、增加向量维数以及增加算法考虑的单词窗口大小。每一个改进都伴随着计算复杂性的增加和模型生成时间的增加。随着使用的单词数的增加以及维度数量的增加，总体上准确性也会提高。在使用大型语料库和大维度的模型中，skip – gram 模型产生最高的整体准确性，并且在语义关系上始终产生最高的准确性，在大多数情况下产生最高的语法准确性。

2017 年 Altszyler 等人研究了 Word2vec 在两种语料库大小不同的语义测试中的性能，发现 Word2vec 具有陡峭的学习曲线，在中等到大型语料库（超过 1000 万个单词）的训练下，其性能优于潜在语义分析（LSA）的词嵌入技术。但是，使用较小的训练语料库，LSA 表现出更好的性能。Word2vec 是指生产词向量的模型群，这类模型的神经网络一般具有双层结构。根据 Word2vec "词袋模型假设"，输入词的词序并不重要，且学习完成后，Word2vec 模型还可以将意思相近的词展示到向量空间中较近的位置，表示词之间的关系。

本研究对文本应用 Word2vec 验证文本与文本的相似性。主要分为如下四个部分：

（1）用 Mecab 对三位作家的所有作品进行日语分词；

（2）以分词后的数据为基础进行数据学习，计算每个词的向量（一个词 200 维）；

（3）运用各个词的向量制作每个文本的向量（长篇作品与短篇作品各10 篇，见表 3.1）；

（4）基于主成分分析表示三位作家的作品相似性。

图 4.1 和图 4.2 分别显示关于长篇作品与短篇作品的相似性结果。

1. 长篇作品

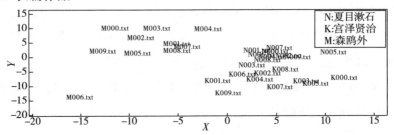

图 4.1　三位作家的长篇作品相似性

从图 4.1 中可以看出，夏目漱石与宫泽贤治的长篇作品集中在某个特定区域。这说明夏目漱石与宫泽贤治的作品词语运用方式比较接近。另外，可以发现森鸥外的词语运用方式具有个性。

2. 短篇作品

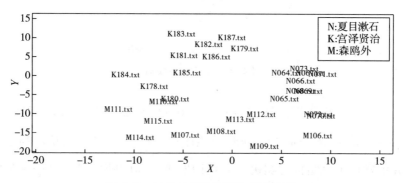

图 4.2　三位作家的短篇作品相似性

图 4.2 表明夏目漱石短篇作品也集中在某个特定区域。可以发现夏目漱石无论长篇作品还是短篇作品，都有同样的词语运用。在长篇作品中夏目漱石与宫泽贤治的作品比较相似，但在短篇作品中宫泽贤治的风格则并未接近夏目漱石的风格。宫泽贤治被誉为"日本近代短篇巨匠"，他的文章以短小精练著称，写作风格自成一派。由此可知，在短篇作品中宫泽贤治的风格比较明显。森鸥外与夏目漱石是反自然主义派的两大巨匠，不过从以上结果可以发现他们的作品风格并不相同。

4.2　深度学习

深度学习起源于人工神经网络的研究，最先由 Hinton 等人基于深层置信网络而提出。其结构中包含有多层次的感知器，一般利用低层次的特征形成更为抽象的高层次特征，达到发现数据分布式特征的目的，如图 4.3 所示。此外，深度学习不仅有助于解决深层结构的难题，由 Lecun 等学者研究出的卷积神经网络则能够利用空间相对关系减少参数数目以提高训练的性能。

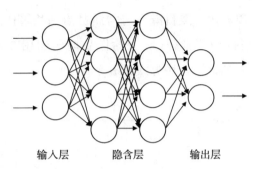

输入层　　　　隐含层　　　　输出层

图 4.3　深度学习模型

4.1.1　卷积神经网络（Convolutional Neural Network，CNN）

　　CNN 是深度学习前馈人工神经网络的一种。大卫和韦素从对猫脑皮层的研究中发现了该结构的契机[9]。他们发现，猫的脑皮层中有一种独特的神经元，可以帮助猫进行方位选择并简化反馈性神经网络。他们进而研究并提出了卷积神经网络结构。其主要部分由卷积层与池化层构成。卷积神经网络不仅在图像处理中拥有较高的性能，因其简便而高效等特点在机器翻译、语音识别等众多领域也得到了广泛的应用。

　　本章将运用卷积神经网络对三位作家的文学作品风格进行分类。图 4.4 显示了卷积神经网络的文本分类过程。

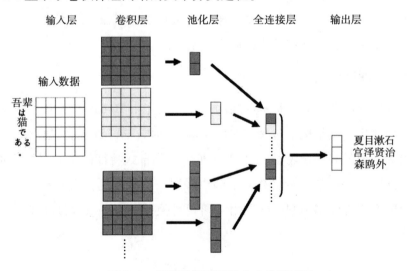

图 4.4　卷积神经网络的文本分类过程

（1）输入层：如图 4.4 所示，以文本矩阵为输入数据。每个单词向量是通过 Word2vec 提取的。图 4.5 显示了本分析的输入数据。矩阵的列是文本单词的排列。但为了确保每个文本的列数等同，只使用文本中最初出现的 500 个单词。在单词文本量不满 500 时，将空余处填写为 0。矩阵的行是用 Word2vec 提取 200 维向量。由此得到 500×200 的矩阵是一个文本的输入数据。

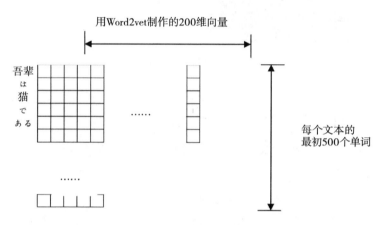

图 4.5　卷积神经网络输入

（2）卷积层：采用 3 种过滤器（3 个单词，4 个单词，5 个单词），且每种包含 128 个过滤器。对输入数据运用总共 3×128＝384 个过滤器，如图 4.6 所示。因此可以抽出包括文本里出现的前后几个单词的特征量。

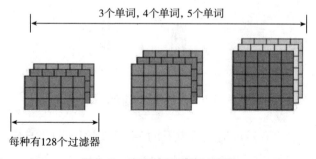

图 4.6　卷积神经网络过滤器

（3）池化层：该层的主要作用是抑制过学习，提高鲁棒性。本章采用

Max - pooling 的方法。图 4.7 显示 Max - pooling 的操作内容。Max - pooling 是对某个小领域选择最大的数据。

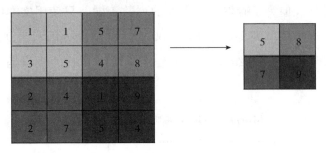

图 4.7　Max - pooling

（4）全连接层：该层的主要作用是把池化层输出的所有数据变成一个向量数据。由此在输出层可以对应正确的标签。

（5）输出层：基于全连接层的数据分类文本。将三位作家用作与之相对应的 3 个标签。

图 4.8 显示了卷积神经网络的分类过程。

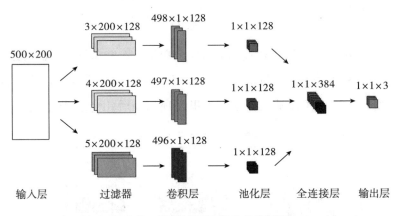

图 4.8　卷积神经网络的分类过程

本分析使用的语料包括夏目漱石的 74 篇文学作品的文本，宫泽贤治的 188 篇文学作品的文本以及森鸥外的 116 篇文学作品的文本（见表 2.1）。

训练样本：各位作者 80% 的作品（包括长篇与短篇）

测试样本：各位作者 20% 的作品（包括长篇与短篇）

1. dropout 参数

dropout 是指在深度学习网络的训练过程中遵循某种概率暂时将神经网络单元从网络中丢弃的行为，可以防止 CNN 中的过拟合现象，提高泛化能力。dropout 参数的范围是 $0 \leqslant p \leqslant 1$。

表 4.1 显示每个 dropout 参数与误差率的比较。在数据的训练集上重复训练了 1000 次。

表 4.1　每个 dropout 参数与误差率的比较结果

dropout 参数值	最大误差率
0.0	0.652
0.3	0.309
0.5	0.053
0.7	0.402

从表 4.1 中可以看出参数值 0.5 是最好的结果。因此本分析采用 0.5 的 dropout 参数值。

为了评价本模型的泛化能力，基于 5 - 折叠交叉验证计算 5 次求得分类率的平均值，作为本模型的分类率。在数据的训练集上重复训练了 10000 次。

表 4.2 显示基于卷积神经网络的文本分类结果。

表 4.2　卷积神经网络的分类结果

分类指标	比率
Accuracy（准确率）	0.954054
Precision（精确率）	0.969369
Recall（召回率）	0.954054
F_1 值	0.954054

F_1 值就是精确率和召回率的调和均值。可以看出卷积神经网络的分类大概有 95% 的分类能力。

表 4.3 显示分类失败的情况。宫泽贤治作品的平均失败率比较高。其短篇作品里有较多不满 500 个单词的作品，因此可以推测数据信息的不足将会影响分类的结果。

表 4.3　分类失败率

	分类失败数次	平均失败率
宫泽贤治	10	0.05405
夏目漱石	3	0.04285
森鸥外	4	0.03478

此外，以上卷积神经网络分类都没有考虑词类。于是着眼于词类进行卷积神经网络分类。结合文本聚类的结果，将采用名词作为特征量，并将文本里（按词频大小）最初出现的 100 个名词作为特征。如果输入文本量未达到 100 个名词，将不足之处填写为 0。矩阵的行是用 Word2vec 提取 200 维向量。由此 100×200 的矩阵是一个文本的输入数据。

表 4.4 显示基于名词的卷积神经网络的分类结果，通过应该再补充动词、形容词，若区别不同作家的风格，虚词具有很好的区分能力，建议补充。

表 4.4　名词的分类结果

分类指标	比率
Accuracy（准确率）	0.975676
Precision（精确率）	0.983784
Recall（召回率）	0.975676
F_1 值	0.975676

可以看出比表 4.2 比率略高，大概有 97% 的分类能力，说明名词特征比较有效果。

表 4.5 显示分类失败率。可以发现平均失败率都降低，尤其是宫泽贤治的平均失败率减了 50% 以上。

表 4.5　名词分类失败率

	分类失败数次	平均失败率
宫泽贤治	4	0.02162
夏目漱石	2	0.02857
森鸥外	3	0.02608

从以上结果，可以发现着眼于名词分类对文字数比较少的作品也很有效果。

第5章

结 论

本篇基于计算风格学对日本近代文学小说进行了研究。以夏目漱石、宫泽贤治、森鸥外为代表的三位作家的作品作为研究对象，通过先行研究可以发现，以往的研究主要以三者小说语言风格的主观性判断的定性为基础，使用计量方法进行的定量研究仍比较少见。因此本篇以夏目漱石的74篇文学作品的文本、宫泽贤治的188篇文学作品的文本与森鸥外的116篇文学作品的文本为语料数据，运用统计量化的手段进行了分析研究。

1. 篇幅长度比较：根据分析文字数量的结果表明宫泽贤治的小说作品篇幅长度无论是最小值、最大值还是平均值都小于夏目漱石作品与森鸥外作品的篇幅长度。表明宫泽贤治小说作品的篇幅长度较短，因此体现出他对短篇小说的写作偏爱。

2. 基于逗号比率分析：根据数据分析，夏目漱石与森鸥外虽都有着不怎么使用逗号或只使用一个逗号的写作方式，但与宫泽贤治相比，二者文章中的使用频率相对较高。这也体现了夏目漱石的文章与森鸥外的文章在叙述描写上的相似风格。宫泽贤治与前二者相比罕用逗号，显示出其文章写作中独特的逗号使用方式。

3. 基于读音数量分析：长篇作品与短篇作品的读音数量并没有那么大的差距，但在与其他两位作家作品的比较下，可以从读音数量的特征上明显地将宫泽贤治的作品识别出来。宫泽贤治一贯使用2~7个词的读音数量来写文章。而夏目漱石和森鸥外一贯喜爱使用10~22个词的读音数量来写文章。从这些结果可以发现，宫泽贤治有其独特的文章节奏感，与宫泽贤治相比较而言，夏目漱石与森鸥外的作品则是比较广泛的文章节奏类型。

4. 采用层次聚类与 k 均值聚类调查哪种词类将对聚类产生较大的影响。从结果可以发现，在长篇作品当中名词、助动词与感动词的分布聚类较明显，在短篇作品中名词、动词与助动词对聚类的影响较大。

5. 主成分分析：结果显示在长篇作品中森鸥外的名词特征比较明显，但在短篇作品中则是宫泽贤治的名词特征很有特色，并且森鸥外在短篇作品中动词特征很明显，说明森鸥外的长篇作品与短篇作品有不同的词类风格。夏目漱石的短篇作品也在助动词特征上具有特色，夏目漱石的长篇作品也有助动词特色，因此夏目漱石的助动词使用特点在长篇幅和短篇幅作品中都可以发现。

6. 神经网络模型 Word2vec 与卷积神经网络：对文学作品的文本应用 Word2vec 验证文本与文本的相似性。结果表明：夏目漱石无论长篇作品或短篇作品，都有同样的词语运用。在长篇作品中夏目漱石与宫泽贤治的作品比较相似，但在短篇作品中宫泽贤治的风格则并未接近夏目漱石。因此可知，在短篇作品当中宫泽贤治的风格比较明显。另外，森鸥外与夏目漱石是反自然主义派的两大巨匠，不过他们的作品风格并不相同。通过卷积神经网络实验可以发现，名词特征对分类文本具有很好的效果。

总而言之，基于计算风格学对日本近代文学小说的研究，可以看出三位作家的文学风格。从作品中可以观察到，夏目漱石的风格与森鸥外的风格有很多共同点。他们两个是同时代的大文豪，其文学风格也同是反自然主义派。另外，宫泽贤治的写作风格则十分具有个性，他的文章独特而与众不同。

参考文献

［1］ De Morgan S. E. Memoir of Augustus de Morgan by His Wife, Sophia Elizabeth de Morgan with Selection from His Letters, 1882.

［2］ M. Thomas C. The characteristic curves of composition, Science, supplement, vol. 214, 1887.

［3］ T. Hara. 外国人御雇教師メンデンホールと" 文体指紋法", 日本英学史学会英学史研究, 1972.

［4］ Yule G. U. . The statistical study of literary vocabulary, Cambridge University Press; 第 1 版 (2014/5/8), 1944.

［5］ T. Ming, C. Ming, X. CongCong. 大学数学与数学文化 ［M］. 北京: 科学出版社, 2015.

［6］ T. M. Elena. 宮澤賢治と未来派, 白百合女子大学児童文化研究ｾﾝﾀ – 研究論文集, 2002 (6): 16 – 28.

［7］ O. Noboru. 賢治の詩法と想像力——「修羅」からのことば (宮沢賢治の世界 (特集)) ——(賢治の詩的世界), 国文学解釈と鑑賞, 1973, 38 (15): 24 – 29, 至文堂.

［8］ S. Nobuyoshi. 中国と鴎外——漢詩文の世界, 国文学 解釈と教材の研究, 2005: 50 (2), 学灯社, 36 – 42.

［9］ Hubel D H, Wiesel T N. Receptive fields, binocular interaction and functional architecture in the cat's visual cortex. Journal of Physiology. 1962: 160 (1): 106 – 154.

［10］ J. Ming Zhe. Authorship Identification Based on Phrase Patterns, The Behaviormetric Society of Japan. 行動計量学, 2013: 40 (1): 17 – 28, 2013 –

03 – 28.

[11] 刘颖. 统计语言学［M］. 北京：清华大学出版社，2015：153.

[12] 青空文庫 < http：//www. aozora. gr. jp/ >（2017/12）

[13] J. Ming Zhe. 品詞のﾏﾙｺﾌ遷移の情報を用いた書き手の同定. The Behaviormetric Society，2004：384 – 385.

[14] L. Breiman. Random Forests. Machine Learning，2001：45：5 – 32.

[15] MENDENHALL T. C. The characteristic curves of composition，Science，1889（9）：237 – 249.

[16] J. MingZhe，M. Masakatsu，K. Masahiro. 読点と書き手の個性，計量国語学，1993，18（8）：382 – 391.

[17] F. Jelinek. Continuous speech recognition by statistical methods. IEEE，1976，64（4）：532 – 556.

[18] L. Breiman. Bagging predictors. Machine Learning，1996（24）：123 – 140.

[19] J. Ming Zhe，M. Masakatsu. ﾗﾝﾀﾞﾑﾌｫﾚｽﾄ法による文章の書き手の同定. 統計数理，第 55 巻，第 2 号，2007：255 – 268.

[20] R. Collobert，J. Weston. A Unified Architecture for Natural Language Processing：Deep Neural Networks with Multitask Learning. NEC Labs America，4 Independence Way，Princeton，NJ 08540 USA，2008.

[21] R. Socher，C. C. Lin，A. Y. Ng，C. D. Manning. Parsing Natural Scenes and Natural Language with Recursive Neural Networks，ICML，2011.

[22] R. Socher，J. Pennington，E. Huang，A. Ng，C. Manning. Semi – Supervised Recursive Autoencoders for Predicting Sentiment Distributions. In Proceedings of EMNLP，2011.

[23] Hinton G. ，Osindero S. ，Teh Y. W.. A fast learning algorithm for deep belief nets. Neuralcomputation，2006（18）：1527 – 1554.

[24] Hinton G，N. Srivastava，A. Krizhevsky，I. Sutskever，R. Salakhutdinov. Improving neural networks by preventing co – adaptation of feature detectors. CoRR，

abs/1207.0580, 2012.

［25］Le, T. Mikolov. Distributed Represenations of Sentences and Documents, ICML, 2014.

［26］T. Miyato, A. M. Dai, I. Goodfellow. Adversarial Training Methods for Semi – Supervised Text Classification. 2016, arXiv: 1605.07725.

［27］I. Yashuo. The expression effects of "ta" forms at the end of sentences in Soseki Natsume's novels. THE SOCIETY OF EXPRESSION – FORMATION STUDIES, 1993（93）: 1 – 10.

［28］H. Shouyo. 『文学論』（1907）夏目漱石（1867 – 1916）——「文」の「学」を論ず, 現代思想, 2005, 33（7）: 108 – 111, 青土社.

［29］Y. Seiichi. 漱石と鴎外, 国文学解釈と鑑賞, 1956, 21（12）: 8 – 12, 至文堂.

［30］B. junsaku. 宮沢賢治の文学——作家別の鑑賞法. 國文學: 解釈と教材の研究, 1965, 10（15）, 學燈社.

［31］N. Yoichi. 第一次世界大戦と鷗外の「ヨーロッパ離れ」. 鴎外, 2017（100）: 1 – 7, 森鴎外記念会.

［32］Y. Ryosuke. 森鴎外「青年」小論——小説における理想と現実, 文藝と批評, 2006, 10（3）: 27 – 37.

［33］S. Kento. Text Classification and Transfer Learning based on Character – Level Deep Convolutional Neural Networks, SIG – FPAI, 2016: 102, 13 – 19.

［34］I. Harumi, S. Choji, M. Kenji. 文学作品の線形空間論による分析, 法政大学計算科学研究センター研究報告, 1998, 11: 83 – 89.

［35］Zipf. The P1 P2/D Hypothesis: On the Intercity Movement of Persons. American Sociological Review, Massachusetts, Addison – Wesley, 1946.

［36］M. Shuko. 宮沢賢治への一視点（ひとりからみんなへ）:『春と修羅』を中心に, 弘前大学近代文学研究誌, 1986（1）: 33 – 36.

［37］M. Seitaro. Style of Ogai. 静岡大学教育学部研究報告人文・社会科学篇, 1965, 16: 13 – 20.

［38］ I. Tatsuro. 鴎外の現代小説について，國文學: 解釈と教材の研究，1956，1（4），學燈社.

［39］ T. Masashi. Non – linear Similarity Learning for Semantic Compositionality，JSAI，2016，31（2），O – FA2_ 1 – 10，2016.

［40］ M. Junichi. 鴎外現代小説の一側面，明治大正文学研究，1957（22），東京堂.

［41］ I. Hiroshi. 夏目漱石文学の研究:『それから』を中心に，宮城学院女子大学大学院人文学会誌，2015（16）: 1 – 28.

［42］ K. Shuichi. 宮沢賢治の心象スケッチにみるオノマトペ，金沢大学国語国文，2005（30）: 57 – 44.

［43］ I. Harumi，S. Choji，M. Kenji.「坊ちゃん」と「三四郎」の線形空間論による文体解析，法政大学計算科学研究センター研究報告，1999（12）: 151 – 157.

［44］ K. Toshihiko. 著者同定指標としての読点の再考，文芸研究: 明治大学文学部紀要，2012（116）: 220 – 208，明治大学文芸研究会.

［45］ K. Koichi. 計量的文体分析とピエール・ギロー，数理科学，1977，15（6）: 20 – 21，サイエンス社.

［46］ H. Yutaka，文体分析における数量言語学の利用について，明治学院論叢，1968（134）: 99 – 121，明治学院大学.

［47］ F. Yuji. 語彙統計による文体分析——Shakespeare と Marlowe における語彙の比較研究，Nidaba，2001（30）: 24 – 33，西日本言語研究会.

［48］ Y. Natsuki，U. Toru，T. Fumio. Classifying Articles Using Lexical Co – occurrence in Large Document Databases，IPSJ，1995，36（8）: 1819 – 1827.

［49］ U. Yoshihiro，N. Hitoshi，H. Katsuaki，K. Naotaka，K. Haruhiko，N. Hidetaka. An Automatic Email Distribution by Using Text Mining and Reinforcement Learning. IEICE，D – I，2004，87（10）: 887 – 898.

［50］ T. Katsumi，S. Takakazu，A. Shoichi，K. Koji. A Method of Clustering Documents Using Classification Patterns. IPSJ，1998（1）: 65 – 72.

［51］ J. MingZhe. Using Integrated Classification Algorithm to Identify a Texts Author, The Behaviormetric Society of Japan 行動計量学, 2014, 41 (1): 35 –46, 2014.

附 录

第一篇插图清单

第一篇附表清单

第二篇插图清单

第二篇附表清单

第三篇插图清单

第三篇附表清单

后　记

　　对近代文学小说计算风格分析，以定量的方式利用文本中可以量化的语言结构特征来对文本风格和作者写作习惯进行研究，其理论基础是文本的语言结构特征表现在作者个人在写作活动中的言语特征，是作者个人风格不自觉的深刻反映，这些特征（如字符、词汇、句子、段落、语法和语义等）又可以在一定程度上通过数量特征来进行刻画和描述，我们采用数据统计、文本聚类、主成分分析和文本分类的统计学方法，结合数据和语言本体的知识来说明不同作者的文学作品的语言风格，并进行差异比较，将所开设的"自然语言处理"等课程相结合，将自然语言处理技术应用于文学作品的著作权归属判定、文本风格分析等多个领域。

　　文学作品的内容分析是对文本进行分词、词性标注等各种语言特征标注，以发现文学作品中存在有趣、有意义的内容。文学作品分为长篇小说和短篇小说，作家的文学创作作品与科技文献、新闻报道不同。文学作家的词汇量丰富、篇幅长、容量大，使用的句型灵活多变、书面语和口语糅合在一起，在语言应用上灵活多变、手法多变，创作的故事情节来源于生活，并可以深入细致、广泛地反映社会生活的方方面面，对某些人物、情节和环境描述得栩栩如生，塑造不同性格的人物形象，使读者在阅读小说的过程中似入其境，享受到阅读的乐趣；而新闻报道的特点是真实性、时效性、准确性、公开性，并兼具趣味性，所使用的词汇均局限于常用词汇，使用的句型也仅限于书面语的常用句型，篇幅通常较短，使读者能够简要了解世上所发生的一切；科技文献的特点是对于创新性科技成果的科学论述，是某些理论性、实验性或观测性新知识的科学记录、是某些已知原理应用于实际中取得新进展、新成果的科学总结，具有科学性、首创性，论述的内容具有科学可信性。

文本挖掘是从非结构化文档中提取未知知识，将自然语言处理中的统计技术和机器学习技术（例如潜在语义分析、潜在狄力克雷分配主题提取模型、支持向量机、"词袋"等技术）应用于文本分析，通过从不同的文档中进行数据挖掘自动提取信息，从文本数据中发现新的、以前未知的信息和知识。典型的文本挖掘技术包括文本分类、文本聚类、概念/实体提取、细粒度分类法的生成、情感分析、文档摘要和实体关系建模。通过非结构化文本挖掘，以确定文本的主题思想。通过系统地对文本内容进行标记、编码，使用统计方法定量分析内容模式。因为词汇的含义具有多义性，例如由同义词和同音词引入的歧义。词的含义取决于上下文的文本，因此词汇的含义只有通过将单词置于其文本上下文中来解决歧义。定量内容分析方法将发现类别的观察结果转化为定量统计数据，为了从文本中做出有效的推论，不同于人工推论，通过统计方式在特定规则的约束下可完成以相同的方式编码不同的文本，得出一致意义上的可靠分类。文本内容分析在许多情况下，归因于文本的作者身份和真实性。通过对词汇、段落和篇章的分析，在特定类别或主题中整理代码来构建代码之间的关系。本书主要是对文学作品的文本挖掘，将自然语言处理技术、数理统计技术运用于文学作品的分析，将定量分析与定性分析相结合，对不同文学作品的作家在文学风格、用词习惯和审美倾向上的差异，总结网络小说与茅盾文学奖小说语言表达的异同。

我为清华大学本科生和研究生主讲"脑与语言认知""自然语言处理"等课程，所开设的这些课程均是自编教材，讲授内容密切结合当前的学科发展前沿，具有知识新、知识面广、信息量大、图文并茂等特点，能够得到学生的认可使自己倍感欣慰，鞭策自己努力备好每一堂课，及时补充新知识，课上与学生互动，课下与学生讨论，相互学习。本书的内容及时补充到"自然语言处理"课程中去，书中的3位作者均是我指导的研究生，系统学习过"自然语言处理"等基础性课程，马观祉是清华大学汉语言文学专业的学士和硕士，有很深厚的文学功底和语言学基础，在本科期间就担任清华文学报的主编，将自然语言处理中的统计技术运用于现代网络文学作品，并被评为清华大学优秀硕士学位论文。陈佳玮是清华大学汉语言文学专业的本硕连读生，在本科阶段就选修过我的"实验语音学"课程，在研究生期间将43部茅盾文学奖作品的文本语料贡献给了我们计算语言学实验室。成泽胜为日本东京工业大学社会理工学研究科人间行动系统专业与清华大学语言学与应用语言学专业联合培养的双硕士学位研究生。他们在研究生学位论文的研究中做出了很好的成绩，所有数据均来自真实语料的统计实验，集趣味性、新颖性、知识性和综合性于一体。这些研究工作有助于后续研究生拓展知识结构，为后续研究生新生顺利进入学位论文的研究打好基础。当前我们正在编辑整理我们近年来的研究工作，拟将《自然语言处理》（第2版）整理成书，陆续出版奉献给读者朋友。

江铭虎

北京清华园，2023年春